ullstein

CAMILLA LÄCKBERG, Jahrgang 1974, stammt aus Fjällbacka. Von ihrer mittlerweile zehnbändigen Fjällbacka-Krimireihe und ihrem Thriller Golden Cage wurden weltweit über 28 Millionen Exemplare verkauft, sie ist Schwedens erfolgreichste Autorin. Mit ihrem Unternehmen »Invest In Her« fördert sie Projekte junger Frauen. Camilla Läckberg lebt mit ihrer Patchworkfamilie in Stockholm.

Von Camilla Läckberg ist in unserem Hause bereits erschienen:

In der Krimiserie »Ein Falck-Hedström-Krimi«:
Die Eisprinzessin schläft (Ein Falck-Hedström-Krimi 1)
Der Prediger von Fjällbacka (Ein Falck-Hedström-Krimi 2)
Die Töchter der Kälte (Ein Falck-Hedström-Krimi 3)
Die Totgesagten (Ein Falck-Hedström-Krimi 4)
Engel aus Eis (Ein Falck-Hedström-Krimi 5)
Meerjungfrau (Ein Falck-Hedström-Krimi 6)
Der Leuchtturmwärter (Ein Falck-Hedström-Krimi 7)
Die Engelmacherin (Ein Falck-Hedström-Krimi 8)
Die Schneelöwin (Ein Falck-Hedström-Krimi 9)
Die Eishexe (Ein Falck-Hedström-Krimi 10)

Außerdem:
Schneesturm und Mandelduft
No Mercy. Rache ist weiblich
Golden Cage. Die Rache einer Frau ist schön und brutal
Sweet Goodbye

Camilla Läckberg

WINGS OF SILVER

Roman

Aus dem Schwedischen
von Leena Flegler und Katrin Frey

Ullstein

Besuchen Sie uns im Internet:
www.ullstein.de

Ungekürzte Ausgabe im Ullstein Taschenbuch
1. Auflage Januar 2022

Titel der schwedischen Originalausgabe: *Vingar av silver*
bei Forum, Stockholm, 2020
Umschlaggestaltung: zero-media.net, München,
nach einer Vorlage von Henrik Walse
Titelabbildung: © Erik Undéhn
Satz: LVD GmbH, Berlin
Gesetzt aus der Sabon
Druck und Bindearbeiten: CPI books GmbH, Leck
ISBN 978-3-548-06485-7

Für Karin

Teil 1

Zwei wegen Mordes verurteilten Gefängnisinsassen ist in den frühen Morgenstunden im Zuge eines Häftlingstransports die Flucht gelungen. Als das Wachpersonal an der E4 auf Höhe von Gränna an einem Rastplatz hielt, nutzten die Männer die Gelegenheit und flüchteten in den Wald.

Obwohl mehrere Einsatzteams der Polizei vor Ort sind, ist die Suche nach den beiden Flüchtigen bislang erfolglos verlaufen.

Die Sprecherin der Strafvollzugsbehörde Karin Malm geht nicht davon aus, dass die Männer eine Gefahr für die Allgemeinheit darstellen.

aus: *Aftonbladet*, 5. Juni

Faye schaltete die Nespresso-Maschine an. Während ihr Espresso durchlief, sah sie aus dem großen Küchenfenster. Wie jedes Mal schlug der Ausblick sie in den Bann.

Das Haus in Ravi war zu ihrem Paradies auf Erden geworden. Das Dorf an sich war mit gerade mal zweihundert festen Einwohnern nicht groß, und es dauerte etwa fünf Minuten, einmal um Ravi herumzulaufen – wenn man gemütlich ging. Aber am Dorfplatz gab es ein Restaurant, in dem die beste Pizza und Pasta serviert wurde, die sie je gegessen hatte. Und es war an jedem Abend voll besetzt. Manchmal verirrten sich Touristen hierher, besonders ab Ende Mai: ein paar begeisterte Franzosen auf Fahrrädern oder amerikanische Rentner, die ein Wohnmobil gemietet hatten und jetzt ihren Traum von einer Italienreise wahr machten, während ihre erwachsenen Kinder sich leicht verzweifelt fragten, wie die Eltern auf die Idee kommen konnten, ein eigenes Leben zu führen, statt die Enkelkinder babyzusitten.

Schwedische Touristen gab es nicht.

Seit Faye das Haus gekauft hatte, war sie keinem einzigen Schweden begegnet – und das war auch einer der entscheidenden Gründe gewesen, warum sie sich für dieses

Dorf entschieden hatte. Man kannte sie in ganz Schweden. In Italien wollte – und musste – sie unerkannt bleiben.

Genau genommen lag ihr bildschönes altes Haus jenseits der Dorfgrenze. Bis dorthin war es ein zwanzigminütiger Spaziergang. Es stand auf einem Hügel, an dessen Hängen sich Wein bis hoch an die Mauern rankte. Faye liebte es, die Hügel hoch- und runterzuschlendern und im Dorf Brot, Käse und luftgetrockneten Prosciutto einkaufen zu gehen. Es war das pure Klischee italienischen Landlebens, und sie genoss es in vollen Zügen, genau wie ihre Mutter Ingrid sowie Kerstin und Julienne. In den zwei Jahren, seit Fayes Exmann Jack zu einer Gefängnisstrafe verurteilt worden war, waren die vier zu einem eingeschworenen kleinen Quartett geworden.

Kerstin und Ingrid wetteiferten darin, wer Julienne am meisten verwöhnte, und wenn Kerstin unterwegs war – wie es inzwischen immer häufiger der Fall war –, schickte Ingrid ihr täglich Bilder und die jüngsten Anekdoten von Julienne.

Der Espresso war fertig, und Faye ging mit der Tasse durchs Wohnzimmer zur Rückseite des Hauses, wo Platscher und fröhliches Kindergeschrei auf einen Pool schließen ließen, noch ehe man ihn vom Haus aus sah. Faye liebte dieses Wohnzimmer. Sie hatte sich Zeit gelassen, um das Haus einzurichten, doch die Geduld und die Hilfe eines der besten italienischen Inneneinrichter hatten sich ausgezahlt: Sie hatte genau bekommen, was sie sich vorgestellt hatte. Die massiven Steinwände des Hauses schirmten die Wärme ab, sodass es drinnen selbst während der heißesten Sommermonate angenehm kühl blieb. Die Kehrseite war, dass nicht allzu viel Licht hereinfiel. Das hatten sie durch große, helle Möbel und indirekte Beleuchtung wettgemacht. Zudem waren die großen Fenster zur Rückseite in Sachen Licht natürlich Gold wert. Faye war begeistert davon, wie das Wohnzimmer kaum merklich in die Terrasse überging.

Der weiße Vorhang streichelte sie im Vorbeigehen, als sie über die Schwelle nach draußen trat. Sie nahm einen Schluck Espresso und ließ den Blick für einen Moment auf ihrer Tochter und ihrer Mutter ruhen, ohne dass die beiden es bemerkt hätten.

Julienne war so groß geworden, und ihr Haar war von der Sonne so ausgebleicht, dass es fast weiß aussah. Nahezu täglich entdeckte sie an sich neue Sommersprossen – und sie war wunderschön, gesund und glücklich. Alles, was Faye ihr je gewünscht hatte. Was ein Leben ohne Jack ihnen ermöglichte.

»Mama, Mama, guck mal, ich kann ohne Schwimmflügel schwimmen!«

Faye lächelte und blickte demonstrativ verblüfft drein, um ihrer Tochter zu signalisieren, wie beeindruckt sie war. Mit ein paar angestrengten Hundepaddelzügen schwamm Julienne bis ans tiefe Ende des Pools – und tatsächlich: Die Schwimmflügel mit den aufgedruckten Zeichentrick-Bärchen lagen am Beckenrand. Ingrid stand angespannt und jederzeit sprungbereit daneben und ließ ihr Enkelkind nicht aus den Augen.

»Nur die Ruhe, Mama, sie schafft das schon.«

Faye ging ein paar Schritte auf die Terrasse hinaus und nahm einen letzten Schluck Espresso. Sie ärgerte sich ein wenig, dass sie sich stattdessen keinen Cappuccino gemacht hatte.

»Sie besteht darauf, im Tiefen zu schwimmen«, erwiderte Fayes Mutter. Sie blickte leicht verzweifelt drein.

»Da kommt sie ganz nach ihrer Mutter.«

»Ich weiß, schönen Dank auch!«

Ingrid musste lachen, und wie so oft innerhalb der vergangenen zwei Jahre fiel Faye auf, wie schön ihre Mutter war. Trotz allem, was ihr das Leben beschert hatte.

Faye und Kerstin waren die Einzigen, die wussten, dass Ingrid und Julienne am Leben waren. Für den Rest der Welt galten die beiden als tot: Julienne von ihrem eigenen Vater ermordet – ein Verbrechen, für das Jack in Schweden eine lebenslange Haftstrafe verbüßte. Es hatte nicht mehr viel gefehlt, und er hätte Faye zugrunde gerichtet; aus Liebe zu ihm hätte sie sich um ein Haar vollkommen aufgegeben. Am Ende jedoch war er es gewesen, der den Kürzeren gezogen hatte.

Faye ging auf ihre Mutter zu und setzte sich neben sie in einen Korbsessel. Ingrid hatte Julienne immer noch fest im Visier. Sie war von Kopf bis Fuß angespannt.

»Musst du wirklich wieder weg?«, fragte sie, ohne ihre Enkeltochter aus den Augen zu lassen.

»Der US-Launch nähert sich mit großen Schritten, und die Neunotierungen wollen gut vorbereitet sein. Wenn der Rom-Deal erst in trockenen Tüchern ist, ist Revenge umso stärker aufgestellt. Giovanni, der Firmeneigner, will verkaufen, jetzt muss er nur noch einsehen, dass mein Angebot das beste ist, was er kriegen kann. Aber wie Männer so sind, überschätzt er seinen eigenen Wert kolossal.«

Beunruhigt sah ihre Mutter von Faye zu Julienne.

»Ich verstehe nicht, warum du immer noch so viel arbeiten musst. Du besitzt doch nur noch zehn Prozent an Revenge und müsstest nach all dem, was du für deine Anteile bekommen hast, keinen Finger mehr rühren.«

Faye zuckte mit den Schultern und stellte die leere Espressotasse auf den runden Rattan-Tisch.

»Klar, und einerseits würde ich nur zu gern bei euch bleiben. Andererseits kennst du mich doch – ich würde binnen einer Woche vor Langeweile eingehen. Und ganz abgesehen davon, wie viele Anteile an Revenge ich besitze – die Firma ist nun mal mein Baby. Und ich bin immer noch Vorstandsvorsitzende. Außerdem fühle ich mich für die Frauen verantwortlich, die auf mich gesetzt und Revenge-Aktien gekauft haben. Sie sind für mich ein Risiko eingegangen – und für das Unternehmen, und das will ich gern weiter steuern. Tatsächlich denke ich darüber nach, Anteile zurückzukaufen, sofern jemand verkaufsbereit wäre. So kämen sie sogar umso besser davon.«

Ingrid reckte den Kopf, als Julienne am Beckenrand kehrtmachte.

»Ja, ja, Schwesternschaft und so«, sagte sie. »Vielleicht hab ich einfach nur nicht dieselben Ansichten wie du, was Loyalität unter Frauen angeht.«

»Die Zeiten haben sich geändert, Mama. Frauen halten zusammen. Im Übrigen hat Julienne gegen meinen Kurztrip nach Rom nichts einzuwenden. Wir haben gestern darüber gesprochen.«

»Du weißt, dass ich finde, dass du eine tolle Frau bist? Du weißt, dass ich stolz auf dich bin?«

Faye griff nach Ingrids Hand.

»Ja, ich weiß, Mama. Kümmere du dich um die Kichermaus, und pass auf, dass sie nicht ertrinkt, und ich bin im Handumdrehen wieder da.«

Faye schlenderte hinüber zum Beckenrand, wo eine prustende Julienne mit jedem neuerlichen Schwimmzug Wasser schluckte.

»Tschüss, Schätzchen, ich muss jetzt los!«

»Tsch…«

Julienne hatte versucht, ihr während des Schwimmens zu winken, und wieder Wasser geschluckt. Aus dem Augenwinkel sah Faye, wie Ingrid sofort den Pool umrundete.

Im Wohnzimmer griff sie zu ihrem Rollkoffer, der bereits gepackt bereitstand. Der Wagen, der sie nach Rom fahren sollte, war mittlerweile auch vorgefahren. Sie hob den hübschen Louis-Vuitton-Koffer an, damit die Rollen nicht den blank polierten dunklen Holzboden zerkratzten, und hielt auf die Haustür zu. Als sie an Kerstins Arbeitszimmer vorbeikam, hatte Kerstin die Bildschirmlesebrille wie immer bis hinunter auf die Nasenspitze geschoben und starrte völlig versunken auf ihren Monitor.

»Klopf, klopf! Ich bin dann jetzt unterwegs.«

Kerstin blickte nicht einmal auf. Zwischen den Augenbrauen hatte sich eine tiefe Sorgenfalte gebildet.

»Alles in Ordnung?«

Faye betrat das Zimmer und stellte den Koffer ab.

»Ich weiß nicht …«, sagte Kerstin zögerlich, ohne sich zu Faye umzuwenden.

»Jetzt machst du mich aber nervös. Gibt's ein Problem mit den Neuemissionen? Oder geht's um die US-Expansion?«

Kerstin schüttelte den Kopf.

»Weiß ich noch nicht …«

»Muss ich mir Sorgen machen?«

Kerstin antwortete nicht gleich.

»Nein … noch nicht.«

Draußen hupte der Wagen, und Kerstin nickte in Richtung Haustür.

»Fahr nur und schließ den Deal in Rom ab. Wir reden später.«

»Aber …«

»Das hier klärt sich bestimmt.«

Kerstin lächelte Faye beschwichtigend an, doch als Faye auf die dunkle Holztür zusteuerte, wurde sie das Gefühl nicht los, dass irgendetwas im Busch war, irgendwas Bedrohliches. Aber damit würde sie klarkommen. Musste sie schließlich. So war sie nun mal gestrickt.

Sie rutschte auf die Rückbank des Wagens, signalisierte dem Fahrer, dass er losfahren konnte, und entkorkte den Champagner-Piccolo, der schon auf sie gewartet hatte. Während der Wagen in Richtung Rom fuhr, nippte sie gedankenverloren an ihrem Glas.

Faye musterte ihr Gesicht im Fahrstuhlspiegel. Drei Männer in Businessanzügen warfen ihr anerkennende Blicke zu. Sie machte ihre Chanel-Handtasche auf, schürzte die Lippen und zog betont langsam mit dem Revenge-Lippenstift die Konturen nach. Sie strich sich eine blonde Strähne hinters Ohr und drehte den Lippenstiftdeckel mit dem eingravierten R gerade wieder zu, als der Aufzug in der Lobby hielt. Die Männer wichen ein Stück zurück, um ihr den Vortritt zu lassen. Ihre Schritte hallten über den weißen Marmorboden, und als der Portier ihr die Glastür aufhielt, flatterte ihr rotes Kleid in der Abendluft auf.

»Taxi, Signora?«, fragte er.

Lächelnd schüttelte sie den Kopf und wandte sich, ohne auch nur im Geringsten langsamer zu werden, auf dem

Bürgersteig nach rechts. Auf der Straße stand der Verkehr still. Fahrer hupten und beschimpften einander durch die heruntergelassenen Fenster.

Sie genoss das Gefühl, allein in einer Stadt unterwegs zu sein, in der sie nicht viele Leute kannte und daher auch niemand etwas von ihr wollte, in der sie von aller Verantwortung und aller Schuld frei war. Das Meeting mit Giovanni, dem Inhaber des kleinen familiengeführten Kosmetikunternehmens, das die Revenge-Produktpalette vervollständigen würde, war hervorragend verlaufen. Sobald es Giovanni gedämmert hatte, dass er sie weder mit Chefallüren noch mit männlichem Dominanzgehabe würde überzeugen können, auf seine Bedingungen einzugehen, hatte sich das Blatt zu ihren Gunsten gewendet.

Faye liebte derlei Spielchen während einer Verhandlung. Meistens waren ihre Gegenspieler Männer, und die machten gern mal den Fehler, Fayes Fähigkeiten zu unterschätzen – und zwar aus einem einzigen Grund: weil sie eine Frau war. Wenn sie sich dann zu guter Letzt geschlagen geben mussten, reagierten sie auf zweierlei Art. Entweder sie kochten vor Wut, und ihr Frauenhass hatte umso tiefere Wurzeln geschlagen, wenn sie den Verhandlungstisch verließen. Oder sie bewunderten Faye für ihre Autorität und ihr Know-how, entflammten regelrecht und baten sie am Ende des Treffens mit einer sichtbaren Beule in der Hose um ein gemeinsames Abendessen.

Als Faye in den lauen Abend hinausgetreten war, sirrte die Stadt um sie herum, und sie ahnte, dass sie darin all das finden würde, wonach sie sich sehnte. Ohne ein konkretes Ziel vor Augen spazierte sie drauflos. Es würde sich irgendeine Gelegenheit ergeben, wenn sie sich nur dem Puls der Stadt anpasste.

Schon bald wäre sie wieder genötigt, sich ihre Maske aufzusetzen und die Rolle zu spielen, in die sie in ihrem Heimatland geschlüpft war. Aber heute Abend konnte sie sein, wer sie wollte. Sie schlenderte weiter bis zu einem hübschen gepflasterten Platz, ließ sich immer tiefer durch das Labyrinth aus Gassen treiben.

Man muss sich selbst verlieren, um wieder zu sich selbst zu finden, dachte sie.

Ein Mann trat aus den Schatten und bot ihr im Flüsterton seine Waren an. Faye schüttelte bloß den Kopf. Eine große Tür, die im gelblichen Licht der Straßenlaternen badete, ging sachte auf, und zwei Personen – ein Mann und eine Frau, die davor gewartet hatten – schlüpften hinein.

Faye blieb stehen und sah sich um, ehe auch sie auf die Tür zuging. Eine unauffällige Klingel. Über ihr eine Überwachungskamera. Sie drückte auf den Klingelknopf, lauschte auf ein Surren, aber da war nichts. Nach einer Weile knackste das Schloss, und die Tür schwang auf. Dahinter eröffnete sich ihr ein großer Saal voller schöner Menschen. Gläser klirrten. Jenseits einer bodentiefen Fensterfront lag eine wunderschöne Terrasse.

Aus der Ferne sah die ausgeleuchtete Ruine des Kolosseums wie ein abgestürztes Raumschiff aus.

In einem großen, goldgerahmten Spiegel erhaschte sie einen Blick auf gut gekleidete, gesichtslose Schatten, die in ihrem Rücken zusammenstanden und plauderten. Die Frauen waren allesamt jung, bildhübsch, geschmackvoll geschminkt und trugen elegante kurze Kleider. Die Männer waren im Schnitt etwas älter, aber ebenfalls gut aussehend und strahlten die Ruhe und das Selbstvertrauen aus, die der Reichtum oftmals mit sich brachte. Italienische Gesprächsfetzen drangen an ihr Ohr. Gläser wurden befüllt, geleert und von Neuem befüllt.

Ein Stück weiter war ein Pärchen in einen Kuss versunken. Faye war fasziniert und konnte den Blick gar nicht von den beiden abwenden. Sie waren jung, vielleicht fünfundzwanzig. Er war hoch aufgeschossen und auf typisch italienische Art attraktiv – schicker Dreitagebart, markante Nase, das dunkle Haar zum Seitenscheitel gekämmt. Sie trug ein cremeweißes, sichtlich teures Kleid, das ihre Hüften umschmeichelte und die schmale Taille betonte. Das dunkelbraune Haar hatte sie sich lose hochgebunden.

Die zwei waren allem Anschein nach derart verliebt ineinander, dass sie die Hände nicht voneinander lassen konnten. Ein ums andere Mal strich er ihr mit seinen schlanken Fingern über die Innenseite ihrer gebräunten Schenkel. Faye musste lächeln. Als die Frau kurz zu ihr herübersah, hielt sie deren Blick und betrachtete das Pärchen in Ruhe weiter. Sie hob ihren Drink, einen Whiskey Sour, an die Lippen. Auch sie selbst war einmal verliebt gewesen, aber die Liebe hatte sie erstickt und zu einem Wesen ohne eigenen Willen gemacht, das in einem goldenen Käfig festgesessen hatte.

Faye schob den Gedanken beiseite, als die junge Frau auf sie zukam.

»Mein Verlobter und ich haben uns gefragt, ob Sie nicht mit uns anstoßen wollen«, sagte sie auf Englisch.

»Sie sehen mir nicht so aus, als wollten Sie Gesellschaft«, entgegnete Faye amüsiert.

»Ihre Gesellschaft schon. Sie sehen atemberaubend aus.«

Sie hieß Francesca, war in Porto Alegre an der brasilianischen Atlantikküste zur Welt gekommen, arbeitete als

Model und malte. Er hieß Matteo, stammte aus einer Gastronomie- und Hoteldynastie, und auch er malte, allerdings nicht so gut wie Francesca, wie er mit einem scheuen Lächeln erklärte. Sie waren gesellig, höflich und brachten Faye zum Lachen, und ihre Lebensfreude und Sorglosigkeit waren ansteckend. Faye ließ sich davon mitreißen und erlaubte sich zwei weitere Drinks. Sie war geblendet von der Schönheit, Jugend und Verliebtheit der beiden, ganz ohne neidisch zu sein. Ein Mann fehlte ihr nicht. Sie wollte ihr eigenes Leben leben, ohne auf irgendwen Rücksicht zu nehmen. Trotzdem war sie verzückt, die beiden zusammen zu sehen.

Nach einer Stunde entschuldigte sich Matteo und verschwand in Richtung der Toiletten.

»Wir gehen gleich«, sagte Francesca.

»Ich auch. Ich muss morgen zurück nach Hause.«

»Willst du nicht mit zu uns kommen und den Abend noch ein bisschen fortsetzen?«

Ohne Francesca aus dem Blick zu lassen, dachte Faye kurz über das Angebot nach. Den fehlenden Schlaf würde sie während der Heimreise nachholen können. Sie wollte nicht, dass der Abend schon vorbei wäre, noch nicht jetzt. Sie wollte mehr von den beiden sehen.

Das Taxi hielt vor einem hohen Palazzo, Matteo bezahlte, und sie stiegen aus. Ein uniformierter Concierge ließ sie ein. Die Wohnung lag im obersten Stockwerk, und durch die großen Panoramafenster und vom Balkon blickte man auf einen schönen Park. An den Wänden hingen Schwarz-Weiß-Fotografien. Als Faye sie genauer in Augenschein nahm, dämmerte ihr, dass die meisten von Francesca waren. Ein Lautsprecher erwachte zum Leben – irgendein italienischer Popsong. Hinter ihr mischte Matteo an einem Servierwagen Getränke, während Francesca eine Anekdote zum Besten gab, bei der Faye so laut lachen musste wie schon lange nicht mehr.

Faye setzte sich neben Francesca auf das riesige cremeweiße Sofa. Matteo mischte die Drinks und hockte sich anschließend auf Fayes freie Seite. Sie fühlte sich angenehm betrunken. Das leise Verkehrsrauschen von der Straße hatte eine beruhigende Wirkung, gleichzeitig verspürte sie eine angespannte Vorfreude und Erregung.

Nach einiger Zeit stellte Francesca ihren Drink auf den Couchtisch, lehnte sich vor, schob mit zarten Fingern den dünnen Träger von Fayes rotem Kleid von der Schulter und küsste deren Schlüsselbein. Faye wurde von warmen Wellen überrollt. Dann drehte Matteo sich zu ihr um, seine Lippen näherten sich, doch im letzten Moment beugte er sich hinab an ihren Hals, streifte ihn und knabberte an ihrem Nacken, bevor auch er sie küsste. Francescas Hand wanderte behutsam über Fayes Schenkel nach oben, zog sich im letzten Augenblick zurück und tauchte aufreizend an ihrem Rücken wieder auf. Sie fühlte sich wie in einem Traum.

Erst zogen die beiden Faye, dann sich selbst aus.

»Ich will euch sehen«, flüsterte Faye. »Zusammen.«

Vor ihrem inneren Auge tauchte Jacks Gesicht auf, und sie musste an all die Momente denken, in denen er vorgeschlagen hatte, eine weitere Frau zu sich einzuladen. Damals hatte Faye sich geweigert, nicht weil sie die Vorstellung nicht verlockend gefunden hätte, sondern weil immer klar gewesen war, dass sie es nur seinetwegen getan hätte. Bei Francesca und Matteo schien das anders zu sein. Faye war für sie beide da. Nicht weil sie voneinander gelangweilt waren, sondern weil ihre Liebe und gegenseitige Anziehungskraft so stark war, dass sie schon über die Ufer trat und noch für eine weitere Person reichte. Und auch sie selbst genoss diese Konstellation in vollen Zügen.

Faye stöhnte, als Matteo sie nach vorn in Francescas Richtung drückte und von hinten in sie eindrang. Sie blickte in die geweiteten Augen der Brasilianerin, während deren Verlobter wiederholt in sie hineinstieß. Francesca hatte die Lippen halb geöffnet, ihr Blick war konzentriert und intensiv.

»Ich mag es zuzusehen, wie du sie vögelst, Liebling«, flüsterte sie Matteo zu.

Faye selbst war für die beiden bloß Mittel zum Zweck, um ihre Intimität noch zu verstärken. Und gleichzeitig war sie mittendrin.

Als Faye sich dem Höhepunkt näherte, zog Matteo sich von ihr zurück, und kurz lagen sie alle drei nackt und verschwitzt ineinander verschlungen auf dem breiten Sofa. Faye hatte noch nie etwas Intimeres erlebt, als Teil der Vergnügungen zweier so attraktiver, ineinander verliebter Menschen zu sein. Sie bebte am ganzen Leib, als Francesca sich ihr näherte. Ohne einander aus den Augen zu lassen, ließen sie sich auf alle viere an der Sofakante nieder, drückten den Rücken durch und ließen sich abwechselnd von ihm nehmen – erst war Francesca an der Reihe, dann Faye. Und irgendwann war sie so weit. Sie schrie laut auf, und auch Matteo konnte kaum mehr an sich halten. Er keuchte bereits schwer.

»In ihr«, stieß Francesca hervor.

Faye spürte noch, wie er umso härter wurde und dann explodierte.

Anschließend zogen sie eng umschlungen in das große

Bett im benachbarten Schlafzimmer um. Keuchend ließen sie eine Zigarette herumgehen. Faye stellte den Wecker ihres Handys, damit sie rechtzeitig wach würde, und versuchte zu schlafen. Eine halbe Stunde später war sie immer noch wach. Vorsichtig befreite sie sich aus den Laken und stand auf, ohne die beiden anderen zu wecken. Sie rührten sich nur leicht, schlangen die Arme umeinander und schmiegten sich an der warmen Stelle im Bett, wo Faye gelegen hatte, eng aneinander.

Nackt goss sie sich ein Glas Champagner aus einer offenen Flasche ein und trat mitsamt Glas und Flasche hinaus auf den Balkon. Die Stadt war voller Lichter und Geräusche. Sie ließ sich auf einem Liegestuhl nieder und legte die Füße aufs Balkongeländer. Eine warme Sommerbrise strich über ihren nackten Leib, kribbelte und kitzelte sie. Doch was der perfekte Augenblick hätte sein können, wurde empfindlich gestört, als sie sich wieder an Kerstins Gesichtsausdruck vor dem Bildschirm im Arbeitszimmer erinnerte, kurz bevor Faye abgereist war. Es gab nicht allzu viel, was Kerstin aus der Ruhe bringen konnte. Sie war der Fels in der Brandung, neben dem andere Felsen zu Schotter zermalmt wurden. Irgendwas hatte da nicht gestimmt.

Nachdenklich nippte Faye an ihrem Champagner, während sich in ihrem Kopf die Gedanken überschlugen. Mit einem so großen Unternehmen wie Revenge konnte so vieles schiefgehen – besonders angesichts ihrer größeren Bestrebungen. Es ging um jede Menge Geld, um riesige Investitionen, um kapitale Gewinne, aber auch um enorme Risiken. Nichts von alledem war ihnen sicher, nichts war in Stein gemeißelt. Das wusste Faye nur zu gut.

Sie drehte sich um, betrachtete das schöne Paar, das

dort in seinem Bett lag. Bei dem Anblick musste sie lächeln. Sie wollte nicht länger an Kerstins besorgtes Gesicht denken müssen, sie wollte nicht an all das denken, was als Nächstes käme. Sie wollte etwas anderes.

»MAMA!«

Julienne stürmte auf Faye zu und fiel ihr pudelnass um den Hals.

»Nicht auf dem Steinboden rennen!«, rief Ingrid von den Korbsesseln herüber.

»Jetzt bist du nass geworden, Mama«, stellte Julienne bekümmert fest, als sie sich von Faye losmachte und den feuchten Fleck auf deren Bluse entdeckte.

»Macht doch nichts, Liebling. Das trocknet wieder. Aber warst du eigentlich auch mal raus aus dem Pool, seit ich gefahren bin?«

»Nee.« Julienne kicherte. »Ich hab auch im Pool geschlafen und im Pool gegessen.«

»Schau einer an. Da dachte ich, ich hätte ein kleines Mädchen – und jetzt stellt sich heraus, dass sie in Wahrheit eine Nixe ist!«

»Ja! Wie Arielle, die Meerjungfrau!«

»Genau, wie Arielle, die Meerjungfrau.«

Faye strich ihrer Tochter über das tropfnasse Haar, das bereits leicht grünlich schimmerte.

»Ich geh erst mal hoch und packe aus, bin gleich wieder da«, rief sie Ingrid zu, die bloß nickte und sich wieder ihrem Buch zuwandte. Anscheinend hatte sie in der Zwischenzeit Vertrauen in Juliennes Schwimmkünste gefasst.

Faye ging die Treppe hoch ins Obergeschoss und trug

den Koffer in ihr Schlafzimmer. Eilig streifte sie die nasse Bluse und ihre restliche Reisegarderobe ab und schlüpfte in leichte Baumwoll-Homewear. Den Rollkoffer stellte sie einfach in ihren begehbaren Kleiderschrank. Paola, ihr Mädchen für alles, würde ihn später für sie auspacken.

Das Bett sah so einladend aus, dass Faye sich für einen Moment auf die Tagesdecke legte, die Hände hinter dem Kopf verschränkte und sich einen Augenblick Entspannung gönnte. Bei der Erinnerung an die vergangene Nacht in Rom lächelte sie in sich hinein. Dann gähnte sie, spürte, wie müde sie war – sie hatte in der Nacht kein Auge zugemacht und nur während der Heimreise geschlafen. Doch hier und jetzt durfte sie nicht riskieren, erneut einzuschlafen. Sie hatte sich über die Jahre antrainiert, einige wenige Minuten lang komplett abzuschalten, um dann mit erneuerter Energie wieder aufzustehen. Der Trick war, dass man dem Impuls nicht nachgab, die Augen zu schließen. Also sah sie sich um, ließ den Blick über einzelne Details und durchs gesamte Zimmer schweifen.

Das Schlafzimmer war ihre Oase. Auch hier herrschten helle Farbtöne vor – strahlendes Weiß mischte sich mit sanftem Blau. Grazile, elegante Möbel. Nichts, was Schwere transportierte. Kein riesiger massiver Schreibtisch, wie sie ihn Jack einst geschenkt hatte, nur weil das Möbelstück früher mal im Besitz von Ingmar Bergman gewesen war. Jack hatte solche Sachen geliebt. Große Gesten. Statussymbole. Eine kleine Hausbesichtigung mit Gästen machen und quasi im Vorbeigehen erwähnen, dass dieser Schreibtisch dort, an dem sie gerade vorbeigekommen seien, früher dem weltberühmten Regisseur gehört habe.

Zufrieden betrachtete Faye ihren eigenen schönen weißen Schreibtisch. Der hatte nie einem machtbesessenen, selbstgerechten Kerl gehört, der die Frauen in seinem Leben hintergangen und ausgenutzt hatte. Dieser Schreibtisch hatte immer nur ihr gehört. Er trug keine Altlasten mit sich herum. Genau wie Faye selbst. Sie hatte sich von ihrer eigenen Vergangenheit losgelöst. Sich selbst neu erfunden.

Sie setzte sich auf und schwang die Beine über die Bettkante. Erneut verspürte sie Unruhe angesichts dessen, was Kerstin gesagt hatte. Sie würde es nicht länger aufschieben können. Kerstins Arbeitszimmer war verwaist gewesen, als sie daran vorbeigekommen war, also war Kerstin in ihrem Zimmer. Sie machte nachmittags gerne ein Nickerchen, und Faye musste sich immer wieder in Erinnerung rufen, dass ihre Freundin kein Teenager mehr war, sondern schon über siebzig. Allein bei der Vorstellung, dass Kerstin nicht für immer an ihrer Seite sein würde, schnürte sich ihr die Kehle zu. Dass sie bereits Chris verloren hatte, hatte ihr deutlich vor Augen geführt, dass sie nichts und niemanden für selbstverständlich erachten durfte. Dabei hatte der Tod ohnehin schon viel zu lange eine große Rolle in ihrem Leben gespielt.

Sie klopfte an Kerstins Zimmertür.

»Bist du wach?«

»Ja.«

Als Faye die Tür aufschob, setzte Kerstin sich auf und streckte sich nach ihrer Brille auf dem Nachttisch aus. Ihr Blick war leicht glasig.

»Hast du gut geschlafen?«

»Ich hab nicht geschlafen.« Sie stand auf und strich sich die Hose glatt. »Ich hab bloß ein bisschen die Augen ausgeruht.«

Faye rümpfte leicht die Nase angesichts der starken Düfte, die durch Kerstins großes Schlafzimmer wehten. Sie hatte auf einem Flug Bengt kennengelernt, der in der schwedischen Botschaft in Mumbai arbeitete, und danach zusehends mehr Zeit in Indien verbracht. Dort engagierte sie sich in einem Kinderheim und war ein ums andere Mal mit riesigen Mengen Hilfsgütern für die Kinder hingereist. Leider hatte sie auf dem Rückweg immerzu riesige Mengen indischer Einrichtungsgegenstände mit heimgebracht. Hier und da versuchte sie, ein kleines Kissen mit Goldbordüre oder ein Plaid unten aufs Sofa zu schmuggeln, doch Paola hatte die strenge Order, derlei Dinge umgehend in »Ms Karin's room« zurückzubringen. Sie hatten es bald aufgegeben, der hitzköpfigen Italienerin beizubringen, »Kerstin« zu sagen, und mit dem leichter auszusprechenden »Karin« einen Kompromiss geschlossen.

»Vermisst du Bengt?«

Kerstin schnaubte und schlüpfte in die Pantoffeln, die ordentlich vor der Bettkante standen.

»In meinem Alter vermisst man einander nicht mehr. Das ist irgendwie ... anders, wenn man erst alt wird.«

»So ein Blödsinn«, sagte Faye mit einem Lächeln. »Paola hat mir erzählt, ›Ms Karin has much nicer underwear now‹.«

»Faye!«

Kerstin lief bis zum Hals rot an, und Faye konnte dem Impuls nicht widerstehen. Sie musste Kerstin in den Arm nehmen.

»Ich freue mich so für dich, Kerstin! Allerdings hoffe ich auch, dass er dich nicht Vollzeit in Beschlag nimmt. Wir brauchen dich nämlich auch!«

»Keine Bange, es dauert bloß ein Weilchen, und ich bin ihn wieder leid.«

Kerstins Lächeln reichte nicht bis zu den Augen.

»Komm, wir gehen ins Büro, ich muss dir was zeigen.«

Schweigend gingen sie die Treppe hinunter. Faye spürte, wie sie sich mit jedem Schritt mutloser fühlte. Irgendwas war da doch faul. Irgendwas war da so richtig faul.

Kerstin setzte sich an ihren Schreibtisch und schaltete den Computer ein, der sofort losbrummte. Faye hockte sich in einen der großen Chippendale-Sessel gegenüber. Obwohl auch in Kerstins Arbeitszimmer Sari-Verbot herrschte, hatte Faye es für Kerstin halbwegs nach deren Geschmack eingerichtet. Neben ihrer neu entflammten Liebe für alles Indische hatte Kerstin eine weitere große Leidenschaft im Leben: Winston Churchill. Entsprechend hatte Faye dafür gesorgt, dass ihr Arbeitszimmer im klassisch englischen Stil eingerichtet worden war, allerdings mit einem modernen Dreh. Die Pièce de Résistance war ein riesiges gerahmtes Foto von Winston Churchill an der Wand über dem Schreibtisch.

Kerstin drehte den Monitor herum, und Faye beugte sich vor und versuchte, den flimmernden Ziffern einen Sinn zu entnehmen. Sie war in der Numerologie der Geschäftswelt durchaus bewandert, aber Kerstin hatte sich als die wahre Expertin erwiesen. In ihrem Rücken starrte Winston auf die beiden Frauen hinab. Faye riss sich zusammen, um sich nicht nach dem Foto umzusehen. Was sie jetzt gar nicht brauchte, war der abschätzige Blick eines Mannes.

»Ich hab unsere Revenge-Aktien gerade ein bisschen genauer im Blick, weil du derzeit so viel mit der US-Einführung und der Neunotierung um die Ohren hast. Bevor du nach Rom gefahren bist, haben zwei Aktieneignerinnen verkauft – und seither noch drei weitere.«

»An ein und denselben Käufer?«

Kerstin schüttelte den Kopf.

»Nein, aber irgendwie hab ich trotzdem das Gefühl, als liefe das nach einem Schema ab.«

»Versucht da etwa gerade jemand, Revenge zu übernehmen?«

»Kann sein.« Kerstin spähte über den Rand ihrer Bildschirmlesebrille. »Kann sein, dass uns genau das bevorsteht.«

Faye lehnte sich auf ihrem Stuhl zurück. Sie war von Kopf bis Fuß angespannt, und Adrenalin pumpte durch ihre Adern. Es war immer noch zu früh für Spekulationen. Was sie jetzt brauchten, waren harte Fakten.

»Und wer verkauft?«

»Ich hab die Namen ausgedruckt.«

Kerstin schob Faye einen Papierbogen hin. Sie kannte sie einfach zu gut. Heikle Entwicklungen im Unternehmen wollte Faye schwarz auf weiß und nicht bloß auf einem Bildschirm vor sich sehen. Da musste der Wald eben auf andere Weise entschädigt werden.

»Ich begreife es nicht ... dass sie verkaufen ...«

»Wir haben jetzt keine Zeit mehr für Sentimentalitäten. Zuallererst müssen wir die Lage einschätzen, und du musst dich mit den Daten vertraut machen, während ich weiter recherchiere. Ärgern können wir uns später, aber eben noch nicht gleich. Wir können es uns jetzt nicht leisten, unsere Energie damit zu vergeuden.«

Faye nickte bedächtig. Ihr war klar, dass Kerstin recht hatte. Trotzdem fiel es ihr schwer, nicht sofort darüber zu grübeln, welche der Frauen, auf die sie sich doch verlassen hatte, jetzt ihre Anteile verscherbelten. Hinter ihrem Rücken.

»Ich will, dass wir das alles zusammen durchgehen. Posten für Posten.«

Kerstin nickte.

»Dann mal los.«

Sie sahen einander in die Augen, dann wandte Faye sich der Liste zu. Sie hatte ein ungutes Gefühl im Bauch. Mit so etwas hatte sie nicht gerechnet. Und das setzte ihr mehr zu als alles andere.

IM HAUS WAR es still. Alle hatten sich schlafen gelegt. Alle außer Faye. Sie brütete über der Namensliste, ging sie ein ums andere Mal durch. Versuchte, ihre Gedanken zu sortieren.

Die Ziffern flirrten vor ihren Augen. Sie war müde und resigniert – und Letzteres war ein Gefühl, das sie seit Längerem nicht mehr verspürt hatte, nicht mehr seit Jack. Und sie hasste dieses Gefühl. Prompt beschlichen sie verbotene Gedanken: Was, wenn es zu spät wäre? Was, wenn Revenge nicht mehr zu retten wäre? Was, wenn sie in den vergangenen zwei Jahren die Deckung so weit fallen gelassen hatte, dass der Feind sich unbemerkt hatte anpirschen können? Das würde sie sich nie verzeihen. Schwäche war etwas, was sie hinter sich gelassen hatte, bei Jack. Er war Auslöser und Grund für ihre Schwäche gewesen, und dieses Joch durfte er jetzt genauso tragen wie seine schlecht sitzende Gefängniskluft.

Faye schob die Liste von sich weg. Dass auf diese Weise

an ihr Verrat geübt wurde, plagte sie zutiefst. All die Namen auf der Liste, all diejenigen, die ihre Anteile verkauft hatten, waren ihr persönlich bekannt. Sie sah die Gesichter an sich vorbeiziehen, Frauen, denen sie die Grundsätze hinter Revenge persönlich nahegebracht hatte. Frauen, die sie überzeugt hatte und die bereit gewesen waren, auf Revenge und auf Faye zu setzen. Warum hatte keine von ihnen auch nur ein Wort gesagt? Hatte das ganze Gerede von Schwesternschaft gar keine Bedeutung gehabt? Außer für sie selbst?

Sie rieb sich die vor Müdigkeit brennenden Lider und fluchte in sich hinein, als ihr getrocknete Mascara ins Auge geriet. Sie blinzelte ein paarmal hektisch und ging dann ins Bad, um sich abzuschminken. Sie war zu erschöpft, um heute Abend noch etwas zustande zu bringen, das Abenteuer des Vortags forderte inzwischen seinen Tribut, und sie musste sich eingestehen, dass sie niemandem von Nutzen wäre, weder sich selbst noch Revenge, wenn sie nicht bald eine Nacht durchschlafen würde.

Faye hatte gerade die Bettdecke zurückgeschlagen, um zwischen die Laken zu krabbeln, als sie noch mal innehielt. Sie sah zur Tür, verspürte die Sehnsucht am ganzen Leib. Auf leisen Sohlen tapste sie raus auf den Flur. Juliennes Zimmertür war bloß angelehnt, sie mochte es nicht, bei geschlossener Tür zu schlafen. Vorsichtig schob Faye die Tür auf und schlich hinein. Ein kleines Nachtlicht in Form eines Kaninchens verbreitete gedimmtes Licht – gerade genug, um sämtliche Gespenster zu vertreiben. Die Kleine lag auf der Seite, hatte Faye den Rücken zugewandt. Ihr langes blondes Haar war übers Kissen ausgebreitet. Ganz vorsichtig und langsam ging Faye neben ihr in die Hocke. Dann schob sie Juliennes Haar zur Seite und legte sich neben sie. Julienne wimmerte leise im Schlaf, rührte sich leicht, schlief aber weiter, selbst als Faye den Arm um sie legte. Millimeter für Millimeter schmiegte sie sich enger an Julienne heran, bis sie die Nase in deren nach Lavendel und Chlor duftendes Haar geschoben hatte.

Faye schloss die Augen. Spürte, wie die Anspannung nachließ und die Müdigkeit überhandnahm. Wie sie dort mit ihrer Tochter im Arm im Bett lag, war ihr mit einem Mal klar, dass sie alles tun musste, um Revenge zu retten. Und zwar nicht um ihrer selbst willen. Sondern für Julienne.

Fjällbacka – damals

Auch wenn ich erst zwölf war, fühlte es sich an, als wüsste ich über alles im Leben schon Bescheid. Ein Leben in Fjällbacka war vorhersagbar. Zehn Monate Stille, gefolgt von zwei Sommermonaten, in denen Chaos herrschte. Jeder kannte jeden, sogar im Sommer kamen Jahr für Jahr die immer selben Touristen. Und auch zu Hause veränderte sich nichts. Es war das reinste Hamsterrad: weiter, weiter, weiter, ohne je auch nur ein Stück voranzukommen. Ohne dass je etwas anders geworden wäre.

Insofern wusste ich bereits, als wir uns an den Esstisch setzten, dass es wieder einer jener Abende werden würde. Schon als ich aus der Schule gekommen war, hatte ich riechen können, dass Papa getrunken hatte.

Ich hasste und liebte unser Haus. Es war Mamas Elternhaus. Sie hatte es von meinen Großeltern geerbt, und was immer ich an diesem Haus liebte, hatte ausschließlich mit ihr zu tun. Sie hatte ihr Bestes gegeben. Das Haus war gemütlich und wohnlich und sah rundum nach einem freundlichen, glücklichen Zuhause aus: der zerkratzte Holztisch, an dem schon Oma und Opa gesessen hatten. Die weißen Leinengardinen, die Mama selbst genäht hatte. Sie konnte richtig gut nähen. Der gerahmte, in Kreuzstich gestickte Wandteppich, den Oma von ihrer Mutter zur Hochzeit geschenkt bekommen hatte. Das dicke Tau anstelle eines Handlaufs über der ausgetretenen, schiefen Treppe, auf der mehrere Generationen ihre Spuren hinterlassen hatten. Die kleinen Zimmerchen mit den weißen Sprossenfenstern. All das liebte ich.

Was ich hasste, waren die Spuren, die Papa hinterließ. Die Kerben seines Messers in der Küchenbank. Die Schrammen in der hölzernen Küchentür, auf die Papa im Suff während eines Wutanfalls mit den Stiefeln losgegangen war. Die Gardinenstange, die leicht schief hing, seit Papa mal die Gardine runtergerissen hatte, um sie Mama um den Hals zu schlingen, bis Sebastian irgendwann den Mut aufgebracht und ihn von Mama weggezogen hatte.

Den offenen Kamin im Wohnzimmer wiederum liebte ich. Allerdings waren die Bilder darüber der reinste Hohn. Die Familienfotos, die Mama dort hingehängt hatte, diese Illusion eines Lebens, das nicht existierte. Lächelbilder von ihr und Papa, von mir und meinem großen Bruder Sebastian. Ich hätte sie am liebsten runtergerissen, gleichzeitig wollte ich Mama nicht traurig machen. Sie hielt immerhin nur um unseretwillen an der Illusion fest. Einmal hatte sie dort ein Bild ihres Bruders hingestellt, doch als Papa das Foto von Onkel Egil entdeckt hatte, war er komplett ausgerastet. Während Mama im Krankenhaus lag, sorgte Papa dafür, dass das Foto verschwand.

Wie jedes Mal, wenn ich nur darauf wartete, dass gleich alles in die Luft fliegen würde, bekam ich Bauchschmerzen.

Seit ich von der Schule heimgekommen war, hatte Papa Stunde um Stunde in seinem durchgesessenen Sessel vor dem Fernseher verbracht, der nicht mal eingeschaltet war, während der Pegel in seiner Flasche zusehends sank. Mama wusste ebenfalls Bescheid, das konnte ich ihr an den nervösen, fahrigen Bewegungen ansehen. Sie bereitete extrasorgfältig ein Abendbrot aus mehreren von Papas Leibspeisen zu: dicke Schweinespeckstreifen mit braunen Bohnen, Röstzwiebeln und Kartoffeln. Apfelkuchen mit Schlagsahne.

Keiner von uns anderen mochte Speck mit braunen Bohnen, aber wir wussten natürlich, dass wir es trotzdem alle essen würden. Genau wie wir wussten, dass ohnehin nichts mehr würde helfen können. Die kritische Marke war bereits überschritten – wie bei einer Wippe, die den Scheitelpunkt erreicht hatte, ab dem es nur noch abwärts gehen konnte.

Niemand sagte etwas. Wir deckten schweigend den Tisch – mit dem guten Geschirr und Servietten, die ich zu Schmetterlingen faltete. Papa scherte sich nicht um derlei Dinge, aber wir wollten Mama nicht die Hoffnung nehmen, dass es vielleicht doch helfen könnte. Dass er sehen könnte, wie viel Mühe wir uns gegeben hatten, wie gut Mama gekocht hatte. Dass sich angesichts ihrer Fürsorge vielleicht ja doch etwas in ihm rühren und er es bleiben lassen würde. Einfach bleiben lassen. Damit die Wippe zurück in die Ursprungsposition kippte. Aber es gab nichts in ihm, was sich rührte, was sich berühren ließ. Da drin war es leer. Verödet.

»Gösta, Essen ist fertig!«

Mamas Stimme zitterte leicht, auch wenn sie versuchte, beschwingt zu klingen. Zaudernd strich sie sich übers Haar. Sie hatte sich fein gemacht. Das Haar hochgesteckt, eine Bluse und eine schicke Hose angezogen.

Eilig setzten wir uns auf unsere Plätze, und Mama tat Papa extraviel Speck auf, weil sie wusste, dass er das so haben wollte. Genau im richtigen Verhältnis zu den Bohnen, Kartoffeln und gerösteten Zwiebeln. Papa starrte auf seinen Teller hinab. Lange. Viel zu lange. Uns dreien war klar, was das bedeutete. Mir, Mama, Sebastian.

Wir saßen wie erstarrt da, wie erstarrt in einem Gefängnis, in dem Sebastian und ich lebten, seit wir zur Welt gekommen waren. Mama erst, seit sie Papa kennengelernt hatte. Wir saßen wie erstarrt da, während Papa auf seinen Teller hinabstarrte. Dann griff er sich langsam, wie in Zeitlupe, eine Faustvoll Essen. Speck, braune Bohnen, Zwiebeln und Kartoffeln. In seine riesige Faust passte von allem etwas. Mit der freien Hand griff er Mama ins Haar, in die Hochsteckfrisur, mit der sie sich solche Mühe gegeben hatte. Dann drückte er ihr das Essen ins Gesicht. Zerrieb es langsam und gründlich auf ihrem Gesicht.

Mama wehrte sich nicht. Sie wusste, ihre einzige Chance bestand darin, nichts zu tun. Trotzdem war Sebastian und mir klar, dass das heute Abend auch nichts mehr nützen würde. Sein Blick war zu kalt. Die Flasche zu leer. Der Griff in ihre Hochsteckfrisur zu eisern. Wir trauten uns nicht hinzusehen. Oder einander anzusehen.

Langsam stemmte Papa sich hoch. Riss Mama vom Stuhl. Ich sah noch die Reste von Speck und braunen Bohnen in ihrem Gesicht. Aus dem Ofen stieg der Duft von Zucker und Zimt vom Apfelkuchen empor, den Papa so gerne mochte. Ich ging im Kopf die Möglichkeiten durch: Was würde Papa als Nächstes tun? Sämtliche Körperteile, auf die er es abgesehen haben könnte. Vielleicht würde er es wieder mit ein und derselben Stelle wie so oft versuchen. Die Arme hatte er ihr schon fünfmal gebrochen. Die Beine zweimal. Die Rippen bei drei unterschiedlichen Gelegenheiten. Die Nase einmal.

Papa war an dem Abend anscheinend in Experimentierlaune. Mit der ganzen Kraft seines muskulösen Armes donnerte er Mamas verschmiertes Gesicht auf die Tischplatte. Die Zähne landeten an der Tischkante. Wir hörten, wie sie zerbrachen. Fast wäre mir ein Zahnsplitter ins Auge geflogen, meine Wimpern fingen ihn ab, und er landete auf meinem Teller. Mitten in den braunen Bohnen.

Sebastian zuckte heftig zusammen, blickte aber immer noch nicht auf.

»Esst!«, zischte Papa.

Wir aßen. Mit der Gabel schob ich Mamas Zahnsplitter beiseite.

»Kaffee?«

»Nein danke. Aber gerne noch ein Glas Sekt und ein Glas Rotwein.«

»Ich würde einen Kaffee nehmen.«

Kerstin nahm den Pappbecher mit Kaffee von der Flugbegleiterin entgegen, die daraufhin kehrtmachte, um Fayes Bestellung zu bringen.

»Wer, glaubst du, könnte dahinterstecken?«, fragte Faye niedergeschlagen.

»Keine Ahnung. Aber es ist sinnlos, darüber zu spekulieren, solange wir nicht mehr wissen.«

»Ich verstehe nicht, wie ich so naiv sein konnte. Ich hab nie auch nur einen Gedanken darauf verschwendet, dass die anderen Anteilseignerinnen verkaufen könnten, ohne erst mit mir zu sprechen.«

Kerstin zog die Augenbrauen hoch.

»Ich habe dich gewarnt: Es war ein Risiko, so viele Anteile am Unternehmen abzustoßen.«

»Ja, ich weiß«, sagte Faye frustriert und versicherte sich, dass die Flugbegleiterin nicht ausgerechnet jetzt mit ihrer Bestellung zurückkam. »Trotzdem hat es sich damals wie die beste Lösung angefühlt – bei allem, was mit Jack und Julienne passiert war, mit dem Prozess, mit den Medien … und nachdem Chris gestorben war. Ich hab Kapital entnommen und geglaubt, dass ich als Vorstandsvorsitzende weiter die Kontrolle hätte.«

»Wenn's um Geschäftliches geht, ist man mit Glauben schlecht bedient«, sagte Kerstin.

»Ich weiß, das gefällt dir, dieses ›Hab ich's nicht gesagt?‹, aber kannst du mal eine Pause machen? Jetzt reden wir über was anderes. Wenn ich im Flieger sitze und ohnehin nichts tun oder bis zu den Besprechungen morgen nichts weiter herausfinden kann, stresst mich das nur. Außerdem hab ich schon das komplette Wochenende darüber gegrübelt.«

Die Flugbegleiterin brachte einen Piccolo und ein Rotweinfläschchen. Faye tauschte sie gegen die zwei leeren Fläschchen vor ihr auf dem Klapptisch ein. Den Piccolo machte sie gleich auf. Den Rotwein aus der Kühlung klemmte sie sich erst einmal zwischen die Oberschenkel, um ihn aufzuwärmen.

»Vergiss nicht zu trinken«, sagte Kerstin trocken und nippte an ihrem Kaffee, während Faye den Schampus in sich hineinkippte.

»Wie gesagt, die Besprechungen sind erst morgen. Insofern kann ich meine Sorgen heute guten Gewissens in Alkohol ertränken. Und bist es nicht eigentlich du, die mehr trinken sollte? Und die Flugangst hatte?«

»Danke für die Erinnerung. Ich hatte es gerade geschafft, nicht mehr daran zu denken. Aber nein, wenn ich sterbe, dann sterbe ich nüchtern.«

»Klingt total unvernünftig. Und unnötig. Wenn ich schon sterbe, dann will ich sturzbetrunken sterben. Gerne auch mit diesem Piloten dort zwischen den Beinen …«

Faye zog vielsagend eine Augenbraue in die Höhe und nickte in Richtung des Piloten, der soeben das Cockpit verlassen hatte, um mit einer Flugbegleiterin ein paar Worte zu wechseln. Er war gute dreißig, dunkelhaarig, hatte ein charmantes Lächeln und einen Hintern, der auf viele Stunden im Fitnessstudio schließen ließ.

»Weißt du, ich glaube ja, es ist besser, wenn der Pilot sich aufs Steuern dieses Flugzeugs konzentriert und nicht irgendwelchen Eroberungen auf dem Flugzeugklo nachgeht.«

Kerstin blickte nervös drein, und Faye musste lachen.

»Beruhige dich, Kerstin. Genau deshalb hat Gott den Autopiloten erfunden.«

»Damit der Pilot Fluggäste vögeln kann? Das bezweifle ich.«

Faye leerte ihr Sektglas, schraubte das Rotweinfläschchen auf und kippte den Wein ins selbe Glas.

Sie mochte Kerstin von ganzem Herzen, doch gerade stand ihr wieder deutlich vor Augen, dass sie aus unterschiedlichen Generationen stammten. Chris hätte sofort verstanden, was Faye gemeint hatte, und mit ihr gelacht, sie womöglich sogar angestachelt, ihre Pilotenfantasie in die Tat umzusetzen. Seit sie beide sich an der Handelshochschule angefreundet hatten, war Chris für Faye da gewesen. Sie hatte sie angeleitet, sie beschützt, war ihre größte Supporterin gewesen – und ihre ehrlichste Kritikerin. Als Erinnerung an Chris und alles, was sie mit ihr verloren hatte, trug Faye immer ein Fuck-Cancer-Armband.

Kerstin tätschelte ihr die Hand. Wie immer konnte sie Faye ansehen, dass sie gerade an Chris gedacht hatte.

Faye räusperte sich.

»Es dauert noch ein paar Tage, bis die Mietwohnungen, die wir uns ausgeguckt haben, bezugsfertig sind«, sagte sie. »Bis dahin wohnen wir im *Grand Hôtel.*«

»Na, da wird es uns ja an nichts fehlen«, erwiderte Kerstin trocken.

Faye lächelte. Nein, wirklich nicht.

»Ich muss manchmal an die erste Zeit nach der Scheidung zurückdenken«, sagte sie, »als ich bei dir untergeschlüpft bin. Wie wir uns nach dem Abendessen zusammengesetzt und Pläne für Revenge geschmiedet haben.«

»Du warst so umwerfend inspirierend«, sagte Kerstin und tätschelte erneut Fayes Hand. »Und das bist du immer noch.«

Faye musste ein paar Tränchen wegblinzeln. Sie sah wieder in Richtung Cockpit. Der Pilot war schon wieder nach draußen gekommen, um sich kurz mit der Flugbegleiterin zu besprechen. Faye erhob ihr Glas, prostete ihm zu und bekam ein scheues Lächeln zur Antwort.

Wenige Minuten später verkündete der Pilot über Lautsprecher, dass in der Kabine jetzt die Vorbereitungen für den Landeanflug eingeleitet würden. Die Kabinencrew zog los, sammelte Abfall ein und sah nach, ob sämtliche Sitze gerade, die Tische eingeklappt und die Sicherheitsgurte angelegt waren.

Kerstin umklammerte die Armlehnen, dass ihre Fingerknöchel ganz weiß waren, und Faye griff nach ihrer Hand. Strich sachte darüber.

»Die meisten Flugzeugkatastrophen passieren bei Start und Landung«, stieß Kerstin hervor.

Wiederum wenige Minuten später setzten die Räder auf der Erde auf, und Kerstin krallte sich so fest in Fayes Hand, dass sich ihr die Ringe in die Haut drückten. Faye verzog keine Miene.

»Jetzt sind wir ja unten«, sagte sie. »Es ist alles vorbei.«

Kerstin atmete aus und lächelte ihr erleichtert zu.

Sobald das Flugzeug gehalten hatte, klaubten sie ihr Handgepäck zusammen und wandten sich in Richtung Ausgang. Die Crew hatte sich an der Tür aufgestellt und verabschiedete sich von den Fluggästen. Der Pilot fing Fayes Blick auf und steckte ihr diskret seine Visitenkarte zu. Dann lächelte er sie an. Sie hoffte bloß, dass er auch nach Feierabend Uniform tragen durfte.

Sobald sie im *Grand Hôtel* eingecheckt hatten, zog Kerstin sich auf ihr Zimmer zurück, um sich auszuruhen. Faye dachte kurz darüber nach, runter ins Spa zu gehen und sich eine Behandlung zu buchen, doch eigentlich war sie zu rastlos, um jetzt so etwas über sich ergehen zu lassen. Stattdessen steuerte sie die *Cadier Bar* an.

Am langen Tresen ließ sie sich nieder und sah sich um. Die *Cadier Bar* war wie immer bis auf den letzten Platz besetzt. Der Großteil der Gäste waren Geschäftsleute in teuren Anzügen, mit hohen Stirnen und Bäuchen, die von zu vielen Geschäftsessen zeugten. Auch die Frauen waren teuer gekleidet, und Faye ging im Kopf all die Labels durch, die sie auf den ersten Blick erkennen konnte: Hugo Boss, Max Mara, Chanel, Louis Vuitton, Gucci und ein paar Wagemutige, die mit Pucci sämtliche Register zogen. Emilio Pucci – das hieß »teuer, aber rebellisch«. Faye hatte selbst diverse Kleidungsstücke aus den Kollektionen der vergangenen Jahre zu Hause im Kleiderschrank.

Für den heutigen Tag hatte sie sich für etwas Schlichteres entschieden. Die Hose von Furstenberg, eine Seidenbluse von Stella McCartney. Cremefarbene Stücke, die chemisch gereinigt werden mussten. Love-Bracelets von Cartier. Sie zuckte zusammen, als sie entdeckte, dass sie neben ihrem Fuck-Cancer-Armband obendrein ein Armband trug, das Julienne für sie gebastelt hatte: quietschbunte Perlchen, die ohne jede Ordnung aneinandergereiht worden waren. Eilig streifte sie es ab und schob es in ihre Tasche. Für einen Augenblick hatte sie tatsächlich vergessen, dass alle in Schweden der Ansicht waren, Julienne wäre tot.

»Was darf's für Sie sein?«

Ein junger blonder Barkeeper sah sie aufmerksam an, und sie bestellte sich einen Mojito, einen von Chris' Lieblingsdrinks. Sofort sah sie vor sich, wie Chris mit dem Strohhalm im Glas gerührt und diesen verspielten Spott im Blick gehabt hatte, ehe sie Faye von ihrem jüngsten Abenteuer berichtete – sei es innerhalb der Geschäftswelt, sei es mit einem attraktiven jüngeren Mann.

Der Barkeeper drehte sich um und fing an, mit geschmeidigen Bewegungen ein schlankes Glas zu befüllen. Faye angelte ihren Laptop hervor, klappte den Bildschirm auf und fuhr das Gerät hoch. Für die Aktionärsversammlung würde sie erst morgen aktiv werden können, also beschloss sie, dass sie genauso gut an ihren US-Plänen weiterarbeiten konnte, als wäre nichts geschehen. So würde sie zumindest Ruhe bewahren.

Arbeit hatte immer schon diesen Effekt auf sie gehabt. Im Nachhinein war es ihr unbegreiflich, wie Jack sie dazu hatte bringen können, ihr Studium abzubrechen und auf ihre Karriere zu verzichten. Nur um wie ein unseliger Geist zwischen ihren gemeinsamen vier Wänden umherzustreichen oder um endlose Stunden mit inhaltslosen Gesprächen bei sinnlosen Lunch-Verabredungen zuzubringen. War sie je mit diesem Leben glücklich gewesen – bevor alles den Bach runtergegangen war? Oder hatte sie sich das bloß eingeredet? Weil sie gar keine andere Wahl gehabt hatte? Weil sie Jack gegenüber mit dem Rücken zur Wand gestanden hatte?

Jack hatte sie auf eine Weise gebrochen wie nie jemand zuvor. Doch sie hatte Rache geübt, ein erfolgreiches Unternehmen aufgebaut und seines zerschlagen.

Auch Jacks bester Freund und Geschäftspartner Henrik Bergendahl war in der Gosse gelandet und hatte noch mal bei null anfangen müssen. Oder ... na ja, vielleicht nicht bei null. Ein paar Millionen auf der Bank und ein abbezahltes riesiges Haus auf Lidingö hätten wohl die wenigsten als null bezeichnet.

Anfangs hatte er Faye sogar leidgetan. Ihr gegenüber hatte er sich immer einwandfrei verhalten, und es hatte ihn nur deshalb getroffen, weil er nun mal Jacks Geschäftspartner gewesen war. Andererseits wusste sie, dass er seine Frau Alice in einem fort betrogen hatte und der Unterschied zwischen ihm und Jack letztlich so groß nicht war. Sie hatten beide die Frauen in ihrem Leben wie Wegwerfartikel behandelt.

Henrik war wieder auf die Beine gekommen, insofern war der Schaden nicht von Dauer gewesen. Seine Investmentfirma fuhr stattliche Gewinne ein, und sein Vermögen war inzwischen größer, als es zu Compare-Zeiten gewesen war. Sie neidete ihm den Erfolg nicht, aber richtig gönnen wollte sie ihn ihm ebenso wenig. Hätte er Alice nicht so schlecht behandelt, hätte sie womöglich sogar einen Hauch Mitgefühl für ihn aufgebracht, weil er quasi im Vorbeifahren unter ihre Räder geraten war. Allerdings war das nichts, worüber sie sich groß Gedanken machte.

Der Barkeeper stellte lächelnd den Mojito vor ihr ab, und sie bezahlte.

»Wie heißen Sie?« Faye saugte leicht am Strohhalm. Dieser Geschmack erinnerte sie einfach so sehr an Chris …

»Brasse.«

»Brasse? Eine Abkürzung für …?«

»Für gar nichts. Brasse ist mein Taufname.«

»Okay, das müssen Sie mir erklären. Woher stammt der Name?«

Er griff zum Cocktailshaker.

»War die Idee meines Vaters. WM 1994, Brasilien gegen Schweden?«

»1994? Himmel, dann sind Sie …«

»Fünfundzwanzig«, antwortete jemand von der Seite.

Sie drehte sich um und musterte den Mann neben sich von Kopf bis Fuß. Grauer Anzug. Hugo Boss. Weißes Hemd. Frisch gebügelt. Am linken Handgelenk eine Platin-Rolex mit blauem Ziffernblatt – dreihunderttausend Kronen aufwärts. Dichtes blondes Haar. Entweder gute Gene oder ein heimlicher Besuch in irgendeiner Klinik. Relativ durchschnittliches Äußeres, hielt sich aber allem Anschein nach fit. Athlete Factory auf Östermalm, schätzte sie. Schien einer jener Typen zu sein, die gern Kampfsport trainierten.

»Ich weiß, ich sehe jünger aus«, sagte Brasse und befüllte eine russische Matroschka-Puppe mit einem Drink.

»Alt genug«, entgegnete Faye.

Der Mann neben ihr lachte.

»Verzeihung«, sagte sie, »wollten Sie irgendwas von mir?«

»Nein, nein, lassen Sie sich nicht stören …«

Brasse entwischte ans andere Ende des Tresens und nahm dort Bestellungen auf. Faye drehte sich erneut zu dem Mann im grauen Anzug um, der ihr jetzt die Hand entgegenstreckte.

»David«, stellte er sich vor. »David Schiller.«

Widerwillig gab sie ihm die Hand.

»Faye.«

»Was für ein schöner Name. Ungewöhnlich.«

Sie konnte ihm regelrecht ansehen, wie bei ihm der Groschen fiel.

»Sind Sie …?«

»Ja«, antwortete sie knapp.

David schien den Wink zu verstehen und ging nicht weiter darauf ein. Stattdessen nickte er zu ihrem Laptop.

»Sie sind ja fleißig. Aber ich nehme an, daher auch der Erfolg. Ich muss selbst in ein paar Minuten weiter zu einem Termin mit einem Freund.«

»Okay ... und was machen Sie?«

Faye schob den Laptop zur Seite. Brasse war zwar besseres Flirtmaterial, aber mit ihm würde sie sich unmöglich auf die Arbeit konzentrieren können. Da konnte sie sich genauso gut mit diesem Fremden die Zeit vertreiben.

»Finanzbranche. Klischee, ich weiß ... Bankentyp sitzt in der *Cadier Bar* und schlürft Gin Tonic.«

»Stimmt, ein bisschen klischeehaft ist das schon. Oder, nein, ziemlich klischeehaft.«

»Lächerlich, wenn man ganz ehrlich sein will.«

Er lächelte sie an, und mit einem Mal veränderte er sich. Für eine Sekunde sah er fast gut aus.

»Unglaublich lächerlich«, sagte sie und beugte sich vor. »Sollen wir Bankentyp-Bingo spielen? Mal sehen, wie viele Kästchen ich ankreuzen kann?«

»Dann mal los«, sagte er amüsiert, und seine Augen blitzten.

»Okay, ich fange mit etwas Einfachem an.« Sie runzelte leicht die Stirn. »BMW? Ach nein, Alfa Romeo!«

»Bingo!«

Wieder lächelte er, und diesmal kam Faye nicht umhin zurückzulächeln.

»Hm. *Teatergrillen* mindestens ein-, ach was, eher zweimal im Monat?«

»Bingo!«

»Dann ist jetzt die Frage, ob Sie in einer Wohnung oder in einem Haus wohnen. Östermalm oder Djursholm. Oder Saltis vielleicht? Oh ja, ich glaub, ein Haus in Saltsjöbaden.«

»Wieder bingo! Sie sind ja unglaublich.«

»Ja, bin ich. Allerdings waren das bislang nur Selbstverständlichkeiten. Ab jetzt wird's schwieriger …«

Faye nahm den letzten Schluck, und David winkte Brasse heran.

»Noch so einen?«

»Nein, jetzt will ich auch mal diesen Matroschka-Drink probieren.«

Brasse nickte und machte sich an die Arbeit.

»Ich habe hoffentlich nicht bei etwas gestört, was eine aufregende Liebesgeschichte hätte werden können?«

David nickte in Brasses Richtung.

»Ach, allmählich langweilen mich Fünfundzwanzigjährige. Die sind zu bescheiden und zu begeisterungsfähig.«

»Bescheiden und begeisterungsfähig …«

David brach in Gelächter aus. Faye gefiel sein Lachen wirklich.

»Na, dann raten Sie weiter. Bislang haben Sie die volle Punktzahl. Trotzdem irgendwie beunruhigend, dass ich anscheinend so sehr dem Klischee entspreche.«

»Hm, warten Sie … Sie gehen ins Fitnessstudio. Kampfsport? Athlete Factory?«

»Bingo! Da bin ich jetzt wirklich beeindruckt.«

»Welche Sportart?«

»Brasilianisches Ju-Jutsu.«

»War ja klar. Okay, und weiter? Sie haben letztes Jahr Padel-Tennis ausprobiert und sind total begeistert?«

»Bingo!«

»Nur dass Ihre Frau immer noch in der Königlichen Tennishalle klassisches Tennis spielt. Wenn sie nicht gerade reitet.«

Davids Augenbrauen zuckten nach oben.

»Bingo! Und bingo! Oje, jetzt hören Sie aber auf, ich fühle mich schon wie Fredde aus *Solsidan*.«

Bei der Erinnerung an die Fernsehserie musste sie grinsen.

»Worauf grillen Sie?«

David schüttelte den Kopf und schlug beschämt die Hände vors Gesicht.

»Auf einem Summit S-670 GBS. Weber-Gasgrill.«

»There you go.«

Faye nahm ihren Drink entgegen und nippte vorsichtig daran, als Davids Handy aufblinkte und eine SMS vermeldete.

»Mein Termin ist da – er hat sich auf die Terrasse gesetzt. War schön, Sie kennenzulernen … Faye.«

Als er gegangen war, wandte sie sich wieder ihrem Laptop zu und zog ihn an sich heran. Ganz unerwartet hatte David ihr gute Laune beschert. Jetzt konnte sie sich wieder der Arbeit widmen.

Auf dem Bildschirm erschien eine Nachricht. Von Kerstin. Faye griff nach ihrem Drink und hatte ihn schon halb an die Lippen gehoben, als sie in der Bewegung innehielt. Ein weiteres Revenge-Aktienpaket war verkauft worden. Sie schlug den Laptop zu. Ihre gute Laune war wie weggefegt.

Der Kaffee bei AKV Revision schmeckte wie immer dünn und verbrannt. Die Einzelbüros waren winzig und dunkel, und überall standen Regale voller Aktenordner. So viel zum »papierlosen Büro«. Faye und Kerstin hatten sich trotzdem entschieden, das Meeting hier statt in ihren eigenen, wesentlich großzügigeren Räumlichkeiten durchzuführen. Es war sicher ratsam, bis auf Weiteres nach außen keinen Verdacht zu erregen, dass etwas im Busch sein könnte – wie in einem der Comics, die Revenge-Rechnungsprüfer Örjan Birgersson an die Wand gepinnt hatte: eine Ente, die in aller Ruhe über der Wasseroberfläche zu dümpeln schien, während sie unter Wasser wie eine Verrückte strampelte. Genauso fühlte sich Faye im Augenblick auch.

»Mehr Kaffee?«, fragte Örjan überschwänglich, doch sowohl Faye als auch Kerstin schüttelten nachdrücklich den Kopf.

Zu einer Tasse hatten sie der Höflichkeit halber Ja gesagt, aber zwei würde keine von ihnen ertragen.

»Also, wie schätzen Sie die Lage ein?«

Faye beugte sich vor und versuchte, Örjans Gesichtsausdruck zu deuten. Er war klein, grauhaarig und trug eine filigrane Metallbrille. Sein Blick war lebhaft, und er war bei allem, was mit Ziffern, Leistungskennzahlen, Soll und Haben und Krediten zu tun hatte, über die Maßen enthusiastisch.

»Wirklich verzwickt«, sagte er fröhlich, und Faye knirschte mit den Zähnen.

Für sie ging es hier um Leben und Tod. Revenge war ein lebendiger Organismus, ein Wesen aus Fleisch und Blut, das ein- und ausatmete. Chris lebte in Revenge weiter. Julienne war ein Teil von Revenge. Genau wie Kerstin. Wie all die Frauen, deren Wunden und Narben die Grundfesten von Revenge darstellten. Sie alle waren ein lebendiger Teil des Unternehmens. Doch jetzt waren sie es auch, die seine Existenz aufs Spiel setzten.

»Kerstin hat vollkommen recht. Wenn man sich die Transaktionen genauer ansieht, folgen sie demselben Muster. Es deutet einiges darauf hin, dass es sich entsprechend auch um ein und denselben Käufer handelt.«

»Und wissen Sie, wer das sein könnte? Oder wer zumindest der gemeinsame Nenner sein könnte?«

Faye nahm noch einen Schluck Kaffee und verzog das Gesicht. Sie stellte den Becher so weit wie möglich von sich weg, damit ihr derselbe Fehler nicht noch mal unterlief.

»Noch nicht, und das wird auch noch ein Weilchen dauern. Wer immer all diese Aktien kauft – sei es eine Person oder ein Unternehmen –, weiß anscheinend genau, was er tut. Es ist wie ein Garnknäuel – das trifft es womöglich am besten: zig unterschiedliche Gesellschaften, unterschiedlich große Aktienpakete. Wäre die Akquise nicht immer gleich verlaufen, hätte man kaum darauf schließen können, dass dahinter ein und derselbe Käufer steckt. Das Muster hat ihn verraten. Und Kerstin hat es wie gesagt geschickterweise bemerkt.«

Er zwinkerte Kerstin zu, und Faye sah ihn verdutzt an. Kerstin wirkte kein bisschen amüsiert.

»Geben Sie Ihr Bestes, und versuchen Sie dahinterzukommen. Und zwar so schnell wie möglich«, sagte sie in ihrem sachlichsten Tonfall.

Örjan schien den Unterton nicht zu bemerken und strahlte sie weiter an.

»Selbstverständlich, Kerstin. Selbstverständlich. Hier bei AKV geben wir stets unser Bestes, und wenn ich das auch noch sagen darf: Ich gehöre darüber hinaus zu den Besten der Branche. Ich weiß zum Beispiel noch, wie wir mal einen Auftrag vom Militär …«

»Wo liegen wir derzeit?«, fiel Faye ihm ins Wort.

Sie wusste aus Erfahrung, dass Örjans Wirtschaftsprüfer-Kriegserzählungen sowohl langatmig als auch tödlich waren, zumindest was die Lebensfreude desjenigen betraf, der zum Zuhören verdammt war.

»Es sieht nicht wahnsinnig rosig aus.«

»Das haben wir schon verstanden. Wir brauchen Details.«

Faye hörte selbst, wie streng sie klang, aber ihr Stress mischte sich jetzt mit Ungeduld. Sie war eine Frau, die anpacken wollte, sie musste Dinge bewegen. Doch solange nicht sämtliche relevanten Fakten auf dem Tisch lagen, waren ihre Handlungsoptionen eingeschränkt. Wenn sie zurückschlagen wollte, dann musste sie wissen, mit wem sie es zu tun hatte und wie sie es würde anstellen können.

»Ich hab mir die gestrigen Transaktionen noch mal ganz genau angesehen. Es scheint fast, als würde sich der Käufer inzwischen nicht mehr darum scheren, ob Sie davon Wind kriegen. Wenn Sie mich fragen, geht er mittlerweile sowieso davon aus, dass die Alarmglocken geschrillt haben.«

Faye brummte in sich hinein, und Kerstin legte ihr beruhigend die Hand auf den Unterarm. Niemand würde einfach so kommen und ihr wegnehmen, was ihr gehörte. Es konnte niemand einfach daherkommen und ihr das nehmen, wofür sie so viel riskiert und geopfert hatte.

Nach Chris' Tod hatte sie deren Firma in die Revenge-Struktur eingegliedert. Was im Umkehrschluss auch bedeutete, dass ihr sogar weggenommen werden könnte, was Chris aufgebaut hatte – Chris' komplettes Haarpflegeimperium! Wenn Faye das zuließe, dann wusste sie eins ganz genau: nämlich dass Chris aus dem Jenseits zurückkommen und Faye eigenhändig erwürgen würde, wenn sie auch nur die geringste Möglichkeit dazu hätte. In dem Fall würde sie ab sofort immer ein Auge offen halten müssen, wenn sie sich schlafen legte.

»Finden Sie heraus, wer dahintersteckt. Und geben Sie uns eine Übersicht von allem, was Sie bislang zusammengestellt haben. Von da sehen wir weiter.«

Faye stand auf, und Örjan blickte enttäuscht drein. Er sah zu Kerstin, die sich ebenfalls erhoben hatte, zu ihrer Handtasche griff und sich den Rock glatt strich.

»Mir ist klar, dass Sie einiges zu tun haben, aber essen müssen Sie doch ohnehin, und ich dachte …«

Er sah immer noch Kerstin an, die Faye in Panik anstieß.

Faye räusperte sich.

»Das schaffen wir jetzt leider nicht, aber Sie haben ja meine Nummer. Rufen Sie mich an, sobald Sie etwas wissen.«

»Natürlich. Trotzdem fürchte ich, es wird euch Mädels nicht leichtfallen, das hier in Ordnung zu bringen. Vielleicht sollten Sie Leute von McKinsey beauftragen – die haben Jungs, die mit allen Wassern gewaschen sind …«

»Nein danke.«

Faye schmetterte die Tür hinter ihnen zu.

»Dieser Örjan wird ausgetauscht«, sagte sie, sowie sie ins Taxi stiegen. »Wir müssen jemand Neuen finden.«

Kerstin nickte.

»War spätestens in dem Moment klar, als er uns ›Mädels‹ genannt hat.«

Als das Taxi vor der goldgerahmten Drehtür des *Grand Hôtels* hielt, stiegen sie aus.

Faye nahm Handtasche und Mantel und sah zu Kerstin. »Lunch?«

»Ich will lieber gleich ein paar Dinge recherchieren. Okay, wenn du alleine zu Mittag isst?«

»Ja, ich komme klar, ich habe auch noch zu tun. Aber dann sehen wir uns um zwei? In meinem Zimmer? Und dann machen wir einen Plan.«

»Super, zwei Uhr passt wunderbar.«

Kerstin trat als Erste aus der Drehtür, Faye folgte im nächsten Tortenstück. Sie warf sich den Mantel über den freien Arm, um in ihrer Handtasche nach der Schlüsselkarte zu kramen, und zuckte zusammen, als jemand von hinten an dem Mantel zog. Sie wirbelte herum. Der Mantel war in der Drehtür hängen geblieben.

»Verdammt noch mal!«

Sie zerrte an dem Kleidungsstück, doch es saß fest. Der Portier kam von seinem Pult in der Lobby, um zu helfen – vergebens. Er sah Faye bedauernd an und eilte dann die Treppe hinauf, um Hilfe zu holen, während Faye weiter an ihrem Mantel riss.

Jemand klopfte an die Glasscheibe. Es war David, der Mann aus der Bar.

»Machen Sie einen Schritt zurück, dann schiebe ich die Tür von innen auf. Die Tür wird sich kein Stück bewegen, wenn Sie weiter an Ihrem Mantel ziehen.«

»Hab ich schon bemerkt«, erwiderte Faye säuerlich.

Sie machte einen Schritt rückwärts. Vorsichtig drückte David gegen die Tür, die einen Spaltbreit aufging, sodass sie den Mantel herausziehen konnte. Der Portier, der soeben mit dem Concierge die Treppe heruntergeeilt kam, sah erleichtert aus.

David lächelte sie an.

»Schön, dass das glattging.«

»Auf dem Weg zum Mittagspausen-Padel?«, erkundigte sich Faye mürrisch.

Sie hätte dankbar sein sollen, aber er sah einfach unerträglich selbstzufrieden aus, weil er gerade den Retter in der Not hatte spielen dürfen.

»Nein, ich dachte, ich gehe irgendwo in der Nähe etwas essen. Haben Sie schon gegessen?«

»Nein«, antwortete sie und biss sich sofort auf die Zunge.

»Und möchten Sie etwas essen?«

»Ja ... oder ... nein. Ich muss ein bisschen arbeiten und dachte, ich nehme mir ...«

»Wunderbar, dann essen wir doch zusammen! Möchten Sie hierbleiben oder woanders hingehen?«

»Hierbleiben.«

Erneut biss sich Faye auf die Zunge. Was bitte schön war mit ihr los? Sie hatte nicht einmal Lust, mit diesem Mann zu Mittag zu essen.

Andererseits würde sie sich nach dem Meeting mit ihrem Rechnungsprüfer ohnehin nicht auf die Arbeit konzentrieren können. Da konnte sie genauso gut etwas Anständiges essen.

»Im Bistro. Sie zahlen«, sagte sie.

Wieder hatte er dieses Lächeln aufgelegt.

»Deal.«

»Und ich warne Sie: Ich bin teuer im Unterhalt. Ich esse wie ein Waldarbeiter. Und trinke Champagner wie eine Trophy Wife, die man gerade erst für die Sekretärin hat sitzen lassen.«

»Kein Problem. Ich habe die Mittel.«

Er machte ein paar Schritte über den Treppenläufer, ehe

er sich erneut umdrehte und sie aufmunternd ansah. Sie seufzte und setzte sich in Bewegung.

»Übrigens war das Quatsch. Sie zahlen nicht. Ich zahle.«

David zuckte mit den Schultern.

»Ihre Entscheidung. Aber ich warne Sie: Ich bin ebenfalls teuer im Unterhalt.«

»Und ich habe ebenfalls die Mittel«, erwiderte Faye.

Die Frage war nur, wie lange das noch der Wahrheit entsprach.

»WILLST DU NICHT doch mal eine Auster probieren? Nur eine kleine?«

Kerstin sah Faye angewidert an.

»Ich weiß nicht, wie oft du mich das schon gefragt hast. Und hast du je eine andere Antwort gekriegt? Nein.«

»Die sind richtig gut, ehrlich!«

Faye drückte eine Zitronenspalte über einer Auster aus und nahm sich dazu einen kleinen Teelöffel voll fein gehackter, eingelegter roter Zwiebeln.

»Also, du weißt gar nicht, was dir entgeht.«

»Ich bevorzuge Essen, das durchgegart ist. Wie diesen Hummer beispielsweise. Da besteht doch auch niemand darauf, ihn roh zu essen.«

Kerstin streckte sich nach einer Hummerhälfte auf der Meeresfrüchteplatte, die zwischen ihnen stand. Der Sturehof sirrte nur so von laut lachenden Gästen, klapperndem Besteck und Kellnern in elegant weißen Livrees mit goldenen Accessoires, die wendig zwischen den Tischen hindurchmanövrierten.

»Hering magst du aber?«

»Der ist zumindest nicht roh, der ist … Wie verdammt noch mal wird Hering zubereitet? Wird der gebeizt? Eingelegt? Auf alle Fälle ist er nicht roh.«

»Wenn du meinst …«

»Sei jetzt still, und iss deine Schalentiere. Sonst nehme ich mir auch noch die andere Hummerhälfte.«

»Nimm nur, ich bin vom Lunch immer noch satt.«

Faye lehnte sich auf ihrem Stuhl zurück und nippte an ihrem Glas. Zum großen Entsetzen des Kellners hatte sie eine Flasche Amarone bestellt. Anscheinend trank man zu Meeresfrüchten keinen Amarone. Dann wiederum war das Personal hier so gut dressiert, dass niemand sie darauf hingewiesen hatte. Immerhin war der Gast König. Auch wenn der Sommelier garantiert gerade in der Küche stand und heulte.

»Lunch, ja … War's … nett?«

»Ach, das war nichts Besonderes – bin bloß mit dem Typen zusammengestoßen, der mich gestern in der Hotelbar angesprochen hatte. Genau die Art Mann, mit der man in der *Cadier Bar* rechnet.«

»Aber es klang, als hättet ihr Spaß gehabt? Du hast seinen Namen jetzt schon mehrmals erwähnt …«

»Jetzt wirst du aber neugierig!«

Faye nahm einen Kaisergranat und knackte ihn routiniert. Wenn man aus Fjällbacka stammte, konnte man Schalentiere selbst im Schlaf richtig zerteilen.

»Ja, na ja … Aber unterhaltsam war es. Guter Humor, und er ist gebildet, ohne belehrend zu sein. Immer eine gute Eigenschaft an einem Mann.«

Kerstin zog die Augenbrauen hoch, und Faye schüttelte den Kopf.

»Genug von meinem Lunch. Also, haben wir schon einen Plan?«

Sie hatten den Nachmittag in Fayes Hotelzimmer zugebracht, alles zusammengetragen, was sie bislang in Erfahrung gebracht hatten, und überlegt, welche Optionen ihnen jetzt blieben. Es waren weniger als erhofft. Sie hatten Namen von Firmen und Einzelpersonen heruntergerattert, von denen sie sich vorstellen konnten, dass sie potenziell hinter den Käufen steckten, doch keiner davon hatte sich als wahrscheinlichster Kandidat herauskristallisiert. Faye hatte schlichtweg keinen Schimmer, wer ihr Revenge wegnehmen wollte.

Ebenso wenig begriff sie, wie ihre Teilhaberinnen sie derart hatten hintergehen können. Jene Frauen, die selbst zum Wachstum und Erfolg von Revenge beigetragen hatten. Es hatte keinerlei Unstimmigkeiten gegeben. Fayes Führungsstil war immer mit Beifall quittiert worden, mit Lobeshymnen in der Presse und sogar mit der Wahl zur Geschäftsfrau des Jahres. Niemand hatte je Missfallen signalisiert oder auch nur die nichtigste Beschwerde vorgebracht, auf die ihre Alarmglocken hätten losschrillen müssen. Sie verstand es einfach nicht.

»Du kannst den Kopf doch nicht einfach liegen lassen!« Faye zeigte auf Kerstins Hummerhälfte. »Das Braune da ist die sogenannte Hummerbutter – das ist das Allerbeste! Und du weißt schon, dass du das Fleisch aus den Beinchen saugen kannst? Und dann stecken da im Schwanz noch kleinere, flache Stücke Hummerfleisch, wenn du die einzelnen Segmente auseinandernimmst …«

»Lass mich mein Essen so essen, wie ich das will«, murmelte Kerstin, legte den Hummerpanzer auf das Eis auf der Platte und nahm sich stattdessen mehrere Garnelen.

»Du kannst dir ja nächstes Mal ein bisschen Hummer aus der Dose bestellen, dann bleibt dir die Arbeit mit dem Panzer erspart …«

Kerstin schüttelte lachend den Kopf und schob sich den Pony mit dem Handrücken aus dem Gesicht. Faye nahm einen Schluck Amarone und ließ Kerstin nicht aus den Augen, die anscheinend auch Schwierigkeiten hatte, ihre Garnelen zu schälen. Erneut dachte sie, wie dankbar sie war, dass Kerstin in ihr Leben getreten war. Wie anders damals alles gewesen war, als sie einander gerade erst kennengelernt hatten. Als Faye in Kerstins Villa in Enskede ein Zimmer gemietet hatte, hatte Kerstin dort allein gelebt, seit dieser Mistkerl von ihrem Ehemann nach einem Schlaganfall im Pflegeheim lag – was Kerstin kein bisschen bedauert hatte, weil er ihr zuvor das Leben psychisch wie physisch zur Hölle gemacht hatte. Nach und nach waren sie zu einer Art Familie zusammengewachsen, und inzwischen gingen sie füreinander durchs Feuer. Faye fiel es schwer, Vertrauen zu anderen Menschen zu fassen, aber Kerstin vertraute sie blind.

Der Blick eines gut gekleideten älteren Herrn mit weißem Haarschopf und akkurat gestutztem Schnurrbart blieb ein wenig zu lange an Kerstin hängen. Unter dem Tisch versetzte Faye ihr einen Tritt.

»Da, auf zwei Uhr – der Typ sieht aus, als wäre er direkt der Kolonialzeit entsprungen. Er kann die Augen gar nicht von dir abwenden. Hast du in Moschusöl oder so gebadet, oder was geht hier vor?«

Kerstin errötete bis über beide Ohren.

»Darauf erwartest du ja wohl keine Antwort. Bestell mir stattdessen lieber ein Glas Chardonnay, und wir gehen den Plan für morgen noch mal durch.«

Faye winkte den Kellner heran und gab Kerstins Wunsch an ihn weiter. Der Mann mit dem Schnurrbart lächelte Kerstin an, die sich wiederum alle Mühe gab, ihn zu ignorieren.

»Erst *Skavlan*, und dann teilen wir uns auf und sprechen mit so vielen Aktionärinnen wie nur möglich, die noch nicht verkauft haben.«

Faye nahm sich eine Garnele von der großen Silberplatte.

»Das Wichtigste ist, dass wir nicht durchblicken lassen, dass etwas nicht stimmt. Dass die Firma unter Beschuss steht, dürfen sie fürs Erste nicht erfahren.«

»Ja, schon klar. Aber das Allerwichtigste ist trotzdem, dass wir die übrigen Teilhaberinnen davon abbringen, ebenfalls zu verkaufen.«

»Von dem Herrn dort drüben.«

Der Kellner schob einen Champagnerkühler mitsamt Flasche neben ihren Tisch und stellte mit einer eleganten Bewegung zwei schlanke Champagnerflöten vor ihnen ab. Dann entkorkte er mit einem Plopp die Flasche.

Faye zog vielsagend eine Augenbraue hoch. Kerstin schnaubte.

»Hab ich's doch gewusst«, sagte Faye. »Moschusöl!«

Insgeheim ahnte sie, dass in Wahrheit das Glück dahintersteckte, das Kerstin ausstrahlte, seit sie Bengt kennengelernt hatte, und dass Männer dieser Ausstrahlung einfach nicht widerstehen konnten.

Faye nickte dem Kolonial-Onkelchen zu, das sein Glas erhob und ihnen mit einem breiten Lächeln zuprostete. Erneut versetzte sie Kerstin unter dem Tisch einen Tritt.

»Jetzt benimm dich! Proste ihm zu und bedank dich! Man weiß nie, wozu es gut ist.«

»Faye!«

Kerstin errötete erneut. Trotzdem nahm sie ihr Glas und prostete dem Mann gnädig zu.

Das Scheinwerferlicht im Fernsehstudio blendete sie, und Faye hatte jedes Gefühl für die Zeit eingebüßt, wusste nicht mehr, wie lange das Interview bereits andauerte oder wie lange sie noch würde dasitzen müssen. Das Publikum verteilte sich wie eine hungrige, gesichtslose Meute in den Reihen auf der Empore und lauerte auf jedes Wort, jede Regung in ihrem Gesicht.

Normalerweise fühlte sie sich in einer solchen Situation wohl. Die kleine Rampensau in ihr liebte es, vor Publikum aufzutreten und den Nervenkitzel einer Fernsehaufzeichnung zu spüren. Heute jedoch war sie innerlich zerrissen und nervös.

Sie hatte bei dem Gedanken an die Aktientransaktionen die halbe Nacht wach gelegen und sich hin- und hergewälzt. Sie war die bevorstehenden Gespräche mit den Frauen, die sie davon überzeugen musste, an ihren Anteilen festzuhalten, zigmal im Kopf durchgegangen. Wie würde sie es schaffen, nicht mal anzudeuten, dass sich etwas anbahnte? Es wäre keine leichte Aufgabe. Sie würde dazu sowohl Taktgefühl als auch Raffinesse an den Tag legen müssen.

Als das Schweigen ein wenig zu lange anhielt, riss sie sich wieder zusammen. Man hatte ihr eine Frage gestellt und erwartete nun eine Antwort.

»Wir planen, in den USA zu expandieren«, hörte sie sich sagen. »Ich bin für einen knappen Monat in Stockholm, um potenzielle Investoren zu treffen und die letzten Details zu klären. Außerdem will ich persönlich die Neuemissionen auf den Weg bringen.«

Ihr war schrecklich warm. Schweiß perlte ihr über den unteren Rücken.

Fredrik Skavlan, der norwegische Talkmaster, richtete sich gerade auf.

»Aber dieser Ehrgeiz ... Was treibt Sie an? Sie sind doch bereits Millionärin. Und eine Ikone des Feminismus.«

Faye ließ zu, dass sich Stille breitmachte. Die anderen Talkgäste waren ein amerikanischer Hollywoodschauspieler, eine Professorin der Linguistik, die jüngst einen Sachbuch-Bestseller veröffentlicht hatte, sowie eine Frau, die trotz Beinprothese den Mount Everest bestiegen hatte. Der Hollywoodschauspieler hatte unaufhörlich mit Faye geflirtet, seit sie das Fernsehstudio betreten hatte.

»Kurz bevor meine beste Freundin Chris starb, hat sie mir das Versprechen abgenommen, dass ich für uns beide weiterleben würde. Da will ich doch sehen, wie weit ich komme und was ich noch auf die Beine stellen kann. Meine größte Angst wäre, zu sterben, ohne mein volles Potenzial entfaltet zu haben.«

»Und Julienne, Ihre Tochter, die von Ihrem Ex-Mann ermordet wurde – welche Rolle spielt ihr Andenken für Sie?«

Fredrik Skavlan lehnte sich vor. Die Anspannung im Studio stieg.

Sie zögerte ihre Antwort hinaus, heizte die Atmosphäre ganz bewusst an. Ließ zu, dass sie den Siedepunkt erreichte. Die Antwort hatte sie eingeübt. Jetzt war es wichtig, dass sie authentisch rüberkam.

»Bei allem, was ich tue, habe ich sie im Herzen. Wenn

die Trauer und der Schmerz zu übermächtig werden, kann ich mich immer in die Arbeit stürzen. Dann treibe ich Revenge voran und mache den nächsten Schritt in Richtung Wachstum, nur um selbst nicht zugrunde zu gehen. Um mich nicht ebenfalls in die Unmengen von Frauen einzureihen, die von Männern in den Schatten gedrängt und zum Schweigen gebracht wurden. Ich kann nicht zulassen, dass der Mann, den ich einst geliebt habe und der unsere Tochter umgebracht hat, mich ebenfalls umbringt.«

Faye presste die Lippen aufeinander, als ihr eine einsame Träne über die Wange lief und auf den schwarz glänzenden Studioboden tropfte. Das war nicht schwer gewesen. Ihr Schmerz lauerte so nah unter der Oberfläche, dass es ein Leichtes war, ihn heraufzubeschwören.

»Danke, Faye Adelheim, dass Sie zu uns gekommen sind und uns von sich erzählt haben. Ich weiß, dass Sie es eilig haben und gleich weitermüssen.«

Das Studiopublikum sprang auf und spendete ohrenbetäubenden Applaus, der gar nicht mehr aufhören wollte. Sie klatschten immer noch, als Faye durchs Studio und an der Empore vorbei in den Backstagebereich taumelte.

Auf dem Weg zu ihrer Garderobe bat sie im Vorbeigehen eine junge Frau mit Headset, ein Taxi zu rufen. Ein Stück entfernt hörte sie, wie der Hollywoodschauspieler über den Flur ihren Namen rief. Sie ignorierte ihn und schob die Tür hinter sich ins Schloss. In der Garderobe surrte ein Ventilator; ein durchgesessenes senfgelbes Sofa in der Ecke sah aus, als hätte jemand vergessen, es hinauszuräumen. Faye hielt inne. Ließ sich gegen die Wand sinken und versuchte, sich im Spiegel anzulächeln. Auftrag ausgeführt. Es war alles glattgegangen. Die einzelnen Puzzleteile – Lügen, Wahrheiten und Halbwahrheiten –

waren zu jenem Gesamteindruck zusammengefügt, den sie von sich hatte vermitteln wollen. Trotzdem verspürte sie nicht den Adrenalinrausch, der sie nach einem gelungenen Fernsehauftritt üblicherweise packte. Sie konnte die Besorgnis, die sich wie eine klamme Decke über sie gelegt hatte, einfach nicht abschütteln. Sie hatte den Fehler begangen, die Zukunft als selbstverständlich zu erachten. Sie hatte sich von der gleichen Hybris verleiten lassen, die Ikaros mit seinen Flügeln aus Wachs zu nah an die Sonne gelockt hatte. Und jetzt, da das Wachs schmolz und ihre Flügel mit einem Mal zunichte waren, bezahlte sie den Preis dafür.

Fjällbacka – damals

Das erste Mal vergewaltigt wurde ich an meinem dreizehnten Geburtstag. Im Grunde war es ein Tag wie jeder andere auch. Es war eher Zufall, dass ich ausgerechnet an dem Tag auch noch Geburtstag hatte. Gefeiert habe ich nicht, weil Papa der Ansicht war, dass das reinste Verschwendung wäre, außerdem hatte er keine Lust, vor der Arbeit extrafrüh aufzustehen, um für mich zu singen.

Beim Abendbrot – es gab Fisch-Gratin – saßen wir schweigend beieinander. Sebastian, Mama, Papa und ich. Hier und da versuchte Mama, ein bisschen Small Talk zu betreiben, stellte alltägliche Fragen, um ein Gespräch in Gang zu bringen und für ein paar Sekunden zumindest so etwas Ähnliches wie Normalität herzustellen, aber dann blaffte Papa sie an, sie solle das Maul halten, und auch sie saß nur noch da und stocherte in ihrem Essen. Ich fand es trotzdem gut, dass sie es zumindest versucht hatte. Vermutlich stimmte es nicht, aber ich bildete mir ein, dass sie sich besondere Mühe gegeben hatte, weil es mein Geburtstag war. Unter dem Tisch strich ich ihr in stummem Dank flüchtig über die Hand, wusste aber nicht, ob sie es mitbekam.

Als Papa fertig war, stand er auf und verschwand. Seinen Teller ließ er auf dem Tisch stehen. Sebastian stellte seinen neben die Spüle. Für Mama und mich war es kein Problem, den Abwasch zu übernehmen, im Gegenteil, Mama hielt sich ganz bewusst so oft wie nur möglich in der Küche auf und kochte, damit die Momente, in denen wir unsere Ruhe hatten, so lange andauerten, wie es nur ging.

Im Wohnzimmer ging der Fernseher an, und wir lächelten einander erleichtert zu, weil wir in der Küche alleine geblieben waren. Im Schutz des klappernden Geschirrs und des laufenden Wasserhahns erzählten wir uns im Flüsterton, was uns der Tag bislang beschert hatte. Ich hatte es mir angewöhnt, alles ein bisschen auszuschmücken und Dinge hinzuzuerfinden, Sachen, die nett klangen, damit sie sich keine Sorgen machte. Ich glaube, sie tat das Gleiche. Dieser kurze Moment in der Küche war unsere Atempause – und warum hätten wir die mit etwas so Deprimierendem wie der Wirklichkeit zerstören sollen?

»Komm!«

Mama nahm mich bei der Hand und ließ das Wasser laufen, damit Papa glaubte, dass wir immer noch mit dem Abwasch beschäftigt wären. Ich schlich hinter ihr her in den Flur. Sie schob die Hand in ihre Jackentasche – vorsichtig, damit kein Rascheln zu hören war –, und drückte mir dann eine kleine Schachtel mit Geschenkband und Schleife in die Hand.

»Herzlichen Glückwunsch zum Geburtstag, Liebling«, flüsterte sie.

Vorsichtig zog ich die Schleife auf, wickelte das Geschenkpapier ab und machte den Deckel einer kleinen Schachtel auf. Darin lag eine Silberkette mit einem Anhänger in Form von Flügeln. Es war das Schönste, was ich je gesehen hatte.

Ich fiel Mama um den Hals. Nahm sie fest in die Arme, atmete ihren Duft ein und spürte, wie unruhig ihr Herz pochte. Als wir uns aus der Umarmung lösten, nahm sie die Kette heraus und legte sie mir um den Hals. Dann tätschelte sie mir sanft die Wange und kehrte zur Spüle zurück. Ich fuhr mit den Fingern über die Flügel. Sie fühlten sich zerbrechlich an.

Im Wohnzimmer hustete Papa. Ich ließ die Flügel los, schob die Kette unter meinen Pulloverausschnitt und gesellte mich wieder zu Mama, um ihr beim Abwasch zu helfen.

Ich lief hoch in mein Zimmer, das direkt neben Sebastians Zimmer lag. Meine Hausaufgaben hatte ich im Handumdrehen erledigt. Auch wenn ich weiterhin die siebte Klasse besuchte, benutzte ich bereits das Mathebuch der neunten. Ich hatte dagegen protestiert, weil ich genau wusste, dass meine Klassenkameraden sich darüber aufregen und mich deshalb schneiden würden, aber meine Lehrerin hatte darauf bestanden und gesagt, ich müsse mich anstrengen, wenn ich es in dieser Welt zu etwas bringen wolle.

Mein Schreibtisch war uralt, klapprig und schief. Voll

mit Schmierern, wo mein Stift übers Papier hinausgerutscht war. Den gefalteten Papierbogen unter einem Tischbein musste ich regelmäßig neu justieren, damit der Tisch nicht kippelte.

Ich legte meinen Stift beiseite und dehnte den Nacken. Wie so oft blieb mein Blick am Bücherregal hängen. Lauter zerlesene, zerfledderte Bücher. Immer wieder musste ich schweren Herzens das eine oder andere aussortieren, um Platz für neue Bücher zu schaffen, die ich auf Flohmärkten gefunden oder von Ella, der freundlichen Bibliothekarin, bekommen hatte, wann immer die Bibliothek in Fjällbacka ausmistete.

Ein paar Bücher hätte ich niemals weggegeben. *Kleine Frauen. Tess von d'Urbervilles. Love* von Shirley Conran. *Die Teufelin. Kristin Lavranstochter. Dornenvögel. Sturmhöhe. Prinzessin Sara.* Diese Bücher hatte ich nicht nur von Mama geerbt – es waren auch die Erinnerungen, die Momente, in denen ich in andere Welten abtauchen konnte. Meiner eigenen Welt entfliehen konnte. Und jemand anders wurde.

Wo an der Wand keine Regale standen, hatte ich Porträts meiner Lieblingsschriftsteller aufgehängt. Wo bei den anderen Mädchen aus meiner Klasse Take That, Bon Jovi, Blur und Boyzone hingen, hingen bei mir Selma Lagerlöf, Sidney Sheldon, Arthur Conan Doyle, Stephen King und Jackie Collins. Die waren allesamt früher Mamas Idole gewesen. Jetzt waren sie meine Idole. Meine Helden. Sie entführten mich aus der Wirklichkeit und versetzten mich an andere Orte. Ich wusste, dass das ein bisschen eigen war, aber es kam mich ja doch niemand besuchen, wer hätte die Bilder also sehen sollen?

Ohne mir die Zähne geputzt zu haben, legte ich mich

ins Bett. Nebenan hörte ich, wie Sebastian in seinem Zimmer auf und ab ging. Im Erdgeschoss brüllte Papa Mama an, sie schwieg, biss die Zähne zusammen, und ich hätte schwören können, dass sie ihm gerade versprach, sich zu bessern, und hoffte, das würde reichen, um nicht wieder grün und blau geprügelt zu werden. Allein in diesem Jahr war sie schon viermal in der Notaufnahme gewesen. Dort mussten sie ihre faulen Ausreden doch durchschaut haben – die Türen, in die sie reingerannt, und die Treppe, die sie runtergefallen war. Ein komplettes Haus, dessen Einrichtung sich gegen sie verschworen zu haben schien, wie ein übermächtiger hölzerner Feind. Das konnte ihr doch niemand glauben. Trotzdem unternahm keiner etwas. In dieser kleinen Gemeinde durften die Leute ihre Geheimnisse für sich behalten. Es war schlichtweg einfacher, wenn alle Fäden weiter aneinander anknüpften und voneinander abhingen, wie in einem gigantischen Spinnennetz.

Ich legte mich auf die Seite, mit dem Gesicht zur Wand, und schob die Hände unter den Kopf. Als wir kleiner gewesen waren, hatten Sebastian und ich immer miteinander kommuniziert, indem wir an die Wand zwischen unseren Zimmern klopften. Besonders dann, wenn Mama verprügelt wurde. Zuletzt hatten wir das vor ein paar Jahren gemacht. Manchmal hatte er auch bei mir geschlafen, wenn Mama und Papa Streit gehabt hatten. Hatte sich neben mir eingerollt wie ein Hundewelpe. Aber häufiger hatten wir an die Wand geklopft. Eines Abends hatte er nicht mehr geantwortet. Ich versuchte es, wochenlang, bis zu jenem Tag, an dem ich umso verzweifelter klopfte und auf eine Reaktion hoffte und er in mein Zimmer gestürmt kam und mich anschrie, ich solle endlich damit aufhören.

»Du kleine Schlampe«, kreischte er.

Stammelnd bat ich ihn um Verzeihung. Doch insgeheim war ich schockiert darüber, wie er mich genannt hatte.

Das musste ungefähr zur selben Zeit gewesen sein, als das Mobbing gegen ihn aufhörte und er anfing, mit zwei älteren Jungs rumzuhängen, die zu den Coolen zählten. Tomas und Roger.

Tomas fing immer meinen Blick auf, wenn wir uns in der Schule über den Weg liefen. Er hatte etwas an sich, etwas Kaputtes und doch Anziehendes, was dazu führte, dass ich immer ein bisschen langsamer wurde, wenn wir uns auf dem Schulflur begegneten. Ein Teil von mir hoffte, dass er Sebastian einmal besuchen würde. Ein anderer Teil von mir hoffte, dass das niemals passieren würde.

Ich knipste das Deckenlicht aus, und mein Bett verwandelte sich in eine kleine Lichtinsel inmitten von Dunkelheit. Nachdem ich meinen Agatha-Christie-Krimi vor dem Abendessen fertig gelesen hatte und nicht mehr zur Bibliothek gekommen war, um mir etwas Neues auszuleihen, nahm ich *Die Abenteuer des Huckleberry Finn* zur Hand, auch so ein Buch, das ich niemals hätte hergeben können und das ich schon mindestens zehnmal gelesen hatte.

Meine Augen brannten vor Müdigkeit, doch es gab so viel, was ich verdrängen musste, also las ich weiter, um mich nicht mit meinen Gedanken beschäftigen zu müssen. Je müder ich wäre, umso schneller würde ich einschlafen, statt noch eine Weile wach zu liegen.

Es muss kurz vor Mitternacht gewesen sein, als eine Zimmertür aufging. Ich rechnete damit, dass gleich die Treppe knarzte, weil jemand nach unten auf die Toilette schlich. Aber es kam kein Knarzen, stattdessen ging die

Tür zu meinem Zimmer auf. Erst war ich froh, weil ich glaubte, dass das bedeutete, Sebastian und ich würden endlich wieder miteinander reden. Ich hatte ihn zuletzt unendlich vermisst.

Die Cadier Bar war bloß halb voll. Touristen und Geschäftsleute mit Drinks in der Hand hatten sich auf die Sitzgruppen verteilt. Kellner wieselten auf und ab. Faye schob das leere Tellerchen beiseite, und sofort stand eine Bedienung parat und fragte, ob sie noch etwas wünsche. Faye schüttelte den Kopf, lehnte sich zurück und sah hinüber zum erleuchteten Schloss am anderen Ufer des Strömmen. Eine Gruppe Amerikaner am Nachbartisch ließ sich lautstark und missmutig darüber aus, was die Schweden sich bitte unter einem Schloss vorstellten – ihnen zufolge sah es eher aus wie ein Gefängnis. Sie argwöhnte, dass all die Disney-Schlösser bei ihnen falsche Erwartungen geweckt hatten.

Sie war nach diesem anstrengenden Tag fix und fertig. Erst *Skavlan*, dann diverse Gespräche mit Aktionärinnen, teils am Telefon, teils von Angesicht zu Angesicht. Aber es war gut gelaufen. Ihrer Einschätzung zufolge hatte sie die Message rübergebracht – dass sie an ihren Anteilen festhalten sollten –, ohne dass eine von ihnen misstrauisch geworden wäre. Die Strategie, die sie und Kerstin sich zurechtgelegt hatten, schien funktioniert zu haben: Sie hatten angedeutet, dass im Zuge der US-Expansion gewisse Dinge angebahnt würden und es sich daher als klug erweisen dürfte, an den Aktienbeständen festzuhalten.

Eine zusehends laute Stimme sorgte dafür, dass sie sich umdrehte. Ein paar Tische weiter saß ein Mann in den Fünfzigern einer Frau Mitte zwanzig gegenüber. Es hätten Vater und Tochter sein können, aber nach und nach dämmerte es Faye, dass es sich um ein Vorstellungsgespräch handelte. Die junge Frau versuchte, das Gespräch auf einer professionellen Ebene zu halten und ihre beruflichen Fähigkeiten anzupreisen, während der Mann zunehmend angetrunken mit der Frage nach ihrem Beziehungsstatus konterte, ob sie gern feiern gehe und ob sie nicht auch einen Drink haben wolle, um sich »endlich zu entspannen«.

Faye schüttelte den Kopf. Spürte, wie die Wut in ihr hochkochte.

»Sicher, dass Sie nicht auch einen Gin Tonic haben wollen?«, fragte er. »Oder vielleicht möchten Sie ja etwas Süßeres? So einen Mojito vielleicht?«

Die junge Frau seufzte.

»Danke, alles gut.«

Faye hatte Mitleid mit ihr. Es war offensichtlich, dass der Mann – den Gesprächsfetzen zufolge der Inhaber einer PR-Agentur – mit seinen Gedanken mitnichten bei einer potenziellen Anstellung war.

Kurz entschlossen stand Faye auf und ging mit dem Weinkelch in der Hand auf den Tisch der beiden zu. Der Mann, der gerade in aller Ausführlichkeit über sein Boot gesprochen hatte, auf das er die Frau gern einladen wollte, verstummte.

»Ich habe es nicht vermeiden können, mit anzuhören, wie Sie Ihre Agentur hochgezogen haben. Gut gemacht.«

Inzwischen hatte der Mann Faye eindeutig erkannt. Er leckte sich die Lippen und nickte.

»Harte Arbeit zahlt sich aus«, sagte er.

»Wie war gleich wieder Ihr Name?«

Faye streckte die Hand aus.

»Patrik Ullman.«

»Faye. Faye Adelheim.«

Sie lächelte ihn an.

»Aber eine Sache irritiert mich dann doch, Patrik, und da will ich gleich nachfragen: Verlegen Sie inzwischen all Ihre Vorstellungsgespräche in Hotelbars? Oder nur dann, wenn es um jüngere Frauen geht?«

Patrik Ullman machte den Mund auf und wieder zu. Er sah aus wie ein Barsch, der auf einem sonnengewärmten Bootssteg nach Luft schnappte.

»Um sich ein Bild von den beruflichen Fähigkeiten einer Person zu machen, scheint es mir nämlich nicht allzu vernünftig zu sein, sich nach dem Beziehungsstatus zu erkundigen und im nächsten Moment auch noch eine Einladung auf Ihr Boot auszusprechen. Aber was weiß ich schon!«

Die Mundwinkel der jungen Frau zuckten. Patrik Ullman lief rot an. Er schien etwas sagen zu wollen, doch Faye kam ihm zuvor.

»War Ihr Boot im Übrigen nicht eine Galeon 560? Sie armer Mann – mit so einem Plastikschiffchen würde ich ja nicht mal raus zum Angeln fahren.«

Die junge Frau konnte nicht länger an sich halten und prustete los.

»Sie verdammte Hu…«

Faye hob ermahnend einen Finger und beugte sich so weit vor, dass ihre Nasen sich fast berührten.

»Wie bitte?«, sagte sie leise. »Was wollten Sie gerade sagen, Patrik?«

Der Mann presste die Lippen zusammen, und Faye richtete sich wieder gerade auf.

»Dacht ich's mir doch.«

Sie lächelte ihn an, nahm beiläufig einen Schluck, wandte sich dann der Frau zu, holte eine Visitenkarte aus ihrer Clutch und legte sie vor die Bewerberin.

»Wenn Sie an einem richtigen Job interessiert sind – oder an einem richtigen Boot –, dann melden Sie sich.«

Anschließend machte sie auf dem Absatz kehrt und setzte sich wieder an ihren Tisch.

Patrik Ullman war dunkelrot im Gesicht, als er seiner Begleitung noch etwas zuraunte, bezahlte und aus der Bar stürmte.

Faye winkte seinem verschwindenden Rücken hinterher, nahm noch einen Schluck Wein und beschloss, in ihre Suite hochzugehen. Sie sehnte sich nach einem heißen Bad, wollte endlich das Make-up aus dem Fernsehstudio loswerden und dann nur noch ins Bett krabbeln.

Ein Räuspern riss sie aus den Gedanken. Als sie sich umdrehte, stand David Schiller vor ihr. Sein Blick funkelte amüsiert. Sie hatte bislang gar nicht auf seine Augenfarbe geachtet. Azurblau. Wie das Mittelmeer. Er hielt einen Martini in der Hand.

»Ich will nur schnell Danke sagen.«

»Wofür?«, gab Faye defensiv zurück.

»Für das, was Sie eben gemacht haben. Ich musste sofort an meine zwei Töchter denken. Ich will, dass sie in dem Glauben aufwachsen, dass ihnen die Welt zu Füßen liegt – genau wie ich es erlebt habe. Diese junge Frau hätte genauso gut meine Stina oder meine Felicia in ein paar Jahren sein können. Da bin ich heilfroh zu wissen, dass es Leute wie Sie gibt, die ihnen zur Seite stehen.«

Bei diesen Worten schnürte sich ihr der Hals zusammen. Sie erhob ihr Glas.

»Was nützt einem die ganze Kohle, wenn man zu gewissen Leuten nie ›Halt die Klappe!‹ sagt?«

David, der gerade einen Schluck von seinem Dry Martini genommen hatte, musste so sehr lachen, dass ihm das Getränk aus den Mundwinkeln sickerte.

»So hat es meine beste Freundin Chris immer formuliert.«

»Auf Chris«, sagte David.

Er hatte gar nicht zur Kenntnis genommen, dass sie in der Vergangenheitsform gesprochen hatte, aber sie korrigierte ihn nicht.

Der Schmerz war immer noch übermächtig. Sie hatte nicht mal Kontakt mit Johan aufnehmen können, dem fabelhaften Mann, dem Chris noch auf dem Sterbebett das Jawort gegeben hatte. Er hätte sie viel zu sehr an all das erinnert, was sie verloren hatte.

Faye sah erneut zu David hoch. Zuckte mit den Schultern – warum, wusste sie selbst nicht, womöglich als Reaktion auf ihre eigenen vorigen Einwände.

»Wollen Sie sich zu mir setzen?«, fragte sie.

Sie bestellten sich neue Drinks: noch einen Dry Martini für David und einen Gin Tonic für Faye.

»Wie lange wohnen Sie hier im Hotel?«, fragte sie, als sie ihr Glas abgestellt hatte. »Ich gehe mal davon aus, dass Sie hier wohnen. Ansonsten hätten Sie nämlich die ungesunde Angewohnheit, dauerhaft hier im *Grand* rumzulungern.«

David verzog das Gesicht.

»Ich bin jetzt seit zwei Wochen hier.«

»Ganz schön lange! Gibt's einen bestimmten Grund?

Fühlt sich irgendwie unnötig an, wenn man gleichzeitig ein Haus in Saltsjöbaden hat.«

Er seufzte.

»Ich lasse mich gerade von der Mutter meiner zwei Töchter scheiden.«

Er fummelte die Olive aus seinem Drink und warf sie sich in den Mund.

»Es hätte natürlich auch schlimmer kommen können«, sagte er und machte eine vage Geste. »Immerhin wohne ich trotz allem im *Grand Hôtel*. Einen Katzensprung weiter kauern Obdachlose auf dem Bürgersteig, weil sie sich nicht mal die billigste Unterkunft leisten können. Man muss die Dinge schon im Verhältnis sehen. Johanna ist außerdem als Mutter wesentlich besser als ich als Vater, sosehr ich mich auch bemühe, und da ist es nur richtig, dass sie mit den Mädchen daheim wohnen bleibt. Aber verdammt, sie fehlen mir!«

Faye nahm einen Schluck Gin Tonic. Wie er über seine zukünftige Ex-Frau redete, gefiel ihr sehr. Es zeugte von Respekt, den jeweils anderen nicht als boshaftes Monster darzustellen.

David lachte erneut. Der Gedanke an seine Töchter schien in ihm einen Funken entzündet zu haben.

»Stina und Felicia kommen am Samstag her. Erst gehen wir nach Gröna Lund in den Vergnügungspark, dann machen wir einen Harry-Potter-Marathon. Ich fürchte fast – leider –, dass ich mich viel mehr drauf freue als die zwei.«

Er fuchtelte mit einem imaginären Zauberstab durch die Luft, und Faye musste lächeln.

»Wir hatten ja schon darüber geredet, dass Sie in der Finanzbranche tätig sind«, sagte sie. »Was genau machen Sie eigentlich?«

Wider Willen musste Faye zugeben, dass David ihr Interesse geweckt hatte. Er hatte etwas Entwaffnendes, Offenes, das sie faszinierte.

»Tja ... Ich bin das, was man neuerdings wohl einen Business Angel nennt. Ich spüre neue, spannende Unternehmen auf und investiere in sie, am liebsten natürlich so früh wie nur möglich.«

»Und was war Ihr bislang erfolgreichstes Investitionsobjekt?«

David nannte ein Biotech-Unternehmen, das Faye kannte. Es hatte an der Börse einen kometenhaften Start hingelegt, die Gründer waren inzwischen Hunderte Millionen Kronen schwer und auf dem besten Wege, noch viel vermögender zu werden.

»Gut gemacht, Glückwunsch! Wie früh sind Sie eingestiegen?«

»Oh, so früh, dass die Jungs noch nicht mal ihre Ausbildung abgeschlossen hatten. Da waren sie noch an der TH Chalmers. Das Ganze hat als eine Art Seminarprojekt begonnen. Sie bekamen ein bisschen Presse, weil ihr Verfahren innovativ war, ich bin quasi darübergestolpert, war interessiert, hab sie kontaktiert und ... Tja. Der Rest ist Geschichte. Es sind ja vor allem die Menschen hinter einem Unternehmen, in die man investiert. Es geht eigentlich eher um Menschenkenntnis als um irgendwelche Kennzahlen. In manchen Leuten steckt es einfach drin, dass sie Erfolg haben werden – und dass sie auch nicht aufgeben, bevor sie ihr Ziel erreicht haben. Die gilt es aufzuspüren. Viele, die mit ihren Pitches zu mir kommen, sind privilegierte Gören aus besserem Hause, die nie für irgendwas kämpfen mussten und jetzt glauben, dass Unternehmer zu sein ein Kinderspiel ist.«

»Danke auch, mit einem Teil davon war ich an der Handelshochschule.«

David zeigte auf ihren Gin Tonic.

»Heute keine Matroschka?«

»Nein, im Großen und Ganzen bin ich ein Gewohnheitstier und halte mich eher an die Klassiker.«

»Gibt ja auch einen Grund, warum sie zu Klassikern geworden sind«, sagte er und erhob seinen Dry Martini.

»Wohl wahr.«

Über den Rand ihres Glases hinweg betrachtete sie ihn. Sein Engagement imponierte ihr. Ein Business Angel zu sein erforderte Kompetenz, Intuition, Sachexpertise und durchaus ein üppiges Vermögen.

»Muss das nicht trotz allem ein ziemliches Risiko sein?«

»Dry Martini zu trinken?«

»Haha, nein, das eigene Geld in andere Firmen zu stecken. Ich habe schon zig Unternehmen den Bach runtergehen sehen, ganz gleich, wie gut die Geschäftsidee oder das Produkt waren. In der Geschäftswelt lauern so viele Gefahren – und dann der wankelmütige Markt!«

»Ja, Sie wissen ja selbst, wie es ist. Ich sollte kurz einwerfen, dass ich sehr beeindruckt davon bin, was Sie mit Revenge auf die Beine gestellt haben. Wie aus dem Lehrbuch – genau so peitscht man ein Unternehmen in relativ kurzer Zeit in die Milliardenliga. Sehr beeindruckend.«

»Danke!«

»Aber ja, zu Ihrer Frage: Natürlich ist es ein riskantes Geschäft, aber ich liebe jeden Moment. Wenn man das Risiko scheut, scheut man auch das wahre Leben.«

»Das stimmt.«

Nachdenklich fuhr Faye mit dem Finger den Rand ihres Glases nach. Um sie herum füllte sich die *Cadier Bar* mit weiteren Gästen, und das Stimmengewirr war mittlerweile ohrenbetäubend. Barkeeper Brasse nickte in Richtung ihrer leeren Gläser. Faye sah zu David, der den Kopf schüttelte.

»Ich wäre gern noch geblieben und hätte noch einen mit Ihnen getrunken. Oder zwei. Oder drei. Aber ausgerechnet heute Abend habe ich noch ein Geschäftsessen, durch das ich mich quälen muss. Und ja – im *Teatergrillen* …«

Faye erwiderte sein Lächeln. Zu ihrer Verwunderung war sie tatsächlich ein bisschen enttäuscht. Sie fühlte sich in seiner Gesellschaft wohl.

Er winkte Brasse.

»Setzen Sie ihre Drinks bitte auch auf meine Rechnung.«

Dann nahm er seine Jacke und drehte sich wieder zu Faye um.

»Keine Widerrede. Revanchieren Sie sich einfach bei Gelegenheit.«

»Sehr gerne«, sagte Faye. Und sie meinte es so. Als er die Bar in Richtung Ausgang durchquerte, sah sie ihm noch lange nach.

FAYE SASS AUF dem Balkon, nahm einen letzten Schluck ihres Smoothies und tupfte sich mit der Serviette die Lippen. Dann griff sie zu ihrem Handy. Sie sollte nachsehen, wie viele Mails seit gestern gekommen waren, allerdings hatte sie Bauchschmerzen – es war die Sehnsucht nach Julienne. Sie rief die Nummer auf und wartete ungeduldig darauf, dass die Verbindung stand.

Ihre Mutter ging ran, und nach ein bisschen Small Talk bat Faye sie, das Telefon an Julienne weiterzureichen. Ihr wurde ganz warm ums Herz, als sie die Stimme ihrer Tochter vernahm, als wäre sie ganz in der Nähe, und die unüberhörbare Freude, als Julienne berichtete, dass sie jetzt sogar bis auf den Grund tauchen konnte.

Dann kam die unvermeidliche Frage.

»Kommst du heute heim, Mama?«

»Nein«, antwortete Faye und hörte selbst, wie belegt ihre Stimme klang. »Ich muss noch ein bisschen hierbleiben. Aber bald, bald bin ich wieder da. Ich liebe dich so sehr, du fehlst mir gewaltig, und ich schicke ganz, ganz viele Küsschen!«

Nachdem sie aufgelegt hatte, wischte sie sich ein paar widerspenstige Tränen weg. Ihr Bauch tat immer noch weh, die Sehnsucht saß wie ein Stachel in ihrem Fleisch, aber sie redete sich ein, dass es ihrer Tochter und ihrer Mutter in Ravi gut ging. Jetzt würde sie die Gedanken an ihre Tochter beiseiteschieben müssen, um sich in einer Umgebung zu bewegen, die davon ausging, dass Julienne gestorben war.

Faye kehrte nach drinnen zurück, trat an die Garderobe und nahm ihren blauen Hosenanzug heraus.

Die Sonne schien, und es war drückend warm, obwohl es noch nicht einmal Mittag war. Als sie zuvor die Zeitungen durchgeblättert hatte, hatten die Meteorologen darin einen außergewöhnlich warmen Sommer prophezeit.

Am Montag bekämen sie endlich die Wohnungsschlüssel.

»Es hätte auch schlimmer kommen können«, murmelte sie und lächelte, als sie an den vorigen Abend mit David Schiller dachte.

Seine charmante Art hatte sie überrascht. Was er über Risiken gesagt hatte – wenn man sie scheue, scheue man auch das wahre Leben –, hatte ihr zu denken gegeben. Bei der Arbeit für Revenge ging sie, ohne mit der Wimper zu zucken, enorme Risiken ein, doch in ihrem Privatleben hatte sie so hohe Mauern um sich herum errichtet, dass man schon einen ordentlichen Satz machen musste, um sie zu überwinden. Es war einige Zeit her, seit jemand zuletzt dafür gesorgt hatte, dass sie derart über sich selbst nachdachte. Aber irgendetwas war mit David Schiller anders.

Sie fuhr den Rechner hoch, um sich auf ihr Meeting mit Irene Ahrnell in der *Taverna Brillo* am Stureplan vorzubereiten. Sie hatte das Treffen mit Irene ganz bewusst hinausgezögert, bis sie sich mit den anderen Aktionärinnen warmgelaufen hatte. Irene war ihre allererste Supporterin gewesen. Und die allergrößte. Sie war in der schwedischen Finanzwelt eine Legende, und mit der Zeit waren sie überdies enge Freundinnen geworden.

Irene war eine von wenigen Personen, an die Faye sich wandte, wenn sie Rat brauchte, allerdings hatte ihr Kontakt im vergangenen Jahr gelitten. Faye wusste nicht einmal mehr, was in Irenes Leben vor sich ging.

Sie googelte sie. Ein paar Artikel, die im Lauf des letzten Jahres erschienen waren, kannte sie schon, andere hatte sie übersehen. Es war ein gutes Jahr für Irene gewesen: zwei neue einflussreiche Aufsichtsratsposten, der aufsehenerregende Verkauf eines Unternehmens, das sie mit zum Erfolg geführt hatte, plus ein neuer Posten als Geschäftsführerin in einem der renommiertesten Finanzunternehmen Europas. Und auch ein neuer Mann war in Irenes Leben getreten. Der Erbe eines italienischen Automobilherstellers. Sie hätten beim Essen einiges zu besprechen.

Der blaue Hosenanzug von Proenza Schouler saß perfekt. Er war ein Impulskauf in Nathalie Schutermans Boutique gewesen und hatte ein kleines Vermögen gekostet. Aber heute musste sie alles tun, um sich in Bestform zu fühlen. Sie strich mit der flachen Hand ein paar minimale Knitterfältchen glatt. Dann war sie bereit, den Tag in Angriff zu nehmen.

Faye setzte sich die Sonnenbrille auf, sobald sie aus dem Aufzug in die Lobby trat. Aus dem Augenwinkel sah sie, wie eine Frau sich vom Sofa erhob und auf sie zusteuerte.

»Hätten Sie eine Minute?«

Faye runzelte die Stirn. Irgendwoher kam ihr die Frau bekannt vor. Sie nahm an, dass es sich um eine Journalistin handelte. Sie würde sich wohl daran gewöhnen müssen, dass man ihr hier wieder überall auflauerte.

»Im Moment passt es leider nicht besonders gut«, sagte sie so freundlich, wie sie nur konnte.

Die Frau warf einen Blick über die Schulter und zückte eine Polizeidienstmarke. *Yvonne Ingvarsson.* Faye dämmerte, dass es dieselbe Polizistin war, die den Mord an Julienne untersucht hatte. Sie schloss für einen Moment die Augen und schlüpfte in die Rolle der trauernden Mutter.

»Haben Sie sie gefunden?«, flüsterte sie. »Haben Sie meine Julienne gefunden?«

Yvonne schüttelte den Kopf.

»Können wir uns vielleicht irgendwo hinsetzen, wo wir ungestört sind?«

Sie nahm Faye am Arm und führte sie durch die Drehtür, die Handvoll Stufen hinunter und raus an den Kai. Dort setzten sie sich auf eine Bank.

»Die Lei... Ihre Tochter ist leider immer noch nicht

aufgetaucht.« Die Ermittlerin sah der Djurgårdsfähre hinterher.

Faye zwang sich, Ruhe zu bewahren und Yvonne Ingvarsson den nächsten Schritt zu überlassen. Dass sie sie aufgesucht hatte, war besorgniserregend. Aber noch war es keine Katastrophe.

»Sie bleiben immer noch bei Ihrer Aussage, dass Sie in Västerås waren, als Ihr Ex-Mann Ihre Tochter ermordet haben soll?«

Faye erschauderte. Nur gut, dass sie sich die Sonnenbrille aufgesetzt hatte.

»Ja, natürlich«, sagte sie leise.

»An der Kreuzung Karlaväg und Sturegata befindet sich ein Geldautomat«, fuhr Yvonne Ingvarsson seelenruhig fort. Sie hielt den Blick nach wie vor aufs Wasser gerichtet.

Faye versuchte, ihre Gedanken zu sortieren. Wenn die Frau wirklich etwas gegen sie in der Hand hätte, säßen sie jetzt nicht hier in der Sonne.

»Und?«

»Dort hat eine Überwachungskamera eine Person aufgezeichnet, die Ihnen verdächtig ähnlich sieht. Aber Sie waren in der Nacht in Västerås?«

Endlich drehte sich Yvonne Ingvarsson zu Faye um, die keine Miene verzog.

»Was unterstellen Sie mir?«, gab sie zurück. »Was wollen Sie damit andeuten?«

Yvonne Ingvarsson zog vielsagend die Augenbrauen hoch.

»Ich will gar nichts andeuten. Ich habe Sie bloß gefragt, ob es nicht doch möglich sein könnte, dass Sie sich nicht in einem Hotelzimmer in Västerås, sondern in der Nähe des mutmaßlichen Tatorts befunden haben.«

Kurz herrschte Stille. Faye griff nach ihrer Handtasche und stand auf.

»Ich weiß wirklich nicht, was Sie damit sagen wollen. Machen Sie Ihre Arbeit, statt mir mit solchen lächerlichen Behauptungen zu kommen. Finden Sie die Leiche meiner Tochter.«

Sie machte kehrt und marschierte mit hämmerndem Herzen davon.

Faye war eine Viertelstunde zu spät, und ihr lief der Schweiß über den Rücken, als sie die *Taverna Brillo* erreichte. Irene Ahrnell hatte an einem runden Tisch im hinteren Bereich des Lokals gesessen und stand bei ihrem Anblick sofort auf. Faye drückte den Rücken durch, ignorierte das Geflüster und die Blicke der anderen Lunch-Gäste und nahm ihre Freundin in den Arm.

»Irene, viel zu lange nicht gesehen – und bitte verzeih, dass ich mich verspätet habe!«

»Macht doch nichts, ich weiß ja, dass du viel um die Ohren hattest. Aber es ist wirklich viel zu lange her!«

»Ja, es war ein anstrengendes Jahr, sowohl was die Vorbereitungen auf die Neunotierung angeht, den US-Launch und, tja, die Herausforderung, Chris' Firma bei Revenge zu integrieren. Das hat einige Zeit in Anspruch genommen, und erst jetzt fühlt es sich allmählich an wie ein Unternehmen und nicht mehr wie zwei.«

Irene nickte und streckte sich nach der Speisekarte. Dann zückte sie eine Lesebrille und schob sie sich auf die Nasenspitze.

»Ich weiß genau, was du meinst. Unterschiedliche

Strukturen, verschiedene Unternehmenskulturen, tausend Sachen, die man auf einen Nenner bringen muss. Du musst dich wirklich niemals verpflichtet fühlen, dich zu melden. Ich habe auch immer viel zu tun. Trotzdem bin ich hier, ganz egal, wie viel Zeit seither verstrichen ist.«

»Apropos viel zu tun ...« Über den Rand ihrer Speisekarte spähte Faye zu Irene hinüber. »Ich hab was von einem neuen Mann gelesen.«

Irene errötete, und Faye sah sie schmunzelnd an. Sie hatte noch nie erlebt, dass Irene rot geworden wäre. So sah die Sechzigjährige plötzlich aus wie ein Schulmädchen.

»Ja, mal sehen, was daraus wird. Im Augenblick fühlt es sich gut an. Mario ist fabelhaft. Es ist fast zu gut, um wahr zu sein. Deshalb warte ich auch die ganze Zeit auf den Moment, in dem die Leichen aus dem Keller kommen.«

»Du weißt, was die Männerwelt angeht, bin ich genauso skeptisch wie du. Aber irgendwo muss es schließlich auch ein paar gute geben. Möglicherweise hast du einen davon gefunden.«

»Die Hoffnung stirbt bekanntlich zuletzt.« Irene legte die Speisekarte weg. »Auch wenn ich über die Jahre durchaus diverse Nieten gezogen habe.«

Sie schüttelte leicht den Kopf, und Faye beugte sich zu ihr rüber.

»Was hältst du von Schampus?«

Mit einem Lächeln auf den Lippen nickte Irene und winkte der Bedienung, die sofort herbeieilte und die Bestellung aufnahm.

Als der Champagner vor ihnen stand, nahm Faye einen winzigen Schluck und überlegte kurz, wie sie anfangen sollte.

Doch noch bevor sie das Wort ergreifen konnte, räusperte sich Irene.

»Man munkelt, Revenge droht die Übernahme.«

Sofort fing Fayes Magen an, nervös zu rumoren. Klar, dass Irene von den Gerüchten Wind bekommen hatte.

»Stimmt. Keine Ahnung, wie viel du gehört hast.«

Irene zuckte mit den Schultern, nahm die Lesebrille ab und legte sie vor sich auf den Tisch.

»Keine Details, eben bloß Gerüchte.«

Faye stellte ihr Champagnerglas ab.

»Es hat mit vereinzelten Posten angefangen. Nach und nach hat sich allerdings ein Muster abgezeichnet – was den Schluss nahelegt, dass nur ein Käufer dahintersteckt.«

»Und hast du eine Ahnung, wer das sein könnte?«

»Nein. Die einzelnen Transaktionen sind von einer Vielzahl unterschiedlichster Käufer durchgeführt worden. Aber wir sind dran und finden es schon noch heraus. Das Problem ist bloß, dass so was Zeit kostet, und ich weiß nicht, wie viel Zeit uns noch bleibt. Ich habe keinen Schimmer, was der nächste Schachzug sein wird.«

»Und jetzt machst du dir Sorgen, ich könnte verkaufen?«

Der Appetizer wurde aufgetischt – eine Art Pizza, die ganz ausgezeichnet duftete und großzügig mit Maränenrogen, Crème fraîche und roten Zwiebeln belegt war. Sie griffen beide beherzt zu. Trotzdem konnte Faye sich nicht recht auf das Essen konzentrieren. Sie betrachtete die Frau, die ihr gegenübersaß: weltgewandt, anspruchsvoll und auf gewisse Weise immer noch unzugänglich.

»Ich verstehe einfach nicht, warum die anderen verkauft haben. Und ja, ich will sichergehen, dass du vorhast, deine Aktien zu halten.«

Irene war die größte Einzelaktionärin – neben Faye selbst –, und wenn sie ebenfalls verkaufen würde, wäre das eine Katastrophe.

»Es ist niemand an mich herangetreten. Zumindest noch nicht. Sicher weil die Leute wissen, dass wir miteinander befreundet sind und ich dich natürlich sofort darüber informieren würde. Trotzdem gebe ich dir mein Wort, dass ich nicht vorhabe zu verkaufen.«

»Das freut mich zu hören«, sagte Faye und nahm sich noch ein Pizzastück, biss hinein und spülte den Happen mit einem Schluck Champagner hinunter. Es schmeckte zum Niederknien.

Willst du das wirklich essen? Mit einem Mal hatte sie Jacks Stimme im Ohr. Sah seine gerunzelte Stirn vor sich. Den angewiderten Gesichtsausdruck. Nachdem Julienne zur Welt gekommen war, hatte Faye sich über Jahre Kommentare zu ihrem Aussehen und zu ihrem Gewicht anhören müssen. Und nichts, was sie in Angriff genommen hatte, war für Jack je genug gewesen.

Inzwischen aß sie wieder alles – nur eben nicht ständig –, achtete jedoch darauf, dass sie sich wann immer möglich bewegte, und ihre einstige Unsicherheit war einem guten Körpergefühl gewichen. Denn trotz allem hatte sie mit diesem Körper Julienne hervorgebracht.

Ihr Selbstvertrauen war nur eins von vielen Dingen, die sie sich von Jack zurückerobert hatte.

»Was habt ihr sonst noch vor?«, fragte Irene und sah Faye an. »Ist – wie heißt sie gleich wieder? – Kerstin auch mit nach Schweden gekommen?«

»Ja, Kerstin ist auch mit dabei und hat Tag und Nacht geackert, um herauszufinden, was da genau vor sich geht. Wir haben gestern schon mit den meisten anderen Aktionärinnen gesprochen und sie gebeten, nicht zu verkaufen.«

»Ohne die Übernahme anzusprechen, hoffe ich?«

Irene sah sie streng an, während sie ebenfalls nach einem zweiten Stück Pizza griff.

»Natürlich. Und ich glaube, es hat funktioniert. Die Frage ist bloß, ob das reicht – wir wissen schließlich nicht, wie fest entschlossen die Person hinter den Käufen ist. Ich fürchte aber, es könnte jemand sein, der sein Ziel unerbittlich verfolgt.«

Irene legte ihr Besteck beiseite und sah sie erneut direkt an.

»Wie geht es dir wirklich?«

Faye wusste genau, dass es verlorene Liebesmühe gewesen wäre, Irene etwas vorzumachen.

»Ganz ehrlich? Ich bin überrascht, wie sehr mich das Ganze mitnimmt. Es hat im vergangenen Jahr in der Firma mehrmals gekriselt – Hunderte, Tausende Krisen von unterschiedlicher Tragweite. Ein Unternehmen zu leiten heißt doch im Prinzip, Krisenmanager zu sein, das weißt du ja selbst. Aber das hier … Irgendwer versucht, mir mein Lebenswerk streitig zu machen. Ich habe Revenge mit leeren Händen aus dem Boden gestampft, und es bin immer noch ich, die das Ruder hält. Und ich war naiv genug, nicht damit zu rechnen, dass irgendwer es mir entreißen will.«

Irene schüttelte nachdrücklich den Kopf.

»Das ist doch nicht naiv. Wie oft haben wir es heutzutage noch mit feindlichen Übernahmen zu tun? Im Großen und Ganzen gibt es so was gar nicht mehr. Könnte es sein, dass Jack irgendwie dahintersteckt?«

»Jack? Nein, der hat keine Mittel mehr. Und auch keine

Kontakte. Der ist bettelarm und steht komplett alleine da. Ich wüsste nicht, wie er so was durchziehen könnte – insbesondere nicht aus dem Gefängnis.«

»Fällt dir sonst noch irgendwer ein?«

Die Bedienung kam mit dem Hauptgang und blickte fragend auf die restliche halbe Pizza hinab.

»Sind Sie schon so weit? Darf ich die mitnehmen?«

»Nein, bitte, lassen Sie die hier, wir brauchen heute Kohlenhydrate«, sagte Faye, und Irene nickte. »Natürlich habe ich mir über die Jahre nicht nur Freunde gemacht«, fuhr Faye fort, als die Bedienung gegangen war. »Aber man kann nun mal kein großes Unternehmen aufbauen, ohne dabei anderen auf die Füße zu treten. Trotzdem gibt es da niemanden, der herausstechen würde. Ich wünschte, ich hätte ein klareres Bild oder zumindest eine Theorie, wer dahinterstecken könnte. Aber nein. Leider fällt mir niemand ein.«

»Auf alle Fälle kannst du dir sicher sein, dass ich nicht verkaufe. Außerdem kann ich mich ein bisschen in meinem Netzwerk umhören. Vielleicht erfahre ich ja etwas, und dann melde ich mich natürlich sofort bei dir.«

Faye spürte, wie ihre Schultern nach unten sackten. Erst jetzt wurde ihr klar, wie angespannt sie gewesen war.

Sie hob ihr Glas, und sie stießen miteinander an. Um sie herum murmelten die anderen Lunch-Gäste weiter, während sie selbst sich endlich über ihr Essen hermachten.

Das Wasser fühlte sich auf ihrer Haut herrlich warm an. Mit ausholenden, kraftvollen Zügen schwamm Faye ihre Runden und ermahnte sich wiederholt, tief zu atmen.

Der Pool im *Grand Hôtel* mit dem schönen Gewölbe und der gedimmten Beleuchtung erinnerte an eine Grotte. Sofern man sich hier unterhielt, dann nur mit gedämpfter Stimme, und im Hintergrund lief diskret Musik, wie sie überall auf der Welt für Spas typisch war.

Kerstin saß auf der breiten Treppe, die ins Wasser führte. Faye schwamm auf sie zu und setzte sich neben sie. Sie lehnte sich zurück, stützte sich rücklings auf die Ellbogen und schlenkerte leicht mit den Beinen.

»Wie viele stehen heute auf deiner Liste?«

»Fünf bis sieben, von denen ich glaube, dass ich sie schaffe – allerdings hängt das davon ab, wie viele von ihnen ich erreiche und wie lange jedes Gespräch dauert.«

»Aber wie gesagt, wegen Irene müssen wir uns keine Gedanken machen. Sie hat mir geschworen, dass sie nicht verkauft.«

»Gut. Nicht, dass ich angenommen hätte, dass sie es tun würde. Aber das hatte ich von einem Großteil derjenigen auch nicht geglaubt, die dann doch verkauft haben.«

Faye ließ den Blick übers Wasser schweifen, über die kleinen Wellen, die sie von der Treppe aus mit ihren Beinschlägen auslöste. Unwillkürlich musste sie an das schwarze Wasser denken. Hörte erneut die Schreie. Sah die entsetzten Gesichter vor sich.

»Faye, was ist los?«

Kerstins Stimme holte sie zurück ins Hier und Jetzt, und Faye schüttelte leicht den Kopf.

»Ich muss heute noch ein paar dringende Sachen für die USA erledigen«, antwortete sie. »Ich kann es mir nicht leisten, meine komplette Zeit als Krisenmanagerin mit diesem Fall zu verbringen – die tägliche Arbeit muss schließlich weitergehen, sonst haben wir am Ende nichts mehr in der Hand, was wir überhaupt noch verlieren könnten.«

»Konzentrier du dich auf deine Aufgaben, und ich forsche weiter.«

Mit geschlossenen Augen ließ Kerstin sich genüsslich vom Wasser umspülen. Sie war bereits eine Stunde früher als Faye hierhergekommen und hatte eine ordentliche Schwimmstrecke zurückgelegt, obwohl der Pool genau genommen zu klein war, um richtig Bahnen zu ziehen.

»Ich weiß, du hast eine Menge vor dir, aber könntest du für mich trotzdem noch eine weitere Sache überprüfen?«

»Klar.« Kerstin schlug die Augen wieder auf. »Geht's um was Bestimmtes?«

»Könntest du mehr über einen gewissen David Schiller herausfinden? Er ist Business Angel.«

»Aber sicher.« Kerstin schmunzelte amüsiert. »Irgendwas sagt mir, dass das der Mann hier aus dem *Grand* ist, der doch gar nicht dein Typ war.«

Faye spritzte Wasser in ihre Richtung.

»Wirst du jetzt frech?«

Kerstin grinste.

»Frech nicht. Ich weise nur darauf hin, dass du Hintergrundinfos zu einem Mann willst, von dem du behauptest, dass er dich überhaupt nicht interessiert.«

Faye blickte auf ihre Füße im Wasser hinab.

»Ja ... Womöglich hat sich gezeigt, dass er gewisse Pluspunkte haben könnte. Und da ist es umso wichtiger, dass ich mehr über ihn in Erfahrung bringe.« Sie drehte sich zu Kerstin um. »Ich habe nicht vor, mich je wieder von irgendjemandem verletzen zu lassen.«

Kerstin stand auf, legte sich den weißen Bademantel mit dem Hotellogo um und verknotete den Gürtel.

»Ich suche dir alles heraus, was ich finden kann. Und du solltest dich jetzt ein bisschen um dich selbst kümmern. Keiner von uns hat etwas davon, wenn du in die Knie gehst. Gönn dir ein Stündchen hier unten!«

»Du hast ja recht. Das leiste ich mir jetzt tatsächlich.«

Faye stieg ebenfalls aus dem Wasser und streckte sich nach ihrem Bademantel aus.

Als Kerstin gegangen war, legte sie sich auf eine der Liegen und genoss die Ruhe. Ihr Lunch mit Irene hatte einen Teil ihrer Sorgen zerstreut, und die Angst, die sie bei der Begegnung mit der Ermittlerin Yvonne Ingvarsson beschlichen hatte, war teilweise verflogen. Es gab unscharfe Aufnahmen von irgendwem, der ihr ähnlich sah. Und wenn schon? Jack war für den Mord an Julienne rechtskräftig verurteilt worden. Er würde erst in vielen Jahren wieder auf freien Fuß kommen. Die Medien hatten mit zig Artikeln immer und immer wieder vermeldet, dass Julienne gestorben war, dies galt mittlerweile als die unverrückbare Wahrheit, auch wenn keine Leiche aufgetaucht war.

Sie griff nach ihrem Glas mit frisch gepresstem Orangensaft, das neben der Liege auf dem Boden stand, und nahm einen Schluck. Ihre Gedanken schweiften zu ihrer geliebten Tochter, die vermutlich in diesem Moment in einem anderen Pool vor sich hin planschte. Heute war der erste Juni, unter Garantie wurde es in Italien gerade so richtig schön warm.

Als sie Schritte auf dem Fliesenboden hörte, wandte sie sich um. David, der aus dem Fitnessraum im zweiten Stock gekommen war, sah sich flüchtig um, ohne sie zu entdecken, und zog sich dann die schwarzen Trainingsshorts und das schwarze T-Shirt aus, entblößte einen unerwartet durchtrainierten Rücken und hechtete lediglich im Slip in das grün schimmernde Wasser. Faye musste lächeln. Eigentlich war das gegen die Regeln. Er zog ein paar Bahnen, und unauffällig reckte Faye den Kopf. Als sie genug davon hatte, ihm bloß zuzusehen, stand sie auf und schlenderte zum Beckenrand.

David schwamm auf sie zu und setzte dieses Lächeln auf, das sein Aussehen so sehr veränderte, dass er annähernd schön wirkte.

»Guten Morgen«, sagte sie. »Wie lief der Tag mit Ihren Töchtern?«

Sein Gesicht verfinsterte sich. Er stemmte sich aus dem Wasser und nahm dankbar das Handtuch entgegen, das Faye ihm hinhielt.

»Sie konnten nicht kommen«, sagte er knapp.

»Ist etwas passiert?«

Nebeneinander schlenderten sie zurück zu den Liegen.

»Johanna hat im letzten Moment beschlossen, sie stattdessen nach Paris ins Disneyland mitzunehmen.«

»Warum denn das?«

David ließ sich nieder und trocknete sich die Beine ab. Er wich ihrem Blick aus.

»Das hat sie schon ein paarmal so gemacht«, sagte er leise. »Lässt sich von den Mädchen erzählen, was wir geplant haben, und sticht mich dann in letzter Sekunde aus. Ich weiß auch nicht, warum. Aber bestimmt hat sie ihre Gründe.«

»Ich dachte, Sie hätten trotz allem ein gutes Verhältnis?«

»Das habe ich neulich vielleicht ein bisschen beschönigt. Ich will nicht so ein Mann sein, der schlecht über seine Ex redet.«

Sie sah ihm tief in die Augen.

»Sie können es mir gerne erzählen.«

Sie sahen einander eine Weile schweigend an. Dann streckte er sich auf seiner Liege aus und verschränkte die Hände hinter dem Kopf. Faye legte sich ebenfalls hin und drehte sich zu ihm um.

»Sie war immer schon eifersüchtig«, hob David schließlich an. »Aber vor etwa zwei Jahren hat sie immer häufiger gewisse Grenzen überschritten. Ich war im Leben nie untreu, weder bei ihr noch bei einer anderen, trotzdem habe ich gespürt, wie sie anfing, mich zu kontrollieren und jeden noch so kleinen Schritt zu überwachen. Auf einmal bestand sie darauf, meine SMS zu lesen. Nun hatte ich nichts zu verbergen, also habe ich es ihr erlaubt. Aber dann ... ist sie mit einem Mal in meinem Büro aufgetaucht. Hat meine Mitarbeiterinnen eingeschüchtert und ihnen über Facebook feindselige Nachrichten geschickt.«

David seufzte.

»Ich hab noch versucht, sie in Schutz zu nehmen. Hab meine Leute beschwichtigt und ihnen sogar Geld gezahlt, damit sie meine Frau nicht anzeigen. Ich hab alles getan, um Johanna zu beschützen – und natürlich die Mädchen! Manchmal hat sie sich komplett in sich zurückgezogen und ist daheim wie eine Schlafwandlerin herumgelaufen. Hat vergessen, Stina und Felicia vom Training abzuholen, war ihnen gegenüber richtiggehend boshaft. Dass sie ihre Wut an mir ausließ, war eine Sache – aber an den Mädchen? Sie hat sich immer mehr von uns entfernt. Irgendwann habe ich angefangen, öfter von zu Hause zu arbeiten, damit die Mädchen nicht ständig mit ihr alleine sein mussten.«

Eine Träne rollte ihm übers Gesicht. Eilig wischte er sie weg und biss die Zähne zusammen.

»Ich fühle mich einfach so verdammt machtlos.«

Faye kannte dieses Gefühl nur zu gut. Trotzdem sprach sie fast nie über das, was sie hinter sich hatte. Sie sprach fast nie von Jack.

»Ich weiß genau, was Sie meinen«, sagte sie leise und hielt den Blick auf die Bodenfliesen gerichtet. »So habe ich mich über Jahre gefühlt. So habe ich über Jahre gelebt. Hab jemand anderem das Ruder und die Kontrolle überlassen und mir meine Identität, mein Selbstwertgefühl wegnehmen lassen … alles.«

Sie spürte Davids Blick auf sich und zwang sich, ihm in die Augen zu sehen. Sie fühlte sich entblößt, schutzlos – und doch zutiefst lebendig. Wie hatte sie denken können, dass er nichtssagend wäre?

David legte seine Hand auf ihre. Es war, als ginge ein Stromschlag durch sie hindurch.

»Es tut mir so leid, dass jemand Ihnen wehgetan hat.« Er sah ihr unverwandt in die Augen. »Ich weiß, wenn jemand mit so etwas klarkommt, dann Sie. Aber ich will auch, dass Sie wissen, dass Sie mit mir immer reden können – über alles. Sie müssen nicht alleine stark sein.«

»Ich kenne es nicht anders«, sagte sie und zog ihre Hand wieder weg.

Trotzdem spürte sie nach wie vor die Wärme seiner Haut.

»Können Sie darüber reden? Ich bin für Sie da. Und ich höre Ihnen gern zu.«

Faye zögerte. Sie hatte die Tür zu ihrer Vergangenheit mit Jack so lange zugehalten, dass sie sich gar nicht sicher war, ob sie sie überhaupt noch aufbekam. Oder wie. David schwieg. Er wartete auf ihre Reaktion, während ihr alles Mögliche durch den Kopf ging. Dann fasste sie einen Entschluss.

»Wir haben uns an der Handelshochschule kennengelernt.«

David nahm erneut ihre Hand. Diesmal ließ sie es geschehen, während sie weitererzählte, erst langsam, als täte jedes einzelne Wort weh, dann immer flüssiger.

Fjällbacka – damals

Mit weit aufgerissenen Augen und zitternd lag ich im Dunkeln.

»Wenn du das irgendwem erzählst, bring ich dich um.«

Sebastian hatte mir beide Hände um den Hals gelegt und beugte sich zu mir runter, bis ich seinen säuerlichen Atem riechen konnte und die Luft anhielt.

»Hast du das kapiert?«

Ich nickte langsam und brachte ein gekrächztes »Ja« heraus.

Als er mich wieder losließ, schnappte ich keuchend nach Luft. Sebastian klaubte seine Unterhose auf und ging ohne jede Eile zurück in sein Zimmer. Ich riss das Fenster auf, um Luft hereinzulassen, und kroch wieder unter die feuchte Decke. Es brannte zwischen meinen Beinen, und ich trocknete mich mit meinem Shirt ab. Dann kauerte ich mich zusammen und starrte aus dem Fenster.

Szenen aus der Vergangenheit rasten an mir vorüber. Sebastian und ich als kleine Kinder. Wie wir einander unter dem Tisch fest bei den Händen gepackt hielten, während Papa sich so nah zu Mama beugte, dass sie sich fast berührten, und er ihr ins Gesicht brüllte. Sebastian, der zusammengekauert neben mir lag und bei mir Wärme und Geborgenheit suchte.

Das alles war schlagartig zerstört. Keine dieser Erinnerungen war mehr etwas wert. Er hatte sie mir genommen.

Wir hatten beieinander Zuflucht gesucht, waren die Einzigen gewesen, die Bescheid gewusst hatten. Jetzt waren nur noch Mama und ich übrig, und Mama war schwach. Daran war nicht zu rütteln. Sie war schwach, weil sie uns beschützt hatte, so gut sie konnte. Weil sie für uns geblieben war.

Ich hörte, wie Sebastian nebenan unruhig auf und ab lief, ehe sein Fenster aufging und alles still wurde. Ich malte mir aus, wie er aussah, wie es ihm ging, dort auf seiner Fensterbank, drei Meter von mir entfernt. Dann dämmerte mir, dass ich ihn umbringen könnte. Unter Garantie saß er da und baumelte mit den Beinen – fünf Meter über der Erde. Wenn ich mich anschleichen, seine Tür aufdrücken und dann losrennen würde, könnte ich ihn aus dem Fenster stoßen. Mama und Papa erzählen, dass ich ihn noch schreien gehört hätte und dann hingelaufen wäre, um nachzusehen, was passiert war. Aber ich brachte es nicht fertig. Ich liebte ihn immer noch, trotz allem, was er mir angetan hatte.

Hätte ich geahnt, was mir bevorstand, was er mir noch alles antun würde, hätte ich ihn auf der Stelle umgebracht, ohne auch nur mit der Wimper zu zucken. Es hätte mir eine Menge Schmerz erspart. Und Probleme.

FAYE LAG AUF dem großen Bett in ihrer Suite. An der Tür standen ihre gepackten Koffer. Morgen würde sie aus dem *Grand Hôtel* aus- und in die Wohnung am Östermalmstorg einziehen. Auch wenn es schön wäre, nach so vielen Tagen im Hotel endlich wieder in den eigenen vier Wänden zu wohnen, würde sie, wie ihr jetzt zu ihrer Überraschung klar wurde, David vermissen.

Das Handydisplay leuchtete auf. Kerstin hatte ihr eine SMS geschickt. Sie klickte sie an und musste beim Lesen unwillkürlich lächeln.

Scheint alles zu stimmen, hab noch nichts Dubioses zu David Schiller gefunden. Nicht vorbestraft, uneingeschränkt kreditwürdig, nichts auf Flashback, ich hab sogar diskret in seinem Business-Netzwerk herumgefragt, und nichts weist darauf hin, dass er lügt.

Faye drehte sich auf den Bauch. Als sie an den Vortag und die Momente mit David im Hotel-Spa zurückdachte, konnte sie gar nicht mehr aufhören zu lächeln. Sie hatten mehr als eine Stunde zusammengesessen und geredet, bis sie sich hatten verabschieden müssen.

Jemandem von Jack erzählen zu können – was er sie alles zu tun und zu durchleiden genötigt hatte –, hatte sich angefühlt, als wären mehrere Kilo von ihr abgefallen. Die Erleichterung war überwältigend. David hatte dafür gesorgt, dass sie sich wahrgenommen fühlte. Als Mensch. Und nicht als Frau, mit der man letztendlich bloß vögeln wollte.

Sie griff wieder zum Handy und rief Julienne über Facetime an.

Das Gesicht ihrer Tochter auf dem kleinen Display machte jedes Mal alle Sorgen, alle negativen Gedanken vergessen. Sie war das Einzige, wofür Faye Jack dankbar war. Er hatte ihr eine Tochter geschenkt, die in ihren Augen rundum perfekt war: von den nachlässig bepinselten rosa Zehennägeln bis zu dem blonden Haar, das sich ihr über den Rücken ringelte.

»Hallo, Liebling!«

»Hallo, Mama!« Julienne winkte ihr fröhlich zu.

Ihr Haar war nass. Garantiert war sie wieder im Pool gewesen.

»Was machst du gerade?«

»Oma und ich waren schwimmen.«

»Hat's Spaß gemacht?«

»Mhm, sehr.«

»Ich war gestern auch schwimmen und hab an dich gedacht.«

»Aha«, sagte Julienne, und Faye spürte intuitiv, dass die Kleine drauf und dran war, das Interesse an diesem Telefonat zu verlieren. Das Leben lockte.

»Ich rufe heute Abend noch mal an, und dann reden wir weiter. Du fehlst mir! Küsschen!«

»Mhm, tschüss!«, sagte Julienne und winkte noch hektisch.

»Sag Oma einen schönen …«

Doch Julienne hatte bereits aufgelegt.

Faye lächelte in sich hinein. Julienne würde mit Sicherheit zu einer selbstständigen Frau heranwachsen.

Sie stand auf, ging ins Badezimmer und drehte den Wasserhahn auf, um sich ein heißes Bad einzulassen. Als es an der Tür klopfte, warf Faye einen flüchtigen Blick auf die Uhr. Es war zwanzig vor neun. Faye drehte das Wasser ab und trat hinaus auf den Zimmerflur.

»Ja?«, rief sie durch die Tür.

»Hier ist Yvonne Ingvarsson von der Polizei.«

Faye atmete tief durch und zog die Tür auf. Yvonne Ingvarsson sah sie mit dem Hauch eines Schmunzelns an.

»Darf ich kurz stören?«

Faye verschränkte die Arme und rührte sich nicht vom Fleck.

»Ich finde es wirklich unpassend, dass Sie hier unangemeldet vor der Tür stehen.«

»Ich möchte Ihnen bloß etwas zeigen. Darf ich kurz reinkommen?«

Mit einem Seufzer trat Faye beiseite und ließ Yvonne ein. Nach ein paar Schritten blieb die Ermittlerin stehen.

»Schöne Suite.«

»Ich wusste gar nicht, dass derlei Besuche zu Ihrem Aufgabenbereich gehören. Wozu soll das gut sein?«

Yvonne Ingvarsson antwortete nicht. Stattdessen griff sie in ihre Tasche und zog einen Ausschnitt aus einer Boulevardzeitung heraus. Darauf war ein altes Foto von Faye und Jack zu sehen. Sie hielt Faye den Artikel hin.

»Ich weiß nicht, was …«

Mit erhobenem Zeigefinger brachte Yvonne sie zum Schweigen, griff erneut in die Tasche und zog einen Ausdruck heraus. Faye stellte fest, dass Yvonnes Fingernägel bis aufs spröde, entzündete Nagelbett abgekaut waren. Das zweite Foto war unscharf, gelblich ausgeleuchtet und schien abends aufgenommen worden zu sein. Faye sah auf einen Blick, dass die Frau, die der Kamera den Rücken zugekehrt hatte, niemand anders als sie selbst war. Und die Jacke war ein und dieselbe, die sie auf dem Foto mit Jack anhatte.

»Was sagen Sie dazu?«, fragte Yvonne und musterte sie interessiert.

»Wozu?«

»Das da auf dem Foto sind Sie, Faye. Das wissen Sie, und ich weiß es auch. Sie waren nicht in Västerås, Sie waren am Tatort.«

Ein flüchtiges, schiefes Lächeln huschte über ihr Gesicht, während sie Faye anblinzelte.

»Das bin ich nicht«, entgegnete Faye. »Jede Hausfrau auf Södermalm trägt so eine Jacke – eine Moncler. Die ist hier genauso weitverbreitet wie Holzpantinen draußen im Hinterland.«

Yvonne schüttelte langsam den Kopf, doch Faye bewahrte Ruhe. Genau wie beim letzten Mal, als Yvonne einfach so aufgetaucht war, glaubte Faye fest daran, dass es diese Unterhaltung nicht geben würde, wenn es irgendwelche Beweise gäbe. Und dass sie an einem Sonntag hier vor der Tür stand, ließ darauf schließen, dass Yvonne ihre Befugnisse überschritt.

Was wollte sie? Geld? Das hier wirkte wie ein persönlicher Kreuzzug, eine gegen Faye gerichtete Vendetta.

»Was wollen Sie wirklich von mir?«, fragte sie.

»Die Wahrheit«, antwortete Yvonne umgehend. »Ich will die Wahrheit hören.«

Ohne den Blick von Faye abzuwenden, angelte sie ein Blatt Papier aus der Gesäßtasche. Faye fragte sich, wie viele Sachen Yvonne noch hervorzaubern konnte. Mit ihrem Täschchen ähnelte sie Mary Poppins.

Yvonne hielt das Blatt Papier zwischen Daumen und Zeigefinger in die Höhe und Faye vors Gesicht. Faye nahm es ihr ab. Es war ein alter Artikel aus der *Bohusläningen*, den sie augenblicklich wiedererkannte. Ihr Magen krampfte sich zusammen, und sie gab sich alle Mühe, sich nicht anmerken zu lassen, welcher Aufruhr plötzlich in ihr herrschte.

»Sie scheinen Ihren Lieben wirklich nur Pech zu bringen«, sagte Yvonne und legte dann leise nach: »Matilda.«

Zwei in Fjällbacka wohnhafte Teenager sind während eines Segeltörns mit Freunden spurlos verschwunden. Die gesamte Gemeinde befindet sich in Schockstarre.

»Ich will einfach nicht glauben, dass sie tot sind«, sagt Matilda, 13, die während des Bootsunglücks anwesend war.

Ohne den Artikel fertig zu lesen, faltete Faye den Ausdruck bedächtig zusammen und wollte ihn an Yvonne zurückgeben, doch die schüttelte den Kopf.

»Behalten Sie ihn«, sagte sie und wandte sich zur Tür. »Schöne Suite, wirklich umwerfend«, murmelte sie noch, zog die Tür auf und verschwand auf den Flur.

Faye sah in das Gesicht der 13-Jährigen, die auf dem Foto unter der Headline direkt in die Kamera blickte. Sie sah niedergeschmettert und hilflos aus, doch Faye wusste, dass sie lediglich für den Fotografen posiert hatte. In ihrem Innern hatte das Dunkel getobt.

Sie legte sich aufs Bett und starrte zur Decke, sah jedoch nicht den weißen Stuck des *Grand Hôtels*, sondern etwas völlig anderes vor sich – schwarz wirbelndes Wasser, bei dessen Anblick sich ihr der Magen umdrehte.

Als ein Schrillen an ihr Ohr drang, zuckte sie heftig zusammen. Erschrocken sah sie sich um und war für einen Augenblick wieder im wirbelnden Wasser, bis sie die Orientierung wiederfand. Ihr Puls beruhigte sich, als ihr dämmerte, dass bloß das Handy klingelte. Auf dem Display stand Kerstins Name.

»Ich habe leider schlechte Nachrichten.«

Kerstin kam wie immer direkt zur Sache.

»Was ist es diesmal?« Faye schloss die Augen.

Wollte sie es wirklich hören? Würde sie noch mehr ertragen können? Sie wusste es nicht, und das machte ihr Angst.

»*Dagens Industri* hat angerufen. Sie haben Wind von der Übernahme bekommen. Wenn wir den Artikel nicht irgendwie verhindern können, wissen morgen alle Bescheid.«

Faye stieß einen Seufzer aus.

»Was nur bedeutet, dass umso mehr Aktien abgestoßen werden. Die Ratten verlassen das sinkende Schiff …«

»Was soll ich jetzt tun?«

»Ich kenne dort jemanden – die rufe ich an und horche sie aus. Ich kümmere mich darum.«

Faye legte auf und warf das Handy neben sich auf die Matratze. Hätte sie dazu geneigt, irgendwann aufzugeben, hätte sie sich jetzt wohl die Decke über den Kopf gezogen und die kommenden Tage einfach durchgeschlafen. Doch so war sie nicht. So war sie nie gewesen. Sie nahm das Handy wieder zur Hand. Der Kampf ging in die nächste Runde.

ZWISCHEN DEN BILDERN, die Yvonne ihr dagelassen hatte, und Kerstins Aufstellung sämtlicher Aktienverkäufe saß Faye zusammengesunken auf ihrem Bett. Allein eines davon wäre beunruhigend gewesen, aber die Kombination war fast unerträglich. Der US-Launch würde in Kürze ernsthaft angeleiert werden, und aus dem Revenge-Hauptsitz am Stureplan war ihr zugetragen worden, dass nach Fayes *Skavlan*-Auftritt mehrere potenzielle Investoren ihr Interesse bekundet hatten. Ausgerechnet in dieser sensiblen Phase auch noch Yvonne Ingvarsson auf den Fersen zu haben, war höchst riskant. Außerdem musste Faye sicherstellen, dass sie in Kürze überhaupt noch eine Firma besaß, die expandieren konnte.

Ihr Handy meldete sich, sie klickte die Telegram-App an, in der Nachrichten und Bilder binnen fünfzehn Sekunden vom Display verschwanden, und lächelte, als sie das Foto von Julienne am Pool betrachtete.

»Mein kleiner Schatz«, murmelte sie, und das Bild verschwand wieder.

Erneut klopfte es an der Tür, und Faye zuckte zusammen. Sie schlug die Tagesdecke zurück und schob sämtliche Unterlagen in die Falte, stand auf und ging zur Tür. Juliennes Anblick hatte ihr neue Energie beschert und ihren Kampfgeist geweckt. Yvonne Ingvarsson wusste gar nicht, wen sie sich gerade zum Feind machte. Faye gedachte, Himmel und Hölle in Bewegung zu setzen, um herauszufinden, wer ihr Unternehmen attackierte.

Vor der Tür wartete David Schiller. Er lächelte sie an.

»Du siehst aus, als könntest du einen Spaziergang mit einem neuen Freund gut brauchen.«

Faye und David schlenderten den am Sonntag fast verwaisten Strandväg entlang. Der Abend war lau. Leute gingen mit ihren Hunden auf dem Parkstreifen Gassi, und drüben im Djurgården rumpelten, surrten und funkelten die Fahrgeschäfte in Gröna Lund. Faye hatte ganz vergessen, wie märchenhaft schön Stockholm an einem Sommerabend sein konnte.

»Geht's dir nach unserem Gespräch gestern gut? Nach allem, was du erzählt hast?«

David hatte besorgt geklungen, und Faye war gerührt.

»Keine Bange.« Sie lächelte, und Davids blaue Augen strahlten sie an.

»Schön. Ich hab mir schon Gedanken gemacht, du könntest es bereut haben.«

»Nein, nein, keine Sorge. Es war ... ein Befreiungsschlag. Ich hatte ehrlich gesagt zuvor nie richtig mit jemandem über die Ereignisse und mein Leben mit Jack gesprochen. Nicht mal so richtig mit Kerstin, die ich als meine allerengste Vertraute betrachte. Chris wusste zwar das meiste ...«

»Wer ist Chris?«, hakte David vorsichtig nach. »Der Name fiel gestern nicht.«

Er sah aus, als versuchte er, sich auf hauchdünnem Eis vorzutasten, um zu sehen, wie lange es hielt.

»Chris? Oh, wie soll ich dir erklären, wer sie war? Wir haben uns an der Handelshochschule angefreundet. Sie ... Sie war eine Naturgewalt. Ihr ist nie etwas schwergefallen.«

»Was ist passiert? Wenn es in Ordnung ist, dass ich frage ...?«

Sie liefen am Bistro *Strandbrygga* vorbei, wo die Vorbereitungen für den abendlichen Gästeansturm in vollem Gange waren. Dort trafen sich Jung, Reich und Schön und zeigten ihre Designertaschen her, ihre künstlichen Wimpern und die Rolex-Uhren, die sie zum Abitur bekommen hatten.

»Sie hatte Krebs«, sagte Faye und nahm die Hand hoch, damit er ihr Fuck-Cancer-Armband sehen konnte. »Es ging furchtbar schnell. Allerdings hatte sie sich gerade

Hals über Kopf in jemanden verliebt, der perfekt für sie war.«

»Trotz allem ein großes Glück«, sagte David, »dass sie zuvor noch die Liebe entdeckt hat. Ist es nicht das, wonach wir alle suchen?«

Sie waren in Richtung Nordisches Museum und Museum Junibacken abgebogen.

Konzentriert blickte David übers Wasser. Zwischen den Bäumen konnte man einen Blick auf das Vasa-Museum erhaschen, jene aufsehenerregende Erinnerung an einen der größten Flops der schwedischen Geschichte.

»Liebst du sie?«, fragte Faye.

David sah sie verwundert an.

»Wen?«

»Deine Frau, wen denn sonst?«

David kicherte beschämt.

»Oh, klar, hätte ich selbst draufkommen müssen ... Nach fünfzehn gemeinsamen Jahren klingt so eine Frage bloß lustig. Lieben ... Kann man das überhaupt noch nach fünfzehn Jahren, Alltag und Kindern? Liebt da noch irgendwer?«

»Das klingt aber zynisch.«

»Mag sein. Oder vielleicht haben wir auch von Anfang an nicht zusammengepasst, wenn ich ganz ehrlich sein soll ...« Er schüttelte den Kopf und wandte sich ab. »Jetzt klinge ich wirklich grässlich.«

»Ach komm.«

Faye hakte sich bei ihm unter, und sie schlenderten weiter in Richtung Gröna Lund. Die Begeisterungsschreie aus dem Vergnügungspark wurden lauter.

David räusperte sich.

»Es ging wohl nie wirklich um Liebe. Es war ... Es war

eher … vernünftig. Irgendwie passte auf dem Papier alles. Aber Gefühle? Ich weiß nicht.« Er tätschelte Fayes Arm. »Findest du das verwerflich?«

»Nein, gar nicht. Menschen sind aus den unterschiedlichsten Gründen zusammen, und Liebe zu erfahren, wahre Liebe, ist wohl nur wenigen vergönnt.«

»War es dir denn vergönnt?«, fragte er und blieb stehen.

Ein Teil von ihr wollte seinem Blick und der Antwort ausweichen. Sie lauschte auf die Schreie vom Free Fall – Menschen, die sich freiwillig in höchste Höhen ziehen ließen, nur um zu spüren, wie es im Bauch kribbelte, wenn sie wieder auf die Erde zurasten. Ganz ähnlich hatte sich die Liebe für sie angefühlt.

»Ja, war es. Ich habe Jack geliebt. Mehr, als ich dachte, je einen anderen Menschen lieben zu können. Trotzdem hat es nicht gereicht. Ich habe nicht gereicht. Dann kam Julienne … und das war eine völlig andere Art von Liebe. Die hat überhandgenommen …«

Ihr versagte die Stimme, und sie wandte sich ab. Für einen Augenblick rauschte alles erneut auf sie ein. Alles, was die Familie hatte durchmachen müssen. Wegen Jack. Und ihretwegen, weil sie sich und ihre Tochter vor ihm hatte retten müssen.

»Ich kann mir gar nicht vorstellen, was du durchgemacht hast«, sagte David, und Faye zuckte zusammen, weil sie für einen Augenblick völlig vergessen hatte, dass er auch noch da war. »Ein Kind zu verlieren … Faye, ich … Ich wünschte, ich könnte dir die Trauer nehmen, aber ich glaube, das kann niemand.«

Faye riss sich zusammen. Zwang sämtliche Gefühle und Erinnerungen, die um ihre Aufmerksamkeit wetteiferten, beiseite. Wenn sie sich erlaubte, sich zu erinnern und die alten Gefühle erneut zu durchleben, würde sie niemals den nächsten Schritt tun können.

»Es ist trotzdem schön, dass du da bist«, sagte sie. »Dass du mir zuhörst.«

Vor den flackernden Lichtern im Hintergrund blieben sie schweigend stehen. Eine Weile sagte keiner von ihnen etwas. Dann streckte David eine Hand aus.

»Komm, gehen wir zurück.«

Faye nickte. Sie machten kehrt und schlenderten zurück in Richtung Strandväg. Als sie wieder am *Strandbrygga* vorbeikamen, blieb David spontan stehen und drehte sich zu ihr um.

»Willst du schwimmen gehen?«, fragte er.

»Hier?«

»Ja, es ist ein warmer Abend, und schließlich sind wir hier im Venedig des Nordens. Hier gibt's überall Badestellen – da drüben zum Beispiel!«

Er zeigte auf eine Stelle, an der zwischen zwei Hausbooten ein Bootssteg hinaus aufs Wasser führte. Ohne zu zögern, joggte er darauf zu. Zwischen den Booten war er vom Strandväg aus kaum zu sehen. Er beugte sich vor und zog die Schnürsenkel auf. Faye sah sich um. Kein Mensch in Sicht. Kaum Straßenverkehr. David streifte sein Leinenhemd ab, dann Jeans und Schuhe. Strümpfe. Und die Unterhose. Seine blanke Kehrseite leuchtete regelrecht im Dämmerlicht, und dann hörte Faye ein Kreischen, dicht gefolgt von einem Platscher. Sie beugte sich vor. Zwei Meter unter ihr strampelte er im Wasser und blickte zu ihr hoch.

»Kalt, aber klasse«, wusste er zu berichten. »Spring rein!«

Faye warf einen Blick über die Schulter. Niemand zu

sehen. Sie schlüpfte aus ihren Schuhen, legte ihre Kleidung neben Davids Kleiderberg – die Unterwäsche behielt sie jedoch an –, sprang und schlug wie wild mit den Beinen, ehe sie durch die Wasseroberfläche brach. Tauchte auf, ließ einen kleinen Schrei los, eine Mischung aus Schreck und Begeisterung. Das Wasser war wirklich eiskalt.

Sie schwammen ein Stück hinaus und dümpelten eine Weile auf der Stelle. Traten nebeneinander Wasser und betrachteten zitternd die Lichter der Stadt.

»Ich mag dich«, sagte David.

Er sprach abgehackt, ihm klapperten die Zähne.

Und Faye lächelte, weil es so urkomisch aussah. Trotzdem war ihr im Innern so warm, dass sie für einen Augenblick die Kälte verdrängte. Eigentlich wollte sie antworten, doch es blieb still. Sie hatte sich geschworen, sich nie wieder in jemanden zu verlieben, ahnte jedoch, dass ihre Stellung ins Wanken geriet. David brachte sie zum Lachen, und er war ein Gentleman ganz ohne Hintergedanken, im Gegenteil, er war ein erfolgreicher Geschäftsmann, der ihre Fähigkeiten anerkannte, und obendrein lächelte er, dass sie schier dahinschmolz – selbst im eiskalten Kanalwasser.

Als sie wieder aus dem Wasser geklettert waren und sich angezogen hatten, knetete David ihre Oberarme, damit ihr warm wurde.

»Und was machen wir jetzt?«, fragte sie. Sie wollte eindeutig noch nicht wieder zurück auf ihr Hotelzimmer.

David sah sie schelmisch an.

»Komm!«, sagte er nur und schlüpfte in seine Schuhe.

Sie folgte ihm in Richtung des Segelclubs auf der anderen Seite der Djurgårdsbrücke. Ihr Haar lag nass auf Schultern und Rücken, und sie verfielen in einen Laufschritt, um sich aufzuwärmen. Am Zaun blieben sie stehen. David spähte ins Wachhäuschen, stellte sicher, dass niemand da war, und kletterte über den Zaun.

»Die haben hier Kameras«, sagte Faye und zeigte nach oben.

»Keine Sorge«, sagte er von der anderen Seite. »Ich hab einen Kumpel, dessen Boot hier liegt. Dem macht es nichts aus, wenn wir es uns leihen.«

Faye setzte prüfend den Fuß in den Zaun, griff dann nach oben und kletterte ebenfalls hinüber zur anderen Seite, wo David sie auffing.

Er ließ den Blick über die Boote schweifen.

»Das da ist es.« Er zeigte auf eine große Motorjacht, die am Ende der Pier vertäut war.

Im nächsten Moment griff er nach ihrer Hand und zog sie hinter sich her.

Sie stiegen an Bord, David ging in die Hocke, schob die Hand unter ein weißes Polsterkissen und zog mit einem triumphierenden Grinsen ein paar Schlüssel hervor. Er schloss die Kajüte auf, und Faye schlüpfte ins Warme. Sie streiften sich die nasse Kleidung ab und wickelten sich in große Badelaken, die David hervorgezaubert hatte.

»Wem gehört denn das Boot?«, wollte Faye vom Sofa aus wissen, während er die Oberschränke durchsah.

»Einem guten Freund«, sagte er, und dann rief er: »Da schau her – Whisky!«

Er reichte ihr ein Glas und ließ sich neben sie fallen. Der Drink wärmte sie von innen. Das Wasser plätscherte an den Bootsrumpf und sorgte dafür, dass das Boot behaglich schaukelte. Auf der Pritsche lagen eine große blaue Haarschleife und eine Kinderhaarspange mit *Eiskönigin*-Motiv, nach der sie sich zerstreut ausstreckte. Sie erinnerte sie an Julienne. Auch die liebte die Eiskönigin und sang für ihr Leben gern in Kinderkauderwelsch-Englisch »Let it goooo«.

»Wo bist du denn mit deinen Gedanken?«

David sah sie zärtlich an. Dann fiel sein Blick auf die Haarspange, und er hielt die Luft an.

»Verzeihung, ich …«

Faye legte ihm beschwichtigend die Hand auf den Arm. Sein Körper strahlte derart Wärme ab, dass es in ihr vibrierte.

David lächelte sie an.

»Was?«, fragte sie.

»Nichts.«

Sie war drauf und dran, ihm zu sagen, dass sie ihn ebenfalls mochte, wie als verspätete Antwort auf das, was er im Wasser gesagt hatte, brachte es aber nicht fertig. Die Worte wollten ihr nicht über die Lippen kommen. Blieben ihr im Hals, in dem alten Narbengewebe stecken. Narben, die man ihr von außen nicht ansah.

»Darf ich dich mal besuchen kommen, wenn du morgen aus dem *Grand* ausziehst?«, fragte er.

»Wenn du willst?«

»Klar will ich.«

»Ich will das auch.«

Seufzend lächelte er sie an.

»Ich weiß nicht, was mit mir los ist, aber in deiner Gesellschaft fühle ich mich dermaßen bescheuert glücklich – wie ein Teenager – und will dir ständig imponieren. Ich mag es eigentlich gar nicht, im offenen Wasser zu schwimmen. Gleichzeitig weiß ich genau, dass dir das egal wäre, dass du mich trotzdem magst, auch wenn du es nicht laut aussprichst. Außerdem bin ich froh, dass du dich mir anvertraut hast.«

Faye nickte stumm.

»Ich hab ihn vor ein paar Jahren übrigens mal getroffen ... Jack. Hab ihn als eingebildetes, selbstverliebtes Arschloch in Erinnerung, und ...«

Faye beugte sich zu ihm. Sie wollte nicht mehr über Jack reden, nicht jetzt und auch sonst nie wieder. Mit einem Kuss brachte sie David zum Schweigen. Seine Lippen waren weicher, als sie erwartet hatte.

»Reden wir nicht von ihm. Reden wir nur noch von uns, zumindest heute Abend.«

»Deal.«

Als hätten sie sich abgesprochen, standen sie auf und nahmen die Flasche mit in die Kajüte. Das Bett war überraschend groß und mit weißer Bettwäsche bezogen.

Faye setzte sich auf die Bettkante. Sie streifte das Badelaken ab. Darunter war sie splitternackt. Sie sah David in die Augen. Sein Blick war glasig – teils vom Whisky, teils vor Erregung. Langsam kam er auf sie zu. Dann ließ auch er sein Handtuch fallen. Darunter war er bereits hart. Er machte den letzten Schritt auf die Bettkante zu, wo Faye immer noch saß, sodass sein Geschlecht für sie auf Augenhöhe war.

Ohne den Blick von seinem Gesicht abzuwenden, nahm Faye seinen Schwanz in die Hand. Dann beugte sie sich langsam vor und öffnete den Mund. Ließ erst nur den warmen Atem die Eichel umwehen und streckte dann die Zunge raus. Leckte den ersten Lusttropfen ab. David stöhnte aus tiefster Kehle, schloss kurz die Augen, schlug sie dann aber sofort wieder auf, um Faye anzusehen.

Sie machte den Mund ein Stück weiter auf. Umschloss mit den Lippen seine Eichel. Mit der Zunge fuhr sie über das feine Bändchen und freute sich, als sie von David ein

Keuchen hörte. Fast schon quälend langsam nahm sie ihn Stück für Stück tiefer in den Mund. Sie verspürte einen leichten Würgereiz, zog sich aber gerade rechtzeitig wieder ein Stück zurück, ehe es unangenehm wurde. Wieder rein. Raus. Sie nahm die Hand zu Hilfe, ihr Speichel sorgte dafür, dass sein Schwanz nass und schlüpfrig war und die Hand leicht darüberglitt.

Davids Atem ging immer schneller, dann stöhnte er, hielt inzwischen die Augen geschlossen, hatte die Hände um ihren Kopf gelegt und die Finger tief in ihr Haar geschoben.

»Ich kann nicht länger ... Ich will in dir kommen.«

Er legte sich über sie, presste sich an sie und drang dann langsam, unerträglich langsam in sie ein. Es fühlte sich göttlich an. Jetzt war sie es, die stöhnte, als sie seine Hitze, seine Härte, seine Entschlossenheit zwischen ihren Beinen spürte.

Als er fast komplett in sie eingedrungen war, stieß er mit einem Mal schnell und heftig in sie hinein und ließ sich schwer auf sie fallen. Mit dem Mund an ihrem Ohr, seinem warmen Atem an ihrer Wange bewegte er sich in ihr, während sie ihm die Beine um die Hüften schlang. Sie hielt ihn fest umklammert, half ihm, einen gemeinsamen Rhythmus zu finden, presste sich ihm entgegen, wollte mehr von ihm, wollte ihn ganz.

Dann zog er sich aus ihr zurück.

»Ich will noch nicht kommen. Du machst mich wahnsinnig an ... Ich muss dich schmecken.«

Er drückte ihre Beine auseinander, leckte sich über die Finger der rechten Hand und fing dann an, sie ganz zart zu streicheln. Sie hob den Kopf, wollte zusehen, wie er sie berührte. Er strich über ihre Klitoris, führte dann behutsam erst zwei, dann drei Finger in sie ein. Sie schluchzte auf und stöhnte.

David zog die Hand wieder zurück. Sie winselte, war kurz davor zu explodieren. Er drückte ihre Schenkel noch weiter auseinander und beugte sich hinunter. Ließ die Zungenspitze aufreizend über ihren Kitzler tanzen. Faye versuchte, sich ihm entgegenzustrecken, doch er drückte sie behutsam hinunter, indem er ihr die Hände auf beide Knie legte. Seine Zunge war weich und gleichzeitig nachdrücklich, presste sich härter und immer härter auf ihre Klitoris, zog Kreise. Er trieb sie auf den Abgrund zu, und sie krallte sich in die Laken, bog den Rücken durch. Als er im nächsten Moment erneut seine Finger in sie hineinschob, spürte sie, dass sie auf den Höhepunkt zuraste, noch viel länger, und es wäre schmerzhaft unerträglich – die Grenze zwischen Ekstase und Schmerz war haarfein –, und sie warf den Kopf hin und her, während er sie immer näher auf den Orgasmus zuführte.

Als sie kam, schrie sie laut auf. Trotzdem machte er weiter, erhöhte den Druck, während sie am ganzen Leib zitterte und sich ihr Innerstes um seine Finger krampfte.

Als die Wogen sich wieder ein wenig geglättet hatten, entspannte ihr Körper sich wieder, doch Faye wollte nicht ausruhen, sie wollte ihn erneut in sich spüren.

Das Boot schaukelte leicht auf den Wellen. Faye drehte sich um, stellte sich auf alle viere. Schlug mit dem Kopf in der kleinen Kajüte gegen die Wand, und sowohl sie als auch David kicherten. Sie ging ein Stück runter, rückte an ihn heran, drehte sich nach hinten um und sah, wie er sich hinstellte und sich ihr von hinten näherte. Allerdings nahm er sie nicht gleich. Stattdessen strich er ihr erst zart und liebevoll über den Hintern.

»Wie schön du bist.«

»Nimm mich«, sagte Faye und rutschte noch ein Stück näher.

David streichelte noch einmal ihren Hintern und legte dann die Hände an ihre Hüften, presste sich in sie und drang tief in sie ein. Obwohl Faye gerade erst gekommen war, war sie immer noch genauso heiß auf ihn und wollte mehr.

»Nimm mich, David«, sagte sie abgehackt, und er ließ sich nicht zweimal bitten.

Anschließend lagen sie aneinandergeschmiegt da und suhlten sich in der Wärme des jeweils anderen. David strich ihr das Haar aus dem Nacken und küsste sie – genau am empfindsamsten Punkt hinter ihrem Ohr. Sie kicherte erneut – es fühlte sich unendlich schön an und kitzelte gleichzeitig ein bisschen. Er rollte sich neben sie, legte sich auf den Rücken, ließ aber die Hand in ihrem Kreuz liegen.

»Ich bin schweißgebadet«, sagte sie und drehte sich auf die Seite, sodass seine Hand auf ihrer Hüfte ruhte.

Er strich ihr sanft über die Wange.

»Weißt du eigentlich, wie fantastisch du bist? Wie schön du bist?«

»Nein, ich glaube, das musst du mir erst erzählen.«

»Wird gemacht, Ehrenwort. Wieder und immer wieder.«

Faye ertappte sich dabei, wie sie lächelte, als sie mit dem Rücken zu ihm dalag. Und sie musste ein paar Tränen wegblinzeln. Redete sich ein, dass sie sich nicht wieder verlieben durfte, auch wenn sie insgeheim befürchtete, dass es bereits zu spät war.

FAYE TRAT AUS dem Aufzug und lief erwartungsvoll auf die massive Tür zu. Ihre alte Wohnung vermisste sie kein bisschen. Dort hätten viel zu viele Erinnerungen gelauert – und Jack wäre davon ein Teil gewesen. Diese Wohnung jedoch war einzig und allein ihre.

Die Schlüssel lagen schwer in ihrer Hand. Sie liebte dieses Gefühl von etwas Neuem, Unverbrauchtem. Auch wenn die Wohnung bloß gemietet war, hatte sie die Erlaubnis bekommen, die Wände farbig zu streichen.

Mit einem Lächeln im Gesicht schob sie den Schlüssel ins Schloss und dachte zurück an die Nacht mit David und daran, was sie alles miteinander getan hatten.

Als sie die Tür aufschob, schlug ihr der Geruch frischer Malerfarbe entgegen. Sie hätte nie gedacht, dass sie diesen Geruch so sehr lieben würde, aber es war wirklich so. Diese Wohnung war komplett unbeackerter Boden. Den sie sich neu erobern würde.

Kerstin war bloß eine Tür weiter in ihrer eigenen Wohnung. So wären sie weiterhin nah beieinander. Wie eine Familie. Nur dass Faye diese Wohnung hier allein bewohnen würde. Sie würde allein ihr gehören.

Faye entriegelte den schwarzen Sicherheitsbolzen, trat ein, streifte sich die Jimmy Choos von den Füßen und stellte sie im Flur ins Schuhregal aus Walnussholz. Langsam, behutsam machte sie ein paar Schritte in die Wohnung hinein, die sich hell und geräumig vor ihr erstreckte.

Die Wohnfläche betrug mehr als zweihundert Quadratmeter. Womöglich leicht übertrieben für sie alleine – aber nach all den Jahren, die sie in einem goldenen Käfig gesessen hatte, brauchte sie mehr als alles andere Luftigkeit und Weite um sich herum. Sie hatte sich auf den ersten Blick in die Wohnung verliebt, sowie sie sie auf der Immobilienseite unter den Mietangeboten entdeckt hatte. Die Wohnung und sie passten zusammen, auch wenn sie sie nicht besaß.

Die Küche erinnerte an eine Landhausküche, allerdings mit modernem Touch. Für die richtige Mischung sorgten Philippe Starck, Gaggenau und Cordon-Bleu. Der große Holztisch und die Sitzbänke aus gealtertem Holz waren eine Sonderanfertigung von einem Möbelschreiner aus Södermalm. Sie strich mit der Hand über die Tischplatte. Und liebte das Gefühl.

Als sie das Wohnzimmer betrat, musste sie beim Anblick des riesigen smaragdgrünen Samtsofas lächeln. Das ganze Zimmer erstrahlte inzwischen in hellen, dezenten Farben, und man fühlte sich sofort willkommen.

Sie ging zum Fenster, ließ für eine Weile den Blick über die Dächer von Östermalm schweifen und setzte dann langsam ihren Rundgang durch sämtliche Räume fort. Das hier wäre ihre Homebase, während sie sich der US-Expansion widmete und ihrem Rettungseinsatz für Revenge. Jetzt hatte sie nicht nur ein Zuhause. Sie hatte zwei. Eins in Italien. Eins hier. Beide waren wichtig, allerdings aus unterschiedlichen Gründen. Ihr halbes Herz schlug in Italien, wo sich Julienne und ihre Mutter befanden. Doch die andere Hälfte würde immer hier schlagen: Sie hatte Stockholm zu ihrer Stadt gemacht, vom ersten Augenblick an, als sie hier angekommen war. Julienne war hier zur Welt gekommen, hatte ihre ersten taumelnden Schritte hier gemacht. Stockholm war außerdem die Stadt von ihr und Chris: Hier hatten sie gemeinsam gelacht, Abenteuer erlebt, Rückschläge und tiefste Trauer.

Diese Wohnung würde ihre Burg werden, ihre Festung. Endlich war sie zu Hause.

Fayes Puls beschleunigte sich, als sie an der Birger Jarlsgata durch die Tür trat. Ihr Blick fiel auf das Revenge-Logo, das verschnörkelte R, und sie musste Tränen wegblinzeln. Auf dem Weg durch das Großraumbüro lächelte sie einigen jungen Frauen zu, die zurückgrüßten.

Sobald sie die Tür zu ihrem Arbeitszimmer aufschob, überkam sie ein wohliger Schauer. Sie liebte ihr Büro, hier hatte sie Wunder zustande gebracht und ein Imperium aus dem Boden gestampft.

Und von hier aus hatte sie Jacks Untergang orchestriert. Ihn besiegt. Compare übernommen.

Sie legte ihre Handtasche auf den Schreibtisch, setzte sich, rückte ihren Laptop bereit und sah dann durch die Glasscheibe hinüber zu den zwanzig Mitarbeiterinnen, die dort an ihren Schreibtischen saßen. Es waren zehn dazugekommen, sie kannte sie dem Namen nach, weil sie einander gemailt hatten, und sie freute sich darauf, sie endlich persönlich kennenzulernen. Es waren Frauen jedes Alters. Kluge, mehrsprachige, souveräne, professionelle Frauen. Moderne Frauen mit Selbstvertrauen.

Revenges Umsätze würden eine neue Rekordmarke knacken, und eigentlich, dachte sie mit Blick auf ihr Team, wäre die Expansion gar nicht nötig. Warum all das hier riskieren? Wäre es nicht besser, sich voll und ganz darauf zu konzentrieren, die Übernahme zu vereiteln?

In wirtschaftlicher Hinsicht wären selbst Juliennes Urenkel versorgt. Doch sie wusste genau, dass Chris sich über alles gewünscht hätte, Faye würde endlich ihren Traum wahr machen und auch die USA erobern. Außerdem war ihr Interview bei *Skavlan* noch besser verlaufen als erwartet: Ihre Inbox quoll über mit Nachrichten von Finanziers, die auch einen Teil vom Kuchen abhaben wollten, sobald Revenge den Schritt über den Atlantik machte. Sie waren hautnah dran, den Deal mit ihrem US-Partner zu unterschreiben. Wie nah, hatte sie gar nicht verraten. Trotzdem wollte sie die richtigen Investoren mit an Bord holen. Solche, die ihr freie Hand ließen, und was noch wichtiger war: Menschen, die Gutes taten. Menschen mit Herz, wie Chris immer gesagt hatte.

Manchmal meinte sie, Chris lächeln zu sehen, sie lachen zu hören, deren festen Griff um ihre Hand zu spüren. Wenn sie die Augen zumachte, konnte sie sich fast einbilden, dass Chris neben ihr stand. Ihr schnürte sich der Hals zusammen, und sie wischte sich die Tränen aus dem Gesicht. Die Melancholie war zurück.

Was sollte sie denn mit all dem Geld und all ihren Erfolgen, wenn der Preis dafür war, dass sie nicht mit ihren Lieben zusammen sein konnte? Natürlich mochte sie ihre Mitarbeiterinnen dort draußen, aber die waren nicht für sie da gewesen, als sie noch ein Niemand gewesen war. Bevor sie Millionärin geworden war. Und wenn alles den Bach runterginge, würden sie sich ihre Markentaschen schnappen und ihr den Rücken kehren, ohne mit der Wimper zu zucken. Ein Unternehmen beruhte – genau wie eine Beziehung – auf Loyalität. Gleichzeitig war nicht zu leugnen, dass sie sich in letzter Zeit mehr mit Julienne beschäftigt und auch sich selbst mehr umsorgt hatte, und womöglich führte das jetzt dazu, dass Revenge ihr entglitt.

Sie ließ den Blick über ihren Schreibtisch schweifen und hielt jäh inne. Zehn verpasste Anrufe von Kerstin – sie musste ihr Handy versehentlich stumm geschaltet haben. Mit flatterndem Herzen rief sie Kerstins Nummer auf.

»Ich weiß, wer hinter den Käufen steckt«, sagte Kerstin ohne jede Vorrede.

Faye schluckte.

»Ja?«, fragte sie so ruhig, wie sie nur konnte.

»Henrik Bergendahl.«

»Wie bitte?«

Faye schloss die Augen und ließ sich schwer gegen die Stuhllehne sinken. Jacks ehemaliger Geschäftspartner. Hätte sie damit am Ende rechnen müssen? Auch wenn Henrik inzwischen erfolgreicher war denn je, hatte er doch eine Zeit lang am Boden gelegen. Trotzdem wäre er ihr nie in den Sinn gekommen …

»Und das war noch nicht alles«, fuhr Kerstin fort. »Ich habe soeben erfahren, dass Irene Ahrnell ihre Anteile an ihn verkauft hat.«

Fjällbacka – damals

Auf dem Heimweg von der Schule beeilte ich mich. Papa wollte nach Dingle fahren und dort sein Auto reparieren lassen und wäre erst spät wieder zu Hause, was uns einige seltene Stunden der Freiheit bescherte.

Mama hatte mir versprochen, dass wir zusammen nähen würden. Oma hatte mal erzählt, dass Mama immer davon geträumt hatte, Schneiderin zu werden, und bereits als kleines Mädchen fantastische Kleider für ihre Barbiepuppen genäht hatte. Inzwischen nähte sie nur noch für den Hausgebrauch, trotzdem wollte sie es mir beibringen.

Insgeheim war ich gar nicht wahnsinnig daran interessiert, nähen zu lernen. Doch als wir uns nebeneinander vor Mamas Nähmaschine setzten, eine Husqvarna, die sie erst nach langem Hin und Her mit Papa hatte kaufen dürfen, war es, als säßen wir in unserer ureigenen kleinen Blase. Wie immer betrachtete ich fasziniert ihre Hände, als sie routiniert und mit großem Geschick die Maschine bediente, mir zeigte, wie man den Steppstich einstellte, wie den Zickzackstich, welcher Stich welchen Zweck erfüllte und wie man den Faden vernähte, wenn man fertig war. Ich genoss jeden einzelnen Moment.

Sie hatte mir versprochen, mir heute zu helfen, eine Pluderhose zu nähen. Ich hatte aus dem Handarbeitsladen einen glänzend violetten Stoff heimgeschmuggelt, und ich sah bereits vor mir, wie schön die Hose aussehen würde, wenn sie fertig wäre.

Als ich das Haus betrat, war es mucksmäuschenstill. Zögerlich rief ich nach ihr, weil ich immer noch nicht ganz sicher war, ob Papa wirklich gefahren war. Aber ich bekam keine Antwort.

Ich sah mich im Flur um. Mamas Jacke hing noch da. Und ihre Schuhe standen ordentlich in unserem Schuhregal aus Kiefernholz. Unruhe machte sich in mir breit.

»Mama, bist du da?«

Wieder keine Reaktion. Es würde noch ein bisschen dauern, bis Sebastian nach Hause käme. Mama und ich hätten eine ganze Weile für uns allein, ein seltenes Glück, und ich hatte gedacht, dass sie sich die Gelegenheit um kein Geld der Welt hätte entgehen lassen. Auch sie liebte unsere kleinen gemeinsamen Momente an der Nähmaschine. Vielleicht hatte sie sich ja hingelegt und ruhte sich aus?

Vorsichtig ging ich die Treppe hoch zu Mamas und Papas Schlafzimmer. Die Stufen knarzten, aber niemand schien es zu hören. Ich wandte mich nach rechts, die Schlafzimmertür war geschlossen, und kurz verspürte ich

Erleichterung. Sicher hatte sie sich bloß für einen Moment schlafen gelegt.

Leise schob ich die Tür auf. Ja. Sie lag auf dem Bett. Mit dem Gesicht in die andere Richtung. Auf Zehenspitzen schlich ich näher. Ich war mir immer noch nicht sicher, ob ich sie schlafen lassen oder aufwecken sollte. Andererseits wusste ich, dass sie enttäuscht wäre, wenn wir unsere Nähstunde verpassen würden.

Als ich an ihre Seite des Betts trat, sah ich erst bloß stirnrunzelnd hin. Mamas Lider flatterten, sie schlief anscheinend gerade ein. Dann blieb mein Blick an einem Gegenstand am Boden hängen. Ein weißes Döschen. Der Deckel war nicht zugeschraubt und lag daneben. Ich nahm das Döschen hoch. Schlaftabletten.

Schlagartig bekam ich Panik. Ich riss Mama hoch, aber sie reagierte nicht.

Mir rauschte der Kopf, gleichzeitig verspürte ich Klarheit und Ruhe und wusste urplötzlich genau, was ich tun musste.

Ich zog sie mit dem Kopf voran über die Bettkante und schob ihr die Finger in den Hals, tiefer und immer tiefer. Erst passierte gar nichts. Dann fing sie an zu würgen, und ich spürte, wie ein warmer Schwall nach dem anderen meine Hand umströmte und zu Boden prasselte.

In der Brühe lagen winzig kleine Tablettenstückchen zwischen zerkauten Spaghetti vom Mittagessen. Ich schob ihr weiter die Finger in den Rachen, bis irgendwann nur noch Galle kam. Dann drückte ich ihren Kopf an meine Brust.

Während ihre verzweifelten Schluchzer von den Wänden widerhallten, wiegte ich meine Mutter im Schoß wie ein kleines Kind. Ich hasste meinen Vater mehr denn je.

Und mir waren zwei Dinge klar. Dass ich meiner Mutter niemals erzählen konnte, was Sebastian getan hatte. Und dass ich uns beide um jeden Preis von hier fortbringen musste.

»Gibt es auf der Welt irgendein Gesetz, das besagt, dass alles gleichzeitig den Bach runtergehen muss?«

Kerstin goss Faye eine Tasse Tee ein. Das *Broms* war bis auf den letzten Platz voll. Vom Gemurmel der anderen Gäste und vor Ärger hatte Faye Kopfschmerzen.

»Du meinst Murphys Gesetz«, erwiderte sie. »Aber ja, ich habe in meinem Leben – und das ist schon ein bisschen länger als deins – öfter bemerkt, dass manchmal alles auf einen Schlag passiert. Glückliche ebenso wie unglückliche Ereignisse.«

»Dann haben wir es gerade mit so einem Moment zu tun«, murmelte Faye, nippte an ihrem Tee und verzog das Gesicht. »Wer, bitte schön, trinkt so was freiwillig? Ich brauche einen starken Kaffee.«

Sie winkte eine vorbeieilende Bedienung heran und fauchte: »Cappuccino bitte.«

»Nimm dir etwas zu essen.«

Kerstin nickte zum Tisch hin. Sie hatten Sauerteigbrot, gekochte Eier, Joghurt mit Müsli und Obstsalat bestellt.

Faye schüttelte den Kopf.

»Ich hab keinen Hunger.«

Kerstin machte sich schweigend über ihren Teller her, während Faye genervt der Bedienung winkte, die den Cappuccino immer noch nicht gebracht hatte.

»Lass deinen Frust nicht an ihr aus«, sagte Kerstin.

»Ich mache, was ich will.«

Endlich hatte Faye Blickkontakt hergestellt, und die Bedienung huschte in Richtung Küche.

Draußen vor dem Fenster schien die Sonne. Mit ihren eigenen Angelegenheiten beschäftigt, eilten die Leute vorüber, und kurz fragte sich Faye, ob diese Leute wie sie selbst ständig zwischen Hoffnung und Verzweiflung hin- und hergeschleudert wurden.

»Du musst darüber reden, statt sie alle zu verteufeln«, sagte Kerstin. »Irene hat dich hintergangen, und das trotz ihres Versprechens. Sie hat an Henrik verkauft, an Jacks Ex-Geschäftspartner.«

Faye schlug mit der Faust auf den Tisch. Sie war weder auf Kerstin noch auf die Bedienung wütend. Sie war einfach ganz grundsätzlich stocksauer.

»Ich hole mir noch einen Chia-Pudding«, sagte sie und stand auf.

In Wahrheit war sie nicht mal hungrig, genau wie sie es Kerstin gegenüber beteuert hatte, aber sie brauchte einen Moment, um ihre Gedanken zu sortieren. Doch während sie in der Schlange stand, wurde sie minütlich wütender. Als sie dran war, bestellte sie sich einen Chia-Pudding mit allem – Heidelbeeren, Cranberrys und Kokosflocken.

Als sie sich wieder setzte, starrte Kerstin sie stumm an. Faye schlang ihr Essen in großen Bissen in sich hinein. Erst als es ihr schließlich wie ein Riesenklumpen im Magen lag, holte sie Luft und lehnte sich zurück – und entdeckte im selben Moment, dass sie endlich ihren Cappuccino bekommen hatte.

»Erstens«, sagte sie, »begreife ich nicht, warum Irene verkauft hat. Sie konnte doch kaum unser Mittagessen verdaut haben, bevor sie sich umentschieden hat! Ich habe

Irene eigentlich immer für loyal und ehrlich gehalten. Ich begreife es einfach nicht.«

»Da dürfte noch mehr dahinterstecken«, gab Kerstin zu bedenken. »Aber das muss fürs Erste warten. Für den Augenblick müssen wir einfach der Tatsache ins Auge sehen, dass sie verkauft hat.«

»Und wir müssen Henrik ins Auge sehen«, sagte Faye düster und kippte den Cappuccino in sich hinein.

Sie winkte mit der Tasse in Richtung Bedienung.

»Du kriegst doch nur Magenschmerzen«, sagte Kerstin trocken.

»Noch mehr Magenschmerzen als im Moment kann ich gar nicht kriegen. Ich habe so viele Fehler gemacht, Kerstin! *Das* bereitet mir Magenschmerzen! Ich habe Henriks Hass unterschätzt. Ich habe die Verletzbarkeit von Revenge unterschätzt. Und ich habe die Loyalität unserer Investorinnen überschätzt.«

»In dem Fall haben wir alle beide dieselben Fehler begangen. Ich habe es doch auch nicht kommen sehen.«

»Schon wahr. Aber das macht das hier ehrlich gesagt kein bisschen leichter.«

Es kribbelte ihr am ganzen Leib, und Faye musste aufstehen. Hinter ihr kam die Bedienung schon mit einem neuen Cappuccino, doch Faye ging einfach – bloß weg von allem.

Ihr Handy vibrierte in ihrer Hand, und sie sah aufs Display. Sie hatte die Nummer nicht eingespeichert, trotzdem erkannte sie sie sofort wieder. Es war Yvonne Ingvarsson.

»Ja? Was ist?«

Die Frau am anderen Ende holte tief Luft. Faye rechnete jeden Moment damit, die Vorfreude in ihrer Stimme zu hören.

»Ich muss Ihnen leider mitteilen, dass bei einem Gefangenentransport heute Morgen einige Häftlinge fliehen konnten … und einer von denen, die wir noch nicht wiederfinden konnten, ist Ihr Ex-Mann Jack.«

Teil 2

Wie Aftonbladet *mittlerweile in Erfahrung bringen konnte, ist einer der zwei flüchtigen Gefängnisinsassen der wegen Mordes verurteilte Finanzunternehmer Jack Adelheim, der vor zwei Jahren wegen Tötung seiner Tochter vor Gericht stand. Vor dem Prozess war er Geschäftsführer der skandalumwitterten Investmentfirma Compare, zu deren Gründern er gehörte. Außerdem war er mit der Geschäftsfrau Faye Adelheim verheiratet.*

Die Polizei fahndet derzeit sowohl nach Jack Adelheim als auch nach einem zweiten Häftling. Beiden gelang im Zuge eines Gefangenentransports die Flucht. Über die Umstände, wie sie fliehen konnten, schweigen die Behörden noch.

»Uns sind Fehler unterlaufen, so viel kann ich sagen, allerdings wollen wir erst die weiteren Ermittlungen abwarten, ehe ich näher darauf eingehen kann«, so Karin Malm, Sprecherin der Behörde.

aus: *Aftonbladet*, 10. Juni

FAYE SASS ENTSPANNT zurückgelehnt und mit den Füßen auf der Tischkante auf ihrer Dachterrasse. Mit dem Fingernagel fuhr sie über das Futter ihrer Chanel-Tasche und angelte das Foto heraus, das sie in die Innentasche geschoben hatte. Das Bild, das sie selbst geschossen hatte und auf dem ihre Mutter und Julienne an einem Strand auf Sizilien zu sehen waren. Das Meer im Hintergrund war spiegelblank, und Julienne lag mit langem, nassem, zerzaustem Haar zusammengerollt auf dem Schoß ihrer Oma. Es war das einzige Foto, auf dem die beiden zusammen zu sehen waren. Faye traute sich nicht mal in Italien, Fotos zu machen oder aufzubewahren. Ihre gemeinsamen Erlebnisse bewahrte sie stattdessen in ihrem Herzen.

Sie sah eine Weile auf das Bild hinab, ehe sie es zurück in die Tasche schob. Sie würde ein besseres Versteck finden müssen, einen sichereren Ort. Sie spürte die schmerzhafte Sehnsucht nach Julienne am ganzen Körper – und zwar derart heftig, dass für einen Augenblick sogar die Sorge vergessen war, die seit der Nachricht rund um die Uhr alles überschattete.

Jack war jetzt seit fünf Tagen auf der Flucht. Noch hatte die Polizei ihn nicht aufgespürt, auch wenn sie sowohl der

Presse als auch Faye gegenüber versichert hatte, dass man mit einem Großaufgebot nach ihm fahndete.

Die Panik der ersten paar Tage hatte sich indes gelegt. Sie bekam täglich einen Anruf von der Polizei, die sich erkundigte, ob bei ihr alles in Ordnung war, außerdem wäre es doch äußerst unwahrscheinlich, um nicht zu sagen, verrückt, wenn Jack tatsächlich bei ihr auftauchen sollte. Aber nach allem, was er während des Gerichtsprozesses gesagt hatte, war er überzeugt davon, dass Julienne noch am Leben war – und das war aus Fayes Sicht lebensgefährlich.

Faye selbst würde er jederzeit aufspüren können, während sich Julienne und Fayes Mutter in Italien versteckten und sicher waren ... Es gab keinerlei Spuren, keine Beweise dafür, dass sie noch lebten – außer diesem einen Bild in Fayes Handtasche. Sie wusste, wie riskant es war, dass sie es bei sich hatte, aber hin und wieder musste sie einfach einen Blick darauf werfen und sich wieder daran erinnern, was wirklich wichtig war und warum sie all das hier tat.

Das Handy riss sie aus den Gedanken. Ihr wurde warm ums Herz, als sie Davids Namen auf dem Display las. Er würde in wenigen Stunden vorbeikommen. Sie stand auf, um schon mal eine Flasche zu entkorken, damit der Wein atmen konnte.

»Hallo, Liebling«, sagte sie, »du fehlst mir.«

Einen Moment lang war es in der Leitung still, und sie ahnte sofort, dass etwas nicht stimmte. Kurz fürchtete sie, gleich Jacks Stimme zu hören. Der ihr mitteilte, dass David tot war.

»Ich hab heute Abend ein kleines Problem«, sagte David schließlich. Er klang angespannt und flüsterte fast. »Johanna ist ausgerastet. Sie kreischt und heult, und die Mädchen sind verzweifelt … und haben Angst.«

Faye seufzte und gab sich alle Mühe, nicht verärgert zu sein. Es war ja nicht seine Schuld.

»Ich nehme an, du hast ihr erzählt, dass du jemanden kennengelernt hast, und das ist nicht gut angekommen …«

»Ich hab's nicht mal erzählt! Irgendein Bekannter hat uns in der Stadt gesehen. Es ist das totale Chaos.«

»Was will sie denn? Ihr habt die Scheidung doch längst beschlossen, sie hat doch wohl nichts mehr damit zu tun, wenn du dich mit jemandem triffst?«

»Ich wünschte, es wäre so einfach. Sie findet, es ist zu früh, außerdem ist sie stinksauer, weil sie es von jemand anders erfahren hat. Für Johanna ist es wahnsinnig wichtig, was die Leute denken. Und wir hatten noch niemandem erzählt, dass wir uns scheiden lassen.«

»Aber kannst du nicht trotzdem kommen? Zu Hause zu sitzen und zu jammern ist doch auch keine Lösung.«

David seufzte.

»Sie will, dass ich morgen die Mädchen ins Reitlager fahre. Sie sagt, die zwei fühlen sich vernachlässigt und dass ich statt an die Mädchen nur noch an Sex denke.«

»Aber sie war es doch selbst, die verhindert hat, dass ihr euch seht!«

»Ich weiß«, sagte er kurz angebunden und holte tief Luft. »Entschuldige! Die Kinder sind mein wunder Punkt, und das weiß sie genau. Ich will nicht, dass sie zwischen die Fronten geraten. Ich hoffe, du hast dafür Verständnis.«

Faye seufzte. Sie mussten die Situation nüchtern betrachten. Johanna beschwichtigen, zumindest fürs Erste. David würde im Gästezimmer einziehen, und Johannas potenzielle Versuche, ihn zurückzugewinnen, würden ins Leere laufen.

»Schon okay. Du fehlst mir, aber ich kann dich verstehen. Kinder stehen immer an erster Stelle, so muss es sein.«

»Danke!« Sie konnte ihm anhören, wie erleichtert er war. »Danke, dass du dieses Durcheinander leichter für mich machst.«

»Wir sehen uns morgen.«

»Ich vermisse dich. Ich mach's wieder gut, versprochen.«

Faye blieb mit dem Handy in der Hand sitzen. Auch wenn sie David versichert hatte, dass es okay wäre, dass sie schon damit klarkäme, fühlte sie sich einsam und alleingelassen.

Zum ersten Mal, seit sie einander kennengelernt hatten, war sie enttäuscht von ihm, obwohl sie genau wusste, wie ungerecht das von ihr war. David konnte schließlich nichts dafür, dass er Kinder mit einer Frau gekriegt hatte, die sich als jemand anders entpuppt hatte als zuvor gedacht – genau wie Faye für Jack nichts konnte. Und was wäre er für ein Mann, für ein Mensch, wenn er nicht versuchen würde, für seine Töchter sein Bestes zu geben? Tatsächlich sagte seine Liebe zu ihnen vielmehr einiges darüber aus, was für ein Mensch er war – einer, den Faye gerne noch sehr viel besser kennenlernen wollte.

Sie griff erneut nach ihrem Handy und fragte Kerstin per SMS, ob sie vorbeikommen wolle. Faye selbst wollte den Abend nicht alleine verbringen. Kerstin war nach fünf Minuten da. Einer der zahlreichen Vorteile, wenn man Tür an Tür wohnte.

»Ich habe ein bisschen Wurst und Käse mitgebracht«, sagte sie. »War vorhin draußen in den Östermalmshallen.«

»Kerstin, du bist ein Schatz!«

Faye goss ein Glas Amarone ein, drückte es ihr in die Hand, und Kerstin setzte sich damit aufs Sofa.

»Was ist passiert?«

»Ich mag nicht darüber reden«, erwiderte Faye und goss auch sich selbst ein Glas ein.

Davids Anruf hatte sie getroffen, und sie musste erst wieder klar im Kopf werden.

»Schaffst du es, stattdessen über Revenge zu reden?«, fragte Kerstin und nahm sich eine Scheibe Prosciutto. »Nicht darüber zu sprechen können wir uns nicht leisten.«

»In Ordnung«, sagte Faye. »Wir müssen durchgehen, welche Verbündeten wir überhaupt noch haben. Das hier kriegen wir nicht alleine gestemmt.«

»Du weißt, wen du meiner Meinung nach kontaktieren solltest.«

»Und du weißt, dass es meiner Meinung nach Wahnsinn ist, auch nur darüber nachzudenken, geschweige denn vorzuschlagen ...«

»Womöglich ist ein bisschen Wahnsinn jetzt genau das Richtige.«

Faye nickte bedächtig. Auch wenn es Sommer war, hatte sie im Wohnzimmer den Kamin eingefeuert, und es prasselte angenehm. Sie nahm das Glas hoch und betrachtete vor dem Feuer im Hintergrund den roten Wein, der wie Rubin glitzerte. Dann nahm sie sich ein Stück Taleggio. Kaute ausgiebig, um erst Zeit zum Nachdenken zu haben, ehe sie antworten musste.

Kerstin hatte recht. Sosehr es ihr widerstrebte – Kerstin hatte recht. Ylva Lehndorf. Würde sie sie wieder in ihr Leben lassen können?

Bevor Ylva Faye den Mann ausgespannt hatte, war sie

der Shootingstar der Verlagsbranche gewesen und hatte diese binnen weniger Jahre umgekrempelt. Tatsächlich war Faye selbst es gewesen, die Jack überredet hatte, Ylva einzustellen, die sie seit deren Zeit an der Handelshochschule immer im Blick behalten hatte. Deshalb war der Verrat, als sie die beiden in flagranti erwischt hatte, auch doppelt schmerzhaft gewesen. Trotzdem kam Faye nicht umhin, die derzeitige Lage mit anderen Augen zu betrachten. Was Jack Ylva über Faye erzählt hatte, wusste sie natürlich nicht. Aber war Ylva nicht ebenfalls ein Opfer? Genau wie Faye war sie geblendet und manipuliert worden. Zum Schweigen gebracht und eingesperrt. Jack hatte ihre Liebe ausgenutzt – hatte sie dazu gebracht, ihren Job an den Nagel zu hängen und eine eingeschüchterte Hausfrau zu werden. Trotzdem war eins immer noch klar: Ylva Lehndorf war nach wie vor eine der begnadetsten Ökonominnen Schwedens – und hatte derzeit einen roten Sale-Aufkleber auf der Stirn.

»Okay, ich weiß, was du über Ylva denkst. Womöglich ist es wirklich der richtige Weg.« Sie nahm einen Schluck Wein. »Ich hab selbst noch an eine andere Person gedacht.«

»Ach?« Kerstin lehnte sich vor. »Und an wen?«

»Alice Bergendahl.«

»Alice? Ein gelangweiltes, demnächst geschiedenes Heimchen aus Lidingö?«

Kerstin musste lachen.

»Ja, genau die.«

Als Faye noch mit Jack verheiratet gewesen war, war Alice immer das glänzende Vorbild gewesen: perfekte Hausfrau und Mutter, schön, loyal und nachsichtig. Sexy, ohne vulgär zu sein. Mit ihren geschmackvoll und diskret aufgepolsterten Silikonbrüsten und den langen Beinen, unter denen eine Fähre hätte hindurchschippern können, hatte sie ausgesehen wie eine verführerische Elfe.

Daher war die Überraschung umso größer gewesen, als Faye über die Boulevardzeitungen von Alice' und Henriks Scheidung erfahren hatte. Alice, die früher nicht mal aufs Klo gegangen war, ohne ihren Mann zurate zu ziehen, und auf dem Weg dorthin noch schnell gefragt hatte, ob er lieber vor oder nach dem Essen seinen Blowjob haben wollte, war urplötzlich mit einer Armada aus Scheidungsanwälten im Rücken in sämtlichen Abendzeitungen und Klatschblättchen aufgetaucht. Der Rosenkrieg war über Monate *das* Gesprächsthema und die Luft zum Atmen für die Stockholmer High Society gewesen.

Faye fragte sich, was zur Verwandlung der einst so folgsamen Alice geführt hatte. Dann wiederum wusste sie, dass auch zuvor eine kleine Rebellin in ihr gesteckt hatte. Immerhin hatte auch Alice – und zwar ganz ohne das Wissen ihres Mannes – in Revenge investiert.

»Nichts schweißt mehr zusammen als ein gemeinsamer Feind«, sagte Faye. »Obwohl ich wirklich nicht verstehe, warum Henrik das macht. Er hat sich doch wunderbar gefangen. Ist wieder auf die Füße gefallen.«

Kerstin legte ihr die Hand auf die Schulter. Drückte sie leicht.

»Für einen Mann wie Henrik spielt es keine Rolle, ob er sich wieder erfolgreich zurückgemeldet hat«, sagte sie. »Du hast ihn in einen Skandal reingezogen, du hast seinen Ruf beschädigt. Für Männer wie Jack und Henrik heißt das auch: Du hast ihren Stolz angekratzt, ihre Männlichkeit. Deshalb hasst er dich. Deshalb will er dir Revenge wegnehmen.«

Faye nickte.

»Wahrscheinlich hast du recht«, sagte sie. »Trotzdem glaube ich, dass du Alice unterschätzt. Wenn jemand seine Schwachstellen kennt, dann sie.«

»Alice – und Ylva«, sagte Kerstin und ließ sich nachdenklich aufs Sofa zurücksinken. »Die Kombination ist gar nicht so dumm.«

Faye nahm noch einen Schluck Wein. Vielleicht war das ja die richtige Stoßrichtung. Sie sah zu Kerstin.

»Ich muss auch noch mal mit Irene reden. Ich muss herausfinden, warum sie mich hintergangen hat.«

Die grossartige Villa von Alice und Henrik Bergendahl lag am Ufer der Insel Lidingö und verfügte über einen privaten Sandstrand. Am Ende des hauseigenen Bootsstegs dümpelte ein großes Motorboot im Wasser und funkelte in der Abendsonne.

»Ich bin froh, dass du angerufen hast«, sagte Alice. »Du hast mir wirklich gefehlt.«

Sie saßen nur wenige Meter vom Ufer entfernt in einer Sitzgruppe. Auf dem Gartentisch hatte Alice gleich vier, fünf Flaschen aus Henriks Weinsammlung bereitgestellt. Sie trug ein rotes Sommerkleid und hatte ihr langes blondes Haar zu einem unordentlichen Zopf zusammengezurrt.

Als Alice zuvor die Tür aufgemacht und Faye vor sich gesehen hatte, hatte sie ganz kurz geschockt ausgesehen. Die Umarmung war steif ausgefallen, aber sobald sie sich draußen auf der Terrasse niedergelassen hatten, war ihr das Reden leichtergefallen. Inzwischen fühlte es sich fast wie ein Treffen alter Freundinnen an.

»An manchen Abenden wird es schon einsam«, sagte Alice.

»Wo sind Henrik und die Kinder denn jetzt?«

»Wir haben noch eine Wohnung an der Danderydsgata, dort hat er sie ihre eigenen Zimmer einrichten lassen.«

Alice beugte sich vor, studierte das Etikett einer Flasche, nickte und griff nach dem Korkenzieher.

»Es sind neue Zeiten angebrochen«, sagte Faye.

»Bessere Zeiten. Oder ... Entschuldige bitte! So hab ich's nicht gemeint!« Es dauerte eine halbe Sekunde, bis Faye verstand, dass Alice auf Juliennes Tod anspielte. »Es tut mir so leid, was passiert ist! Ich denke jeden Tag an sie.«

»Danke«, sagte Faye sanft und nahm das Glas entgegen, das Alice ihr reichte. »Reden wir über etwas anderes. Magst du mir erzählen, was mit Henrik war? Gerne die unzensierte Fassung.«

Alice nahm noch einen Schluck und nickte langsam.

»Ich war, wie du weißt, immer *fine* damit, dass Henrik mir notorisch untreu war«, hob sie an. »Solange es schön im Verborgenen passiert ist, schön nebenbei, und mich und die Kinder nicht beeinträchtigt hat, war das ein Preis, den ich bereit war zu zahlen. Erfolgreiche Männer sind nun mal Fremdgänger, dachte ich. Manchmal redete ich mir sogar ein, dass genau das der Schlüssel zu ihrem Erfolg wäre – dieser Hunger, du weißt schon, nach Geld, Macht und, ja ... Frauen. Aber wie du vielleicht weißt, war ich gegen Ende auch nicht gerade ein Unschuldslamm.«

Ein Lächeln umspielte ihre wohlgeformten Lippen – und Faye fiel wieder ein, wie Alice sie mal nach der Nummer dieses jungen Schönlings gefragt hatte, Robin, der mit den Tätowierungen. Eine Zeit lang hatten die beiden sich mindestens einmal pro Woche getroffen; und Henrik hatte geglaubt, seine Frau wäre beim Pilates.

Trotzdem flackerte in Alice' Blick auch ein Hauch Trauer.

»Vergangenen August haben wir ein neues Kindermädchen eingestellt – oder vielmehr eine Babysitterin: die Tochter eines Sandkastenfreundes von Henrik, gleichzeitig einer seiner wichtigsten Investoren und Kunden. Sie war siebzehn, hatte noch ein Jahr bis zum Abitur und brauchte Geld für eine Reise mit Freunden nach Rhodos. Das war so eine, die Moped fuhr, die Haare nach hinten warf und ständig Kaugummi kaute. Unter Garantie Hello-Kitty-Unterhosen von H&M. Ich wäre nie auf die Idee gekommen …«

Alice schüttelte den Kopf.

»Was ist passiert?«

»Eines Nachmittags, an dem sie die Kinder abgeholt hatte, kam ich heim, stellte den Wagen ab, stieg aus und hörte, wie die Kinder draußen im Garten herumkreischten und spielten. Bin ums Haus herum und hab festgestellt, dass sie unbeaufsichtigt waren. Das Bad liegt ja im Erdgeschoss, und das Fenster stand offen. Und von drinnen hörte ich … Tja, du ahnst es.«

Alice leckte sich über die Lippen, leerte ihr Weinglas und schob es dann von sich weg. Faye hatte Mitleid mit ihr. Auch sie selbst hatte ihren Mann mit einer anderen erwischt. Nichts im Leben konnte einen auf so einen Schock vorbereiten. Sie wusste noch ganz genau, wie sie erst wie versteinert dagestanden hatte und dann tränenüberströmt ins Zimmer gestürmt war. Jack hatte ihr ins Gesicht gesagt, dass er sich scheiden lassen wollte, und

Faye war vor ihm auf die Knie gefallen und hatte ihn angefleht, bei ihr zu bleiben. Hatte geschworen, alles zu vergessen und sich von nun an zusammenzureißen. Damit er sie bloß nicht verließ.

Bei der Erinnerung daran erschauderte sie.

»Ich habe geglaubt, ich würde wütend werden, am Boden zerstört sein, aber stattdessen habe ich intuitiv gewusst, dass ich etwas unternehmen musste. Und zwar sofort. Ich habe mir mein Handy geschnappt und durch den Fensterspalt gefilmt.«

»Und das Filmchen …«

»… hatte einen Gegenwert von mehreren Hundert Millionen.« Alice brach in Gelächter aus. »Ich hab sicherheitshalber auch gleich noch ein paar Fotos geschossen. Hab richtig reingezoomt. Faye, du ahnst es nicht! Ich kriege von allem die Hälfte! Denn sonst wird ganz Schweden mehr vom Finanzguru Henrik Bergendahl sehen, als allen lieb ist. Und ich bezweifle doch sehr, dass Sten Stolpe seine Geschäftsbeziehung zu Henrik aufrechterhalten will, wenn er erst sieht, wie sein Augenstern von Töchterchen von Henrik genommen wird.«

Sie zuckte mit den Schultern.

Faye beugte sich vor.

»Warum wohnst du nach dieser Geschichte von Henrik und der Babysitterin immer noch hier im Haus?«

»Weil es mein Traumhaus ist. Ich habe mich hier immer wohlgefühlt. Das lasse ich mir von ihm nicht wegnehmen. Allerdings benutze ich das Bad nicht mehr. Wenn die Scheidung durch ist, lasse ich es zu einem begehbaren Kleiderschrank umbauen.«

Es war ein windstiller, lauer Abend. Ein Fisch platschte auf die Wasseroberfläche, Alice drehte sich nach dem Geräusch um und strich sich bedächtig über den Arm. Plötzlich sah sie unendlich traurig aus.

Faye räusperte sich.

»Alice, ist alles in Ordnung?«

»Ich weiß nicht ...«

»Vermisst du ihn?«

Alice lachte auf und sah sie an.

»Bist du wahnsinnig? Ich vermisse die Kinder, wenn sie nicht bei mir sind. Aber sein Leben um einen Mann herum zu errichten? Darauf zu warten, dass er endlich nach Hause kommt? An seiner Seite? Eher zum Haushaltsinventar zu gehören, als Partnerin zu sein? Nein. Das vermisse ich nicht. Es ist nur so, dass die Tage ohne die Kinder einsam sind. Die Einzigen, mit denen ich sonst Kontakt habe, sind meine Scheidungsanwälte.«

»Die hoffentlich gut aussehen. Und außerdem gut im Bett sind.«

»Für den Preis, den ich bezahlt habe, müssten sie die reinsten griechischen Götter sein. Aber leider, leider scheint in der Rechtsanwaltszunft eher der Dick-und-glatzköpfig-Look vorzuherrschen.«

»Wie ärgerlich. Trotzdem – ein Hoch auf dich!«, sagte Faye lachend. »Du brauchst mal wieder einen Mann. Ich könnte da was einfädeln ...«

»Ja, nach all den Jahren mit Henriks kleinem Stummel könnte ich wirklich mal wieder daran erinnert werden, wie es ist, wenn man einen Schwanz richtig in sich spürt«, sagte Alice. »Prost!«

Faye wäre vor Lachen fast der Wein durch die Nase gespritzt. Mit dieser neuen Alice befreundet zu sein, konnte sie sich tatsächlich vorstellen.

Sie stießen gläserklirrend an und kicherten. Sowohl

Henrik als auch Jack hatten sie in einem fort ermahnt, nicht auf diese Weise anzustoßen.

»Wie ordinär!«, imitierten sie die beiden, kicherten und stießen gleich ein zweites Mal an, einfach nur, weil sie es konnten. Faye nahm ein paar große Schlucke. Der Wein war ausgezeichnet.

»Alice, du musst deine Tage irgendwie verplanen, sonst gehst du die Wände hoch. Scheidungsanwälte in allen Ehren, aber du brauchst etwas, wofür es sich zu kämpfen lohnt. Das brauchen wir alle.«

Alice nickte bedächtig und ließ nachdenklich den Blick übers Wasser schweifen.

»Ich habe Henrik kennengelernt, als wir beide noch jung waren, und habe, was die Finanzen angeht, immer alles ihm überlassen. Mein ganzes potenzielles Berufsleben lang war ich die gut betuchte schöne Haushaltshilfe. Wir sind hier ehrlich miteinander, oder? Partys organisieren, die Gäste meines Mannes anlächeln und sie umsorgen – das kann ich gut. Das war all die Jahre meine größte Stärke und Kompetenz. Nur wer soll mich dafür jetzt einstellen?«

Faye schüttelte den Kopf. Erneut verspürte sie Mitleid mit Alice. Im Grunde war die Beschreibung schon korrekt gewesen, allerdings hatte Alice das Allerwichtigste vergessen.

»Du bist ein soziales Genie, Alice. Du weißt genau, wie mächtige Männer ticken, weil du sie alle als Gäste empfangen hast. Und du weißt, wie Frauen ticken. Die richtig Reichen, für die Geld keine Rolle spielt. Diese Fähigkeit lernt man nicht an der Universität. Und eigentlich ist die auch viel, viel mehr wert.«

»Für wen denn?«

»Für mich. Und für Revenge.«

Alice starrte sie einen Moment lang an und brach dann in lautes Gelächter aus.

»Ehrlich gesagt, Faye, ich weiß, du hast was getrunken. Was hast du vor? Ich weiß es wirklich zu schätzen – aber du musst mir hier keinen Gefallen tun, nur weil du Mitleid mit mir hast. Um mich ist es nicht schade, ich bin komplett wertlos, damit komme ich klar.« Sie holte mitsamt Weinglas zu einer weitläufigen Geste aus. »Außerdem hast du doch Kerstin. Und mit Superassistentin Kerstin kann es ohnehin niemand aufnehmen.«

Typisch Frau, dachte Faye: sich selbst kleinzumachen, den eigenen Wert nicht zu erkennen. So sind wir alle erzogen worden, das hat die Welt uns eingebläut. Eine Welt, in der Männer am Ruder sitzen, die davon profitieren, dass wir uns selbst nur im Verhältnis zu ihnen als wertvoll erachten können.

Sie sah Alice unverwandt ins Gesicht.

»Sag so was nicht über dich selbst, sag nicht, dass du wertlos wärst. Wenn du das nämlich zu oft wiederholst, hältst du es irgendwann für die Wahrheit. Und deine Kinder irgendwann auch. Übrigens arbeitet Kerstin nur noch in Teilzeit, sie engagiert sich zusätzlich für ein indisches Kinderheim. Und für Bengt, der sie dazu gebracht hat, Indien für sich zu entdecken. Und das gönne ich ihr sehr, sie hat diese neue Chance redlich verdient. Trotzdem brauche ich jemanden. Ich brauche dich.«

Sie führte das Glas an die Lippen, ohne Alice aus den Augen zu lassen.

»Glaubst du wirklich, ich habe Revenge aufgebaut, indem ich zu allen bloß nett war? Indem ich mal hier und mal da guten Freunden einen Gefallen getan habe? Nein.

Ich würde nie jemanden einstellen, nur weil ich nett bin. Ich würde nie jemandem einen Job anbieten, dessen Arbeit sich nicht zu Geld machen ließe. Du hast nicht studiert – na und? Eine akademische Ausbildung ist doch im echten Leben nichts wert! Und das weißt du auch! Du hast selbst mit all diesen Männern mit ihren feinen Diplomen von amerikanischen Unis geredet und dich ihnen überlegen gefühlt. Mag sein, dass Zahlen nicht so dein Ding sind, aber du durchschaust die Welt und die Menschen, die darin arbeiten. Hör also auf damit, dich wertlos zu fühlen. Außerdem bist du ohnehin längst im Boot, weil du gleich zu Beginn in Revenge investiert hast.«

Alice sah sie mit hochgezogener Augenbraue an.

»Und du hörst jetzt sofort auf, Blödsinn zu reden. Weshalb bist du wirklich hier?«

Sie verschränkte die Arme und wartete auf Fayes Antwort. Die sah sie anerkennend an. Alice war tatsächlich so smart, wie sie gehofft hatte.

Sie holte tief Luft. Das Licht der untergehenden Sonne blitzte im Wasser.

»Jemand versucht, mir Revenge wegzunehmen. Alles, was ich mir aufgebaut habe, rinnt mir durch die Finger.«

»Aber du hast noch Kapital?«, fragte Alice und runzelte die Stirn. »Nachdem du einen Teil deiner Aktien verkauft hast?«

»Ja, finanziell komme ich klar. Und zwar mehr als ordentlich. Aber darum geht es nicht. Revenge, das bin ich. Und Revenge, das ist außerdem Chris.«

Alice nickte. Sie nippte an ihrem Glas und sah wieder hinaus aufs Wasser. Die Stille wurde lediglich vom Kreischen der Vögel in einem kleinen Wäldchen unterbrochen.

Faye ließ ihr Zeit, damit sie alles sacken lassen konnte.

Sie hatte noch mehr zu sagen. Nach einer Weile wandte Alice sich wieder zu Faye um.

»Wer, glaubst du, will dir Revenge wegnehmen?«

»Wir wussten es lange nicht. Er hat sich hinter zig Einzelkäufern versteckt – aus Schweden und aus aller Welt. Aber irgendwann hat sich der Nebel gelichtet, und jetzt wissen wir, wer es ist.«

»Henrik«, sagte Alice.

Faye sah sie erstaunt an.

»Wusstest du davon?«

»Nein, nein!« Sie hob abwehrend die Hand. »Da hätte ich dich vorgewarnt. Ich glaube, dass dir nicht richtig klar ist, wie sehr er dich hasst. Aber ich hätte nie gedacht, dass er wirklich etwas unternehmen würde. Henrik redet viel, das war immer schon so. Ich habe mir immer mal vorgenommen, mich bei dir zu melden und dir zu erzählen, *wie* wütend Henrik war, aber du … hattest andere Sorgen.«

Die Sonne war inzwischen hinter die feine Linie zwischen Meer und Land hinabgerutscht. Faye schlug den Blick nieder. Alice wusste nicht, dass Julienne lebte. Und so musste es auch bleiben.

Sie goss sich selbst und Alice noch etwas Wein nach.

»Er ist kurz davor zu gewinnen, Alice. Ich habe nicht aufgepasst. Ich war … erst völlig mit meiner Trauer und Wut beschäftigt. Dann habe ich mir erlaubt, unachtsam zu sein. Weil ich geglaubt habe, es wäre vorbei.«

Alice nickte und hielt einige Sekunden inne. Dann erhob sie ihr Glas.

»Ich nehme an, du brauchst einen *partner in crime*. Es wird mir ein Vergnügen sein, diesem hochnäsigen Arschloch ein Bein zu stellen.«

Darauf stießen sie an, und Faye lachte. Vielleicht bestand ja doch noch Hoffnung auf Schwesternschaft, auch wenn diverse Investorinnen sie verraten hatten.

Alice hatte Faye angeboten, bei ihr zu übernachten, aber Faye hatte zurück in ihre Wohnung gewollt, um sich noch ein bisschen mit Kerstin zu beraten. Doch als das Taxi an der Jungfrugata vorbeifuhr, bat sie den Fahrer zu halten. Hier wohnte Irene Ahrnell. Einige Jahre zuvor war Faye zu einem opulenten Abendessen bei ihr zu Hause eingeladen gewesen.

Kurz hatte sie Zweifel. Sie sah die schöne Frau förmlich vor sich. Immer gemessen, immer würdevoll. Wie konnte sie nur? Faye bezahlte die Taxifahrt und stieg aus.

An der Gegensprechanlage wählte Faye die Nummer zu Irenes Wohnung.

Es klingelte eine Weile. Irgendwann war klar, dass Irene nicht daheim war. Als sie schnelle Schritte hinter sich hörte, wirbelte sie herum, aber es war nur ein Jogger in bunten Laufsachen. Seit Jack getürmt war, hatte sie es vermieden, sich abends draußen alleine aufzuhalten, aber hier bei Irene haltzumachen war eine spontane Entscheidung gewesen. Mit einem Mal fühlte sich selbst die geringste Bewegung im Augenwinkel bedrohlich an. Sie drückte erneut auf die Sprechanlage – und diesmal antwortete Irene.

»Hallo, hier ist Faye. Ich weiß, du willst bestimmt nicht mit mir reden, aber ... darf ich trotzdem hochkommen?«

Faye hielt den Atem an. Kerstin hatte ihr von einem Gespräch mit Irene abgeraten – erst sollten sie sich um ihre akuteren Probleme kümmern. Doch für Faye war das Gespräch mit Irene akut. Zwar waren die Aktien bereits verkauft, aber sie mochte Irene, vertraute ihr. Sie konnte sich nicht erklären, wie es zu dem Verkauf gekommen war. Und sie musste es verstehen. Vielleicht läge ja darin der Schlüssel zu allem, was gerade passierte, auch wenn Kerstin nicht daran glaubte.

»Irene? Bitte?«

Es surrte, und mit einem letzten Blick über die Schulter schlüpfte Faye durch die Tür.

Der Aufzug war alt, eng und unendlich langsam. Als sie im dritten Stock hielt und das schwarze Gitter klappernd zur Seite schob, stand Irene schon in der offenen Wohnungstür. Sie trug graue Homewear, ein Frotteehaarband im kurzen Haar und war ungeschminkt. Die glänzende Haut ließ darauf schließen, dass sie gerade ihre Gesichtspflege für die Nacht aufgetragen hatte.

»Komm rein«, sagte Irene leise.

An ihrer verschlossenen Miene konnte Faye ihr ansehen, dass sie wenig Lust auf eine Unterhaltung hatte, aber zumindest hatte Irene sie eingelassen.

»Willst du einen Tee?«

»Nein«, sagte Faye und verzog das Gesicht.

»Verstehe.«

Irene verschwand in der Küche, nahm zwei Weingläser aus dem Schrank und aus dem Kühlschrank eine geöffnete Flasche Chablis. Faye folgte ihr in das große, weitläufige Wohnzimmer, in dem sie damals vor jenem Abendessen den Aperitif eingenommen hatten. Hohe Decken, Stuck.

Sie ließen sich auf dem Sofa mit dem groß gemusterten Josef-Frank-Bezug nieder. Faye überlegte noch immer, wie sie anfangen sollte, doch Irene kam ihr zuvor.

»Ich ... ich wollte dich längst anrufen. Ich ahne, wie das für dich aussehen muss. Und glaub mir, ich habe seit einer knappen Woche kaum ein Auge zugemacht. Aber ...«

»Aber was?« Faye konnte nicht verhindern, dass man ihr anhören konnte, wie verletzt sie war.

Irene ließ sich mit der Antwort Zeit. Sie ließ den Wein in ihrem Glas kreisen, stellte das Glas dann auf die Marmorplatte des Couchtischs und stand auf, um Licht zu machen – und um Zeit zu schinden.

Faye ließ es geschehen. Irene hatte schlagartig ausgezehrt ausgesehen, und nach und nach verflüchtigte sich Fayes Zorn. Irgendetwas war hier passiert, und sie war bereit, Irene die Chance zu geben, sich zu erklären.

Zu guter Letzt setzte sie sich wieder aufs Sofa und nahm ihr Weinglas zur Hand. Sie kauerte sich an die Lehne, zog die Knie an und holte tief Luft.

»Es war am Morgen nach unserem Lunch-Termin. Da wartete draußen an der Tür ein Mann. Er hatte einen Umschlag dabei und bat mich, kurz einen Blick hineinzuwerfen. Anschließend sollte ich einen Anruf kriegen. Ich nahm den Umschlag entgegen, und er verschwand, ohne dass ich noch etwas hätte sagen können. Erst musste ich über das Ganze lachen – das hatte sich angefühlt wie in einem schlechten Agentenfilm. Doch dann fuhr ich hoch in die Wohnung und ... öffnete den Umschlag.«

Irene trank einen großen Schluck.

»Und was war drin?«

Irene antwortete nicht. Sie blinzelte ein paarmal, ehe sie Faye wieder ansehen konnte.

»Der Umschlag enthielt meine Geheimnisse.«

»Deine Geheimnisse? Ich dachte, du wärst ein offenes Buch?«

»Das denken alle. Weil ich das Glück hatte, meinen eigenen Background, meine ganze Geschichte selbst zu gestalten, sodass alle daran glauben. Das war nicht mal schwer, weißt du … ein paar kleine Anekdoten … ein paar gezielt lancierte Geschichten. Ein roter Faden für die Medien. Niemand stellt es infrage.«

Faye nickte. Wenn jemand darüber Bescheid wusste, dann sie. Wenn Irene nur wüsste … Die elementarste Aufgabe der Medien bestand neben der Berichterstattung auch darin, kritisch zu hinterfragen. Aber eine gute Geschichte war in Schweden noch nie hinterfragt worden. Und sowohl Irene als auch Faye waren genau darin Profis: gute Geschichten zu erzählen.

»Ich bin nicht in Bromma aufgewachsen. Meine Eltern waren auch keine Anwälte. Überhaupt kannte ich bloß meine Mama – eine Säuferin namens Sonja. Ich hab sie aus tiefster Seele gehasst. Und trotzdem hab ich es ihr gleichgetan. Bin an die falschen Leute geraten. Hab zu viel getrunken. Und hab … noch andere Sachen genommen. Bin schwanger geworden. Konnte und wollte das Kind nicht behalten. Hab es zur Adoption freigegeben. Ich hab keine Ahnung, was aus meiner Tochter geworden ist. Oder … ich hatte keine Ahnung. In dem Umschlag steckten nämlich Fotos. Sie ist inzwischen eine erwachsene Frau.«

Als ihr klar wurde, was sie gerade gesagt hatte, musste Irene lachen.

»Natürlich ist sie erwachsen! Wie dumm von mir! Sie … sie ist inzwischen Mitte vierzig. Staatsanwältin – ausgerechnet! In Jönköping – ausgerechnet dort! Verheiratet, zwei Kinder. Nach ihrem Instagram-Account zu urteilen, den ich seither manisch durchforstet habe, führt sie ein glückliches Leben.«

»Und das willst du jetzt nicht durcheinanderbringen …«

Irene sah zu Faye auf. In ihren Augen ein Meer aus Schmerz. Fayes Wut war inzwischen vollends verraucht. Sie verstand ihre Freundin. Wer, wenn nicht sie. Sie verstand, dass sie getan hatte, was sie hatte tun müssen. Um ihre Lieben zu beschützen.

»Nein, ich wollte ihr Leben nicht durcheinanderbringen. Also habe ich dich geopfert. Das ist die harte Wahrheit, ich kann sie dir nicht ersparen.«

Irene war vor Fayes Augen binnen Sekunden gealtert. So eng waren sie nicht befreundet, dass Faye ihre Hand hätte nehmen und ihr Trost spenden können, aber sie stellte zumindest ihr Glas weg und faltete die Hände.

Dann erhob sie ganz ruhig die Stimme, wollte, dass Irene jedes Wort genau hörte.

»Ich verstehe dich. Ich verstehe dich voll und ganz, und ich hätte das Gleiche getan. Und ich nehme an, du bist nicht die einzige unserer Aktionärinnen, die einen solchen Umschlag bekommen hat. Ich muss zugeben, ich war verletzt, traurig und verwirrt. Es fühlte sich an, als hätte ich ein Messer in den Rücken gekriegt. Aber jetzt verstehe ich, was passiert ist, und ich sage es gerne noch mal: Ich hätte das Gleiche getan wie du. Du hast mir damit ein wichtiges Puzzleteil geliefert. Danke!«

»Fühlt sich nicht an, als gäbe es einen Grund, dankbar zu sein«, murmelte sie dumpf.

»Oh doch«, sagte Faye und stand auf. »Ich muss jetzt nach Hause. Und du kannst endlich auch schlafen gehen.«

Irene brachte Faye noch zur Tür.

»Ich habe mich seither über Henriks Firma schlaugemacht«, sagte sie, und Faye zog die Augenbrauen hoch.

»Ach ja?«

»Die Art und Weise, wie Frauen dort behandelt werden«, sagte Ingrid und verzog das Gesicht. »Das sind dort bloß Vorzeigepüppchen, die machen niemals Karriere, und man hört sie gar nicht erst an. Die scheinen dort mit der Evolution nicht ganz Schritt gehalten zu haben.«

Faye seufzte. Das zu hören erinnerte sie an all ihre Jahre mit Jack.

»Ich bin ehrlich gestanden nicht überrascht.«

Irene schüttelte den Kopf.

»Ich auch nicht. Jedenfalls ist es schön, mit dir darüber gesprochen zu haben«, sagte sie. »Ich hab mich so mies gefühlt.«

Faye legte ihr beide Hände an die Schultern.

»Erstens: Ich bin dir nicht böse. Und zweitens: Benutzt du Revenge-Cremes, oder bist du mir untreu?«

Irene lächelte.

»Untreu ... Ich bin einfach *old school*. Benutze nur Nivea. Wie meine Oma.«

»Verdammte Nivea!« Faye nahm Irene in den Arm.

Als sie in dem beengten Fahrstuhl nach unten fuhr, sah sie noch kurz durch das Gitter zu Irene zurück. Sie winkten einander. Faye lehnte den Kopf an den Spiegel. Irene hatte ihr eine Erklärung geliefert, allerdings war sie sich nicht sicher, ob ihr das helfen würde.

Fjällbacka – damals

Ich war vermutlich die Einzige in Fjällbacka, die es nicht mochte, segeln zu gehen. Das Meer machte mir Angst.

Deshalb war ich selbst so überrascht, als ich mich Ja sagen hörte, nachdem Sebastian sich erkundigt hatte, ob ich mit ihm, Tomas und Roger segeln gehen wollte.

Auch wenn Sebastian mich seither noch ein paarmal nachts besucht hatte, war er an manchen Tagen richtig nett zu mir. So wie früher. Als es noch wir beide gegen den Rest der Welt gewesen waren.

Dieser Ausflug, dachte ich mir, war vielleicht seine Art, sich bei mir zu entschuldigen. Alles wieder in Ordnung zu bringen. Ich wollte es so sehen. Wollte vergessen. Wollte, dass es wieder so wäre wie früher, bevor die Tür zu meinem Zimmer nachts aufgegangen war.

Die Insel, auf die wir Kurs nehmen wollten, hieß Yxö.

Das Segelboot hieß *Marika* und gehörte Rogers Vater.

Um neun Uhr früh trafen wir uns am Anleger. Es war Freitag. Tomas und Roger verspäteten sich um eine Viertelstunde und schleiften dann eine Sporttasche, ein Zelt und vier Kisten mit Bierdosen heran. Wir kletterten an Bord. Roger war hoch aufgeschossen und wortkarg. Antwortete nur, wenn man ihn direkt ansprach, machte aber einen halbwegs netten Eindruck. Nett, aber nicht sehr smart. Er klebte an Tomas wie eine Klette, als würde er wie eine Art Bodyguard auf ihn aufpassen.

Roger drückte Sebastian eine Bierdose in die Hand. Der machte sie auf und nahm ein paar Schlucke. Ich hatte Sebastian nie zuvor trinken sehen, aber ich wollte ihn auch nicht bloßstellen, indem ich ihn vor seinen Freunden darauf ansprach. Also hielt ich den Mund. Ich setzte mich in den Bug, zog die Knie an die Brust und sah, als wir ausliefen, hinaus aufs Meer.

Tomas anzusehen traute ich mich nicht. Ich spürte, wie er mich anstarrte, und tat lieber so, als würde ich es nicht bemerken. Er hatte fast schon etwas Feines an sich, so als gehörte er eher in eine Großstadt, vielleicht lag es daran, dass seine Eltern stinkreich waren, zumindest für Fjällbacka-Verhältnisse. Seine Mutter legte großen Wert auf Kleidung – und gab dafür eine Menge Geld aus. Heute hatte er beigefarbene Shorts und ein weißes Poloshirt an. Wie er so dasaß, kam er mir vor wie das Schönste, was ich je gesehen hatte.

»Willst du auch eins?«, fragte er und hielt mir eine Bierdose hin.

»Aber reicht das Bier dann?«, ging Sebastian dazwischen.

Dass er in letzter Zeit ein bisschen netter gewesen war, bedeutete nicht, dass er grundsätzlich nett zu mir war. Er hatte eine Zigarette in der Hand. Ich hatte ihn auch noch nie rauchen sehen.

»Oh, klar kriegt Matilda ein Bier«, sagte Tomas. »Wir haben doch Unmengen dabei!«

Ich nahm die Dose entgegen. Lächelte. Traute mich trotzdem immer noch nicht, ihm ins Gesicht zu sehen. Vielleicht lernte ich ja eines Tages jemanden wie Tomas kennen, wenn ich in die Stadt ziehen würde.

Ich hatte Geld gespart. In der Bäckerei Sonderschichten gearbeitet. Jede einzelne Krone würde dazu beitragen, dass ich Fjällbacka verlassen könnte.

Das Bier schmeckte bitter, und ich musste mich zusammennehmen, um nicht das Gesicht zu verziehen. Doch nachdem ich mir die halbe Dose hineingezwungen hatte, breitete sich in mir allmählich Wärme aus, und ich fing an, mich zu entspannen. Je mehr ich trank, umso besser schmeckte das lauwarme Bier.

»Danke für die Hilfe«, sagte ich unvermittelt und mit

einer Kühnheit, die ich von mir nicht kannte, und sah Tomas erstmals direkt ins Gesicht.

»Wofür noch mal?«, fragte er amüsiert.

»Du hast mir vor ein paar Wochen geholfen, als mir die Bücher runtergefallen sind.«

»Gar kein Problem. War das nicht dieser beknackte Stefan, der dir ein Bein gestellt hat?«

Ich nickte, und Tomas reichte mir eine weitere Dose Bier.

»Scher dich nicht um diese Inzuchtopfer«, sagte er, und das glitzernde Meer spiegelte sich in seinen Augen.

Ich war überrascht, dass Sebastian nicht dazwischenging und irgendwas Hochnäsiges sagte, aber als ich mich nach ihm umsah, hatte er sich in die Plicht zurückgezogen und die Augen geschlossen. Er schien eingeschlafen zu sein. Mit einem Mal war ich peinlich berührt. Ich spürte Tomas' Blick auf mir.

Die Hoffnung flatterte in meiner Brust.

Der schwarze Mercedes bremste an der Götgata ab, Faye bezahlte und stieg aus.

Die Sonne schien und brachte die Firste auf Södermalm und die Veranstaltungshalle Globen in der Ferne wunderschön zum Leuchten. Ein paar hauchzarte Wolken drifteten wie Zigarettenrauch über den Himmel. Die E-Gitarre eines Straßenmusikers wimmerte ein trauriges Stück. Faye schob sich zwischen den Passanten hindurch bis zum Café *Muggen*. Ein Stück davor blieb sie stehen und versuchte, in dem dunklen Innenraum etwas zu erkennen. Die Einrichtung bestand aus durchgesessenen Sofas und Sesseln in unterschiedlichen Farben und Bezugsstoffen. An den Wänden hingen wild durcheinandergewürfelte alte, goldgerahmte Schinken.

Als sie gerade die Straße überqueren wollte, erkannte sie ein Gesicht dort drinnen wieder. Doch es war nicht Ylva. Es war die Polizistin Yvonne Ingvarsson. Fayes Herz fing an zu rasen, als sie obendrein entdeckte, dass sie sich ausgerechnet mit Ylva unterhielt.

Faye flüchtete sich in eine stickige 7-Eleven-Filiale und setzte sich dort auf einen Barhocker, von dem aus sie den Eingang des *Muggen* im Blick hatte.

Yvonnes Schnüffelei wurde allmählich lästig. Auch wenn Ylva ihr Jack ausgespannt hatte, war es Faye gelungen, ihn zurückzuerobern. Sie hatte heimlich gefilmt, wie sie Sex gehabt hatten, und das Filmchen anschließend an Ylva geschickt. Danach war sie sowohl gegen Ylva als auch gegen Jack in die Schlacht gezogen. Ylva hatte nichts in der Hand, womit sie Faye hätte schaden können, trotzdem war ihr Groll eine reelle Gefahr. Umso wichtiger, dass Faye sie jetzt auf ihre Seite zog.

Fünf Minuten später verließ Yvonne das Café, und Faye suchte noch einen Augenblick Deckung hinter einem der Verkaufsregale, ehe sie über die Straße lief und die Tür zum *Muggen* aufmachte.

Ylva stand hinter einer altmodischen Registrierkasse, die dort anscheinend bloß der Dekoration diente, weil ein kleines Schild darauf hinwies, dass in dem Café nicht bar bezahlt werden konnte. Sie hatte sich das Haar zu einem strengen Zopf zurückgebunden und trug ein schwarzes T-Shirt, das über der Brust sichtlich spannte. Vor Faye standen noch zwei Kunden in der Schlange, und Ylva bediente sie schnell und effizient.

Dann war Faye an der Reihe. Ylva schnappte nach Luft, als sie sie erkannte.

»Einen Kaffee und ein Brötchen mit Käse und Schinken, bitte.«

Ylva nickte bloß und kümmerte sich um Fayes Bestellung.

»Das sind dann ...« Ylva hüstelte kurz. »Das sind dann neunundachtzig Kronen.«

Faye hielt ihre schwarze American Express an den Kartenleser.

»Ich hab mir schon gedacht, dass du früher oder später hier auftauchst.«

»Wir haben ein gemeinsames Problem«, sagte Faye.

Ylva nickte, sah dann aber an Faye vorbei zu den Leuten, die in der Schlange standen.

»Ich muss noch diese Bestellungen aufnehmen, aber setz dich, und ich komm rüber, sobald ich eine Lücke hab.«

Faye nickte, nahm Kaffee und Brötchen entgegen und setzte sich an einen Fenstertisch für zwei.

Sie warf einen Blick auf ihr Handy. David hatte geschrieben. Jedes Mal, wenn sie seinen Namen auf dem Display sah, machte ihr Herz einen Satz.

Lächelnd klickte sie die Nachricht an.

Ich konnte nicht widerstehen, als ich das hier entdeckt habe. Das bist so du! Und ich hab einfach angenommen, dass du es lieben würdest.

Faye klickte das Foto an, das er mitgeschickt hatte. Und hielt den Atem an. David hatte ihr ausgerechnet das Kunstfoto geschickt, das sie am meisten auf der ganzen Welt liebte: das Terry-O'Neill-Foto von Faye Dunaway, wie sie am Morgen, nachdem sie den Oscar gewonnen hatte, am Pool des *Beverly Hills Hotel* saß. Wie hatte er das ahnen können? Wie konnte er sie so gut kennen, nachdem sie sich doch gerade erst begegnet waren? Unwillkürlich schlich sich ein breites Lächeln auf Fayes Gesicht.

Sie legte das Handy beiseite und griff nach einer Serviette, die sie eilig mit Kugelschreiber bekritzelte. Dann holte sie ihren Laptop aus der Tasche, legte ihn auf die Serviette und öffnete ihr E-Mail-Programm. Bis Ylva sich zu ihr gesellte, hatte sie nicht ein einziges Mal den Blick von den E-Mails abgewendet.

Ylva wischte sich ein paar Krümel vom Shirt und strich es glatt. Schien Fayes Blick auszuweichen.

»Hat Jack dich kontaktiert?«, wollte Faye wissen.

Ylva schüttelte nachdrücklich den Kopf.

»Nein. Und ich glaube auch nicht, dass er das vorhat. Warum sollte er? Ich hab ihm nie etwas bedeutet.«

Sie sagte es derart geradeheraus, als wäre es eine Selbstverständlichkeit, dass Jack sie nie geliebt hatte. Faye wollte gar nicht darüber nachdenken, wie ihr Leben mit ihm ausgesehen haben mochte.

»Und er hat sich auch nie aus dem Gefängnis gemeldet?«

»Nein. Ich glaube auch nicht, dass er ein gesteigertes Interesse an uns hat – weder an mir noch an Nora.«

Faye sah aus dem Fenster. Dass Julienne eine kleine Schwester von knapp zwei Jahren hatte, kam ihr kaum je in den Sinn.

»Wie kommt ihr klar?«

»Siehst du doch«, sagte Ylva und breitete die Arme aus. »Ich habe nach Jack alles verloren. Es wollte mir keiner mehr einen Job geben, und den Job, den ich vorher hatte, hätte ich mit einem kleinen Kind, um das ich mich kümmern muss, nicht ausüben können. Aber ich komme schon klar. Wir kommen klar.«

Faye nahm einen Schluck Kaffee. Sie war sich sicher, dass Ylva recht hatte. Sie würde klarkommen. Sie war eine Kämpfernatur.

»Hast du Angst?«, fragte Ylva.

Faye nickte bedächtig.

»Ja, hab ich. Jack hat unsere Tochter umgebracht. Und er hasst mich. Weil ich gegen ihn ausgesagt und dann weitergelebt habe. Weil ich erfolgreich wurde. Weil ich jetzt all das habe, was er früher hatte.«

Ylva sah kurz zur Kasse, aber da stand niemand, der auf sie wartete.

»Tut mir leid«, sagte sie. »Alles. Was ich dir angetan habe. Dass ich so dumm und naiv war und ihm geglaubt habe. Und es tut mir unendlich leid, was mit Julienne passiert ist. Jetzt mit Nora ... Da will ich mir gar nicht vorstellen ...«

Ihr versagte die Stimme, und Faye verspürte mit einem Mal Sympathie für diese Frau. Sie waren Jack beide auf den Leim gegangen. Sie hatten beide einen hohen Preis dafür bezahlt. Was damals passiert war, war Geschichte.

»Macht dir die Arbeit hier im Café Spaß?«, wollte Faye wissen.

Ylva wand sich auf ihrem Stuhl.

»Das hier ist jetzt mein Job, und er ist auch nicht besser oder schlechter als jeder andere.«

»Du hast eine gute Arbeitsmoral, und du bist pflichtbewusst«, sagte Faye. »Ich bin mir ziemlich sicher, dass deine Chefs nie eine bessere Angestellte hatten. Du bist eine Perfektionistin, und ich will, dass du weißt, dass ich dich dafür sehr respektiere.«

Sie hob den Laptop hoch, fischte die bekritzelte Serviette darunter hervor und schob sie über den Tisch. Ylva beugte sich misstrauisch darüber.

»Was soll das sein?«

»Ein Anstellungsvertrag.«

»Hör auf«, sagte Ylva und errötete. »Du hast gewonnen, Faye, du brauchst jetzt echt nicht herzukommen und mich auch noch zu erniedrigen. Ich hab's kapiert. Ich hab verloren und hätte nie tun dürfen, was ich getan habe.«

Faye legte die Hand auf den Laptop und klappte ihn bedächtig zu.

»In meiner Inbox habe ich fast einhundertfünfzig Mails von Leuten, die noch vor unserer Expansion in den USA in Revenge investieren wollen. Überwiegend Männer. Ich brauche jemanden, der sich so richtig mit Finanzen auskennt und die Angebote durchgehen sowie die Investoren durchleuchten kann. Ich will wissen, mit wem ich ins Bett steige.«

»Warum ich?«

»Weil du dafür am besten geeignet bist. Und weil ich glaube, dass ich dir mehr zahlen kann als dieser Imbiss hier und dass ich auf diese Weise für einen Apfel und ein Ei eine der besten Ökonominnen Schwedens anheuern kann.«

Ylva sah sie verständnislos an.

»Aber … aber ich hab dir deinen Mann ausgespannt …«

»Ja, richtig, dafür habe ich mich nie bedankt«, sagte Faye und lächelte flüchtig. »Anschließend habe ich ihn mir zurückgeholt, auch wenn es nur einem Zweck diente: ihm seine Firma abzuluchsen. Wie ich es sehe, sind wir quitt.«

»Ich verstehe bloß nicht, was ich beitragen könnte …«

»Es ist folgendermaßen – und das ist jetzt nichts, was an die große Glocke gehängt werden sollte. Ich habe schon bis auf Weiteres verhindert, dass *Dagens Industri* darüber schreibt. Aber ich riskiere es einfach mal und vertraue dir.«

»Du kannst mir vertrauen«, sagte Ylva ernst, und Faye glaubte ihr.

»Revenge soll übernommen werden. Das hat sich anfangs nur im Verborgenen abgespielt, inzwischen geschieht es aber vollkommen offen.«

»Übernommen? Aber von …«

»Von Henrik Bergendahl.«

»Jacks Partner bei Compare?«

»Genau.«

Ylva nickte. Dachte darüber nach.

»Er muss dich hassen …«

»Ja, und zwar mehr, als er Alice hasst.«

»Alice?«

Faye winkte ab.

»Lange Geschichte. Die beiden lassen sich gerade scheiden – schmutzige Angelegenheit. Henrik hat die Babysitterin gevögelt.«

»Wen bitte schön hat Henrik *nicht* gevögelt«, murmelte Ylva.

Das Glöckchen über der Tür klingelte, doch der Gast überlegte es sich anscheinend anders und verschwand sofort wieder.

»Das Problem ist, dass Henrik Geld hat. Sehr viel Geld. Genug, um es sich leisten zu können, uns zu übernehmen. Und ich glaube kaum, dass das eine Impulssache war – ich glaube, er hat das von langer Hand geplant.«

»Und du kannst nichts dagegen unternehmen? Hast du

dir die Verträge alle genau angeguckt? Mit den Aktionären gesprochen? Nichts Unlauteres, was du ins Feld führen könntest?«

Faye lächelte zufrieden.

»Genau deshalb bin ich gekommen«, sagte sie. »Ich brauche jemanden, der genau diese Fragen stellt, genau in diesen Bahnen denkt und mir helfen kann, an die Antworten zu kommen – und an mehr.«

Ylva schüttelte den Kopf.

»Ich verstehe immer noch nicht, warum du mir diesen Job anbietest.«

Erneut klingelte das Glöckchen, und diesmal kam eine junge Frau durch die Tür und steuerte den Tresen an. Ylva stand auf.

Faye tat es ihr gleich. Sie klaubte ihre Sachen zusammen und reichte Ylva eine Visitenkarte.

»Melde dich, wenn du interessiert bist. Aber du kriegst den Job nur unter einer Bedingung. Betrachte es als Einstellungstest. Du legst den Grundstein für einen Plan, anhand dessen ich die Person stoppen kann, die meine Firma übernehmen will.«

Sie nahm die Serviette vom Tisch und drückte sie Ylva in die Hand.

»Der hier ist gültig – und sobald du ihn unterschreibst, bist du mit sofortiger Wirkung Finanzchefin von Revenge. Vorausgesetzt, du schaffst die Informationen ran, die wir brauchen. Und sag Bescheid, wenn du etwas von Jack hörst. Wir müssen uns beide in Acht nehmen. Er ist brandgefährlich.«

Sie machte auf dem Absatz kehrt und verließ das *Muggen*.

IHR WAR BEWUSST, dass sie träumte, trotzdem konnte Faye sich nicht aus dem Traum befreien. Sie hatte denselben Traum schon öfter gehabt. Er verlief nicht immer identisch, aber das Gefühl war trotzdem immer das gleiche. Und es war immer schrecklich real.

Es war einige Wochen nachdem sie mit Julienne aus der Entbindungsstation heimgekommen war. Sie selbst befand sich noch immer in ihrer eigenen Blase, war immer noch komplett verzaubert von dem kleinen Wesen, das sie vollends gefangen genommen hatte, seit es erstmals die Augen aufgeschlagen hatte.

Sie war erschöpft, wund, fix und fertig. Seit sie nach Hause gekommen war, hatte sie sich nachts immer alleine um Julienne gekümmert und nie länger als ein paar Stunden am Stück durchgeschlafen.

Trotzdem glaubte Jack, dass es eine gute Idee wäre, sie zu bitten, ein großes Geschäftsessen für einige wichtige Investoren auszurichten. Wie immer tat sie, was er ihr auftrug.

Tagelang war sie mit den Vorbereitungen für das Essen beschäftigt, während sie gleichzeitig versuchte, Juliennes Bedürfnissen nachzukommen. Sie wollte bei dem Essen schön aussehen, aber in ihre üblichen Sachen passte sie als frischgebackene Mutter noch nicht wieder hinein. Ihr Bauch war zu weich und sah aufgebläht aus, und ihre Brüste waren riesig und milchprall.

Im Schweiße ihres Angesichts zwängte sie sich in ein kaftanartiges Kleid, das sie mal auf einer Reise in die Sonne getragen hatte. Unter dem Kaftan trug sie Umstandsleggings mit einem breiten Bauchband und einen BH mit Stilleinlagen, um die Milch aufzufangen, die aus ihren Brüsten sickerte.

Als Jack sie so sah, musterte er sie von Kopf bis Fuß und sah sie angewidert an.

Sobald die Gäste kamen, hießen Faye und Jack sie im Eingangsbereich willkommen. Die Männer hatten allesamt zierliche, halb verhungerte Frauen dabei. Kleidergröße 34 und mit Wangen, die aufgepolstert worden waren, damit sie nicht eingesunken und abgehärmt aussahen. Jack ließ den Blick zwischen ihnen und Faye hin- und herwandern, und sie konnte ihm ansehen, dass sie nicht diejenige war, die er gern vorgezeigt hätte.

Sie waren noch nicht mit der Vorspeise fertig, als Julienne aufwachte. Faye stand auf, um nach ihr zu sehen, doch Jack griff nach ihrem Arm und hielt sie fest. Sie sah flehend zu ihm zurück, doch sein Gesichtsausdruck war unmissverständlich.

Faye lächelte die Gäste steif an, während ihre Tochter sich im Kinderzimmer die Seele aus dem Leib brüllte. Ein paar Frauen warfen ihr mitfühlende Blicke zu, während die Männer glucksend Kommentare machten wie: »Das tut ihnen gut, wenn sie mal ein bisschen Luft in die Lunge kriegen«.

Irgendwann stand Jack auf und ging Julienne holen. Ihr Gesicht war vom Weinen ganz aufgequollen und der Strampler von Tränen durchnässt. Jacks Gesicht war wutverzerrt, als wäre es Fayes Schuld, dass Julienne es gewagt hatte loszuweinen. Wortlos drückte er sie Faye in die Arme, und sie presste Juliennes kleinen Körper erleichtert an sich. Doch sie spürte Jacks Zorn regelrecht in sich vibrieren. Das Gelächter der Männer hallte von den Wänden ihres schönen Esszimmers wider. Die bedauernden, mitfühlenden Blicke der Frauen jedoch brannten sich ihr in die Seele.

Was hatte sie nur getan? Wie hatte es so weit kommen können?

Keuchend setzte Faye sich in ihrem Bett auf. Sie war schweißgebadet und zitterte am ganzen Leib.

Es war nur ein Traum, redete sie sich ein. Nur ein Traum. Doch Jacks Blick brannte noch immer in ihr. Langsam ließ sie sich wieder zurücksinken. Das Blut rauschte in ihren Ohren. Jack war allgegenwärtig. Sie würde ihn niemals aus ihren Träumen verbannen können. Er war immer anwesend. Für immer ein Teil ihres Lebens.

Faye schob das Handy zurück in die Tasche und ließ den Blick über die Armbanduhren schweifen, die der schmeichlerische Verkäufer für sie herausgelegt hatte. Die Polizei hatte gerade angerufen und sich wie jeden Tag bei ihr erkundigt, ob alles in Ordnung sei.

Die Armbanduhr, die sofort ihre Aufmerksamkeit weckte, war eine Patek Philippe und kostete dreihundertfünfzigtausend Kronen. Faye war sich bewusst, dass es Wahnsinn wäre, sie für einen Mann zu kaufen, den sie erst seit wenigen Wochen kannte. Trotzdem fühlte es sich richtig an. Bei der Erinnerung an das Bild von Faye Dunaway, das inzwischen an ihrer Wohnzimmerwand hing, musste sie lächeln. Sie nickte, als der Verkäufer fragte, ob sie sich entschieden habe.

»Die nehm ich.« Sie zeigte auf die Patek Philippe und überreichte ihm ihre schwarze American Express.

Der Verkäufer klatschte in die Hände.

»Ausgezeichnete Wahl!«, rief er.

Die jüngsten Entwicklungen rund um Davids Ex Johanna hatten ihnen beiden zugesetzt. Faye war nicht umhingekommen zu bemerken, wie schlecht es David ging, auch wenn er versuchte, stoisch zu bleiben. Johanna wollte anscheinend nicht akzeptieren, dass er den nächsten Schritt gemacht hatte, und versuchte um jeden Preis, sich an ihm festzukrallen. Sie weigerte sich immer noch, gewisse Scheidungsunterlagen zu unterschreiben – obwohl David ihr die Hälfte seines Vermögens zugesichert hatte. Dabei schuldete er ihr gemäß Ehevertrag keine Öre. Faye bewunderte ihn dafür.

Faye hatte die Frage, ob die Uhr graviert werden solle, verneint und unterschrieb soeben mehrere Belege, die der Verkäufer über den Tresen hinweg auf sie zugeschoben hatte, als ihr Handy in der Tasche vibrierte. Sie kannte die Nummer nicht und überlegte erst, nicht ranzugehen. Immerhin hätte es Jack sein können.

Doch dann ärgerte Faye sich über sich selbst. Sie würde nicht zulassen, dass die Angst ihre Handlungen bestimmte. Als sie den Anruf zu guter Letzt annahm, war ein Reporter vom *Aftonbladet* dran. Faye seufzte. Sie wechselte regelmäßig ihre Telefonnummer, um sich die Presse vom Leib zu halten, doch irgendwie fanden sie sie immer wieder heraus. Der Mann stellte sich als Peter Sjöberg vor, und Faye erinnerte sich sogar an sein Autorenbild aus der Onlineausgabe. Er war einer von denen, die über Alice' und Henriks Scheidung Artikel um Artikel verfasst hatten.

»Es geht um die spektakuläre Flucht Ihres Ex-Manns«, sagte der Reporter beschwingt, als machte er bloß eine Umfrage, welche Erdbeersorte wohl die beste sei.

Faye runzelte die Stirn. Ihr war klar, dass sie nicht mit ihm sprechen sollte, trotzdem brannte sie darauf zu erfahren, worum genau es gehen sollte. Journalisten saßen gerne mal auf Informationen, die sie aus ethischen Gründen nicht publizierten, was sie jedoch nicht daran hinderte, sie übers Telefon auszuplaudern.

»Hat er Sie kontaktiert?«, wollte Peter Sjöberg wissen.

»Nein«, antwortete Faye wahrheitsgemäß.

»Haben Sie Angst? Wenn man bedenkt ... was passiert ist?«

»Auf diese Frage antworte ich lieber nicht.«

»Okay, das verstehe ich.«

Es entstand eine kurze Gesprächspause, aber sie hörte, wie jemand im Hintergrund flüsterte.

»War noch was?«, fragte sie.

»Eigentlich nicht. Oder ... doch. Sagt Ihnen der Name ...?«

Die Stimme des Reporters wurde von dem Geplapper des gockelhaften Verkäufers übertönt. Er hatte gar nicht bemerkt, dass sie telefonierte, weil sie ins Headset sprach. Faye deutete auf ihr Ohr, und der Mann hob entschuldigend die Hände.

»Entschuldigung – wie war die Frage?«

»Also, ich hab gefragt, ob Ihnen der Name Gösta Berg etwas sagt.«

Es fühlte sich an wie ein Dolchstoß in den Magen. Im nächsten Moment wurde ihr eiskalt. Sie fing ihren eigenen Blick im Spiegelglas hinter der Kasse auf. Sah die Panik darin.

»Warum fragen Sie?«, brachte sie mühsam hervor, während sie sich auf den Tresen aufstützte.

»So heißt der Mann, mit dem Jack zusammen geflohen ist. Ich wollte eigentlich nur hören, ob Sie wissen, ob die beiden sich schon länger kennen. Aber ich nehme mal an, das war einfach Zufall – günstige Gelegenheit und so. Also sind sie zusammen getürmt.«

Mit zitternden Fingern drückte Faye das Gespräch weg.

Den restlichen Uhrenkauf brachte sie wie ein Roboter hinter sich. Schweiß klebte auf ihrem Nacken. Als sie endlich fertig war, taumelte sie hinaus auf die Biblioteksgata und schob sich die Sonnenbrille auf die Nase. Dann lief sie los – so schnell, wie es ihr mit weichen Knien möglich war. Sie wollte sofort nach Hause und ihre Mutter in Italien anrufen. Wie würde die reagieren, wenn sie erfahren würde, dass ihr Mann aus dem Gefängnis geflohen war, wo er wegen des Mordes an ihr lebenslang hätte einsitzen sollen?

Vor ihrer Haustür sah sie sich nervös um. Mit einem Mal fühlte sie sich, als würde sie aus allen Richtungen beobachtet. Eilig schlüpfte sie durch die Tür und stieß sie hinter sich zu.

Sie quetschte sich in den Aufzug und beugte sich vor, um ihr Gesicht im Spiegel zu studieren. Holte einmal tief Luft. Ihr Puls hatte sich wieder halbwegs beruhigt. Ihr Herz schlug ruhig und normal. Im fünften Stock blieb der Fahrstuhl mit einem Ruck stehen. Faye drückte das Gitter auf, stieg aus der Kabine – und bemerkte im selben Augenblick, dass sie auf dem Stockwerk nicht alleine war.

Fjällbacka – damals

Als ich mit den Armen um die Knie im Bug der *Marika* saß und aufs Meer blickte, war ich völlig ahnungslos, was bald passieren würde. Sebastian war aufgewacht und setzte sich auf. Die Jungs rauchten. Tranken Bier. Sahen hin und wieder in meine Richtung und schienen über mich zu reden. Ich hätte gerne gewusst, worum es ging.

Dann kam Tomas auf mich zu und drückte mir seine offene Dose Pripps Blå in die Hand. Sie war nur noch halb voll und lauwarm.

»Danke!«

Ich nahm ein paar große Schlucke und versuchte, nicht zu atmen, damit ich nichts schmeckte.

»Behalt den Rest«, sagte er, als ich ihm die Dose zurückgeben wollte. »Wir haben noch mehr.«

Er ließ mich wieder allein. Ich schlug eins der Bücher auf, die ich mitgenommen hatte. *Moby Dick* – weil wir doch auf dem Meer unterwegs waren. Ich hatte auch *Robinson Crusoe* dabei, ein altes Exemplar, das mal meinem Opa gehört hatte. Ich nippte an dem warmen, abgestandenen Bier und las.

Nach einer Weile riefen die Jungs, dass wir da wären. Ich blickte auf. Vor uns lag Yxö, eine felsige, bewaldete grüne Oase inmitten von Blau. Wir gingen vor ein paar Klippen vor Anker, ließen die Gummijolle runter und warfen unsere Rucksäcke und unseren Proviant hinein. Mit einer brennenden Zigarette zwischen den Lippen ruderte Roger uns an Land.

Ich griff mir an den Hals, tastete über den Anhänger, den ich angelegt hatte, die Silberflügel, die sich so zerbrechlich anfühlten, aber laut Mama doch ziemlich stabil waren. Vor uns wurde die Insel immer größer, und ich erschauderte, als ein kühler Windhauch meinen Rücken streifte.

FAYE STARRTE DIE Frau an, die vor ihrer Wohnungstür stand. Sie war kurz davor gewesen, vor Schreck laut zu schreien. Sie atmete tief durch, während Ylva Lehndorf die Hand zum Gruß hob.

»Hab ich dich erschreckt?«

»Ein bisschen.« Fayes Schlüsselbund rasselte, als sie den Wohnungsschlüssel ins Schloss schob und Tür und Sicherheitsbolzen entriegelte. »Komm rein.«

Sie zitterte immer noch, als sie die Schuhe abstreifte. Sobald Ylva eingetreten war, verschloss Faye eilig die Tür.

»Schön hast du's hier«, murmelte Ylva.

»Danke, ich fühle mich hier auch sehr wohl. Komm. Ich hab einen richtigen Scheißtag gehabt und dachte, ich gönne mir schon mal ein Gläschen Wein. Willst du auch eins?«

Mit einem schiefen Lächeln im Gesicht nickte Ylva.

»Gut«, sagte Faye und führte sie in die Küche.

Dort griff sie nach einer Flasche Chardonnay, zwei Gläsern und dem Korkenzieher. Gott, sie würde noch Alkoholikerin werden, bevor all das hier vorüber wäre. Ihr Weinkonsum war derzeit wirklich jenseits aller Vernunft – aber im Moment brauchte sie entweder Wein oder Valium, um zu überleben. Und da zog sie definitiv einen schön kühlen Chardonnay vor. Eine Saftkur gäbe es, wenn all das ausgestanden wäre – oder eine Woche im Spa La Prairies in der Schweiz, um richtig zu entgiften. Sie machte den Kühlschrank auf, nahm einen Beutel Eis heraus und leerte ihn in einen Metallkübel, den sie Ylva in die Hand drückte.

»Setzen wir uns auf die Dachterrasse.«

Faye schenkte ihnen ein, und eine Weile saßen sie schweigend zusammen, nippten an ihren Gläsern und ließen den Blick über die Dächer Östermalms schweifen.

»Fragst du dich gar nicht, warum ich hier bin?«, fragte Ylva vorsichtig.

»Nein«, sagte Faye, ohne den Blick von der Aussicht abzuwenden. »Ich nehme an, du bist hier, weil du eingesehen hast, dass mein Angebot zu gut ist, um Nein zu sagen.«

Ylva nickte.

»Wenn du mich immer noch einstellen willst, dann sage ich mit Vergnügen Ja zum Posten der Finanzchefin von Revenge. Und ich hab auch die Infos, die du haben wolltest.«

Faye verspürte ein erwartungsvolles Kribbeln, doch zuerst würde sie noch etwas Dringenderes mit Ylva besprechen müssen, etwas, was alles andere überschattete.

»Hat Jack sich inzwischen bei dir gemeldet?«, fragte sie.

Ylva schüttelte den Kopf.

»Und bei dir?«

»Nein.«

Im selben Moment schrillte ihr Klingelton über die Terrasse. Sie zuckten beide zusammen und lächelten einander dann leicht peinlich berührt an. Faye ging davon aus, dass es wieder ein Journalist wäre, und drehte ihr iPhone um, sodass es mit dem Display nach unten dalag. Als eine SMS einging, weil ihr jemand eine Nachricht hinterlassen hatte, rief sie die Mailbox auf.

Hallo, Faye, hier ist Johanna Schiller, Davids Ehefrau. Rufen Sie mich so schnell wie möglich an, auf dieser Nummer. Ich glaube, wir sollten uns unterhalten.

Die Stimme klang gepresst, fast schon neurotisch, dachte Faye. Ylva sah sie unsicher an.

»Alles in Ordnung?«

Faye überlegte genau, was sie sagen sollte. Es war sicher

okay, wenn sie von ihrer Affäre mit David erzählte, er war geschieden oder wäre es zumindest längst, wenn Johanna das Verfahren nicht verzögert hätte. Sie war nicht stolz darauf, die andere Frau zu sein, aber sofern jemand das verstand, dann Ylva.

Sie fasste die vergangenen Wochen zusammen, und Ylva hörte ihr angespannt zu.

»Hast du ein schlechtes Gewissen?«, fragte sie, als Faye fertig war.

Darüber musste sie kurz nachdenken.

»Ich habe mich in ihn verliebt und er sich in mich. Wir sind beide erwachsen. Natürlich wäre es besser gewesen, wenn die Scheidung bereits durch gewesen wäre, aber sie lässt ja nicht los. Sollen David und ich deshalb auf Abstand gehen? Nein, ich habe kein schlechtes Gewissen.«

Faye griff nach der Flasche und befüllte beide Gläser.

»Und was machst du jetzt? Rufst du zurück?«

Ylva nickte zum Handy hin.

»Nein. Da mische ich mich nicht ein. Das ist Davids Sache. Ich weiß ja gar nicht, wie viel er ihr erzählt hat. Sie hat leider von uns beiden erfahren, bevor er mit ihr sprechen konnte, allerdings hatte ich vermutet, sie wüsste bloß von irgendjemandem und nicht, dass es sich um mich handelt. Aber was würde es bringen, mit ihr zu reden? Das würde doch alles nur noch schlimmer machen.«

Sie sah Ylva aufmerksam an.

»Hattest du ein schlechtes Gewissen?«

Ylva nahm einen Schluck Wein. Faye bewunderte sie für die Ruhe und Selbstsicherheit, die sie ausstrahlte. Faye hatte ganz neutral gefragt, trotzdem wollte sie es wirklich wissen. Sie schob die Erinnerung an Ylvas und Jacks nackte Körper in ihrem Schlafzimmer beiseite. Es fühlte sich surreal an, ihr hier gegenüberzusitzen und über jenen Moment zu sprechen, der Fayes Leben womöglich mehr als jeder andere Moment verändert hatte.

»Ja und nein«, sagte Ylva nachdenklich. »Ich meine, Jack hatte dich abwechselnd als Monster und als Versagerin beschrieben. Und ich war in ihn verliebt. Himmel noch mal, war ich verliebt! Und ehe ich michs versah, hatte er mich verbogen, auf die gleiche Art, wie er dich verbogen hatte. Ich hab's nicht mal bemerkt. Man war doch wie Spielzeug, wie ein hohler Zinnsoldat, der nur einen Zweck hatte: den kleinen Jack Adelheim bei Laune zu halten.«

Faye nickte bedächtig.

Ein Polizeihubschrauber ratterte in südlicher Richtung über ihre Köpfe hinweg.

Sie stand auf und trat ans Geländer. Ylva gesellte sich zu ihr.

»Ich glaube, Faye, er hat nie aufgehört, dich zu lieben. Nicht mal während der, tja, der leidenschaftlichsten Phasen unserer Beziehung. Nicht als wir zusammengezogen sind, nicht als ich mit Nora schwanger wurde. Das hatte ich ständig im Hinterkopf, und es hat mich wahnsinnig gemacht. Ich war einfach nur der Ersatz. Für dich. Ich glaube wirklich, dass all die Frauen, mit denen er geschlafen hat, bloß der Versuch waren, dich zurückzubekommen. Das, was ihr mal gehabt hattet. Du warst das Urbild dessen, was Jack unter Liebe verstand. Irgendwie ist das ja auch das Ironische an der ganzen Situation.«

Faye, die während Ylvas Ausführungen den Atem angehalten hatte, räusperte sich. Ihr Hals war wie zugeschnürt. Sie hatte keine Ahnung, warum das, was Ylva gesagt hatte, sie dermaßen aus der Fassung brachte. Vielleicht weil sie es längst geahnt hatte, ohne es je formuliert zu haben – sei es für sich, sei es für jemand anders. Und jetzt bekam sie es gerade von einer anderen Person bestätigt. Und diese andere Person war nicht irgendwer, sondern ausgerechnet diejenige, die – außer Faye selbst – Jack am besten kannte.

Schlagartig stand ihr wieder ihr Traum vor Augen. Der von Jack. Wie er sie verhöhnt hatte. Ihr Gewicht, ihre Schwäche. Aber auch wie er sie hatte anlächeln und ihr das Gefühl geben können, geliebt zu werden. In ihrem Traum konnte sie ihn immer noch vermissen, und das war das Schlimmste überhaupt. Dafür hasste sie sich. Nur durfte sie es sich im Moment nicht leisten, daran zu denken.

Sie setzten sich wieder, und Faye drehte sich zu Ylva um.

»Also, was hast du dir überlegt? Können wir noch etwas tun, oder ist es dafür schon zu spät?«

Ylva stützte die Füße aufs Terrassengeländer. Dann dehnte sie den Nacken, es knackste unangenehm, und Faye erschauderte.

»Entschuldigung, das liegt in der Familie«, sagte Ylva und lachte.

Sie nahm die Füße wieder runter und sah Faye an.

»Ich hab ein bisschen nachgedacht. Noch bin ich auf nichts Konkretes gekommen, dazu müsste ich mehr wissen. Gewisse Puzzleteile fehlen mir noch. Aber einen großen Vorteil habe ich: Ich habe mit Henrik zusammengearbeitet. Ich weiß ziemlich genau, wie er tickt. Und wie du selbst weißt, war ausgerechnet Henrik nicht das Gehirn hinter Compare.«

Faye schnaubte nachdrücklich, und Ylva grinste.

»Ja, ja, inzwischen weiß ich, dass das in Wahrheit du warst. Wusste ich damals nicht. Damals dachte ich, es wäre Jack. Henrik jedenfalls nicht. Dass er überhaupt wieder auf die Füße gekommen ist – und nicht nur das –, ist ein kleines Wunder, wenn du mich fragst. Aber es gibt zig erfolgreiche Unternehmen und Vermögen, hinter denen nicht die allerhellsten Köpfe stecken. Ein anständiges Netzwerk und das richtige Timing bringen einen schon ziemlich weit ...«

»Ja.« Faye nippte an ihrem Glas. Sie hatte Ylva interessiert zugehört.

Allmählich fing sie an, diese Frau zu mögen. Und jeder verdiente eine zweite Chance. Oder ... nein. Nicht jeder. Aber Ylva definitiv.

»Unter anderem weiß ich von Henrik, dass er ziemlich unsorgfältig ist. Er hat null Sinn für Details, was auch heißt, dass er keinen Sinn für das große Ganze hat. Er übersieht gewisse Dinge. Jack war deshalb oft stinksauer auf ihn. Und wie oft mussten wir wegen Henrik Schadensbegrenzung betreiben, weil er die Bälle nie alle in der Luft halten konnte. Versteh mich nicht falsch – Henrik ist kein Trottel, das will ich damit nicht sagen. Wir dürfen nicht den Fehler machen und ihn unterschätzen. Er ist völlig skrupellos, wenn es um seine Ziele geht. Und das ist eine gefährliche Eigenschaft. Aber irgendwo in seiner Schludrigkeit finden wir seinen Schwachpunkt. Ich habe die Revenge-Verträge quergelesen und würde mich gerne einen Tag hinsetzen und alles noch mal ganz genau durchgehen – und auch ein paar Sachen mit meinem Onkel besprechen. Der ist Vertragsrechtler, und zwar einer der besten. Wenn ich irgendwo nicht weiterweiß, könnte er aushelfen.«

»Kerstin und ich kennen die Verträge auch, und diverse Anwälte sind sie schon durchgegangen. Was soll da noch drinstehen, was wir übersehen haben?«

»Wird sich zeigen.« Ylva war aufgestanden und tigerte auf der Terrasse auf und ab. »Irgendwas bei diesen Transaktionen wird Henrik übersehen haben. Da gibt es tausend Sachen, tausend Klauseln, die sich als der Knüppel zwischen den Beinen erweisen könnten und an die er im Leben nicht gedacht hat. Ansonsten müssen wir …«

»Was?«, hakte Faye amüsiert nach.

Ylva war richtiggehend aufgeblüht, während sie gesprochen hatte. Das Grau, der dünne Firnis der Trübsal, war verflogen. Es blitzte in ihren Augen, und sie gestikulierte wie wild.

»Woran denkst du?«, fragte Faye.

Ylva blieb stehen und stützte sich aufs Geländer. Der Wind fuhr ihr ins dichte Haar und wirbelte es hoch. Sie lächelte. Ein breites Lächeln.

»Ich hab nur gedacht … Ansonsten müssen wir wohl dafür sorgen, dass Henrik etwas übersehen hat …«

Faye lächelte breit zurück. Zum ersten Mal seit Langem hatte sie das Gefühl, dass sie sich wieder entspannte. Sie atmete tief durch und ließ langsam die Luft wieder entweichen. Ihr war klar, dass sie Ylva verziehen hatte. Und jetzt war es an der Zeit, dass sich das Blatt für sie wendete.

Es war dunkel bei *Miss Voon*, trotzdem leuchteten Davids blaue Augen, als er sie anlächelte. Sie hatten sich viel zu lange nicht mehr gesehen. Fayes Probleme mit Revenge und sein Problem mit Johanna hatten ein Wiedersehen vereitelt.

»Erzähl mir von euren US-Plänen«, sagte er. »Davon hast du bisher kaum gesprochen.« Er nahm eine Gabel

Beef Tatar auf und streckte es ihr hin. »Aber zuerst musst du das hier probieren. Das Tatar schmilzt im Mund!«

Das zarte Fleisch glitt ihr von der Zunge, ohne dass Faye hätte kauen müssen.

»Gott, ist das lecker! Hier, probier du auch!«

Sie hielt ihm einen der kleinen Hummertacos hin, die in einem Drahtkorb neben ihrem Teller lagen, und schob ihn ihm behutsam in den Mund.

»Die USA hatten wir mit Revenge von Anfang an im Visier. Trotzdem wollte ich einen Schritt nach dem anderen machen, erst Schweden, dann Norwegen, das restliche Europa. Am Ende die USA, wenn wir ein hinreichend starkes Portfolio hätten, um dort überhaupt eine Chance zu haben. Ich bin mir durchaus bewusst, wie schwer es für ein ausländisches Unternehmen ist, dort Fuß zu fassen. Die Hürden sind hoch, wir konkurrieren mit riesigen, etablierten Firmen, und die Branche an sich ist eine der am härtesten umkämpften überhaupt. Aber genau das hat mich auch von Anfang an gereizt: die Herausforderung. Insofern ist das jetzt bloß die logische Fortsetzung.« Sie tupfte sich den Mund ab. »Ich werde übrigens am Wochenende für ein kleines Meeting nach Amsterdam fliegen und Ylva und Alice mitnehmen.«

»Okay … Aber ihr kennt euch doch kaum?«

»Ist doch eine gute Gelegenheit, einander kennenzulernen. Und du meintest doch, du hättest am Wochenende jede Menge Mädchenprogramm.«

»Das stimmt«, sagte David. »Und du machst das ganz richtig.«

Er legte die Stäbchen beiseite.

»Ich muss zugeben, ich bin unglaublich beeindruckt von dem, was du gemacht und aufgebaut hast.«

Faye errötete. Das hatte sie schon oft gehört, aber es bedeutete ihr unendlich viel mehr, weil es von David kam.

Sie zuckte mit den Schultern.

»Ich muss aber auch sagen, dass Revenge einen Riesenschritt nach vorne gemacht hat, als Chris mir in ihrem Testament ihre Firma überschrieben hat. Dafür werde ich ihr für immer dankbar sein, und ich tue alles, um das zu bewahren, was sie mir vermacht hat.«

»Da bin ich mir sicher. Und es wird dir gelingen«, sagte David warmherzig.

Sie wurden kurz unterbrochen, als der nächste Gang gebracht wurde.

»Du liebe Güte, du bist echt ein Feeder!«

»Dicke Menschen sind schwerer zu kidnappen«, sagte Faye schmunzelnd und nahm sich mit ihren Stäbchen ein paar Sashimi.

David sah sie ernst an.

»Ich liebe dich in jeder Größe.«

Faye hielt mit den Stäbchen in der Bewegung inne und starrte ihn an.

»Was hast du gesagt?«

David neigte den Kopf leicht zur Seite.

»Du hast mich sehr wohl gehört.«

»Sag es noch mal.«

Seine blauen Augen schlugen sie in einen magischen Bann, als er Faye anlächelte, wie sie es noch nie gesehen hatte.

»Ich liebe dich, Faye.«

Als wir an Land gingen, erzählte Tomas, dass ein Stück in den Wald hinein eine Hütte stehe. Ein kurzer Spaziergang, und auf einer kleinen Lichtung entdeckten wir sie. Davor befand sich eine Feuerstelle, und Sebastian machte sich sofort daran, ein Feuer anzuschüren. Mit seinen Freunden wirkte er irgendwie ausgelassener, selbstsicherer als zu Hause. Er drückte den Rücken durch, war viel zupackender.

Und auch ich fühlte mich leichter. Suhlte mich regelrecht in dem Gefühl, endlich dazuzugehören und akzeptiert zu werden. Weil es inzwischen Mittag war, grillten wir Würstchen und schlangen sie hungrig hinunter. Die Jungs tranken mehr Bier, während ich mich jetzt an Coca-Cola hielt.

Tomas setzte sich neben mich. Die Wärme seines Körpers strahlte bis zu mir rüber, und ich musste mich zusammenreißen, um nicht näher an ihn heranzurücken.

»Weißt du noch, als wir kleiner waren, dieser eklige Teig, den wir bei Wandertagen immer zu Würstchen gegart haben?«

»Ja, bäh, den aus Mehl, Salz und Wasser?«

»Wie hieß der gleich wieder? Salzteig?«

»Ist Salzteig nicht der, mit dem man basteln kann?«

»Vielleicht war's ja derselbe?«

»Bäh!«

Ich lachte. Spürte, wie mein Lachen bis runter in meinen Bauch reichte.

»Mochtest du das Bier nicht?«, fragte Tomas und zeigte auf meine Cola.

»Doch, mir war nur ein bisschen schwindlig«, sagte ich beschämt und schob die Coladose hinter mich.

Sie kippte um, und ich sprang auf.

Tomas ebenfalls. Er sah sich nach etwas um, womit er meinen Rock würde trocken reiben können, auf dem sich ein nasser Fleck ausbreitete, aber er fand nirgends Papiertücher. Stattdessen griff er sich eine Faustvoll Rentierflechten und fing an, damit über den Stoff zu schrubben – mit dem Ergebnis, dass der Fleck jetzt nass *und* schmutzig war.

»Du hattest in Hauswirtschaft wohl keine guten Noten, was?«, kicherte ich, und Tomas zuckte peinlich berührt mit den Schultern.

»War das so offensichtlich?«

Das Funkeln in seinen Augen war wieder da.

Roger und Sebastian beäugten uns aufmerksam. Sie flüsterten einander etwas zu, hatten die Köpfe zusammengesteckt. Ich verspürte ein Kribbeln im Rücken, glaubte aber, dass das am Wind lag.

Als wir fertig gegessen hatten, wandten wir uns der Hütte zu. Im Schloss steckte ein großer, rostiger Schlüssel. Ich drehte ihn herum, und wir traten ein. Nicht dass drinnen viel zu sehen gewesen wäre.

»Nicht gerade ein Luxushotel«, sagte Tomas, doch Sebastian tätschelte ihm den Rücken.

»Ist dafür kostenlos. Was hast du erwartet? Nur weil du sonst in Seidenlaken schläfst …«

»Jetzt mach mal halblang«, sagte Tomas und täuschte einen Boxhieb an, dem Sebastian tänzelnd auswich.

Sobald meine Augen sich an das Zwielicht gewöhnt hatten, sah ich mich um. Draußen in der Sonne war es gleißend hell, während es im Vergleich dazu in der Hütte richtig finster war. Die Fenster waren mit schweren Holzplanken verrammelt. Das einzige Möbelstück war ein Bett in der Ecke mit einer schmutzigen Matratze. Eine leere Konservendose schepperte durch den Raum, als Roger dagegentrat. Ich zuckte zusammen, und mein Herz flatterte wie ein Kolibri, aber ich beruhigte mich schnell wieder.

Ich fragte mich, wer mal hier gewohnt hatte. Die Hütte sah aus, als wäre sie mindestens hundert Jahre alt. Hatte man hier wirklich je wohnen können? Das ganze Jahr über? Bestimmt. Ich wusste, dass draußen auf den Inseln früher mehrere Familien gewohnt hatten. Vielleicht war diese Hütte einst ja sogar voller Kinder gewesen.

Manchmal hatte ich mir ausgemalt, wie es wäre, selbst auf einer dieser windgepeitschten Inseln zu wohnen. Nur in der Gesellschaft von Möwen, Stockrosen, Geißblatt und Krebsen, die draußen über die Klippen krochen.

Ich strich mit der Hand über die Holzwand, folgte der Maserung des Holzes bis weiter in die Hütte hinein. Die Hütte war in zwei Kammern unterteilt. Ich betrat die hintere, doch der Schimmelgeruch war so stark, dass ich sofort zurückwich.

»Hallo?«, rief ich.

Keine Antwort. Die Jungs waren wieder nach draußen gegangen. Ich bewegte mich auf die geschlossene Tür zu und drückte die Klinke nach unten. Das Kribbeln im Rücken war sofort zurück, als ich feststellte, dass die Tür verschlossen war.

Nachdem sie ein Chauffeur vom Flughafen abgeholt hatte, verbrachten Faye, Alice und Ylva den Nachmittag im Pool auf der Dachterrasse. Die anhaltende Wärme in Schweden war nichts gegen die trockene Hitze in Amsterdam. Ächzend hingen sie in ihren Liegenstühlen herum, tranken Margaritas und überlegten, was sie am Abend machen wollten. Faye war immer noch nachdenklich. Sie hatte ihrer Kontaktperson bei der Polizei gesagt, dass sie übers Wochenende nach Amsterdam fahren würde. Von Jack gab es noch keine Neuigkeiten.

»Du hast mir immer noch nicht erzählt, warum wir hier sind, Ylva. Eigentlich ist der Zeitpunkt für einen Wochenendtrip nicht optimal.«

»Wir sind wegen Plan B hier. Eine reine Vorsichtsmaßnahme. Netz und doppelter Boden, du weißt schon.«

»Mir ist scheißegal, warum wir hier sind.« Genüsslich schlürfte Alice ihre Margarita. »Wir liegen auf einer Dachterrasse mit Swimmingpool. In Amsterdam. Und trinken starke Margaritas. Wer braucht dafür einen Grund?«

»Heute entspannen wir uns.« Ylva schob ihre Sonnenbrille auf die Nase und hielt das Gesicht in die Sonne. »Morgen erzähle ich euch, warum wir hier sind. Und bis dahin könnt ihr mir so viel Alkohol einflößen, wie ihr wollt. Ich werde schweigen wie ein Grab. Also genießt lieber den Tag.«

»Hört, hört.« Alice trank einen Schluck von ihrem Cocktail. »Also, wenn heute sowieso nur Entspannung und Vergnügen auf dem Programm stehen: Wart ihr schon mal in einem Coffeeshop?«

Faye schüttelte den Kopf.

»Sind das nicht diese Kneipen, wo Marihuana geraucht wird?«

Eigentlich fragte sie sich immer noch, wozu Ylva sie eigentlich hergeschleppt hatte. Sie hatte darauf beharrt, dass es eine Vorsichtsmaßnahme sei. In ihrer Verzweiflung hatte Faye sich damit zufriedengegeben. Ihr blieb im Moment nicht viel anderes übrig, als sich auf ihr kleines Team zu verlassen.

Alice grinste.

»Genau.«

»Hast du schon mal Gras geraucht?«, fragte Faye zweifelnd.

»Das haben in Djursholm alle gemacht«, sagte Alice. »Ich war kein Gangster, falls du das denkst, ich war ein ganz normaler Teenager.«

»Ich weiß nicht …«, sagte Ylva skeptisch. »Wir müssen morgen fit sein.«

Mit der Hand, in der sie keine Margarita hielt, winkte Alice lässig ab.

»Sei kein Feigling. Wann hast du in den letzten Jahren schon Gelegenheit gehabt, dich ein bisschen zu amüsieren? Wie oft hattest du überhaupt einen Babysitter?«

»Ich bin unheimlich dankbar, dass dein Kindermädchen …«

»So habe ich es nicht gemeint. Faye, du bist doch dabei?«

Faye nippte an ihrem Cocktail und wippte wohlig mit den nackten Zehen.

»Ich weiß auch nicht, ob ich …«

»Meine Güte, wir sind drei zauberhafte Ladys in Amsterdam. Was habt ihr denn gedacht, was wir hier vorhaben? Im Hotelzimmer rumhängen und fernsehen? Nein, ich mache folgenden Vorschlag: Wir entspannen uns jetzt, holen uns eine dezente Bräune und zwitschern uns einen herrlichen Nachmittagsrausch an, und heute Abend brezeln wir uns richtig auf und machen auf dem Weg in einen Club bei einem Coffeeshop halt. Einverstanden?«

Ylva und Faye murmelten etwas vor sich hin, das zustimmend klang, aber Ylva sah so nervös aus, wie Faye sich fühlte. Alice verschwendete keine Zeit, sondern winkte einen Kellner heran und fragte, ob er ihnen einen Coffeeshop in der Nähe empfehlen könne. Er sagte, die besten würden im Rotlichtviertel liegen, und empfahl ihnen, viel Wasser zu trinken. Zum einen wegen der Hitze, zum anderen, weil man schnell dehydriere, wenn man Gras nicht gewohnt sei.

»It's cool. I've smoked a lot of Ganja. I'm like the Bob Marley of Djursholm«, kicherte Alice.

Faye und Ylva brachen in schallendes Gelächter aus. Mit einem charmanten Augenzwinkern zog der Kellner von dannen.

Obwohl sie David vermisste, war Faye froh, für ein paar Tage weggefahren zu sein. Ein Wochenende mit zwei witzigen und klugen Frauen in einer pulsierenden Stadt wie Amsterdam war genau das, was sie jetzt brauchte.

Allmählich konnte sie Alice' Plan immer mehr abgewinnen. Sie musste sich trauen, das Leben auszukosten. Und den Alltag hinter sich zu lassen.

Als der Kellner ihnen noch eine Runde eiskalte Margaritas brachte, trank sie ihren alten in einem Zug aus und nahm das frische Glas in die Hand. Sie befanden sich im Auge des Sturms. Für eine Weile würden sie das Chaos und die Angst, die mit allem, was sich in der Heimat abspielte, verbunden war, vergessen. Alice hatte recht: Sie musste dringend mal abschalten.

Fünf Stunden später saßen sie in einem Coffeeshop. Alle drei hatten fast einen ganzen Haschkeks gegessen, ohne dass etwas passiert war. Sie spürten nichts. Sie waren enttäuscht, verschwitzt und müde. Und da in Coffeeshops kein Alkohol ausgeschenkt wird, schlürften sie auch alle bereits den dritten miserablen Cappuccino. Der angenehme Rausch vom Nachmittag am Pool verflüchtigte sich langsam, und Alice packte schon zum dritten Mal eine der Kellnerinnen am Arm und fragte sie, wie lange sie denn noch warten müssten.

Das junge Mädchen mit den Dreadlocks und den Tätowierungen am ganzen Körper wiederholte, was sie schon zweimal gesagt hatte: »Wartet noch ein bisschen.«

Als sie weg war, schüttelte Alice den Kopf.

»Ich habe keinen Bock mehr zu warten.« Sie steckte sich das letzte Stück Keks in den Mund.

Zwei Minuten später spürte Faye ein Stechen in den Fingerkuppen. Sie kniff die Augen zusammen und warf einen prüfenden Blick auf Ylva, die mit offenem Mund ihre Hand anstarrte. Die Erde bebte. Es war, als würde man in ein Aquarium eintauchen, in dem die Fische in Discokugeln umherschwammen.

Sie blinzelte mit schweren Lidern und sah Alice an.

Alice bewegte die Lippen, aber entweder konnte Faye nichts mehr hören, oder Alice konnte nicht mehr sprechen. Sie sah sich um. Alles wankte und wogte. Sie wollte etwas sagen, aber sobald sie den Mund geöffnet hatte, wusste sie nicht mehr, ob sie es vielleicht schon ausgesprochen hatte. Sie überlegte so lange, bis sie vergessen hatte, was sie überhaupt hatte sagen wollen.

Ylva saß kichernd da, formte mit den Fingern verschiedene Gebilde, die angeblich Tiere darstellten, und hielt sie ins Licht.

»Ein Affe, siehst du, Faye? Ein Affe.«

Plötzlich stand sie auf, und Faye streckte die Hand nach ihr aus.

»Bleib lieber hier«, versuchte sie zu sagen, was aber daran scheiterte, dass sie ihre Zunge nicht unter Kontrolle hatte, woraufhin sie und Alice sich ausschütteten vor Lachen.

Alice legte eine Hand auf die von Faye.

»Es tut mir leid.«

»Was?«

»Dass ich so eine Bitch gewesen bin. Und überhaupt alles.«

Sie fielen sich um den Hals.

»Macht nichts.«

»Ich bin so froh, dass du diesen David gefunden hast«, lallte Alice.

Mit den Fingerspitzen strich sie sanft über Fayes Unterarm.

»Ich auch.«

Faye hatte sich noch nie so gut gefühlt. Die anfängliche Angst war von ihr abgefallen. Es war alles wundervoll, warm und freundschaftlich. Lächelnd winkte sie einer Gruppe von asiatischen Touristen zu.

Alice gab einen Schwall von Worten von sich, Faye verstand nur jedes zweite.

»Faye?«

Alice klopfte ihr auf die Schulter.

»Faye?«

Sie riss den Blick von den Touristen los.

»Wo ist Ylva?«, fragte Alice.

»Ich bin Ylva. Und ich bin Alice. Ich falle und falle, und das hier ist das Wunderland. Du bist ein klitzekleines Kaninchen!«

Ihr Mund war staubtrocken. Faye griff nach ihrem Wasserglas.

Alice ließ den Kopf kreisen, als würde sie zur Musik headbangen, aber Faye konnte sich anstrengen, so viel sie wollte, sie hörte nichts.

»Ich glaube, wir müssen Ylva suchen gehen.«

Alice stand auf und hielt sich an der Tischplatte fest.

»Ylva«, rief sie. »Ylva!«

Faye rappelte sich ebenfalls hoch, wäre aber beinahe hingefallen, wenn Alice sie nicht festgehalten hätte. Einen Augenblick lang waren sie beide kurz davor hinzufallen, aber Alice schaffte es, sie beide aufrecht zu halten.

»Wir müssen sie finden. Wir begeben uns auf eine Expedition und suchen unsere Freundin.«

»Das machen wir.«

Langsam stiegen sie die Treppe hinunter und wankten auf eine Tür zu, die sich als Hintertür erwies. Sie gelangten auf eine schmale und menschenleere Gasse hinaus. Neben ein paar Mülltonnen lag Ylva. Faye bekam einen Schreck, als sie ihre Augen bemerkte, in denen nur noch das Weiße zu sehen war. Außerdem hatte Ylva krampfartige Zuckungen.

Der Schwindel war wie weggeblasen. Geistesgegenwärtig und vollkommen klar im Kopf warf Faye sich neben Ylva auf die Knie und versuchte vergeblich, sie aufzuwecken.

Faye spürte Panik in sich aufsteigen.

»Ylva!«, schrie sie. »Wach auf, Ylva.«

Hinter sich hörte sie Alice brüllen: »Call an ambulance! She's dying! Please call an ambulance!«

Faye drehte Ylva vom Rücken in die stabile Seitenlage und streichelte ihre schweißnasse Stirn, während Alice zurück in den Coffeeshop raste, um einen der Angestellten zu holen.

»Nicht sterben, Ylva. Bitte, Ylva, nicht sterben!«

Faye umklammerte ihre kleine Hand mit den abgekauten Nägeln. Erinnerungen an die letzten Stunden am Krankenbett von Chris kamen in ihr hoch. Warum waren sie hergekommen? Warum hatten sie unbedingt Haschkekse probieren müssen? Eigentlich verabscheute Faye Drogen, weil sie es verabscheute, die Kontrolle zu verlieren. Nun würde Ylva für das kleine Abenteuer vielleicht mit dem Leben bezahlen müssen. Warum hatte sie es nicht einfach bei ihrer Ahnungslosigkeit belassen können? Wie dumm sie gewesen war. Die Schuldgefühle schnürten ihr die Kehle zu.

»There they are.« Faye hörte Alice' Stimme hinter sich. Angespannt. Schrill. »Help her. You've got to help her. She's dying!«

Faye sah sich um. Ein großer Mann kam in gemächlichem Tempo auf sie zu.

»Hurry up!«, schrie Faye verärgert.

Verdammt, warum beeilte sich der Kerl nicht? Er schien den Vorfall überhaupt nicht ernst zu nehmen und wirkte nicht im Geringsten besorgt.

Neben Faye blieb er stehen und beugte sich zu ihr hinunter.

»Don't worry, ladies, this happens all the time. Her blood sugar level is low, I'll give you some sugar for her. Then get her in a cab back to your hotel and give her some food and water.«

Plötzlich öffnete Ylva die Augen, und Faye schluchzte erleichtert auf.

»Are you sure?« Alice fiel dem verdutzten Mann um den Hals.

»I'm sure, ladies. This happens about ten times every day«, lachte er.

Dann angelte er ein längliches Papiertütchen Zucker aus der Hosentasche, riss es mit den Zähnen auf und forderte Ylva auf, die Zunge herauszustrecken, was sie trotz ihres benebelten Zustands schaffte. Ihr Körper zuckte noch immer, und sie murmelte wirres Zeug.

»Good girl.« Er tätschelte ihren Kopf.

Faye kamen vor Erleichterung die Tränen. Das Abenteuer hatte Ylva nicht das Leben gekostet.

Eine halbe Stunde später saßen sie mit roten Augen, aber gut gelaunt in Fayes Bett. Beim Zimmerservice hatten sie mehr oder weniger jedes Gericht auf der Karte bestellt. Es wurde an die Tür geklopft, Alice raffte sich auf, noch einmal aufzustehen, und öffnete. Zwei Hotelangestellte ganz in Weiß schoben einen Servierwagen nach dem anderen herein. Hamburger, Pasta, Steaks, Fisch, frittiertes Hühnchen und Pommes frites. Dazu große Karaffen voller Wasser mit Eiswürfeln.

Das Festmahl wurde im Wohnbereich gedeckt, die weiß gekleideten Männer wünschten den Damen grinsend einen guten Appetit – anscheinend war ihnen klar, womit die drei den Nachmittag verbracht hatten – und zogen sich zurück.

Faye, Alice und Ylva stürzten sich auf das Essen, schaufelten es sich auf die Teller und setzten sich zum Essen aufs Bett. Faye hatte noch nie etwas so Köstliches gegessen und war auch noch nie so hungrig gewesen. Sie tranken ein Glas Wasser nach dem anderen.

Als sie fertig waren, streckten sie sich satt und zufrieden auf dem Bett aus und hielten sich die Bäuche.

»Ich muss meine Hose ausziehen«, murmelte Alice. »Sonst übergebe ich mich.«

»Gute Idee«, sagte Faye.

Beide taten es Alice nach, entledigten sich der Hosen mithilfe der Füße und lagen schließlich auch im Slip auf dem Bett.

»Du hast uns in dieser Gasse ganz schön Angst gemacht«, sagte Faye.

»Was ist passiert?«, fragte Alice.

Ylva schüttelte langsam den Kopf.

»Ich weiß es nicht. Ich kann mich noch erinnern, dass ich mich mit jemandem unterhalten habe, und dann bin ich plötzlich zusammengesackt und konnte nicht mehr aufstehen. Eine Weile lag ich da wie ein Käfer auf dem Rücken und wollte mich hochrappeln, aber irgendwann habe ich es aufgegeben. Und im nächsten Augenblick, an den ich mich erinnern kann, habt ihr euch über mich gebeugt.«

Sie schalteten den Fernseher ein und zappten träge zwischen den Sendern hin und her.

Ylva schlief als Erste ein, danach fielen Alice die Augen zu. Schließlich wurde rechts und links von Faye geschnarcht. Sie aalte sich aus dem Bett, holte ihr Handy aus der Handtasche und ging auf den Balkon. Die Luft war ein wenig abgekühlt. Sie genoss die sanften Windstöße auf ihren nackten Beinen. Unten auf der Straße floss der Verkehr gemächlich dahin. Sie setzte sich an den Tisch und stellte fest, dass sie einen Anruf von David verpasst hatte. Sie war sofort beunruhigt und rief ihn zurück.

»Hallo, Liebling, irgendwie hatte ich vorhin nichts zu tun, und da habe ich an Revenge und die USA-Expansion gedacht«, sagte er. Faye sah sein Lächeln förmlich vor sich. »Ich bin total begeistert davon, du inspirierst mich wirklich. Da ich ohnehin viel Kapital habe, das dringend investiert werden muss, habe ich mal einen Text entworfen, den du dir ansehen solltest. Hast du Lust?«

Fayes Grinsen wurde immer breiter.

»Na klar.«

»Du findest nicht, dass ich meine Nase in Dinge stecke, die mich nichts angehen?«

»Natürlich nicht. Wie ist es mit den Mädchen und Johanna gelaufen?«

»Sie würde es gerne noch mal versuchen, aber ich habe ihr gesagt, dass ich mit dir zusammen sein will.«

»Wie hat sie es aufgenommen.«

»Nicht so toll, aber wollen wir das nicht wann anders besprechen? Ich will dein Wochenende mit Alice und Ylva nicht kaputt machen.«

»Ich vermisse dich«, sagte Faye.

»Und ich dich.«

Nachdem sie aufgelegt hatten, sah Faye, dass sie eine SMS von Kerstin bekommen hatte. Sie klickte sie an, und mit ihrer guten Laune war es auf einen Schlag vorbei. Yvonne Ingvarsson war vorbeigekommen und hatte nach ihr gefragt. Nachdenklich legte sie das Handy weg. Sie musste etwas gegen diese Yvonne unternehmen. Sie spielte mit dem Feuer, und eine von ihnen würde sich in Kürze die Finger verbrennen. Faye wollte um jeden Preis vermeiden, dass sie diejenige war.

»Oh mein Gott, wie konnte ich mich nur zu so etwas überreden lassen?« Ylva griff sich an den Kopf.

»Du kannst doch unmöglich immer noch einen Kater

haben«, sagte Alice trocken und winkte dem Kellner, damit er ihr einen zweiten Cocktail brachte.

Allmählich füllte sich die Bar mit plaudernden Hotelgästen, und Ylva massierte sich angestrengt die Schläfen.

»Ich lag gestern in einer Gasse. Nachdem ich in einem Coffeeshop einen Haschkeks gegessen habe. Ich glaube, ich habe es mir verdient, heute einen kleinen Kater haben zu dürfen.«

»Ich spüre gar nichts«, sagte Alice gut gelaunt und strahlte den Kellner an, der ihr einen frischen Cosmopolitan brachte.

»Das freut mich ungemein für dich«, brummte Ylva und drückte die flache Hand gegen die Stirn. »Wirklich ungemein.«

Faye betrachtete sie mit einer tiefen Falte zwischen den Augenbrauen.

»Du hast gesagt, dass wir hier einen Auftrag zu erledigen haben«, sagte sie. »Alice und ich wissen immer noch nicht, worum es geht. Schaffst du das überhaupt?«

»Gib mir ein Alka Seltzer und zwei, drei Paracetamol, dann bin ich in ein paar Stunden wieder auf dem Damm. Der Plan steht also noch. Und ja, ich werde euch alles erzählen. Ich muss nur erst diesen … Trommler aus dem Kopf kriegen.«

»Du brauchst kein Paracetamol, du brauchst etwas, das dich wieder in Schwung bringt«, stellte Alice trocken fest und winkte dem Kellner erneut.

Er kam sofort und deutete eine Verbeugung an.

»Einen Long Island Ice Tea, bitte. Und einen Tequila. Für sie.« Alice zeigte auf Ylva.

Sie stöhnte.

»Du bringst mich ins Grab, Alice.«

»Schätzchen, ich war eine Luxusehefrau mit viel Tagesfreizeit auf Lidingö. Wie man einen Kater bekämpft, weiß ich wirklich.«

Die Getränke wurden serviert, und mit einem schicksalsergebenen, aber durchaus hoffnungsvollen Gesichtsausdruck nahm Ylva beide Gläser in die Hände.

»Ich vertraue dir.« Sie sah Alice an.

»Das kannst du immer«, sagte Alice großzügig.

Faye verfolgte amüsiert, wie Ylva ihren Tequila in einem Zug hinunterkippte.

»Auf euch. Aber nun möchte ich wirklich wissen, warum du uns nach Amsterdam geschleppt hast. Mitten in einer Krise gigantischen Ausmaßes.«

»Das Patent- und Markenamt«, sagt Ylva.

Alice, die gerade einen großen Schluck von ihrem Cosmopolitan genommen hatte, musste husten und spuckte ihren Cocktail über den Tisch.

»Das Patent- und Markenamt?« Sie wischte sich den Mund ab.

Faye starrte ebenfalls Ylva an, die nach ihrem Long Island Ice Tea griff. Sie hatte schon ein wenig mehr Farbe im Gesicht.

»Sie haben hier am Wochenende eine Konferenz. In diesem Hotel. Und heute ist der Galaabend …«

»Und?«, fragte Alice angewidert.

»Also, ich komme auch nicht ganz mit.« Faye öffnete die Arme.

»Revenge. Markenrecht. Patent. Plan B?«, sagte Ylva versuchsweise.

Faye schüttelte den Kopf.

»Nö. Ich kapiere es immer noch nicht. Du, Alice?«

Alice schüttelte ebenfalls den Kopf und zwinkerte dann einem Mann am Nebentisch zu.

»Konzentrier dich, Alice, ich erkläre es euch«, sagte Ylva.

Faye spürte, dass Ylva ihren Wissensvorsprung genoss, aber sie gönnte ihr das Vergnügen.

»Jetzt mal im Ernst, Ylva, was nützt uns die Information, dass das Patent- und Markenamt hier ist?«

Ylva grinste verschmitzt. Sie sah sich geheimnisvoll um, senkte die Stimme und legte den beiden anderen in groben Zügen ihren Plan dar. Alice lachte aus vollem Hals.

»Einfach genial. Ylva, du bist großartig!«

»Du auch, Alice. Und heute Abend wird dir eine Schlüsselrolle zukommen.«

Faye zog die Augenbrauen hoch.

»Ist dir eigentlich bewusst, was du da lostrittst, Ylva?«

»Voll und ganz.« Ylva grinste.

Eine Stunde später hatten sie alle drei einen im Tee, und Ylva zeigte auf die Bar.

»Da. Kent, Börje und Eyvind.«

Sie sah Faye und Alice an.

»Ihr wisst, was ihr zu tun habt?«

»Das hast du uns ja schließlich genauestens erklärt.« Faye exte einen Hot Shot.

»Wir sehen gut aus, wir sind witzig und wir sind schlau.« Ylva ließ die drei Männer an der Bar nicht aus den Augen. »Es wird so einfach sein, als würde man einem Kleinkind eine Tüte Gummibärchen wegschnappen. Wir müssen nur hoffen, dass sie dich nicht erkennen, Faye.«

»Sie arbeiten im Patent- und Markenamt. Ich glaube kaum, dass sie sich an Faye erinnern«, sagte Ylva, aber Faye brachte sie mit einem Pscht zum Schweigen.

»Sie sind nicht alleine hier, die ganze Abteilung ist da. Das Galadinner beginnt jedoch erst in zwei Stunden. Wir haben genug Zeit.«

Leicht schwankend stand Alice auf.

»Jetzt müssen wir uns zusammennehmen.« Ylva hielt ihr einen stützenden Arm hin.

Alice kramte einen dunkelroten Lippenstift aus ihrer Handtasche und bemalte sich damit großzügig die Lippen.

»Mes dames.« Ylva scheuchte die beiden mit einer energischen Handbewegung in Richtung Bar.

Auf ihren endlos langen Beinen stolzierte Alice zu Kent, Börje und Eyvind hinüber.

»Habe ich da etwa Schwedisch gehört?«

Die Männer sahen Alice entzückt an und wirkten noch entzückter, als Ylva und Faye dazustießen. Drei Cocktails später, die natürlich auf die Rechnung des Patentamts gingen, waren alle sechs unterwegs in Fayes große Suite, um dort noch einen Aperitif einzunehmen.

Ylva hatte Kent unter ihre Fittiche genommen, während Faye Börje umgarnte und Eyvind mit seinem hungrigen Hundeblick Alice nicht von der Seite wich.

Faye hatte im Hotelzimmer bereits eine kleine Bar voller Spirituosen und aller anderen Cocktailzutaten vorbereitet, die das Herz begehrte.

Die Männer stießen erfreute Juchzer aus.

»Das ist ja ein Palast! Oder, Börje? So ein schickes Zimmer haben wir nicht.«

»Nee, Kent, Donnerwetter. Das nenne ich ein Hotelzimmer! So sehen also diese Suits aus.«

»Suite.« Alice warf sich aufs Sofa und zog Eyvind an sich. »Man spricht es aus wie sweet und nicht wie Anzüge.

Faye, Liebling, machst du mir und dem Süßen hier zwei Gin Tonics?«

Faye verkniff sich ein Grinsen. Alice würde den armen Eyvind zum Frühstück verspeisen.

Nachdem sie beiden ein Glas in die Hand gedrückt hatte, wandte sie sich Börje und Kent zu. Börje sah nervös auf die Uhr.

»In einer Stunde fängt doch das Essen an.«

»Keine Sorge«, sagte Kent schnell, während er strahlend einen großzügig bemessenen Drink entgegennahm. »Wir trinken jetzt gemütlich was mit den Ladys hier, und dann kommen wir genau zur rechten Zeit. Feine Leute verspäten sich sowieso!«

Eyvind, der den Blick nicht von Alice' Ausschnitt losreißen konnte, gab murmelnd seine Zustimmung. Sie hatte ihm einen Arm um die Schultern gelegt und spielte wie nebenbei mit den Haaren an seiner Schläfe herum.

Ylva und Faye sahen sich bedeutungsvoll an. Sie hatten die Longdrinks mit viel Alkohol zubereitet. Nach allem, was die Männer bereits unten an der Bar konsumiert hatten, würden sie nicht merken, wie hochprozentig die Gin Tonics waren.

Faye überprüfte diskret, ob sie ihr Handy in der Tasche hatte, und sah, dass Ylva das Gleiche tat.

Kurz darauf waren Börje und Kent auf dem Sofa eingeschlafen. Alice beugte sich zu Eyvind hinüber und leckte an seinem Ohr. Faye holte ihr Handy hervor. Sie achtete darauf, dass Alice' Schönheit auf dem Foto auch wirklich zur Geltung kam. In diesen Dingen war sie immer sehr sorgfältig.

Ich hämmerte an die Tür und schrie, aber sie ignorierten mich. Durch die Holzwände konnte ich ihre Stimmen hören und die Grillwürstchen riechen. Sie hatten gute Laune. Lachten laut.

Mit dem Rücken an der Tür sackte ich auf den Fußboden. Sah Tomas' Gesicht vor mir, das freundliche Lächeln, das Glitzern in seinen Augen. Hatte ich das Ganze missverstanden?

Was hatte Sebastian vor? War das hier seine Idee gewesen? Warum hatten sie mich dabeihaben wollen? War alles von Anfang an so geplant gewesen, oder hatte ich etwas falsch gemacht?

Die Zeit verging. Obwohl ich keine Uhr hatte, war ich mir sicher, dass es mindestens zwei, drei Stunden gewesen sein mussten. Ich stand auf und versuchte es erneut. Ich schlug mit den Fäusten gegen die Tür.

»Bitte, lasst mich raus«, flehte ich. »Ich habe Durst.«

Sie antworteten nicht.

»Sebastian? Ich will raus. Ich will nach Hause.«

Die Gespräche gingen einfach weiter. Sie lachten. Ich nahm an, dass sie über mich lachten, weil ich mich so lächerlich anhörte. Ich kam mir auch lächerlich und dumm vor. Licht drang durch den Spalt unter der Tür herein, es war noch nicht Abend.

Ich war wie ein Hund. Ein beschränkter, unterwürfiger Hund. Eine liebeshungrige dumme Töle. Kaum schenkte man mir ein bisschen Freundlichkeit, legte ich mich auf den Rücken und warf jegliches Misstrauen über Bord. Tomas' leuchtende Augen und die tiefen Grübchen in seinen Wangen hatten mich dazu gebracht, alles zu vergessen, was ich eigentlich schon wusste. Nämlich dass man niemandem vertrauen konnte.

Allmählich wurde die Wut in mir wach. Ich war vor allem wütend auf mich selbst, weil ich so naiv gewesen war. Wieder hämmerte ich an die Tür. Spürte Holzsplitter in meine Haut eindringen, aber der Schmerz war willkommen. Ich schlug noch fester zu. Brüllte, bis meine Kehle brannte. Schließlich sank ich vor der Tür zu Boden.

Wieder verging eine Weile.

Sie unterhielten sich jetzt leiser. Ihre Stimmen klangen heiser, sie flüsterten. Es hatte etwas Unheimliches an sich.

Ich stand auf, presste das Ohr an die Tür und versuchte zu verstehen, worüber sie sprachen. Panik stieg in mir auf. Was würde ich tun, wenn sie mich hier alleine ließen? Ich würde verdursten. Niemand würde mich finden. Die Panik wurde größer, und ich schlug von Neuem gegen die Tür.

Zu meinem Erstaunen klang es, als ob sie auf dem Weg zur Hütte wären. Ich wich zurück und ließ die Arme hinunterhängen. Der Schlüssel drehte sich im Schloss. Sebastian kam herein.

Roger und Tomas folgten ihm.

Keiner von ihnen sagte ein Wort, sie sahen mich nur mit ihren glasigen alkoholisierten Augen an. Ich wich noch ein Stück zurück, drückte mich an die Wand und machte mich so klein wie möglich.

Aber ich entkam ihnen nicht.

JEMAND HATTE VERSUCHT, in die Wohnung am Östermalmstorg einzudringen. Wie große Narben hoben sich die helleren Einbruchsspuren deutlich von der dunklen Wohnungstür ab. Faye stellte ihr Bordcase ab, beugte sich nach vorn und studierte die Kratzer im Holz aus der Nähe. Das Herz klopfte ihr bis zum Hals. Jack. Er musste hier gewesen sein und versucht haben hineinzukommen, aber offenbar hatte er es nicht geschafft. Es war fast wie eine Warnung oder eine Botschaft. Er war hinter ihr her. Hastig blickte Faye sich um, steckte den Schlüssel ins Schloss, drehte ihn um und öffnete das schwarze Sicherheitsgitter. Dann ging sie in den Flur hinein und sperrte von innen wieder ab.

Sie lehnte sich an die Wand, schloss die Augen und versuchte, sich zu sammeln. Dass er hinter ihr her war, war immer noch besser, als wenn er Jagd auf Julienne gemacht hätte.

Ja, dass Jack hier aufgetaucht war, hatte eigentlich nur Vorteile. Er ließ sich für einen Augenblick in die Karten schauen und verriet, dass er nicht gedachte, sich fernzuhalten.

Faye kramte ihr Handy aus der Handtasche, wählte die Nummer ihrer Kontaktperson bei der Polizei und erklärte ihr, was passiert war. Zehn Minuten später kam eine Einheit der Kripo. Die Spuren wurden gesichert, alles wurde protokolliert, und Faye bekam eine Reihe von Fragen gestellt, die sie so gut wie möglich beantwortete.

»Sie müssen ihn finden«, sagte sie, als die Befragung beendet war. »Er wird mir etwas antun. Er hat bereits meine Tochter umgebracht.«

Der Polizist sah sie ruhig an.

»Der Hintergrund des Vorfalls ist uns bekannt. Wir haben zwar nicht die Ressourcen, um Sie rund um die Uhr zu schützen, aber ich versichere Ihnen, dass wir alles tun, was in unserer Macht steht, um ihn dingfest zu machen. Und jetzt wissen wir, dass er sich in Stockholm aufhält. Und Sie haben ja Ihre Kontaktpersonen, die sich täglich bei Ihnen melden.«

»Wie soll ich in mein Büro gehen und mein Leben normal weiterleben, wenn er mich verfolgt?«

»Könnten Sie so lange woanders wohnen? Bis wir ihn geschnappt haben?«

Ein Geräusch an der Tür ließ Faye zusammenzucken. Als sie David erblickte, raste sie auf ihn zu und schlang ihm die Arme um den Hals.

»Ich habe die Tür gesehen. War Jack hier?«, fragte er, während er sie an sich drückte.

Faye nickte. Als sie seinen Geruch einatmete, kamen ihr die Tränen. David wandte sich an den Polizisten.

»Was können Sie dagegen tun?«

»Nicht viel. Wie ich Faye schon erklärt habe, können wir ihr nicht rund um die Uhr Polizeischutz geben. Vielleicht sollten Sie für ein paar Tage ins Hotel gehen.«

Der Kriminalpolizist verabschiedete sich und ließ sie allein zurück. Zum ersten Mal, seit Faye ihn kannte, erlebte sie David richtig aufgebracht. Mit einem Glas Orangensaft in der Hand ging er vor der Kücheninsel auf und ab.

»Er darf dir nichts mehr kaputt machen und dich nicht länger einschränken. Ich kenne jemanden, der eine Sicherheitsfirma hat. Wir organisieren dir Leibwächter. Du musst normal arbeiten können, ohne ständig auf der Hut zu sein. Dieser Idiot. Für wen hält er sich eigentlich?«

»Leibwächter kommen nicht infrage, David.«

»Ich bezahle sie. Er soll dich nicht einschränken. Das hat er lange genug getan. Wie ich solche Männer hasse!«

Seine Fürsorglichkeit wärmte Faye das Herz.

»Es geht nicht um die Kosten. Wenn ich persönlichen Schutz brauche, hat er mir Angst eingejagt. Dann hat er es geschafft, mich zu erniedrigen. Wer weiß, wie lange das noch so weitergeht, er kann sich doch monatelang verstecken. Wenn wir Glück haben, verhaftet ihn die Polizei bald. Jetzt wissen sie wenigstens, dass er in Stockholm ist.«

David blieb vor ihr stehen.

»Ich weiß, dass du gerade erst nach Hause gekommen bist, aber ich will, dass wir wegfahren. Nur für ein paar Tage. Bis sich alles ein wenig beruhigt hat.«

Faye streichelte seine Wange. Ja, sie wollte gerne mit ihm verreisen.

»Was hältst du von Madrid?«, fragte sie. »Da muss ich sowieso hin, weil ich dort in ein paar Tagen einen Termin habe. Wollen wir über Mittsommer nach Madrid fahren?«

Er umfasste ihre Hände und zog sie an sich.

»Zufällig liebe ich das Mittsommerfest. Schnäpse, Hering, Västerbottenkäse und Mittsommerbäume. Herrlich. Aber für dich, mein Liebling, bin ich zu jedem Opfer bereit. Yo amo Madrid.«

Als sie den Strandväg entlangspazierten, griff Faye nach Davids Hand. Sie erinnerte sich noch an den Abend, an dem sie in die Jacht eingebrochen waren und zum ersten Mal miteinander geschlafen hatten. Die Beziehung mit David war in vielerlei Hinsicht die unkomplizierteste und selbstverständlichste, die sie je erlebt hatte.

Mit Jack zusammen war sie oft unsicher gewesen und hatte sich angepasst, um ihm zu gefallen. Aus Angst, ihn zu verlieren, hatte sie ständig gegen ihren eigenen Instinkt angekämpft. Im Umgang mit David wäre sie gar nicht auf die Idee gekommen, irgendeine Regung zu unterdrücken. Er zeigte deutlich, dass er sie von ganzem Herzen wollte, und zwar genau so, wie sie war. Lag es vielleicht am Alter? Oder passten sie und David einfach besser zusammen, als sie und Jack es je getan hatten?

»Woran denkst du?« Er musterte sie amüsiert. »Du lächelst so …«

»An uns, wenn du's genau wissen willst.«

»Das ist gut«, sagte er. »Es gefällt mir, wenn du über uns nachdenkst.«

Die Sonne knallte vom Himmel, es war heiß.

Sie kamen am Nybrokai vorbei, wo die Djurgårdsfähren auf Touristen warteten, und rechts von ihnen lag der Berzelii-Park. Viele Menschen hatten es sich auf dem Rasen gemütlich gemacht und aßen dort zu Mittag.

Als sie das *Grand Hôtel* auf dem Blasieholm erreichten, blieb Faye unten in der Lobby, während David mit dem Fahrstuhl zu seinem Zimmer hinauffuhr.

Es war kühl und angenehm hier. Faye schloss die Augen und genoss das Gemurmel, das von den Wänden widerhallte.

Sie war gespannt auf Madrid, es war ihre erste gemeinsame Reise. Sie hatte einen geschäftlichen Termin, aber abgesehen davon würden sie und David ein paar Tage Zeit für sich haben.

In der Handtasche vibrierte ihr Handy.

»Henrik war vorhin hier im Büro«, sagte Kerstin.

»Bei Revenge? Du machst Witze!«

»Leider nicht. Ich war gerade nicht da, aber Sandra aus der PR-Abteilung hat mich angerufen.«

»Revenge gehört ihm nicht. Er hat kein Recht … Was wollte er denn?«

Faye war so empört, dass sie vom Sessel aufstand.

»Sandra hat gesagt, dass er herumgegangen ist und sich allen Angestellten vorgestellt hat. Er führte sich auf, als würde ihm die Firma gehören. Er hat alle gebeten, ihm ihre Lebensläufe zu schicken, damit er weiß, ›wer für das Unternehmen eine Bereicherung ist‹.«

»Das ist ja unfassbar. Irene hat mir erzählt, wie er die Frauen in seiner Firma behandelt, jedenfalls die wenigen, die der Macho einstellt.«

Faye prallte beinahe gegen eine kleine weißhaarige Dame mit Chinchillafell und mehrreihiger Perlenkette.

»Verzeihung!«

»Wie bitte?«, fragte Kerstin.

»Nein, nein, ich habe nicht mit dir gesprochen. Was denkt er sich eigentlich dabei? Es kann ihm doch nur darum gehen, mich zu ärgern. Was ihm übrigens gelungen ist.«

»Was hast du vor?«

»Ich werde erst einmal abwarten und nichts überstürzen, sondern Ylvas Plan in die Tat umsetzen.«

»Mit anderen Worten, in Amsterdam ist es gut gelaufen?«

Faye kamen ein paar Erinnerungen an den Wochenendtrip nach Amsterdam in den Sinn, aber sie beschloss, Kerstin lieber so wenig wie möglich davon zu erzählen.

»Noch viel besser als erwartet.«

»Prima. Dann ignorieren wir Henrik vorläufig und machen einfach unsere Arbeit.«

»Ja. Wir ignorieren ihn«, sagte Faye, aber nachdem sie aufgelegt hatte, merkte sie, dass sie vor Wut mit den Zähnen knirschte.

Als sie hinter sich eine empörte Stimme hörte, drehte sie sich um. Eine Frau mit langem dunklem Haar hatte eine scharfe Auseinandersetzung mit dem Mann an der Rezeption. Faye erkannte sie auf Anhieb. Sie hatte sie natürlich gegoogelt und kannte ihre Vorliebe für Chanel-Kleider. Es war Johanna Schiller, Davids Frau. Faye hielt sich ihr Handy ans Ohr und eilte gebückt zum Ausgang. Falls Johanna sie entdeckte, würde sie ihr vermutlich eine Szene machen. Höchstwahrscheinlich war sie auf der Suche nach David. Als Faye durch die Schwingtür ging, hörte sie Johanna an der Rezeption noch immer diskutieren.

»Was soll das heißen, Sie können mir keinen Schlüssel aushändigen? Mein Ehemann wohnt hier. David Schiller. Ich bin Johanna Schiller. Selbstverständlich werde ich wohl einen Schlüssel zum Zimmer meines Mannes bekommen.«

Vor Frust und Wut ballte Faye die Hände zu Fäusten und lief schnell die wenigen Stufen hinunter und weiter bis ans Wasser. Alles, was Johanna tat, war erbärmlich. Sie ließ David einfach nicht in Ruhe. Nicht einmal hier. Und sie benutzte ihre eigenen Kinder als Druckmittel. Unfassbar egoistisch.

Am Kai blieb Faye stehen. Eines Tages würde sie sich dem Konflikt stellen, aber nicht jetzt. Es war besser, wenn David sich selbst darum kümmerte. Sie entdeckte eine freie Bank und setzte sich. Sie hatte David noch immer nicht erzählt, dass Johanna versucht hatte, sie zu erreichen. Warum sie es hinauszögerte, wusste sie selbst nicht so genau. Wenn sie zusammen waren, wollte sie sich nach

Möglichkeit nicht mit Johanna beschäftigen oder über sie reden. Wenn David über sie sprechen wollte, hielt sie ihn nicht davon ab, aber am liebsten war es ihr, wenn Johanna keinen Zutritt zu ihrem und Davids Glück bekam.

Das Handy, das sie noch immer in der Hand hielt, klingelte. Ylva war dran.

»Hallo, Ylva, hast du dich schon vom Wochenende erholt?«

Faye merkte sofort, dass etwas nicht stimmte. Ylva sprach abgehackt und schluchzte immer wieder.

»Er war hier, Faye. Jack war hier.«

Fjällbacka – damals

Tomas und Roger versuchten, mich zum Bett zu schleppen, aber da ich wie eine Wilde um mich trat, schrie und ihnen in die Arme biss, ließen sie mich auf den Boden fallen. Dann packten sie mich an den Füßen und schleiften mich hinter sich her. Ich sah Sebastians verkniffenes Gesicht von unten. Aus irgendeinem Grund brachte mich das zumindest für eine Weile zum Schweigen. Sie waren zu dritt. Ich hatte keine Chance. Das war mir klar. Sie legten mich aufs Bett und zogen mir die Hose und die Unterhose hinunter.

»Nein«, heulte ich. »Ich will nicht.«

Aber ich wehrte mich nicht. Es hätte alles nur noch schlimmer gemacht. Außerdem schien mein ganzer Körper erstarrt zu sein und gar nicht mehr zu mir zu gehören.

Ihre Augen wirkten leblos, sie ließen sich keine Gefühle

anmerken, als ich sie bat aufzuhören. Roger hielt meine Arme fest. Tomas holte seinen Schwanz hervor und drückte meine Beine auseinander. Das Blitzen in seinen Augen war noch da, aber es war ein anderes Blitzen.

Er drang ein.

Es brannte, tat unglaublich weh.

Er bewegte seinen Unterleib vor und zurück. Immer schneller. Ich biss die Zähne zusammen. Schloss die Augen. Sein Körper roch nach Bier und Grillkohle. Es dauerte nur etwa eine Minute, bis ich spürte, wie sich sein ganzer Körper anspannte und sich dann sein klebriger, warmer Samen in mir ergoss.

Anschließend war Roger an der Reihe.

Er roch nach Zigarettenrauch. Und war brutaler. Ich merkte, dass es ihn anmachte, meine Angst zu sehen, als er mit Gewalt in mich hineinstieß. Sein Blick durchbohrte mich. Er starrte mich die ganze Zeit an, als wollte er keine Reaktion verpassen. Ich fühlte mich hilflos. Machtlos. Ich drehte den Kopf zur Seite, damit sie wenigstens nicht mein Gesicht sahen. Auf diese Weise bildete ich mir ein, mir zumindest einen Teil meines Selbstwertgefühls zu bewahren.

Sebastian zündete sich eine Zigarette an und lehnte sich an die Wand, während er zusah. Ich hasste ihn. Aber am meisten hasste ich mich selbst, weil ich ein liebeshungriger Teenager war, der sich gefreut hatte, als mein großer Bruder mich gefragt hatte, ob ich mitkommen wollte. Als Sebastian merkte, dass ich ihn beobachtete, wandte er sich ab und schaute aus dem Fenster. In diesem Moment begriff ich, wie sehr er Papa ähnelte. Dass mir das nicht eher aufgefallen war.

Ich war fünf Jahre alt. Hatte nicht gemerkt, dass Mama

und Papa sich gestritten hatten. Ich hatte die Schreie nicht gehört. Mitten in einem Traum war ich aufgewacht und mit meinem Teddy unterm Arm im Halbschlaf zum Elternschlafzimmer hinübergetappt. Das machte ich manchmal. Dann rollte ich mich auf Mamas Seite zusammen, während sie Papa den Rücken zuwandte und schützend die Arme um mich legte.

Erst als ich am Fußende stand, merkte ich, dass sie nicht schliefen. Zuerst sah es aus, als würden sie kämpfen. Papa hielt Mamas Arme fest. Mama war nackt. Ich hatte Mama noch nie nackt gesehen. Ich begriff nicht, was vor sich ging. Aber ich sah, dass Mama weinte.

Jetzt sah ich, dass Sebastian da am Fenster genauso guckte wie Papa damals.

Durch die Wände des grauen Mietshauses in dem Stockholmer Vorort waren die aufgebrachten Stimmen der Nachbarn und ein Fernseher zu hören. Ylva saß vornübergebeugt auf einem Küchenstuhl und hatte den Kopf in die Hände gelegt.

Sie zitterte am ganzen Körper und weinte lautlos. Faye strich ihr über den Rücken und versuchte, sie zu trösten.

Die Polizisten waren schon vor einiger Zeit gegangen. Hatten ihr Bedauern über den Vorfall zum Ausdruck gebracht, die Anzeige entgegengenommen und versprochen, alles in ihrer Macht Stehende zu tun, um Jack zu kriegen. Jack hatte Ylva seine Handynummer gegeben und gesagt, sie würde schon wissen, wann es an der Zeit wäre, sich zu melden. Er hatte hinzugefügt, es handle sich um ein Handy mit Prepaidkarte, das er nur einmal am Tag einschalten würde. *Die Polizei braucht also gar nicht erst zu versuchen, mich zu orten*, hatte er gesagt, bevor er Ylvas Wohnung verlassen hatte.

»Ansonsten hat er nichts gemacht.« Ylva wischte sich ein paar Tränen aus dem Gesicht. »Er hat mir nur seine Handynummer gegeben, und dann ist er gegangen. Er wollte nicht einmal Nora sehen. Ich glaube, er … er hat es nur gemacht, um dich aus der Deckung zu locken.«

Faye rümpfte die Nase.

Im Schlafzimmer schrie ein Baby. Erstaunlicherweise hatte Nora nicht nur Jacks Versuch, in die Wohnung einzudringen, sondern auch den Besuch der Polizei verschlafen. Aber nun war sie aufgewacht.

»Ich hole sie«, sagte Faye sanft.

Ylva antwortete nicht.

Faye stand auf. Neben einem ordentlich gemachten schmalen Bett für Erwachsene stand ein ausziehbares Kinderbett. Vorsichtig ging sie auf Nora zu, die sie nur aus dem Fernsehen und aus Zeitschriften kannte. Jacks Tochter.

Sie hätte so gerne noch mehr Kinder mit ihm gehabt, aber als sie zum zweiten Mal schwanger geworden war, hatte Jack gesagt, Julienne genüge ihm. Im Nachhinein hatte Faye begriffen, dass er zu diesem Zeitpunkt bereits Ylva kennengelernt hatte.

Jack hatte Faye zur Abtreibung gezwungen. Die quälenden Stunden im Krankenhaus, als Chris ihr nicht von der Seite wich, weil Jack nicht einmal die Güte gehabt hatte, ihr beizustehen, kamen ihr wieder in den Sinn. War er damals mit Ylva oder einer anderen Frau zusammen gewesen?

Es spielte jetzt keine Rolle.

Nora lag auf dem Rücken und blickte mit großen blauen Augen zu ihr auf. Sie war ganz eindeutig Jacks Tochter. Oder Juliennes Halbschwester, wenn man so wollte. Sie war ihrem Vater wie aus dem Gesicht geschnitten. Einen Augenblick lang starrte Faye sie an, als wäre sie verhext, dann beugte sie sich zu ihr hinunter, streckte die Arme nach ihr aus und hob sie hoch. Drückte das Kind an ihre Brust.

»So, Schätzchen«, murmelte sie zärtlich.

Nora wurde still. Ließ sich in den Arm nehmen. Während Faye die Wohnung durchquerte und in die Küche zurückkehrte, wurde das Weinen stetig leiser.

Mit Nora auf dem Arm blieb Faye direkt vor Ylva stehen. Ylva durfte nicht hierbleiben. Jack konnte jederzeit wieder auftauchen und würde es beim nächsten Mal vielleicht schaffen, sich Zugang zur Wohnung zu verschaffen. Aus der Nachbarwohnung ertönten wieder Schreie. Unten im Hof ließ jemand den Motor eines Mopeds aufheulen.

»Wir machen es so«, sagte Faye. »Du leihst dir von mir so viel Geld, wie du brauchst, und kaufst dir eine Wohnung in der Innenstadt. Und wenn du dazu in der Lage bist, gibst du mir das Geld zurück.«

Ylva blickte zwischen ihrer Tochter und Faye hin und her und öffnete dann den Mund, um zu protestieren. Faye schnitt ihr das Wort ab.

»Keine Diskussion. Es ist eine rein geschäftliche Entscheidung und eine strikte Anordnung von meiner Seite. Solange du hier wohnst, kannst du nicht gut arbeiten, weil du ständig fürchten musst, dass Jack wieder auftaucht. Und da deine Aufgabe unter anderem darin besteht, potenzielle Investoren unter die Lupe zu nehmen, hat das auch Auswirkungen auf mich. Außerdem hast du mir bereits gezeigt, was in dir steckt. Du hast mich unterstützt und warst loyal.«

Ylva lächelte matt.

»Danke!«

»Bis du etwas Neues gefunden hast, kommst du mit diesem süßen kleinen Mädchen bestimmt bei Alice unter. Sie fühlt sich in den Wochen, in denen die Kinder beim Vater sind, ziemlich einsam in dem großen Haus auf Lidingö. Und Jack kann euch dort nicht finden.«

Ylva wischte sich die letzten Tränen ab.

»Das klingt gut«, sagte sie. »Da kann ich mir in aller Ruhe die möglichen Investoren anschauen.«

Faye zuckte zusammen. Sie hatte den anderen noch gar nicht erzählt, dass David in die Markteinführung von Revenge in den USA investieren wollte. Ylva hatte sie davor gewarnt, Geschäftliches und Privates erneut zu vermischen, und daher würden sie über die Frage, ob David ein geeigneter Investor war, vermutlich geteilter Meinung sein. Davids Vorschläge würden genauso sorgfältig und unter den gleichen Gesichtspunkten geprüft werden wie alle anderen, darauf legte Faye Wert. Er war als Letzter dazugekommen, und deswegen würde er auch als Letzter unter die Lupe genommen werden. Falls sie überhaupt so weit kommen würden. Vorher mussten noch viele Hindernisse aus dem Weg geräumt werden.

»Pack das Nötigste ein, und dann fahren wir mit dem Taxi zu Alice. Ich rufe sie in der Zwischenzeit an.« Mit Nora auf dem Schoß setzte sich Faye an den Küchentisch.

Sie konnte es kaum erwarten, in Madrid zu sein. Sie würde umdisponieren, mit einem neuen Plan nach Stockholm zurückkehren und Jack endgültig vernichten. Und Henrik davon abhalten, Revenge an sich zu reißen.

Teil 3

Bewohner eines Wohnhauses in Östermalm alarmierten am Dienstagabend die Polizei, weil sie Lärm und Geschrei aus einer Nachbarwohnung gehört hatten. »Es klingt, als würde jemand umgebracht«, sagte eine Anruferin.

Als eine Polizeistreife eintraf, war niemand dort. Ein Sprecher der Polizei wollte sich nicht näher zu dem Vorfall äußern.

aus: *Aftonbladet*, 26. Juni

Davids Handy klingelte. Wieder stand Johanna auf dem Display. Seufzend drehte er das Handy um und versuchte, mit Gleichmut auf den Anruf zu reagieren.

Faye lächelte ihn an, und David erwiderte ihr Lächeln.

Sie saßen in einem Tapaslokal an einem schönen gepflasterten Platz nicht weit von der Puerta del Sol.

Die Sonne war untergegangen, aber es war immer noch heiß. Die zauberhaften Klänge, die die Straßenmusiker erzeugten, hallten von den weißen Fassaden wider. Faye trug ein dünnes Sommerkleid in Cremeweiß, während David ein hellblaues Leinenhemd und eine leichte Baumwollhose anhatte.

Eine Platte gegrillte Gambas mit Knoblauch war zwischen ihnen platziert worden, und rechts von Faye stand eine verführerisch kalte Flasche Chardonnay in einem Eiskübel.

»Möchtest du darüber reden?« Faye deutete auf das Telefon.

David schüttelte den Kopf.

»Eigentlich nicht. Ich möchte über nichts reden, das nicht mit uns zu tun hat.«

»Dann lassen wir es.«

»Mit all diesen Dingen werden wir ohnehin konfrontiert, wenn wir wieder zu Hause sind. Können wir zwei nicht einfach das Hier und Jetzt genießen, wenn wir schon mal in Europas schönster Stadt sind?«

Faye hob ihr Glas.

»Du hast recht.«

»Weißt du eigentlich, wie unglaublich verliebt ich in dich bin?«, fragte David.

Trotz Johannas hartnäckigen Versuchen, ihnen die Reise kaputt zu machen, hatten sie zwei wunderbare Tage in Madrid verlebt. Je mehr Zeit sie mit David verbrachte, desto mehr verliebte sie sich in ihn. Er war aufmerksam und liebevoll. Hielt ihr die Tür auf, rückte ihr den Stuhl zurecht, bestand darauf, alles für sie zu bezahlen, und kaufte ihr Blumen und Schokolade. Gleichzeitig hatte er auf eine ganz selbstverständliche Weise moderne Ansichten über Gleichberechtigung und hatte eine Vorstellung davon, was es für Frauen bedeutete, ganz anders als Männer behandelt zu werden. In Chefetagen, auf der Straße und in Bildungseinrichtungen. Er interessierte sich für das, was sie zu sagen hatte, und fragte nach. Nicht aus Pflichtgefühl, sondern weil er wirklich wissen wollte, was sie dachte. Wenn sie redete, leuchteten seine Augen. Er gab Faye auf eine Weise, die sie noch nie erlebt hatte, das Gefühl, wertgeschätzt und geliebt zu werden.

Faye merkte selbst, dass sie versonnen vor sich hin lächelte. David sah sie fragend an, aber sie schüttelte den Kopf und winkte ab. Manche Gefühle konnte man nicht in Worte fassen.

»Entschuldige mich einen Moment.«

David stand auf, um auf die Toilette zu gehen. Die Toiletten waren in einem der Gebäude, die den kleinen Platz umgaben. Faye blickte ihm hinterher. Sein Handy lag noch auf dem Tisch. Einen Augenblick lang überlegte sie, es in die Hand zu nehmen und die Nachrichten zu lesen, die Johanna und er sich schrieben, damit sie besser verstand, was sie von ihm wollte und in welchem Stil er zurückschrieb. Sie hatte sich einmal seinen Code eingeprägt, als er ihn in ihrem Beisein eingegeben hatte. Trotzdem ließ sie das Handy liegen. Sie beschloss, ihm zu vertrauen.

Seine Nachrichten zu lesen, wäre ein Eindringen in seine Privatsphäre gewesen. Und selbst wenn er nie davon erfahren hätte, wäre *ihr* immer bewusst gewesen, was passiert war. Stattdessen richtete sie ihre Aufmerksamkeit auf die anderen Gäste. Faye war aufgefallen, dass viele Paare kaum miteinander redeten. Sie saßen schweigend da und starrten mit leblosen Augen auf ihre Mobiltelefone. Es war Zeitverschwendung, pure Vergeudung von Lebenszeit. Unter einem großen Baum spielten Kinder, die lachend einander hinterherrannten. Faye lächelte wehmütig. Sie wünschte, Julienne könnte hier sein und David kennenlernen. Er könnte der Vater sein, den sie vermisste, seit Jack sie verlassen hatte.

Die Erkenntnis traf sie völlig unvorbereitet. Schlagartig wurde ihr bewusst, dass sie sich eine gemeinsame Zukunft mit David vorstellen konnte, in der sie eines Tages zusammen Kinder haben würden.

Seine Stimme riss sie aus ihren Gedanken.

»Faye …«

Er setzte sich ihr gegenüber. Plötzlich sah er verängstigt aus, und vor Beunruhigung zog sich ihr Magen zusammen. Irgendetwas stimmte nicht, das sah sie ihm an. Sie hielt sich an der Tischplatte fest und wappnete sich für das, was kommen würde.

»Faye, ich hab nachgedacht …«

Sie schluckte. Was immer er jetzt sagen würde, sie war entschlossen, sich würdevoll zu verhalten. Und sich keine Blöße zu geben.

»Ich habe darüber nachgedacht, wie wohl wir uns zusammen fühlen«, fuhr David fort. »Eigentlich kann ich ja nur für mich selbst sprechen. Ich liebe es, mit dir zusammen zu sein. Und ich hoffe, dir geht es genauso.«

Er sah sie mit einer Verletzlichkeit an, die er nur selten zeigte. Faye lehnte sich erleichtert über den Tisch und griff nach seiner Hand.

»Ich liebe es, mit dir zusammen zu sein«, sagte sie.

Davids strahlend blaue Augen leuchteten intensiver als je zuvor. Er drückte ihre Hand.

»Ich weiß, es ist noch früh, aber ich halte es nicht ohne dich aus. Es wäre schön, wenn wir uns nach einer gemeinsamen Wohnung umschauen könnten. Einem Zuhause, das wir zwei uns ganz neu aufbauen. Noch mal ganz von vorne anfangen. Ich hoffe, du findest mich jetzt nicht voreilig.«

Er blickte verschämt zur Seite.

Der Kellner kam mit noch mehr Köstlichkeiten und stellte sie auf den Tisch. Pimientos de Padrón, Tortillas, Jamón, Croquetas und Albóndigas.

Faye hörte sich selbst lachen. Ihr Lachen stieg in die samtweiche spanische Nacht empor, prallte auf das Kopfsteinpflaster und hallte von den weißen Mauern wider. In einem der vielen anderen Lokale im Viertel begann jemand Geige zu spielen. Eine sehnsüchtige Melodie schlängelte sich durch die schmalen Straßen.

»Ich möchte gerne mit dir zusammenleben, David. Kannst du nicht erst mal zu mir in die Wohnung ziehen? Bis wir was Eigenes finden? Ich bin neulich gefragt worden, ob ich den Mietvertrag verlängern möchte, und du hast mir einen Grund gegeben, mehr Zeit in Schweden zu verbringen.«

»Sicher?«

Wieder drückte David ihre Hand.

»Es wird unser Testlauf.« Sie lächelte ihn an. »Du kannst bei mir einziehen, sobald ich die Markteinführung in den USA in die Wege geleitet habe.«

David zog ein kleines, mit einem schönen Seidenband umwickeltes Geschenk aus der Hosentasche.

»Keine Sorge.« Er grinste etwas gequält. »Es ist kein Ring.«

Er zwinkerte ihr zu.

»Jedenfalls noch nicht.«

Faye nahm die Schachtel in beide Hände und versuchte zu erraten, was darin war, aber das war natürlich unmöglich. Langsam öffnete sie die Schleife und nahm den Deckel ab. Auf einem kleinen Polster lag ein hübsch verziertes Silbermedaillon an einer Kette.

Behutsam nahm sie es aus der Schachtel.

»Es ist wunderschön. Ich liebe es.«

»Du hast mal erwähnt, dass Kate Gabor dich und deine … deine Familie fotografiert hat, bevor das alles passiert ist. Daher habe ich Kontakt zu ihr aufgenommen und ihr erzählt, wer ich bin und warum ich mich melde. Mach es auf, Faye.«

Faye betrachtete das Silbermedaillon. Mit zitternden Fingern klappte sie es auf. Ihr Blick fiel auf ihr Lieblingsfoto von sich und Julienne. Die Liebe, die sie verband, war so stark. Mit unendlicher Zärtlichkeit strich sie ihrer Tochter auf dem Bild übers Haar. Faye starrte zuerst das Foto und dann David an. Kniff die tränenden Augen zusammen.

Die Geige spielte jetzt »Kalinka«. Nächtliche Dunkelheit hüllte sie ein, und Faye merkte, dass sie so glücklich war wie lange nicht mehr. Dann fiel ihr ein, was sie selbst dabeihatte. Für David. Sie tupfte sich die Tränen ab, nahm den kleinen Karton aus ihrer Birkin Bag und gab ihn ihm. Während er die Uhr von Patek Philippe aus der Schachtel nahm, legte sie sich das Medaillon um den Hals. Streichelte es zaghaft. Vielleicht, vielleicht war sie bereit für eine neue Familie.

Faye und David wünschten beide, der Abend würde niemals enden, und daher spazierten sie, nachdem sie schließlich alle Tapas aufgegessen und bezahlt hatten, Hand in Hand durch die Straßen von Madrid. Die Stadt kam ihnen wie verzaubert vor. Lebendiger als jeder andere Ort, an dem Faye je gewesen war. An jeder Ecke kreierten Straßenmusiker schöne, sanft vibrierende Klänge. Kinder spielten Fußball oder andere laute Spiele. Verliebte Pärchen saßen auf Parkbänken. Junge Leute hockten auf dem Boden und kifften oder tranken Wein.

Alles war in das goldgelbe Licht der Straßenlaternen getaucht.

David und Faye sagten nicht viel – Worte schienen überflüssig und unzureichend –, aber hin und wieder blieben sie stehen und lächelten sich glücklich an.

Schließlich schlug David vor, sie sollten irgendwo noch einen Schlummertrunk zu sich nehmen. Sie setzten sich an einen wackligen Tisch auf dem Gehweg, nebeneinander und den Blick auf die Straße gerichtet, und bestellten eine Flasche Wein.

Faye sah David an.

Ihr Herz klopfte wie wild.

»Wenn ich mit dir zusammen bin, schäme ich mich überhaupt nicht«, sagte sie. »Eher möchte ich dir von meinen schwachen und peinlichen Seiten erzählen, um endlich mit der Scham aufzuräumen. Abgesehen von Chris ist es mir noch mit keinem Menschen so gegangen.«

»Bei mir ist es genauso. Ich glaube, es liegt daran, dass wir beide keine Hintergedanken haben. Und das wissen wir auch. Schwächen und Niederlagen werden wir niemals gegeneinander verwenden.«

Ein Kellner im weißen Hemd mit Weste und Fliege öffnete den Wein und ließ ihn Faye probieren. Sie nickte, er schenkte beiden ein, stellte die Flasche in einen Eiskübel, verbeugte sich und ging.

Faye wollte David alles über ihr Leben erzählen. Gleichzeitig wusste sie, dass das nicht ging. Eines Tages würde sie ihm jedoch von Julienne erzählen müssen, denn sonst war ein gemeinsames Leben nicht möglich. Man konnte einiges unter den Teppich kehren, aber nicht eine Tochter.

»Kurz bevor wir uns zum ersten Mal begegnet sind, war ich in Rom«, sagte sie. »Ich flanierte allein durch die Stadt. Entdeckte eine Bar. Dort traf ich ein junges Paar. Wir unterhielten uns eine Weile, und ich begleitete sie nach Hause.«

David zog die Augenbrauen hoch und trank einen Schluck. Ein Moped fuhr mit hoher Geschwindigkeit vorbei. Die Straße roch nach Abgasen. Irgendwo bellte ein Hund.

»Es war faszinierend, zwei verliebten Menschen so nah zu sein und, in gewisser Weise, an ihrer Liebe teilzuhaben. Es war das Intimste, was ich je erlebt habe. Mit dem Mann einer anderen Frau zu schlafen, während sie zusah. Verstehst du?«

David blickte sie ernst an.

»Ich glaube schon.«

Ein Paar ging Hand in Hand an ihnen vorüber. Beide trugen Laufsachen.

»Es war so deutlich zu spüren, dass sie es einander zuliebe taten. Dass ich nur ein Instrument war, das ihren Genuss steigerte. Sie haben mich benutzt, um sich gegenseitig zu verwöhnen. Das war ein neuartiges und sehr spezielles Gefühl. Fast so, als würde ich aus meinem eigenen Körper heraustreten.«

Faye seufzte. Die Uhr an Davids Handgelenk blitzte, und er warf ständig entzückte Blicke darauf. Trotzdem war Faye aus irgendeinem Grund traurig. Obwohl sie wusste, dass sie hätte glücklich sein sollen, empfand sie große Wehmut.

»Wir Frauen sind dazu erzogen worden, immer zu befürchten, dass uns jemand unsere Männer, unsere Partner wegnimmt. Deswegen schränken wir uns selbst ein. Ständig lauern wir auf Anzeichen für Verrat. Ich will nie wieder so leben. Jack hat mich betrogen, aber dir werde ich vertrauen. Weil ich mich bewusst dafür entscheide. Andernfalls würde ich meinem eigenen Leben Gewalt antun. Es einschränken. Ich hoffe, du wirst mich niemals hintergehen, aber ob du es tust, liegt nicht in meiner Hand, sondern in deiner.«

Vorsichtig tastete er nach ihren Fingern und umfasste sie.

»Ich werde dich nicht hintergehen, Faye.«

Der Kerzenschein spiegelte sich in seinem Uhrglas. Faye drückte seine Hand ganz fest. Bisher hatte sie sich gewünscht, dass er ein Fels in der Brandung für sie wäre, jemand, bei dem sie sich ausruhen könnte und nicht über all die Dinge nachdenken müsste, mit denen sie sich herumschlug. Aber wenn sie ihn ernsthaft an sich heranlassen wollte, musste er mehr über das erfahren, was in ihrem Leben vor sich ging.

Sie holte tief Luft. Es war an der Zeit.

»Jemand versucht, Revenge zu übernehmen. Und besorgniserregenderweise ist dieser Jemand kurz davor.«

Fjällbacka – damals

Ich hatte meine Schuhe in der Hütte vergessen. Als sie mich endlich rausließen, wollte ich nur noch weg. Daher wankte ich barfuß in der Abenddämmerung über die Klippen.

Roger, Tomas und Sebastian schleppten das Gepäck, das nun um einiges leichter war, weil sie den schwersten Anteil, nämlich das Bier, inzwischen ausgetrunken hatten. Ich bildete die Nachhut. Hatte ihre breiten gebräunten Rücken vor mir. Ursprünglich hatten wir nach Hause fahren wollen, solange es noch hell war. Aber sie wollten unbedingt noch eine Weile bleiben. Und eingesperrt, wie ich war, hatte ich sowieso nichts zu sagen.

In den vergangenen zwei Tagen waren sie nach Lust und Laune zu mir gekommen, immer alle auf einmal. Niemals einzeln. Nach dem dritten Mal leistete ich keinen Widerspruch mehr, sondern lag nur da und ließ sie gewähren.

Mein Körper schmerzte, war blutverschmiert und stank

nach Sperma, Schweiß und Bier. Ich musste die ganze Zeit einen heftigen Würgereiz unterdrücken.

»Als sie sich noch gewehrt hat, hat es mehr Spaß gemacht«, hatte Roger gesagt, als ich die Beine für ihn spreizte.

Sie sprachen nie direkt mit mir. Nicht, während sie mich vergewaltigten. Nicht davor und auch nicht danach. Stattdessen redeten sie miteinander über mich, als ob ich ein treues altes Haustier gewesen wäre.

Ich konnte mich kaum noch freuen, als sie mich herausließen und sagten, wir würden jetzt nach Hause fahren.

Sie hatten bereits gepackt, ich brauchte nur noch hinter ihnen herzutrotten.

Das kleine Ruderboot war noch dort vertäut, wo wir angelegt hatten. Sie verstauten das Gepäck an Bord. Die Stimmung hatte sich verändert. Sie wirkten verärgert. Gereizt. Ich hielt den Mund, um sie nicht gegen mich aufzubringen. Um ihre Wut nicht auf mich zu ziehen.

Nachdem ich zwei Tage die stickige Hüttenluft geatmet hatte, war die Meeresbrise wie ein Lebensquell.

Von meinem Platz ganz hinten in der Jolle sah ich zu den Klippen und Bäumen hinüber. Fand, dass sie ganz anders aussahen als bei unserer Ankunft. Es lag nicht nur am Licht, sondern auch daran, dass ich ein anderer Mensch geworden war.

Wir stiegen ins Segelboot, und Tomas ließ den Motor an. Er winkte mich zu sich heran. Ich stand auf und ging, in eine alte Wolldecke eingewickelt, langsam zu ihm hinüber.

Mit verschränkten Armen wartete ich geduldig ab.

Der Wind war kalt.

»Du erzählst niemandem davon. Kapiert?«

Ich antwortete nicht.

Tomas ließ das Steuer los, packte mich am Arm und sah mir in die Augen.

»Hast du mich verstanden? Du bist nur eine dumme Hure. Wenn du es jemandem erzählst, bringe ich dich um.«

Dann lächelte er, und seine Augen glitzerten wieder.

»Warum solltest du es auch erzählen. Es hat dir ja gefallen, das hat man gemerkt.«

Tomas legte den Arm um mich, und ich ließ es zu. Obwohl mich seine Berührung anwiderte. Es schien mir eine Ewigkeit her zu sein, seit ich vorne auf dem Bug gesessen und seine Blicke gespürt hatte. Es war Ewigkeiten her, seit ich mir gestattet hatte, eine Art von Hoffnung zu empfinden.

»Sie hält die Klappe«, sagte Sebastian. »Dafür werde ich schon sorgen. Ich habe sie schließlich angelernt.«

Ich sah zum Horizont und legte mir die Hand an den Hals, erstarrte aber, als Tomas mir erneut den Arm um die Schultern legte. Die Kette, die Mama mir geschenkt hatte, war nicht mehr da. Der schöne Anhänger, die silbernen Flügel, lag noch in der Hütte. Ich drehte mich um. Die Insel Yxö war nicht mehr zu sehen.

Das Schmuckstück war für immer verloren.

»Kann ich ab und zu vorbeikommen?«, fragte Tomas. »Du teilst doch gerne, oder, Sebastian?«

Tomas drückte meine Schulter. Dann leckte er mir über die Wange. Langsam und nass.

»Ich komme einfach mal vorbei, Matilda. Du magst mich doch.«

Ich nickte bedächtig. Während ich seine Bierfahne in der Nase hatte und den stechenden Schmerz in der Schulter spürte, in die er noch immer seine Finger bohrte, passierte etwas in mir. Zum ersten Mal im Leben begriff ich, dass es manchmal nötig war zu töten.

»Ich habe gehört, dass Giovanni und Sie sich geeinigt haben?«

»Gute Nachrichten verbreiten sich rasch«, sagte Faye strahlend zu Jaime de Rosa, dem Geschäftsführer und Inhaber einer spanischen Kosmetikfirma.

Die Firma gehörte zwar nicht zu den größten in Spanien, war aber genau wie die von Giovanni in Italien ein Schlüssel zur Lösung der vielen Herstellungs-, Vertriebs- und Logistikprobleme, die Revenge lösen musste, bevor es den amerikanischen Markt im Sturm erobern konnte. Sie hatten eine Weile geplaudert und ein paar Tellerchen voller göttlicher Tapas gegessen, aber jetzt, beim Espresso, war es an der Zeit, zur Sache zu kommen.

»Schlechte Nachrichten verbreiten sich auch schnell.«

Jaime hatte einen starken spanischen Akzent, aber da er die englische Grammatik perfekt beherrschte und einen großen Wortschatz hatte, konnten sie sich mühelos verständigen. Zum Glück hatte Faye mittlerweile Italienisch gelernt und hätte ihm auch folgen können, wenn er Spanisch gesprochen hätte, aber sie selbst hätte sich nur unter großen Schwierigkeiten verständlich machen können. Daher sprachen sie Englisch.

»Wie meinen Sie das?« Sie sah ihn forschend an und steckte sich ein Stück Schokolade in den Mund.

»Ich habe gute Freunde in Schweden. Es gibt Gerüchte über Revenge. Es ist von einer Übernahme die Rede.«

Das Stück Schokolade verwandelte sich in eine zähe Masse. Genau das hatte Faye befürchtet. Bis jetzt war es ihr gelungen, die Presse davon abzuhalten, von der drohenden Übernahme zu berichten.

Sie nahm an, dass Henrik ebenfalls daran gelegen war, die Bombe erst platzen zu lassen, wenn alles unter Dach und Fach war. Aber Stockholm war ein Dorf, in der Geschäftswelt kannte dort jeder jeden, und es wunderte sie nicht, dass sich die Gerüchte bis ins Ausland herumgesprochen hatten.

Wie sie darauf reagierte, war das Entscheidende. Wenn sie jetzt aufhörte, auf die Markteinführung in den USA hinzuarbeiten, in die sie so viel Zeit, Nerven und Hoffnung investiert hatte, konnte sie gleich das Handtuch werfen. Dann hatte sie Revenge nicht verdient.

»Gerüchte gibt es immer, Jaime. Das wissen Sie so gut wie ich. Ich schätze, hier in Spanien oder, besser gesagt, in Madrid ist es genau wie bei uns. Wie viele Gerüchte würde ich wohl erzählt bekommen, wenn ich mich nach Ihnen und Ihrem Unternehmen umhören würde? Ein eleganter Mann wie Sie muss doch im Laufe der Jahre Anlass zu vielen Geschichten gegeben haben. Wie viele Liebhaberinnen sind Ihnen nachgesagt worden, Jaime?«

Sie strahlte ihn an, streckte den Rücken ein wenig und ließ ihre Augen mit ihren Diamantringen um die Wette funkeln. Er lachte lauthals. Fühlte sich geschmeichelt.

»Ja, da haben Sie recht. Über mich sind auch viele Dinge behauptet worden, die nicht wahr sind.«

Er beugte sich nach vorn und zwinkerte ihr zu.

»Einiges davon stimmte allerdings schon, fürchte ich …«

»Dass Sie kein braver Junge sind, habe ich auch schon

gemerkt, Jaime«, sagte Faye kichernd. Innerlich verdrehte sie die Augen.

Männer. Manchmal fragte sie sich, wie sie es eigentlich geschafft hatten, die gesamte Menschheitsgeschichte hindurch die Weltherrschaft zu behalten.

»Wie schön, dass da nur böse Zungen am Werk waren«, sagte Jaime. »Wir freuen uns auf die Zusammenarbeit. Wenn ich es richtig verstanden habe, müssen nur noch ein paar technische Details geklärt werden. Meine Anwälte sagen, wir können den Vertrag binnen einer Woche unterschreiben.«

»Das haben mir meine Anwälte auch gesagt.«

Jaime trank seinen Espresso aus, stützte die Ellbogen auf und sah Faye prüfend an. Sie wusste, was jetzt kommen würde. Diesen Tanz hatte sie schon mit so vielen Männern getanzt. Sie wollten alle dasselbe. Erst das Geschäftliche. Und dann Sex. Als ob es im Kleingedruckten stünde.

Faye grinste breit. Sie hatte in den vergangenen Jahren gelernt, diese Situation mit chirurgischer Präzision zu meistern.

»Ich dachte …« Jaime senkte die Stimme und sah ihr tief in die Augen. »Falls Sie heute Abend noch nichts vorhaben, könnte ich Ihnen vielleicht ein paar besonders schöne Ecken zeigen. Ich kenne die Köche der besten Restaurants von Madrid persönlich. Und ich habe ein Apartment in der Stadt. Manchmal arbeite ich so lange, dass es zu spät ist, um noch in meine Villa in den Bergen zurückzufahren. Vielleicht sollten wir den Abend dort ausklingen lassen. Ich könnte Ihnen einen Kaffee mit … Schuss anbieten.«

Er winkte der Kellnerin und bat um die Rechnung.

Faye stöhnte innerlich auf. Die Kerle waren noch nicht einmal originell. Kaffee mit Schuss in seiner kleinen Vögelbude in der Stadt.

»Das wäre wirklich nett«, sagte sie. »Aber ich habe meine beste Freundin und ihre Tochter übers Wochenende mitgebracht. Sie ist fünf Jahre alt und ziemlich lebhaft, aber unheimlich niedlich. Vielleicht könnte ich die beiden ...«

Faye lächelte zuckersüß, während Jaime das pure Entsetzen anzusehen war.

»Tut mir leid, aber mir fällt gerade ein, dass ich meiner Frau versprochen habe, heute Abend zum Essen nach Hause zu kommen. Ich bitte vielmals um Verzeihung, aber ich kann Ihnen ein paar gute Restaurants empfehlen. Die auch kinderfreundlich sind ...«

»Oh, wie schade, aber für Tipps sind wir natürlich dankbar. Sehr freundlich von Ihnen.«

Jaime legte rasch das Geld auf den Tisch, stand auf und nickte. Dann gab er ihr die Hand.

»Wir hören nächste Woche voneinander.«

»Das tun wir.« Faye drückte fest zu.

Sie sah ihm lange hinterher, während er wieder in sein Büro eilte.

Leise lachend warf sie einen Blick auf die Uhr, nahm ihre Handtasche und ging zurück ins Hotel. Der Laden, den sie bereits in Schweden gegoogelt hatte, lag auf ihrem Weg. David würde noch eine Überraschung bekommen.

Als sie mit zwei großen Einkaufstüten ins Zimmer kam, führte David gerade ein geschäftliches Telefonat. Er lächelte erfreut, signalisierte mit einer Handbewegung, dass er in fünf Minuten fertig sei, und sie warf ihm eine Kusshand zu. Sie hatte also genug Zeit, um die Überraschung vorzubereiten.

Draußen auf der großen Dachterrasse packte sie fröhlich pfeifend ihre Einkäufe aus. Sie war von den Dächern Madrids umgeben und schob alle Sorgen beiseite. Für einen Moment wollte sie nur daran denken, dass sie in einer Stadt war, die sie liebte. Mit einem Mann, den sie liebte. Und dabei hatte sie geglaubt, sie würde nie wieder einem Mann vertrauen können. David schien kurz davor zu sein, das Gespräch zu beenden. Rasch machte Faye sich fertig. Als er auf die Terrasse hinaustrat, drehte sie sich zu ihm um und deutete mit weit geöffneten Armen auf den Tisch.

»Tataaa!«

»Was um alles in der Welt ist denn das?«, fragte David mit großen Augen.

»Da ich dich vom Mittsommerfest weggelotst habe, musste ich wohl das Mittsommerfest hierherholen. Ich habe vor der Abreise im Internet recherchiert, wo man hier schwedische Produkte kaufen kann. Hier hast du eingelegten Hering, Knäckebrot, deinen geliebten Västerbottenkäse, Schnaps, saure Sahne und Schnittlauch, alles, was das Herz begehrt. Das Einzige, was ich nirgendwo bekommen habe, war ein Mittsommerbaum, aber das kriegen wir schon irgendwie hin … Und schau mal! Ich habe uns sogar Kränze geflochten!«

Grinsend holte sie zwei Kränze hervor, die sie hastig in einem Blumenladen zusammengezwirbelt hatte. Einen platzierte sie auf ihrem eigenen Kopf und einen auf Davids. Er sah lächerlich, aber sexy aus. Eine unwiderstehliche Kombination. Er fiel ihr um den Hals und küsste sie.

»Du bist vollkommen verrückt. Trotzdem schlage ich

vor, dass wir mit dem traditionellen Tanz um den Mittsommerbaum beginnen.«

»Worauf warten wir?« Faye zog ihn zum Bett und summte dabei ein schwedisches Lied.

David hatte vorgeschlagen, in die VIP-Lounge zu gehen, aber Faye hatte darauf bestanden, sich in ein kleines Café in der Nähe des Fanshops von Real Madrid zu setzen, wo sie die anderen Reisenden beobachten konnte.

Faye liebte Flughäfen, und das galt auch für Barajas in Madrid. Menschen aus aller Herren Länder strömten an ihr vorüber. Hin und wieder schnappte sie ein paar Wörter in einer Sprache auf, die sie nicht zuordnen konnte. Eltern ermahnten ihre Kinder, trugen sie auf dem Arm, redeten ihnen gut zu oder schimpften mit ihnen. Gespannte Erwartung lag in der Luft. Menschen freuten sich darauf, ihre Lieben wiederzusehen oder nach monatelanger Schinderei endlich ein paar Tage Urlaub zu machen.

Vielleicht war ihre Liebe zu Flughäfen so groß, weil sie bei ihrem ersten Flug schon Anfang zwanzig gewesen war.

Auf ihrem Display blinkte energisch die Nummer von Yvonne Ingvarsson.

Kerstin hatte ihr heute Morgen am Telefon erzählt, dass Yvonne am Vortag vorbeigekommen war. Ausgerechnet an Mittsommer. Faye seufzte. Außer Yvonne Ingvarsson hatte sich seit Jacks Prozess niemand von der Polizei wegen Julienne bei ihr gemeldet. Jetzt reichte es ihr mit den Ermittlungen dieser Polizistin, die diese zudem vollkommen eigenmächtig zu betreiben schien.

Aber sie hatte nicht vor, sich davon noch länger beunruhigen zu lassen. Sobald sie wieder zu Hause wäre, würde Faye der Sache ein Ende machen. Endgültig. Sie und David würden zusammenziehen, Jack würde bald gefasst werden, da war sie sich sicher, und Henriks schmutzige Finger, die ständig nach Revenge grabschten, würde sie auch irgendwie abschütteln.

David saß vor seinem Computer und arbeitete konzentriert. Hin und wieder erledigte er geschäftliche Telefonate. Beim Reden wanderte er immer auf und ab und gestikulierte wild. Sie liebte es, ihm beim Arbeiten zuzusehen. Seine Hingabe und die Begeisterung für das, was er machte. Manchmal warf er ihr eine aus dem Zusammenhang gerissene Frage hin. Wollte wissen, ob die Nutzung von DNA-Analysen in der Gesundheitsbranche ihrer Ansicht nach wirtschaftliches Potenzial habe. Oder ob sie glaube, dass der Brexit einen Einfluss auf den Euro haben werde. Manche Fragen konnte sie beantworten, andere nicht. Er beeindruckte sie täglich mit seinem Fachwissen, seiner Kompetenz und seiner Leidenschaft. Er ruhte viel stärker in sich, als Jack es je getan hatte.

Aber er hatte ohnehin vieles zu bieten, woran es Jack gefehlt hatte.

Schließlich klappte er das Notebook zu und drehte sich zu ihr um.

»Worüber denkst du nach?«, fragte er. »Den Übernahmeversuch?«

»Nein, nein, daran denke ich gerade nicht. Ich denke an ... ach, nichts.«

Er biss von seinem Croissant ab. Krümel fielen ihm in den Schoß. Faye lächelte. Wieder wurde ihr bewusst, wie wundervoll es war, dass sie einander gefunden hatten.

»Hattest du Zeit, dir meinen Finanzierungsplan anzusehen, Liebling?« David wischte sich den Mund ab.

Sie schüttelte den Kopf.

»Noch nicht.«

»Okay. Ich bin nur gespannt, was du davon hältst.«

»Ylva wird alle Investoren in Ruhe unter die Lupe nehmen. Sie müsste bald fertig sein. Die anderen sollen nicht denken, dass ich dir einen Vorteil verschaffe. Es würde keinen guten Eindruck machen. Du kennst das ja. Und nach allem, was ich dir gestern erzählt habe, weißt du ja auch, dass ich zunächst ein dringlicheres Problem lösen muss.«

David nickte.

»Natürlich. Du hast recht. Und du setzt die richtigen Prioritäten. Ich bin nur gespannt auf deine Meinung.«

Er wich ihrem Blick aus, aber Faye sah trotzdem, dass er gekränkt war. Spielte es denn wirklich eine Rolle, ob Ylva sich Davids Vorschlag etwas früher als die anderen ansah? Er tat alles für sie. Warum sollte sie an dieser Art von Prinzipien festhalten, wenn sie die Gelegenheit hatte, den Mann, der ihr so viel bedeutete, glücklich zu machen? Sie vertraute ihm doch. Und auch wenn die Zukunft von Revenge im Moment gefährdet war, schadete es nicht, nach vorne zu schauen.

Faye legte ihm ihre Hand auf den Oberschenkel.

»Ich werde Ylva bitten, sich deinen Finanzierungsplan als Erstes anzusehen.«

»Nicht nötig«, sagte David. »Du hast recht, wir sollten diese Dinge nicht vermischen. Außerdem hast du im Moment wichtigere Dinge im Kopf.«

Faye beugte sich zu ihm hinüber und zwang ihn, ihr in die Augen zu sehen.

»Du bist ein brillanter Geschäftsmann, und ich bin froh, dass du meine Firma unterstützen willst. Mir erleichtert es die Arbeit, wenn ich Geschäfte mit jemandem mache, von dem ich schon von vornherein weiß, dass er loyal und auf meiner Seite ist. Vor allem jetzt. Loyalität war mir immer genauso wichtig wie dir.«

David lächelte, und die Furche auf seiner Stirn glättete sich. Hatte er Angst gehabt, abgewiesen zu werden? Von ihr? Vielleicht, dachte sie, steckte in David doch ein typisch männliches Ego, das ihr bisher nicht aufgefallen war. Oder das sie geflissentlich übersehen hatte. Auf der anderen Seite war er Geschäftsmann. Ein Gewinnertyp. Jeder Rückschlag, ob beruflich oder privat, war für ihn eine Niederlage.

»Sicher?«, fragte er, nun wieder genauso gelassen wie noch wenige Minuten zuvor, und streichelte liebevoll ihre Hand.

»Ganz sicher.«

Sein Griff wurde fester, er zog ihre Hand an seinem Oberschenkel hinauf und drückte sie sich auf den Schritt. Sie spürte seinen Penis unter ihrer Handfläche. Und schmiegte ihre Hand darum.

»Soll ich mich darum kümmern?«, fragte sie.

Er nickte.

Sie wanderten eine Weile auf dem Flughafen herum und hielten Ausschau nach einem abgeschiedenen Plätzchen. Schließlich entdeckten sie eine Behindertentoilette, sahen sich um und schlüpften kichernd hinein.

Kaum hatten sie die Tür hinter sich zugemacht, übernahm David das Kommando.

»Auf die Knie.« Er zeigte vor sich auf den Boden.

Er öffnete seine Hose. Sie nahm ihn in den Mund.

»Sieh mir in die Augen«, sagte er. Sie nickte, öffnete den Mund weit und blies ihn.

Der Fußboden war hart. Die Knie taten ihr weh, aber Faye gefiel es. Als David in ihrem Mund kam, schluckte sie und blickte dabei zu ihm auf.

Yvonne Ingvarsson hatte fettige Haare und starrte Faye mit rot unterlaufenen Augen feindselig an. Durch ein offenes Fenster war das Kindergeschrei in der Nachbarwohnung zu hören. Auf dem Hinterhof bellte ein Hund.

Faye genoss den verdutzten Blick der Ermittlerin. Sie ließ Yvonne ein wenig schmoren, aber als die Polizistin nichts sagte, beschloss sie, doch den ersten Schritt zu machen.

»Kann ich reinkommen?«

»Was machen Sie hier? Woher wissen Sie, wo ich wohne?«

Faye antwortete nicht. Sie musterten einander schweigend, bis Yvonne ein Stück zur Seite trat. Im Flur war es dunkel, an den Wänden waren Zeitschriftenstapel, Kartons und Tüten voller Glasflaschen aufgereiht. Es roch nach Rauch und Dreck. Faye stieg über das Durcheinander hinweg, ohne die Schuhe auszuziehen. Yvonne rührte sich nicht vom Fleck und ließ die Arme schlaff hinunterhängen.

Energisch durchquerte Faye den engen Flur. Erhaschte einen kurzen Blick in ein kleines Schlafzimmer und ein Bad, bevor sie das düstere Wohnzimmer erreichte. Die Jalousien waren heruntergelassen. Der Fernseher flimmerte ohne Ton. Faye drückte probehalber auf einen

Lichtschalter, woraufhin sich gar nichts tat, ging zum Fenster und zog eine Jalousie hoch. Licht flutete den Raum und offenbarte das Chaos.

An den Wänden hingen Bilder von Griechenland. Türkises Meer und weiße Häuser in der Sonne. Der prominenteste Platz direkt über dem Sofa gebührte einem gerahmten *Mamma Mia*-Plakat.

Faye hatte Herzklopfen, sie wusste, dass die nächsten Sekunden entscheidend waren.

Sie musste Yvonne dazu bringen, mit der Schnüffelei aufzuhören. Sie durfte nicht noch mehr Schaden anrichten. Das konnte Faye einfach nicht riskieren, nicht jetzt.

»Was machen Sie hier?«, fragte Yvonne erneut.

»Verunsichert Sie das etwa?« Faye lachte eisig auf. »Sie haben mich mehrmals zu Hause besucht, und jetzt tue ich das Gleiche.«

»Es gibt da einen Unterschied. Ich bin Polizistin und ermittle in einem Kriminalfall. Das ist mein Beruf.«

Ihre Stimme klang tonlos.

»Nein. Sie ermitteln nicht in einem Kriminalfall. Mein Ex-Mann ist wegen des Verbrechens, das Sie offensichtlich mir unterstellen, verurteilt worden. Außerdem sind Sie im Alleingang unterwegs. Es gibt überhaupt keine laufenden Ermittlungen. Die finden nur in Ihrem Kopf statt. Niemand außer Ihnen ist der Meinung, dass es da etwas aufzuklären gibt. Sie sind ganz allein auf weiter Flur, stimmt's«

Yvonne schwieg.

»Ich interpretiere das als ein Ja.«

Yvonne schluckte. Ihre Lippen zitterten. Sie war hier, bei sich zu Hause, eine ganz andere Person als bei ihren Besuchen bei Faye. Der Überraschungseffekt schien sie zu verunsichern.

»Wie alt sind Sie? Fünfundfünfzig?«

»Neunundfünfzig«, erwiderte Yvonne.

Wieder wurde es still. Allmählich war Faye frustriert. Auch wenn Yvonne bereits etwas gefügiger geworden war, kam sie noch immer nicht an sie heran. Jedenfalls nicht richtig. Sie war immer noch reserviert.

»Wovon träumen Sie?«

Yvonne verlagerte das Gewicht von einem Fuß auf den anderen, schwieg aber beharrlich.

»Sie haben jahrelang gearbeitet. Sind schlecht bezahlt worden. Hatten miese Arbeitszeiten. Und niemand dankt Ihnen, dass Sie für Stockholms Sicherheit sorgen. Sie haben keine Familie. Nach Dienstschluss kommen Sie in dieses Drecksloch und gucken fern. Sie mögen Griechenland. Sie haben noch sechs Jahre bis zur Pensionierung vor sich, falls Sie nicht vorher rausgeworfen werden, weil Sie ein zickiges Biest sind, und dann werden Sie langsam verdorren.«

Faye schnalzte nachdenklich mit der Zunge.

»Eigentlich mag ich zickige Biester«, sagte sie leise zu sich selbst.

Sie ließ ihren Blick über die Poster an der Wand schweifen und blieb an dem Filmplakat von *Mamma Mia* hängen. Feiner Sand. Türkises Wasser. Ein Holzsteg. In der Ferne ein Segelboot. Glücklich lachende Menschen. Und plötzlich wusste sie, wie sie Yvonne Ingvarsson kriegen würde. Jeder hatte einen Preis. Und sie hatte gerade begriffen, womit sie Yvonne ködern konnte.

Der Wind wurde stärker. Ich saß im Bug und starrte in die Abenddämmerung. Währenddessen hielt ich mich an der Reling fest, um nicht ins Wasser zu fallen. Denn sonst wäre ich gestorben. Strömungen hätten mich erfasst und hinuntergezogen. Vermutlich wäre meine Leiche nie gefunden worden. Die Albträume und die Angst hätten ein Ende gehabt. Der Gedanke war verlockend. Aber ich wusste nicht nur, dass Mama um mich getrauert hätte, sondern auch, dass ich niemals dazu fähig gewesen wäre. Die Welt konnte grausam und dunkel sein, aber auch hell und schön. So wie Mama. Sie war das Licht. Wir mussten hier weg.

Glückliche Menschen gab es überall. In Zeitschriften, im Fernsehen, im Radio. Ich sah ihre Gesichter, hörte ihr Lachen und ihre Geschichten. Die Romane, die ich las, waren voll von ihnen. Sogar einige unserer Nachbarn in Fjällbacka machten einen glücklichen Eindruck, obwohl sie Seite an Seite mit der Hölle lebten. Unsere dunklen Abgründe schienen nicht über die Grundstücksgrenzen hinauszuwuchern. Wobei, wer weiß, ich sah ja nur die Oberfläche. Genau wie sie uns nur oberflächlich durchs Küchenfenster beobachten konnten und manchmal ein paar belanglose Äußerungen zur Rasenqualität über die Hecke warfen.

Ich hatte das Pech, in die falsche Familie hineingeboren zu sein. Eine Familie, die von Anfang an kaputt war. Ich würde gezwungen sein, mich daraus zu befreien und Dinge selbst in Ordnung zu bringen. Mama hatte nicht die Kraft. Es hing alles von mir ab.

Roger und Tomas würden nicht den Mund halten. Sie hatten zwar Angst, dass ich sie verpfeifen würde, aber ich wusste, dass die Wahrheit anders aussah. Sie würden sich mit ihren Taten brüsten. Und alles, was ich verheimlicht hatte, würde ans Licht kommen. Alles, was sich bei uns zu Hause hinter verschlossenen Türen abspielte. Die Familiengeheimnisse. Das durfte nicht geschehen. Mama würde es nicht überleben. Es waren auch ihre Geheimnisse.

Ich sah vor mir, wie Sebastian am Fenster gestanden hatte. Nach der Vergewaltigung. Während der Vergewaltigung. Erinnerte mich an den Moment, in dem sein Gesichtsausdruck so ausgesehen hatte wie der von Papa. Es würde weitergehen. Alles würde genauso weitergehen. Plötzlich erkannte ich klar und deutlich, dass ich handeln musste.

Sebastian? Ich empfand nur Hass für ihn, aber Mama liebte ihn. Ihr zuliebe würde ich ihn verschonen. Jedenfalls würde ich es versuchen. Garantieren konnte ich nichts. Nicht mehr. Aber die anderen. Die mussten sterben.

Faye zog ihr Handy aus der Tasche und wählte die Nummer ihres englischen Rechtsanwalts George Westwood. Mit klopfendem Herzen lauschte sie dem Tuten. Sie ging ein hohes Risiko ein.

Yvonne beobachtete sie mit gerunzelter Stirn.

Beim vierten Klingeln ging der Anwalt dran. Nach einer kurzen Begrüßung kam Faye zur Sache.

»Ich will in Griechenland ein Haus kaufen. Auf einer Insel. So eins wie in *Mamma Mia*. Und sobald das erledigt ist, soll die Immobilie auf eine Freundin von mir überschrieben werden.«

Yvonne riss die Augen auf und öffnete den Mund, machte ihn aber schnell wieder zu. Faye wusste, dass sie sie am Haken hatte, und entspannte sich.

»Ich will, dass das Ganze so schnell wie möglich über die Bühne geht, George. Es handelt sich um eine Freundin, die mir sehr am Herzen liegt.«

»Of course.«

Yvonne marschierte im Wohnzimmer auf und ab. Sie schien mit sich zu ringen, aber Faye hatte ihren Blick gesehen und den Stimmungswechsel registriert. Sie wusste bereits, dass ihr der Sieg sicher war.

»Um klarzustellen, wie sehr mir diese Freundin am Herzen liegt, bitte ich Sie, drei Millionen schwedische Kronen auf ein mit dem Hauskauf zusammenhängendes Konto zu überweisen. Für unvorhergesehene Ausgaben.«

Yvonne blieb stehen und starrte Faye an. Die Feindseligkeit in ihren Augen war verflogen. Sie sah nur noch geschockt aus.

»Von dem Cayman-Konto?«, fragte George, der trotz des etwas ungewöhnlichen Gesprächsthemas ruhig und gefasst klang. Wenn nicht sogar belustigt.

»Ja, wunderbar. Die Details schicke ich Ihnen später. Danke, George! Sagen Sie Bescheid, wenn die Sache erledigt ist.«

Faye stand auf und steckte das Handy wieder in ihre Handtasche.

»Haben Sie gerade versucht, mich zu bestechen?«, fragte Yvonne.

»Nein, ich habe gerade für eine Person, die meiner Ansicht nach eine Auszeit verdient hat, ein Haus in Griechenland gekauft. Betrachten Sie es als Dankeschön für jahrelange treue Dienste von einer dankbaren Mitbürgerin.«

Yvonne starrte sie an. Faye lächelte. Eine Krise abgewendet. Nun musste sie sich um die Revenge-Krise kümmern.

Als Faye nach Hause kam, erwartete Kerstin sie bereits in der Wohnung. Sie besaßen zwar jeweils Schlüssel zur Wohnung der anderen, aber sie machten nur Gebrauch davon, um nach dem Rechten zu sehen, wenn eine von ihnen verreist war.

Sie hatte David schon gesagt, dass sie nur die Hälfte des Jahres mit ihm in einer Wohnung verbringen würde, aber er hatte nicht verstanden, warum sie sich unbedingt so oft in Italien aufhalten musste. Sie hatte ihm dieselben Gründe genannt wie den Medien, sie bräuchte noch eine zweite Basis, einen Ort, an dem sie nicht alles an Julienne erinnere. Er kaufte ihr die Erklärung nicht ganz ab und versuchte, sie zu überreden, sich stattdessen ein ganz neues Zuhause mit ihm zusammen hier in Schweden aufzubauen, wo sie neue Erinnerungen schaffen könnten. Sie wusste, dass sie ihm in nicht allzu ferner Zukunft die ganze Wahrheit sagen musste. Dann würde er alles verstehen. Aber aus irgendeinem Grund schob sie es vor sich her. Sie vertraute ihm, daran lag es nicht, doch sie hatte Angst, er könnte sie mit anderen Augen betrachten, wenn er erfuhr, wer sie wirklich war.

»Hallo! Was machst du denn hier?«

Kerstin hatte eine Flasche Wein aufgemacht und zwei Gläser auf den Wohnzimmertisch gestellt. Sie klopfte neben sich auf das Sofapolster.

»Ich habe für morgen ein Flugticket nach Mumbai, aber ich wollte dich vorher fragen, ob ich es vielleicht lieber umbuchen sollte. Es ist so viel los im Moment, und ich mache mir Sorgen um dich. Ich habe das Gefühl, dich im Stich zu lassen, obwohl du mich gerade brauchst.«

Faye setzte sich und hielt Kerstin ihr Glas hin, damit sie es vollschenkte. Nachdem sie einen Schluck getrunken hatte, stieß sie einen lang gezogenen Seufzer aus.

»Es ist wirklich viel los, aber ich schaffe das schon. Du hast getan, was du konntest. Ohne dich wären wir nicht da, wo wir jetzt sind. Jetzt sind Ylva und Alice an der Reihe. Während du in Indien bist, kümmert sich Ylva um das Aktienbuch. Und David gibt mir die Kraft durchzuhalten. Er spielt eine immer wichtigere Rolle in meinem Leben.«

Kerstin runzelte die Stirn.

»Ihr seid euch wirklich in sehr kurzer Zeit ziemlich nahegekommen. Was weißt du eigentlich über ihn? Noch was außer den Dingen, die ich recherchiert habe?«

Faye legte eine Hand auf die von Kerstin.

»Ich weiß, dass du schlechte Erfahrungen mit Männern gemacht hast. Oder, besser gesagt, mit einem Mann. Und ich weiß Gott auch. Aber das hier fühlt sich richtig an. Bei ihm fühle ich mich sicher.«

»Hm.«

Kerstin machte ein skeptisches Gesicht und nippte an ihrem Wein, ohne Faye anzusehen.

Faye schüttelte kurz den Kopf und wechselte das Thema. Sie sprachen über Julienne und den schleimigen Jaime. Bald lachten sie zusammen wie immer, aber ganz so unbeschwert wie sonst war die Stimmung nicht.

Ylva und Faye saßen in Fayes Büro. Durch die großen Fenster hatte man Stockholm in seiner ganzen Pracht im Blick. Der Himmel war mit lockeren Wolken bedeckt, und die Sonnenstrahlen, die hin und wieder zwischen ihnen hindurchbrachen, brachten die Stellen zum Vorschein, die der Fensterputzer übersehen hatte.

»Fühlst du dich bei Alice zu Hause sicher?«, fragte Faye.

»Ja. Und ich glaube, Alice ist wirklich froh, Gesellschaft zu haben. Genau wie du gesagt hast.«

»Gut. Wir müssen zusammenhalten. Hast du was von Jack gehört?«

Wie jedes Mal, wenn sein Name fiel, zuckte Ylva zusammen.

»Nein, nichts«, sagte sie dann.

»Sie werden ihn hoffentlich jeden Augenblick verhaften.«

Ylva nickte. Sie drehte ihr Notebook so, dass Faye die Aufstellung auch sehen konnte.

»Ich habe getan, was ich konnte, um die Übernahme zu stoppen. Aber es gibt einfach zu viele Aktionäre, die ihre Anteile verkaufen. Wir sind kurz davor, geschluckt zu werden. Jetzt müssen wir Amsterdam wohl in die Tat umsetzen.«

Faye schüttelte besorgt den Kopf.

»Ich weiß nicht, Ylva. Ich weiß es wirklich nicht. Zum ersten Mal seit vielen Jahren verliere ich den Mut. Ich dachte, der Kampf wäre vorbei, aber nun ist er wieder in vollem Gange. Es ist wie dieses Ungetüm im Gröna Lund, aus dem ständig irgendwelche Gestalten hervorspringen. Kaum habe ich eine zurück ins Loch geboxt, taucht eine andere auf. Ich weiß nicht, wie viel Kampfgeist noch in mir steckt. Ist es das überhaupt wert?«

Sie schob das Notebook ein Stück von sich weg.

»Ich habe genug Geld. Gelinde gesagt. Eigentlich bräuchte ich nie wieder zu arbeiten. Ich könnte meine Zeit ganz anderen Dingen widmen. David zum Beispiel. Wer weiß, was aus uns noch werden kann. Und Amsterdam? Amsterdam ist ein Risiko. Die Sache könnte uns um die Ohren fliegen.«

Ylva sah sie an.

Dann schürzte sie die Lippen.

»So kenne ich dich ja gar nicht. Wir sind doch nicht machtlos. Zum Beispiel könntest du die Aktien selbst kaufen. Genug Kapital hast du ja. Du bist doch eine Kämpferin. Es klingt, als hättest du bereits aufgegeben. Das ist nicht die Faye, die ich kennengelernt habe. Willst du wirklich zulassen, dass Henrik gewinnt? Schlimmstenfalls steht eine Übernahme kurz bevor.«

Sie seufzte.

»Ich halte mich an deine Anweisungen, du bist der Boss. Aber ich glaube, du wirst es bereuen, wenn du dich jetzt nicht mit mehr Nachdruck zur Wehr setzt.«

Faye antwortete nicht. Sie malte mit der Fingerspitze Strichmännchen auf die Tischplatte. Ihr Handy vibrierte. Eine SMS von David. Faye konnte sich das Lächeln nicht verkneifen.

Ylva beugte sich zu ihr hinüber.

»Du siehst glücklich aus.«

Faye nickte.

»Ich war noch nie so glücklich mit einem Mann, glaube ich. Ich bin verliebt und verhalte mich wie ein Teenager. Das tun wir übrigens beide.«

»Gut. Wer, wenn nicht du, hätte es wirklich verdient? Hoffentlich darf ich ihn bald kennenlernen.«

»Wir werden eine Gelegenheit finden. Im Moment macht ihm seine werdende Ex-Frau zu schaffen.«

Faye wand sich. Die Bitte, die sie an Ylva richten musste, erfüllte sie mit Unbehagen. Vor allem nach der Diskussion, die sie neulich geführt hatten. Sie kannte ihre ehemalige Rivalin gut genug, um zu wissen, dass sie es für unprofessionell halten würde, eine bestimmte Person aus emotionalen Gründen zu bevorzugen. Auf der anderen Seite war Revenge Fayes Firma. Ylva war angestellt. Faye konnte tun und lassen, was sie wollte. Trotzdem war ihr nicht wohl bei der Sache.

Wenn sie von Ylva verlangte, David zu bevorzugen, machte sie sich verletzlich. Durch die Glastüren, auf denen sie beim Einzug bestanden hatte, damit alle Angestellten sie sehen konnten, sofern sie im Haus war, blickte sie in das Großraumbüro. Viele der Mitarbeiter hatte sie persönlich eingestellt, als sie noch selbst Geschäftsführerin von Revenge gewesen war. Sie hatte Zeit und Geld in diese Leute investiert, sie wollte, dass sie sich weiterentwickeln und etwas auf die Beine stellen konnten. Sie durfte sie nicht hängen lassen.

Fuck it, dachte Faye.

»Apropos David. Er würde auch gerne bei uns investieren«, sagte sie in möglichst neutralem Tonfall.

Ylva nickte mit zusammengepressten Lippen, sah Faye aber nicht an.

»Super.«

Ihre Stimme klang reserviert.

»Ich möchte, dass du dir seinen Finanzierungsplan so schnell wie möglich ansiehst.«

»Heißt das, er soll bevorzugt behandelt werden?«

Faye nickte.

»Okay. Kein Problem. Wie gesagt, du bist die Chefin.«

Für eine Weile wurde es still. Faye lehnte sich zurück und sah Ylva an, die eigensinnig auf ihre Tastatur starrte.

Sie holte tief Luft.

»Denkst du, ich würde David unabhängig von der Qualität seines Vorschlags als Investor akzeptieren?«

Ylva blickte auf.

»Nein, dafür bist du zu professionell. Ich bewundere dich, und ich glaube, du weißt, was für Revenge das Beste ist. Ich bin erst ein paar Wochen dabei. Spielt meine Meinung überhaupt eine Rolle?«

»Für mich schon.«

Seufzend klappte Ylva das Notebook zu. Strich sich über die Stirn.

»Wann habt ihr euch kennengelernt? Vor einem Monat? Du bist verliebt. Ihr wollt zusammenziehen. Prima. Aber ihn in die Firma holen? Ich weiß nicht, aber ich glaube, das könnte problematisch werden. Mach nicht denselben Fehler noch einmal. Außerdem scheinst du gar kein großes Interesse daran zu haben, die Firma am Leben zu erhalten, in die er investieren könnte. Deine Frage kann also nur rhetorisch gemeint sein. Denn morgen hast du bei Revenge möglicherweise schon nicht mehr das Sagen.«

Faye spürte Ärger in sich aufsteigen.

»Er wäre ein passiver Investor. Er hat massenhaft Geld und glaubt zufällig, dass Revenge die USA im Sturm erobern wird. Er glaubt an mich. Und er ist der wundervollste Mann, den ich je kennengelernt habe. Er ist nicht wie die anderen.«

Ylva hob die Hände.

»Wie gesagt. Es ist deine Entscheidung.«

»Aber?«

»Nichts aber.«

»Doch, irgendetwas ist doch.«

Faye war wütend. Sie ärgerte sich über sich selbst, weil sie so aufbrauste und unbedingt Ylvas Meinung hören wollte. Und über Ylva, weil die sich in ihre Angelegenheiten einmischte. Dabei hatte Faye sie ja gedrängt, zu sagen, was sie dachte.

»Ich kann nicht behaupten, Johanna Schiller zu kennen«, sagte Ylva. »Aber ich war mehrmals mit ihr zusammen eingeladen. Sie scheint mir eine ziemlich vernünftige Person zu sein. Überhaupt nicht so verrückt und aggressiv, wie du sie beschreibst. Vielleicht solltest du dir auch mal ihre Version anhören. Jedenfalls, wenn ihr wirklich zusammenziehen wollt.«

Faye schüttelte schnaubend den Kopf. Sie beugte sich ganz nah zu Ylva heran, die ihr ruhig in die Augen sah.

»Menschen ändern sich. Jack ist auch mal eine ziemlich vernünftige Person gewesen. Aber uns ist beiden schmerzlich bewusst, dass er sich verändert hat. Johanna Schiller versucht mit Klauen und Zähnen, David an sich zu binden. Sie spielt die Töchter gegen ihn aus. Wirft ganz plötzlich ihre Planung um und nimmt die Kinder mit ins Ausland. Weigert sich, die Scheidungspapiere zu unterschreiben.«

»Woher weißt du das?«

»Woher ich …«, begann Faye, kam aber aus dem Konzept.

Ausgerechnet Ylva, für die sie so viel getan hatte, und zwar nach allem, was passiert war, unterstellte David, er würde lügen. Sie atmete tief durch, um sich zu beruhigen und ihre Stimme unter Kontrolle zu bekommen.

»Er hat es mir erzählt. Außerdem sehe ich doch selbst, dass er an der Situation beinahe zugrunde geht. Sie versucht, ihn mithilfe der gemeinsamen Kinder fertigzumachen.«

Ylva breitete die Arme aus.

»Da hast du sicher recht«, sagte sie leise.

Faye starrte Ylva an, die den Blick immer noch gesenkt hielt. Sie war noch nicht fertig. Dabei bereute sie ihre Worte bereits, bevor sie den Mund aufmachte.

»Ich weiß, wovon ich rede. Denn es ist nun einmal eine Tatsache, dass du ebenfalls versucht hast, mich fertigzumachen, indem du dich mit Julienne angefreundet hast. So war es doch. Ihr habt mit Jack Vater-Mutter-Kind gespielt, während mir alles genommen wurde.«

»Das ist nicht fair«, murmelte Ylva. »Das weißt du ganz genau.«

Fayes Hände zitterten.

»Halt die Klappe und mach deine Arbeit! Und halt mich auf dem Laufenden.«

Sie schnappte sich ihre Handtasche und stand so abrupt auf, dass der Stuhl umfiel. Dann warf sie Ylva einen letzten eisigen Blick zu, bevor sie sich umdrehte und ging. Die Glastür knallte sie hinter sich zu. Die Mitarbeiter blickten kurz auf und wandten sich schnell wieder ihren Monitoren zu.

PLANLOS KURVTE FAYE durch die schmalen Straßen auf Lidingö. Idyllische Wohngebiete, Wald und kleine Cafés zogen an ihr vorüber. Alles war perfekt. Geordnet und unpersönlich.

Niemals könnte sie hier leben.

Sie bereute, dass sie Ylva so beschimpft hatte. Sie hatte

sie schließlich eindringlich gebeten, ihre Meinung zu sagen. Hatte es geradezu von ihr verlangt. Und ihre Freundin damit in eine unmögliche Situation gebracht. Trotzdem war Ylva zu weit gegangen. Sie hatte David der Lüge bezichtigt. Wieso sollte er lügen? Faye hatte doch mit eigenen Augen gesehen, dass er nach jedem Telefonat mit Johanna am Boden zerstört war. Weil diese alles tat, um ihn fertigzumachen. War es ein Fehler gewesen, Ylva in die Firma zu holen? Hatte Faye sie falsch eingeschätzt? War sie vielleicht eifersüchtig? Was, wenn sie Faye insgeheim immer noch Vorwürfe machte, weil sie selbst gescheitert war und Jack verloren hatte?

Obwohl die notdürftig vernarbten Wunden, die Ylva ihr zugefügt hatte, immer noch kreuz und quer über ihre geschundene Seele verliefen, hatte Faye sie aus der Gosse gezogen. Und jetzt, wo Faye sich endlich etwas besser fühlte und die Liebe gefunden hatte, gönnte Ylva ihr das Glück nicht. Ylva wusste gar nicht, wie gut sie es hatte. Dass sie bei Alice wohnte, hatte sie ebenfalls Faye zu verdanken. Und vor allem durfte sie ihre Tochter bei sich haben und war nicht, wie Faye, getrennt von ihr. Die Sehnsucht nach Julienne zerriss sie fast.

Faye fuhr am Einkaufszentrum Lidingö vorbei und wich in letzter Sekunde einer hellbraunen Katze aus, die über die Straße lief. Sie griff zum Handy und rief David an. Sie musste kurz seine Stimme hören. Obwohl sie es lange klingeln ließ, ging er nicht ans Telefon.

»Mist!«

Als die Mailbox ansprang, warf sie das Handy wütend auf den Beifahrersitz. Sie holte tief Luft und fuhr auf die Lidingö-Brücke.

Sie trat aufs Gas und schlängelte sich zwischen den

anderen Autos hindurch. Die Geschwindigkeitsanzeige stand auf einhundertzwanzig Stundenkilometern. Sie genoss die Schnelligkeit. Anstatt durch den neuen Tunnel in die Innenstadt zu fahren, bog sie nach Gärdet ab. Etwas langsamer fuhr sie an der Stelle vorbei, wo sie Jack vor fast zwanzig Jahren zum ersten Mal geküsst hatte. Es war ein kurzer und schneller Kuss gewesen. Danach hatte er auf dem Absatz kehrtgemacht und war gegangen. Der Kuss in jener Nacht hatte ihr Leben verändert. Letztendlich hatte sie ihm Julienne zu verdanken.

Sie hatte einen Kloß im Hals. Tränen stiegen ihr in die Augen.

»Reiß dich zusammen«, murmelte sie.

Sie fuhr weiter nach Djurgården. War innerlich ruhiger geworden.

In der Nähe des Kaknäs-Turms bog sie in einen Waldweg ein und schaltete den Motor aus. Genoss die Stille. Dann griff sie erneut zum Handy. Sie überlegte eine Weile, bis ihr ein Name eingefallen war, klaute ein paar Fotos vom Facebook-Profil irgendeiner Amerikanerin und erstellte einen neuen Instagram-Account.

Sie suchte wahllos ein paar Leute aus, denen der Account folgte, und gab dann Johanna Schillers Namen in die Suchzeile ein. Johanna hatte ein privates Profil. Eintausendneunundachtzig Abonnenten. »Petra Karlsson« würde hoffentlich die Eintausendneunzigste werden.

Die kleinen Inseln und Schären, an denen wir vorüberglitten, sahen in der Dämmerung wie dunkle Schatten aus. Naturreservat Tjurpannan. Klippen, Moore und Heidelandschaft. Aufgrund der ungeschützten Lage war die See hier trügerisch.

Seeleute hatten Tjurpannan immer gefürchtet. Da hier kein äußerer Schärengarten vor der Küste lag, war die Gegend Wind und Wellen schutzlos ausgesetzt.

Tomas war aufgestanden und rieb sich verschlafen die Augen. Er wechselte ein paar Worte mit Roger, ich nahm an, sie sprachen über mich. Vielleicht hatten sie Angst, ich würde sie verraten, wenn wir wieder zu Hause waren. Sebastian war nicht zu sehen. Hätte er Einspruch erhoben, wenn beschlossen worden wäre, mich über Bord zu werfen? Nein, ich kannte meinen Bruder. Er war ein Schisser. Respekt hatte er nur vor Stärke und Einschüchterung.

Das kleine Ruderboot hing am Heck. Ich ging nach hinten. Der Wind riss und zerrte an meinen Sachen. Rings um die Rotorblätter des Außenborders hatten sich Blasen gebildet. Die Ruder lagen im Boot.

Roger und Tomas verfolgten mich mit argwöhnischen Blicken, als ich mich ein kleines Stück entfernt von ihnen ganz hinten hinsetzte.

»Sei vorsichtig«, sagte Tomas. »Der Wind ist ziemlich stark, und du weißt ja, was man sich über Tjurpannan erzählt.«

»Nein, keine Ahnung«, sagte ich, obwohl ich ganz genau wusste, was er meinte. Außerdem war ich über seine plötzliche Fürsorglichkeit verwundert.

»Wenn man hier ins Wasser fällt, wird man nie gefunden. Die Strömungen, weißt du.«

Er wandte sich wieder Roger zu, bekam ein Bier in die Hand gedrückt und öffnete es.

Langsam und unmerklich streckte ich die Hand nach dem einen Ruder aus. In einem Wellental neigte sich das Boot stark zur Seite. Ich musste mich mit dem Rücken an die Reling drücken. Ein paar Sekunden später unternahm ich noch einen Versuch.

Weiter draußen auf dem Meer schob sich ein hell erleuchteter Frachter wie ein schwimmender Wolkenkratzer an uns vorbei.

Ich spürte die raue Oberfläche des Holzes unter den Fingerspitzen und zog das Paddel zu mir heran. Platzierte es lautlos zwischen meinen Beinen und warf einen Blick zu Tomas und Roger hinüber, die unbekümmert die Seekarte studierten.

Ich atmete einige Male tief durch. Die ersten Regentropfen benetzten meine Stirn. Ich öffnete den Mund, streckte die Zunge hinaus und schloss die Augen. Sammelte Kraft.

Ich stand auf, hielt mich noch immer an der Reling fest. Im nächsten Augenblick holte ich Luft, und dann schrie ich, wie ich noch nie geschrien hatte. Vielleicht lag es daran, dass die Angst, die ich in den vergangenen Tagen empfunden hatte, als ich in der Hütte eingesperrt gewesen war, endlich zum Ausdruck kam. Tomas und Roger stürzten auf mich zu.

Stumm zeigte ich auf das Wasser.

»Da«, keuchte ich und schrie noch einmal aus Leibeskräften.

Sie zwängten sich an mir vorbei und starrten auf die Wasseroberfläche, während ich einen Schritt zurücktrat und das Ruder packte. Ich schwang es über meinen Kopf und hieb es gegen ihre Rücken. Ich wusste, dass ich sie gleichzeitig treffen musste. In dem Moment, als das Ruder angesaust kam, drehte Tomas sich um, aber er hatte keine Zeit mehr, es abzuwehren. Das Ruder traf sie auf Brusthöhe und schleuderte sie über die Reling. Kurz bevor ich sie auf dem Wasser aufklatschen hörte, ertönte ein Schrei.

Ich ließ das Ruder fallen und stürzte zur Reling, um sie im Wasser versinken und sterben zu sehen.

Tomas hatte es irgendwie geschafft, sich an der Reling festzuhalten und klammerte sich daran. Seine angsterfüllten Augen blickten direkt in meine. Ich sah ihn schweigend an.

»Hilf mir, bitte«, schrie er.

Seine Hände verkrampften sich, die Knöchel traten weiß hervor. Er versuchte, die Reling auch mit der anderen Hand zu erreichen, um sich daran hochzuziehen. Stumm beugte ich mich nach vorn. Ich öffnete den Mund, näherte mich seinen Fingern mit den Zähnen und biss zu.

Er brüllte vor Schmerz.

Ich biss mich fest und bohrte die Zähne bis auf die Knochen, bis er schließlich losließ. Schreiend fiel er hinunter. Schlug auf dem Wasser auf. Dann ging er unter, und es wurde still.

DAVID RIEF AN, als Faye das Auto gerade in der Tiefgarage geparkt hatte und mit dem Fahrstuhl nach oben fuhr. Er sagte, es würde spät werden. Ärger mit Johanna. Schon wieder. Sie verlangte Geld von ihm. Andernfalls drohte sie ihm, ihn bei Kollegen aus der Finanzbranche schlechtzumachen.

»Neulich wollte sie mich wegen Kindesmissbrauchs anzeigen. Ich halte es nur den Mädchen zuliebe aus, aber ich kann es kaum erwarten, bis das alles vorbei ist und es nur noch dich und mich gibt.«

»Ja. Geht mir genauso.«

David klang so bedrückt. Hätte Ylva ihn jetzt hören können, hätte sie ihre Haltung mit Sicherheit überdacht.

Gut, sie war einige Male gemeinsam mit Johanna bei irgendwelchen Freunden zum Essen eingeladen gewesen. Aber bei solchen Gelegenheiten zeigten sich Menschen immer von ihrer besten Seite. Eher spendeten sie eine Niere, als dass sie sich hinter die perfekte Fassade schauen ließen. Der Mensch ist ein Herdentier, dessen größte Angst darin besteht, aus der Gemeinschaft ausgeschlossen zu werden. Natürlich war auch eine Johanna Schiller in der Lage, für ein paar Stunden ein menschliches Gesicht zu zeigen. Und es behauptete ja auch niemand, dass sie immer so gewesen war, wie David sie jetzt beschrieb. Menschen änderten sich, wie gesagt. Wer hätte das besser gewusst als sie.

Als Jack sich von ihr trennte, war auch Faye in einen Teufelskreis des Wahnsinns geraten. Hatte vollkommen vergessen, wer sie war. Und warum.

Sie hatte sich eben von David verabschiedet – er hatte versprochen, gegen neun nach Hause zu kommen –, als der Fahrstuhl auf ihrer Etage hielt. Rasch öffnete sie die Tür, blickte einmal von rechts nach links, um sicherzugehen, dass Jack nicht auf sie lauerte, und schloss Wohnungstür und Sicherheitsgitter ab.

Die Wohnung war leer und verlassen. Sie war schön,

aber wie ein Zuhause fühlte sie sich nicht an. Ein Zuhause brauchte Leben, andere Menschen, eine Geschichte.

Faye stellte ihre Tasche ab, öffnete die Schiebetür zur Terrasse, damit frische Luft hereinkam, und ließ sich auf eins der weißen Sofas im Wohnzimmer sinken. Sie vermisste Julienne und ihre Mutter. Sie nahm einen Ordner zur Hand, in dem Skizzen von Revenge-Produkten für den amerikanischen Markt abgeheftet waren, die sie noch absegnen musste, und betrachtete die Unterlagen, aber ohne große Begeisterung. Seufzend legte sie den Ordner auf den Tisch.

Sie konnte sich einfach nicht aufraffen. Nicht heute Abend. Wozu sollte sie überhaupt so viel Zeit in die USA-Expansion investieren, wenn sie ihre Firma sowieso verlor?

Stattdessen griff sie zum Handy. Schrieb eine SMS an Alice.

Ich muss heute Abend mal raus. Wir treffen uns im Strandbryggan, und ich sorge dafür, dass David auch dorthin kommt.

Auf der schwimmenden Terrasse des *Strandbryggan* war die Party in vollem Gange. Ein DJ spielte Avicii, und eine Jacht mit dem Logo des Restaurants und etwa zwanzig fröhlich tanzenden jungen Leuten an Deck legte gerade ab.

»Ich fühle mich alt«, brummte Faye, als sie in der Schlange standen.

»Ich nicht. Im Gegenteil, um ehrlich zu sein. Ich sauge ihre Jugend geradezu auf«, sagte Alice. »Außerdem ist das hier unser erstes Treffen, seit David und du beschlossen habt, zusammenzuziehen. Glückwunsch!«

Sie umarmten sich, und Faye atmete Alice' warmen Vanilleduft ein.

Alice war schöner als je zuvor. Sie trug ein kurzes weißes Kleid, das in Kombination mit den schwindelerregend hohen Absätzen die Blicke der jungen Kerle anzog. Faye grinste in sich hinein. Noch vor wenigen Jahren wäre sie neidisch gewesen und wütend auf Alice geworden.

Alice lächelte zwei Typen mit Gesichtstätowierung an. Das Besondere an ihr war, dass sie bei allen Männern gut ankam. Ganz egal, welcher Gesellschaftsschicht sie entstammten, was für einen familiären Hintergrund sie hatten oder wie alt sie waren. Alle waren geblendet von ihrer Schönheit.

Sie bei Revenge mit ins Boot zu holen, war ein genialer Schachzug gewesen, dachte Faye zufrieden.

Der Restaurantleiter, ein junger Mann mit gegeltem braunem Haar in weißen Shorts und weißem Polohemd, begrüßte Faye wie eine alte Bekannte.

»Eigentlich ist der Laden voll, aber was tut man nicht alles für zwei so herausragende Schönheiten.« Er winkte sie hinter sich her und führte sie zu einem Tisch.

Alice kicherte vor Glück, während Faye die Augen verdrehte.

»Wichtigtuer«, murmelte sie.

Vor dem Tisch blieb er stehen, rückte beiden den Stuhl zurecht und winkte einen Kellner heran.

»Bring den Damen einen Aperitif auf Kosten des Hauses, während sie überlegen, was sie essen möchten.«

Kurz darauf hielten beide ein Glas Champagner in der Hand.

»Wie war denn eure Reise nach Madrid?«, fragte Alice.

Faye lächelte.

»So schön?« Alice prostete ihr zu.

Klirrend stießen sie miteinander an und riefen gleichzeitig mit verstellten Stimmen: »Gott, wie ordinär!«

Sie lachten und tranken beide einen großen Schluck Champagner.

»Wo ist David?«, fragte Alice. »Ich wollte ihn doch endlich kennenlernen und fragen, wie er dich eigentlich erobert hat.«

»Er kommt etwas später. Du wirst ihn schon kennenlernen.«

»Das wird aber auch Zeit.«

Der Ärger, den Faye noch vor wenigen Stunden verspürt hatte, verflüchtigte sich in Alice' Gesellschaft sofort. Das Leben erschien ihr unkompliziert. Amüsant. Spannend.

Sie bestellten mit Käse überbackene Scampis, Sauerteigbrot und eine Flasche Weißwein und lehnten sich entspannt zurück. Eine Fähre voller neugieriger Touristen fuhr langsam vorbei, und die Wellen versetzten den Holzsteg in ein angenehmes Schaukeln.

Ihre Gedanken an David und Johanna rückten in den Hintergrund. Alice erzählte, dass Henrik mit großem Aufwand versuchte, sie zurückzugewinnen. Er hatte versprochen, ein anderer Mensch zu werden, mit ihr eine Paartherapie zu machen und weniger zu arbeiten.

Alice warf abschätzig den Kopf in den Nacken, während sie seine Versprechen aufzählte.

»Und was empfindest du dabei?«, fragte Faye.

»Nichts. Eine Frau kann ja vieles aushalten, aber irgendwann ist mal Schluss mit dem Verständnis. Außerdem macht das Leben jetzt viel mehr Spaß. Ich habe es geliebt, nur Mutter zu sein, es uns zu Hause schön zu machen und mich um die Kinder zu kümmern – das ist ein sehr bequemes und sorgloses Leben. Aber ich will nie wieder von einem Mann abhängig sein. Nie wieder eine Statistin in meinem eigenen Leben sein. Und ich werde mich nie wieder mit einer Kombination aus kleinem Penis und mieser Technik zufriedengeben.«

Faye prustete vor Lachen. Dann sagte sie: »Du, Alice, ich muss dich mal was fragen ...«

»Einen Moment.« Alice hielt einen Zeigefinger in die Höhe. »Ich muss aufs Klo. Der Alkohol läuft bei mir einfach durch.«

Alice schob ihren Stuhl zurück und stand auf.

Faye sah ihr hinterher und hörte aus ihrer Handtasche ein leises Ping. Eine Benachrichtigung von Instagram. Johanna Schiller hatte sie als Abonnentin akzeptiert. Als sie gerade auf ihr Profil gehen wollte, sah Faye David auf die schwimmende Terrasse kommen. Er blickte sich suchend um. Sie steckte das Handy wieder ein, erhob sich halb vom Stuhl und winkte ihm.

David küsste Faye, bevor er sich neben sie setzte. Als Alice kurz darauf von der Toilette zurückkam, waren sie und David sich auf Anhieb sympathisch. Faye merkte, dass ihre Anwesenheit ihn, genau wie alle Männer, animierte.

Alice warf den Kopf zurück und lachte über etwas, das David gesagt hatte. Er lehnte sich wild gestikulierend über den Tisch. Alice lachte noch lauter.

Ganz offensichtlich stimmte die Chemie zwischen ihnen. War sie zu stark? Faye spürte Davids Hand auf ihrem Oberschenkel und nahm das Lachen der beiden wie hinter einer Nebelwand wahr. Wie gut kannte sie David eigentlich? Musste sie das Gespräch mit Ylva ernster nehmen? Sollte sie sich mit Johanna treffen und sich ihre Version anhören?

»Faye?«

Das Gespräch war verstummt. Verwirrt blickte sie zwischen den beiden hin und her.

»Was hältst du davon? Wäre es nicht wunderbar?«

Alice sah sie mit funkelnden Augen an.

»Entschuldigt bitte, ich habe wohl ein bisschen zu viel getrunken. Was halte ich wovon?«

David warf ihr einen besorgten Blick zu.

»Bist du sicher, dass es dir gut geht?«

Sie wischte seine Sorge beiseite.

»Mir ist nur ein bisschen schwindlig, aber daran bin ich selbst schuld. Und der Wein.«

Obwohl sie mit ihren Gedanken immer noch woanders war, beteiligte sie sich pflichtschuldig am Gespräch und legte ihre Hand auf seine.

Nur weil man mit jemandem zusammen war, wurde man ja nicht unempfänglich für die Attraktivität von anderen. Natürlich fand David Alice anziehend. Er hatte sich ja nicht in einen asexuellen Roboter verwandelt, nur weil er und Faye zusammenziehen wollten. Genau wie auch Faye fiel ihm natürlich auf, wie sexy manche Frauen waren, hatte er manchmal Fantasien, war erregt von der Vorstellung, mit einer anderen Frau Sex zu haben, oder hätte es am liebsten getan.

Im Grunde hatte es etwas Gesundes, so zu empfinden. Was immer sich manche Leute auch einbilden mochten.

Denn das Wissen, dass der eigene Partner attraktiv war, sorgte auch dafür, dass man sich mehr Mühe gab. Und in die Beziehung investierte. In sich selbst. Hätte Faye David attraktiv gefunden, wenn sie keine Angst gehabt hätte, ihn zu verlieren? Die Beweggründe, weshalb sich Menschen bestimmte Partner suchten, ähnelten sich. Deswegen wirkten auch bestimmte Individuen reizvoller als andere, und das auf viele Menschen.

Doch wenn Faye gewusst hätte, dass David außer ihr sowieso keine andere hätte haben können – hätte sie ihn dann gewollt?

Hatte gerade dieses Wissen – dass Faye keine Alternative gehabt hatte – Jack dazu getrieben, sie wieder und wieder zu betrügen? Sie hatte ja nirgendwo hingekonnt. Hätte gar nicht die Möglichkeit gehabt, sich gegen ihn zu entscheiden. Sie hatte in einem Käfig gesessen. Finanziell. Gefühlsmäßig. In ihrer Welt war Jack ein Gott gewesen. Sie selbst hingegen war in seiner Welt nur ein Spielzeug gewesen, das ihm ohnehin niemand weggenommen hätte.

Verbiete jemandem seine Gedanken, und sie werden nur noch lauter widerhallen und umso heftiger um ihre Freiheit kämpfen. Um sich schließlich von Fantasien in Wirklichkeit zu verwandeln. Und falls David sich tatsächlich gerade vorstellte, mit Alice zu schlafen? Wäre das so schlimm? Und wieso müsste es bei der Vorstellung bleiben? Warum sagte man nicht einfach: »Hört mal, ihr zwei, geht doch zusammen nach Hause, wir sehen uns morgen«?

In der Theorie hatte es funktioniert. Faye hatte das Gefühl, in den vergangenen zwei Jahren genug über Sex und Gefühle gelernt zu haben, um vor Eifersucht gefeit zu sein. Und um zu wissen, dass Sex eben nur Sex war. Doch während sie das dachte, wurde ihr bewusst, dass sie gerne dabei sein wollte.

Die Erkenntnis erwischte sie mit voller Wucht: Sie begehrte Alice auch. Nicht als Partnerin oder Lebensgefährtin, sondern für den Moment. Sie wollte Alice einfach genießen, ihren Körper und ihre Seele. Sich in ihrer Schönheit spiegeln. Weil Alice attraktiv war, weil sie eine Göttin war.

Unerreichbar.

Sie warf einen verstohlenen Blick in Alice' Richtung. Und sah dann zu David hinüber.

Sie drückte seine Hand immer fester.

Spürte, wie der Gedanke in ihrem Körper Wurzeln schlug. Sie kitzelte. Und größer wurde.

»Ist es nicht ein bisschen zu laut hier?«, fragte sie. »Wollen wir es uns nicht lieber in meiner Wohnung gemütlich machen?«

IM OFFENEN KAMIN glühten die Holzscheite in Rot und Orange, und der warme Lichtschein warf die Umrisse von Alice' und Fayes tanzenden Körpern wie flackernde Schatten an die weißen Wände. Die Terrassentür stand offen, und ABBAs »Dancing Queen« drang nach draußen und vermählte sich mit der hellen Sommernacht.

Sie streckten die Hände zur Decke, formten sie zu Mikrofonen und grölten den Refrain mit.

David saß in einem Sessel. Er hatte die oberen Knöpfe seines Hemds geöffnet und nippte an einem Whiskyglas. Seine Augen schimmerten glasig. Er hatte ein Lächeln auf den Lippen. Faye liebte es, wenn er so lächelte, es machte sie an, sie wurde feucht davon.

»Tanz mit uns«, rief sie ihm zu und streckte die Hand nach ihm aus.

Als er aufstand und auf sie zukam, spürte sie die Macht, die sie beide ausübten. Sie und Alice diktierten die Bedingungen, und er hielt sich daran. Sie bestimmten das Tempo und den Rhythmus.

Im selben Moment begriff sie, dass sie David noch nie tanzen gesehen hatte, aber er überwand seine Hemmungen, wagte einige zaghafte Tanzschritte und schloss sich ihnen an.

»So betrunken bin ich seit meiner Abifeier nicht gewesen«, sagte er.

»Ich auch nicht. Und ich habe definitiv nicht mehr so viel getanzt«, johlte Alice.

Dank der Kombination aus Tanzen und Alkohol konnte Faye all die Anspannung und ihre Sorgen für einen Moment vergessen. Alles, was zählte, war in diesem Raum. Zwei Menschen, die ihr viel bedeuteten, eine helle Sommernacht in Stockholm.

Der Rest konnte warten. Die Welt sollte warten.

ABBAs Song klang aus, und stattdessen ertönte »Fireworks« von First Aid Kit.

Sie beugten sich zurück, warfen die Arme in die Luft und sangen mit.

Alice' blondes Haar war offen, ihr Körper bewegte sich rhythmisch und sinnlich, aber kein bisschen affektiert, obwohl ihr wohl bewusst war, wie schön sie aussah, und im nächsten Augenblick zog sie Faye an sich und küsste sie.

Ihre Lippen waren weich und feucht. Ihre Zunge schmeckte nach Minze und Alkohol. Sie schmiegten sich aneinander, und als Alice sanft in Fayes Unterlippe biss, durchfuhr sie eine Art Stromstoß.

Faye drehte sich um. David hatte sich wieder in den Sessel gesetzt und beobachtete sie wortlos und gebannt. Durch den Stoff ihres Sommerkleids spürte sie, wie Alice' harte Brustwarzen ihre eigenen streiften. Sie hielten sich umschlungen und warfen David dabei aufreizende Blicke zu.

Sie merkte, dass Alice auch Lust hatte. Die Art, wie ihre anfangs spielerischen Küsse immer hungriger wurden, ließ keinen Zweifel daran.

Faye und Alice bewegten sich auf David zu und blieben direkt vor ihm stehen. Faye stellte sich hinter Alice und schob vorsichtig die schmalen Träger ihres Kleids von den Schultern und an den Oberarmen hinunter. Langsam rutschte das Kleid an ihrem Körper herab und blieb zu ihren Füßen liegen. Nackt stand sie zwischen David und Faye. David fiel die Kinnlade hinunter, aber er rührte sich nicht. Vollkommen reglos saß er mit dem Whiskyglas auf dem Schoß da und sah Alice an.

»Gefällt sie dir?« Faye liebkoste Alice' Brustwarzen.

Alice legte stöhnend den Kopf an Fayes Schulter. Bedächtig ließ Faye ihre Hände weiter nach unten wandern. Zwischen Alice' Beine. Sie fand ihre feuchte Stelle und streichelte sie so, wie sie es am liebsten bei sich selbst machte.

»Gefällt sie dir?«, fragte sie noch einmal.

Alice keuchte. Rings um Fayes Finger wurde sie immer nasser.

David nickte langsam. Er hatte sich die Hose aufgeknöpft, seinen harten Schwanz herausgeholt und fuhr sachte mit der rechten Hand daran auf und ab. Faye streichelte Alice noch eine Weile, während David seine Hand auf und ab bewegte.

Alice machte einen Schritt auf David zu. Setzte sich breitbeinig auf ihn und rutschte im Rhythmus der Musik auf seinen Oberschenkeln vor und zurück. Seinen Schwanz ignorierte sie, und seine eigene Hand zog sie auch weg davon. Stattdessen rieb sie sich an ihm, nahm ihn aber nicht in sich auf. Faye ging um den Sessel herum und knöpfte Davids Hemd ganz auf. Sie ließ ihre Finger um seine Brustwarzen kreisen und kniff behutsam hinein. Dann begann sie Alice' Brustwarzen zu liebkosen. Sie lehnte sich über ihn, in Alice' und ihrem Mund stießen feuchte Zungen aufeinander, während Alice sich auf und ab bewegte und sich an Davids Geschlecht rieb.

David saß da wie gelähmt, sie hatten ihn in ihrer Gewalt.

»Fass sie an«, flüsterte Faye, griff nach seiner Hand und legte sie auf Alice' Brust.

Faye stand auf, streifte ihre Kleidung ab, zog Alice an sich, küsste sie und drückte sich ihren Kopf zwischen die Beine. Sie stöhnte auf und stützte sich an der Wand ab.

David sah Faye fragend an, sie nickte. Hastig zog er sich vollständig aus und stellte sich neben Faye und vor Alice. Faye nickte als Antwort auf Alice' unausgesprochene Frage. Sie war nicht eifersüchtig. Sie war diejenige, die aus dem Vollen schöpfte und freiwillig abgab. Von David. Von Alice. In diesem Augenblick hatte niemand einen Besitzanspruch.

Alice kniete vor ihnen und befriedigte sie abwechselnd. Faye sah David in die Augen, deutete ein Lächeln an, biss sich auf die Lippe und umfasste Alice' Kopf fester.

»Jetzt sind wir an der Reihe. Du kannst zuschauen. Komm!«

Faye nahm Alice an der Hand und zog sie zu den Sofas

hinüber. Alice bettete sich auf den Rücken, und Faye legte sich anders herum auf sie, sodass Alice' Zunge zwischen ihren Beinen war. Sie selbst begann Alice langsam zu lecken. Aus dem Augenwinkel sah sie David neben ihnen sitzen. Seine Hand bewegte sich langsam auf und ab.

Während Alice sie leckte, wurde ihr vor Genuss schwarz vor Augen. Als sich der Orgasmus mit ersten Vibrationen ankündigte, gab sie sich der Explosion hin und schrie. Sie hörte auf, Alice zu lecken, rollte sich auf dem riesigen Sofa zur Seite und sah David herausfordernd an.

»Ich will dich mit ihr zusammen sehen«, sagte sie.

Er stand auf und kam zu ihnen.

Alice ging auf alle viere und streckte David, der schnell in sie eindrang, ihren Po entgegen. Während David immer härter zustieß, fühlte Faye die Erregung in heißen Wellen durch ihren Körper schießen. Vorsichtig streichelte sie Alice' Klitoris und spürte Davids Hoden an ihre Hand schlagen. Zärtlich umfasste sie seinen warmen Hodensack.

»Gefällt dir das?«, fragte sie ihn mit heiserer Stimme, obwohl ihm die Antwort ins Gesicht geschrieben stand.

Nach einer Weile konnte Faye sich nicht mehr zurückhalten, sie wollte ihn, ihr ganzer Unterleib pochte heiß und nass vor Verlangen. Daher nahm sie die gleiche Position wie Alice ein, direkt neben ihr, und löste sie ab. Der Alkohol ließ alles wie in einem Nebel erscheinen: die Lichter, die nackten Körper, das Feuer im Kamin.

Die Stimmen und das Keuchen.

Es war alles wie ein Traum.

Ihr Kopf drehte sich.

Alice' Mund an ihrer harten Brustwarze. Alice' Finger, die sie liebkosten, während Davids Stöße ihren Körper mit genussvollem Schmerz erfüllten, der sich bis in die kleinste Nervenzelle ausdehnte.

Sie sagte Dinge, die sie noch nie gesagt hatte, dachte Dinge, die sie noch nie gedacht hatte.

Hinterher streckten sich alle drei auf dem Sofa aus. Schwer atmend und lachend. Wund gerieben, verschwitzt und klebrig, aber immer noch erregt und offen für mehr.

In manchen Momenten seines Lebens vergisst man, dass man ein Mensch ist, und genau das ist die Essenz des Menschseins, dachte Faye. Sie schloss die Augen und spürte Alice' Lippen an ihrem Körper hinunterwandern. Sie liebte Alice. Sie liebte David.

Fjällbacka – damals

Tomas und Roger waren von der rauen See verschlungen worden. Gerade eben waren sie noch da gewesen, im nächsten Moment existierten sie nur noch in der Erinnerung. Fischfutter. Die Strömungen in diesem Gebiet waren unberechenbar und stark – hoffentlich würden ihre Leichen nie gefunden werden.

Ich packte das Steuer und hielt denselben Kurs wie Roger.

Sebastian kam aus der Kajüte, wo er seinen Rausch ausgeschlafen hatte. Benommen blickte er sich um.

»Wo sind Roger und Tomas?«, fragte er verwundert.

Er kam näher und sah mich mit zusammengekniffenen Augen an.

»Was ist passiert?«, fragte er. »Du hast Blut am Mund.«

Ich hatte es absichtlich nicht abgewaschen. Ich musste Sebastian Angst einjagen, um ihn zum Schweigen zu bringen.

Er rief nach Tomas und Roger. Ich betrachtete ihn mit ausdruckslosem Gesicht.

»Sie sind ins Wasser gefallen«, sagte ich leise.

»Was hast du gesagt?«

Ich durchbohrte ihn mit meinem Blick, und er musste etwas in meinen Augen bemerkt haben, etwas Furchterregendes. Er wich erschrocken zurück.

»Ich habe sie mit einem Ruder geschlagen, und da sind sie über Bord gegangen.« Ich deutete mit einer Kopfbewegung auf das Ruder, das noch an derselben Stelle lag, wo ich sie attackiert hatte. »Roger ist sofort reingefallen. Tomas hat sich an die Reling geklammert, und da habe ich ihn in die Hand gebissen, bis er losgelassen hat. Deswegen habe ich Blut am Mund.«

Sebastian riss die Augen auf und kam einen Schritt auf mich zu.

»Wir wissen beide, dass du dich gar nicht traust, etwas zu machen, wenn du allein bist«, sagte ich ruhig. »Die Zeiten sind vorbei.«

Einen halben Meter vor mir blieb er stehen. Ich leckte mir die Lippen ab, hatte den metallischen Geschmack von Tomas' Blut auf der Zunge.

»Wenn du mich noch einmal anfasst, töte ich dich, Sebastian. Verstanden? Ich bin nicht mehr die, mit der du machen kannst, was du willst. Und wenn du irgendwem erzählst, was hier passiert ist, werde ich sagen, dass du sie ins Wasser geschubst hast. Und dann werde ich alles erzählen. Ich kann die Vergewaltigungen beweisen.«

Letzteres war eine Lüge.

Sebastian murmelte etwas vor sich hin, aber ich ignorierte ihn.

»Der einzige Grund, warum du noch lebst, ist Mama. Sie liebt dich nämlich.«

Ich horchte in mich hinein, um herauszufinden, ob das, was ich getan hatte, irgendwelche Gefühle in mir hervorrief. Ich hatte zwei Menschen umgebracht. Ich stellte jedoch befriedigt fest, dass ich lediglich getan hatte, was ich tun musste. Um zu überleben. War ich vielleicht in diesem Moment erwachsen geworden?

Sebastian starrte mich an. Doch die Wut, die eben noch aus seinen Augen geblitzt hatte, war weg. Er wirkte resigniert. Besiegt.

»Ich werde dir jetzt sagen, was du zu tun hast, wenn wir ankommen.« Ich sah ihm in die Augen. »Du wirst der Polizei sagen, dass sie ins Wasser gefallen sind. Wir haben gewendet, um nach ihnen zu suchen, aber der Seegang war zu hoch. Verstanden? Und diese Geschichte wiederholst du jedes Mal, wenn dich jemand danach fragt, bis ans Ende deines Lebens.«

»ALLES OKAY, LIEBLING? Bereust du auch wirklich nicht, was gestern passiert ist?«

David sah sie prüfend an und strich dabei mit den Fingern über ihre Hand. Faye gefiel es, dass er besorgt war. Es hätte sich merkwürdig angefühlt, wenn er es nicht gewesen wäre. Sie beantwortete seine Frage ehrlich und aufrichtig.

»Ich bereue nichts. Wir sind alle drei erwachsen, und ich liebe sowohl dich als auch Alice. Auf unterschiedliche

Weise vielleicht, aber …« Sie lachte auf. »Aber trotzdem. Es war schön. Es war Liebe. Und wir hatten Respekt voreinander.«

»Du bist wunderbar«, sagte David. Sie sah ihm an, dass er es ernst meinte.

»Ach, das sagst du doch nur so«, erwiderte sie lächelnd. Sie machte keinen Hehl daraus, dass sie offensives Fishing for Compliments betrieb.

»Du weißt doch, dass du für mich die schönste Frau auf Erden bist. Oder muss ich noch deutlicher werden?«

»Ich glaube, du musst noch deutlicher werden.« Sie gab ihm einen Kuss.

Irgendetwas an Davids Art löste einen Hunger nach seinen Komplimenten aus. Es war himmlisch, wenn er sie mit liebevollen Worten überschüttete. Und mit Küssen. Die vergangene Nacht hatte sie in keiner Weise verunsichert. David hatte mit ihnen beiden geschlafen, aber nie einen Zweifel daran aufkommen lassen, dass er sie liebte.

»Du …«, begann er zögerlich. »Wir wollten doch eigentlich zusammen mittagessen, aber ich muss dringend nach Frankfurt. Eine langweilige geschäftliche Angelegenheit. Ich würde die Zeit lieber mit dir verbringen, aber … die Arbeit ist auch wichtig.«

»Klar.« Faye streichelte seine Hand. »Wer würde das besser verstehen als ich. Ich bin auch viel unterwegs, und da wäre es doch seltsam, wenn ich kein Verständnis für deine Geschäftsreisen hätte.«

»Sicher?«

Er blickte von schräg unten zu ihr auf, und sie liebte ihn für seine Fürsorglichkeit. In ihrer jugendlichen Naivität hatte sie geglaubt, Jack wäre ihr Traummann. Aber David war völlig anders. Vor allem war er nicht Jack.

David zog ihre Hand an seine Lippen und küsste sie.

»Du bist einzigartig, weißt du das? Wenn ich heute Abend nach Hause komme, möchte ich schick mit dir essen gehen. Im *Frantzén*. Einverstanden?«

Faye nickte, und David küsste sie auf eine Art, die ihr den Atem raubte. Gott, wie sie diesen Mann liebte!

Während sie ins Schlafzimmer ging, rubbelte Faye ihr Haar mit dem Handtuch trocken. Zog ihren Bademantel etwas fester zu. Wenn sie heute schon nicht gemütlich mit David mittagessen konnte, wollte sie wenigstens ausgiebig den Morgen genießen.

In diesem Moment leuchtete das Handy auf dem Bett auf. Eine SMS von Ylva. Faye klickte die Nachricht an.

Komm ins Büro. Henrik ist da. Er hat hinter unserem Rücken mehrere Aktienkäufe getätigt. Er ist Mehrheitseigner.

Faye schwankte und ließ beinahe das Handy fallen. Das durfte nicht sein. Wie um alles in der Welt hatte das passieren können?

Sie zog sich hastig an, schminkte sich noch hastiger und stürzte sich in ein Taxi. Als sie im Büro ankam, wagte niemand, ihr in die Augen zu sehen. Alice erwartete sie am Empfang. Sie lächelten sich kurz an, bevor der Ernst der Lage beide wieder voll in Anspruch nahm.

»Er ist in deinem Zimmer«, sagte Alice. »Aus naheliegenden Gründen werde ich dich nicht begleiten, aber Ylva ist oben. Sie wartet vor deiner Tür auf dich.«

Faye nickte, umklammerte ihre Chanel-Handtasche und atmete tief durch, bevor sie mit dem Aufzug in den obersten Stock fuhr. Als sich die Fahrstuhltüren öffneten, stand Ylva vor ihr.

»Dass er die Frechheit besitzt, hier gleich aufzukreuzen, nachdem er Mehrheitseigner geworden ist«, sagte sie. »Unglaublich.«

»Lass dir nicht anmerken, was du wirklich empfindest«, sagte Ylva. »Ich werde versuchen zu retten, was zu retten ist. Und vergiss nicht, uns bleibt immer noch Plan B.«

»Okay«, sagte Faye verbissen und klopfte ihr auf die Schulter.

Ylva nickte ihr aufmunternd zu und eilte zu ihrem eigenen Schreibtisch zurück. Im Augenwinkel sah Faye, wie sie sich auf einen Papierstapel stürzte.

Ohne Eile und sehr kontrolliert ging Faye in gemächlichem Tempo zu ihrem Zimmer, das am Ende des Flurs lag. Sie sah Henrik durch die Scheibe, und sie sah, dass er sie bemerkt hatte. Sie hob das Kinn und zwang sich, ruhig zu atmen. Nicht die Fassung zu verlieren. Gefühle konnte sie sich im Moment nicht erlauben, auch wenn ein Teil von ihr ihm am liebsten die Ledertasche von Chanel ins Gesicht geknallt hätte, damit ihm dieses selbstzufriedene Grinsen verging. Diese Tasche war sogar mit Nieten besetzt.

Stattdessen betrat sie ruhig und beherrscht ihr großes Büro.

»Hallo, Henrik.« Sie nickte ihm zu. »Du scheinst dich ja bereits wie zu Hause zu fühlen.«

Er nickte nicht zurück. Aber er grinste übers ganze Gesicht.

»Als Erstes werde ich die komplette Einrichtung hier herausreißen lassen und einen Innenarchitekten kommen lassen. Meine Güte, wen hast du bloß beauftragt? Die Eiskönigin von Narnia? Alles weiß. Steril und kalt. Genau wie du.«

Faye nahm auf einem der Besucherstühle Platz, hängte ihre Tasche über die Lehne, strich ihren Seidenrock von Dolce & Gabbana glatt und legte die gefalteten Hände in den Schoß.

»Ich gebe zu, so heimelig, wie du es gerne hast, ist es hier nicht. Ich bin gespannt, was dir so einfällt. Wie wär's mit einem Bartresen in der Ecke? Oder Fußballwimpeln an den Wänden. Dort würde sich übrigens auch ein Elchkopf gut machen, den du angeblich selbst erlegt, aber in Wirklichkeit bei Bukowskis ersteigert hast. Den an einer Glaswand zu befestigen, wird zwar gar nicht so einfach, aber vielleicht kann man ihn ja an der Rückseite mit einem riesigen Saugnapf versehen?«

Sie grinste und merkte, dass Henrik sich wahnsinnig darüber ärgerte. In den zwei Jahren, seit sie ihn zuletzt gesehen hatte, war sein Haaransatz ein ordentliches Stück höhergewandert.

»Das Licht ist leider nicht besonders schmeichelhaft, wenn es aus dieser Richtung auf deinen Kopf fällt, aber ich kenne einige, bei denen die Poseidonklinik ansehnliche Resultate erzielt hat. Sie rasieren das Haar einfach ab und transplantieren Haarwurzeln aus dem Nacken in die Geheimratsecken. Sieht richtig echt aus.«

Sie hielt beide Daumen hoch, und Henrik umfasste die Schreibtischplatte. Einen Moment lang sah er aus, als würde er gleich explodieren. Von ihrem Platz aus konnte Faye nicht ins Großraumbüro schauen, aber sie nahm an, dass die meisten Mitarbeiter nur so taten, als wären sie beschäftigt, während sie gebannt beobachteten, was sich in ihrem Büro abspielte. Das bald Henrik gehören würde. Bei dem Gedanken wurde ihr plötzlich schlecht.

»Ich weiß, was du vorhast.« Henrik verzog das Gesicht.

»Du versuchst mich in den Wahnsinn zu treiben. Genau wie du es mit Jack gemacht hast. Du hast sein Leben zerstört, Faye. Du hast ihm alles genommen. Und ja, ich kenne die Lügen, die du über ihn verbreitest, und ich glaube dir kein Wort. Er war nicht so. Jack war … ich weiß, dass du lügst.«

Er zischte die Sätze mit zusammengebissenen Zähnen. Faye schluckte. Sie unterdrückte den Impuls, scharf zu erwidern, er habe keine Ahnung, wozu Jack fähig sei. Vor allem nicht in Bezug auf seine eigene Tochter. Sie wusste jedoch, dass es nichts gebracht hätte. Henrik würde ihr sowieso nicht zuhören.

»Du hast nicht nur Jack alles genommen, sondern auch mir.«

»Irgendwie scheinst du ja trotzdem ganz gut zurechtgekommen zu sein«, sagte Faye säuerlich und warf einen Blick auf seinen maßgeschneiderten Anzug von Armani und die Patek Philippe Nautilus an seinem Handgelenk.

»Das geht dich nichts an«, sagte Henrik.

Faye zuckte mit den Schultern.

»Du hast immer gerne die Opferrolle eingenommen, Henrik. Schon als wir zusammen auf die Handelshochschule gingen. Es war immer irgendjemand anders schuld.«

»Glaubst du wirklich, dass dir diese Haltung fremd ist, Faye?«

»Spielt meine Haltung denn eine Rolle? Ändert sie etwas an der Situation?«

Henrik lehnte sich grinsend zurück und legte die Füße auf den Schreibtisch. Sah sie belustigt an.

»Nein. Eigentlich nicht. Ich mache, was ich mir vorgenommen habe. Und jetzt habe ich es geschafft. Ich bin

Mehrheitseigner und werde so bald wie möglich einen neuen Vorstand vorschlagen. Und zwar einen ohne dich.«

Faye öffnete die Arme.

»Herzlichen Glückwunsch! Bald gehört Revenge dir. Zieh doch gleich hier ein, das Büro ist sowieso deins. Aber hast du auch eine Vision? Weißt du überhaupt, wie man so ein Unternehmen führt?«

Henrik richtete den Rücken auf.

»Faye, dein Problem ist, dass du nur eine leere Hülle bist. Bei dir ist alles nur Fassade, und darunter gibt es keine wertvolle Substanz. Jack hat das gewusst. Ich weiß es. Man merkt es, sobald man dich näher kennenlernt. Du kannst Leute eine Zeit lang täuschen, aber früher oder später begreifen sie, wer du bist. Man kann dich nicht lieben, Faye.«

Er lachte in sich hinein. Seine Augen leuchteten, und sie stellte sich zum wiederholten Mal vor, wie ihm die Nieten ihrer Handtasche die rot gefleckte Haut aufrissen.

Bedächtig stand sie auf. Setzte sich auf die Schreibtischkante, was ihm sichtlich unangenehm war. Er rückte einige Zentimeter vom Tisch ab.

»Ich weiß, woher dein Bedürfnis kommt, dich als Macker aufzuspielen, Henrik. Alice hat mir alles erzählt. Aber auch so was kann man heutzutage operieren. Ein oder zwei Zentimeter mehr kommen dabei auf jeden Fall heraus. Solltest du dir vielleicht mal überlegen. Denn meine Firma wird dir niemals als Schwanzverlängerung dienen …«

Sie sah ihn höhnisch an, stand auf, schnappte sich ihre Chanel-Tasche und rauschte aus ihrem ehemaligen Büro.

Hinter sich hörte sie ein lautes Scheppern. Henrik hatte irgendetwas an die Glaswand geworfen. Sie lächelte. Eins zu null. Sie hatte die Fassung gewahrt, er nicht. Sie hoffte nur, dass es kein Pyrrhussieg war.

Die Hitze wollte einfach nicht enden. Faye verließ das Büro in der Birger Jarlsgata und ging zu Fuß zum Stureplan, um allein mittagzuessen. Sie musste einen klaren Kopf bekommen, ihre Gedanken sortieren. Revenge war verloren, aber hoffentlich nur vorübergehend. Ylva schien all ihre Hoffnung in Plan B zu setzen.

Faye war es immer schwergefallen nachzudenken, wenn sie nur leere Wände vor sich hatte. Sie brauchte Anregungen von außen und Menschen um sich herum.

Die Urlaubssaison war in vollem Gange. In der Innenstadt waren Trauben von asiatischen Touristen unterwegs. Sie beneidete sie ein wenig. Stockholm war schön, sie liebte die Stadt, aber sie konnte sie nicht mehr so genießen wie am Anfang, als sie gerade von Fjällbacka hergezogen war. Die Augen gewöhnten sich an den Anblick und waren nicht mehr so empfänglich für das Schöne.

Auf dem Stureplan angekommen, stand Faye eine Weile unter dem berühmten Betonpilz und überlegte, wo sie etwas essen sollte.

Die Tische vor dem *Sturehof* waren alle besetzt. An und für sich hatte sie nichts dagegen, drinnen zu sitzen, aber sie wollte niemanden treffen, den sie kannte. Nicht jetzt. Dass sie Revenge verloren hatte, verbreitete sich wahrscheinlich gerade wie ein Lauffeuer. Sie ging zum Strandväg, würdigte die Luxusboutiquen keines Blickes und spürte, wie der Spaziergang allmählich wieder Leben in ihr Gehirn brachte. In der Nybrovik glitzerte das Wasser in der Sonne. Die Kais waren voller Menschen. An einer Fußgängerampel blieb sie stehen.

Sie fühlte sich leer. Die kurze Euphorie, die es in ihr ausgelöst hatte, Henrik aus der Fassung zu bringen, war vorbei. Stattdessen fühlte sie nichts. Sie durchforstete ihr Inneres nach der Wut. Dem dunklen Abgrund. Dem trüben Gewässer. Aber in der Tiefe war nichts als Leere. Das wunderte sie. Und es kam völlig überraschend. Mit Wut konnte sie umgehen, aber sie hatte keine Ahnung, was sie mit diesem Nichts anfangen sollte.

Sie war es gewohnt zu kämpfen. Mit Händen und Füßen. Sie hatte von klein auf um sich geschlagen. Hatte alle Grenzen überschritten, die Menschen ihr zu setzen versuchten, hatte sich über Recht und Logik hinweggesetzt. Über Regeln und Moral. Ohne mit der Wimper zu zucken, hatte sie gegen Gesetze verstoßen. Aber nun fühlte sie sich verloren. Sie erkannte sich selbst nicht wieder und wusste nicht, wie sie mit einer Faye umgehen sollte, die nicht für irgendetwas brannte.

In der Handtasche surrte ihr Handy, vermutlich rief Ylva an. Faye konnte sich jedoch noch nicht überwinden, ans Telefon zu gehen. Und irgendetwas, das Henrik zu ihr gesagt hatte, nagte an ihr. Sie wusste nicht genau, was es war. Es arbeitete in ihr, irgendwo in dem sumpfig trüben Gewässer, aber sie kam nicht heran. Er hatte etwas gesagt, auf das sie nicht reagiert hatte, obwohl sie hätte nachhaken sollen.

Die Ampel sprang auf Grün. Während sie die Straße überquerte, fiel ihr Blick auf eins der wartenden Autos. Ein Taxi. Durch die Windschutzscheibe sah sie hinter dem Fahrer zwei bekannte Gesichter. Es waren David und Johanna. Faye wandte sich ab und ging hastig über die

Straße. Auf der anderen Seite blieb sie stehen. Für die Autos wurde es grün, und das Taxi fuhr weg. Sie hatte Herzklopfen.

Hatte er sie gesehen?

Bevor sie vom Büro weggegangen war, hatte sie David eine Nachricht geschickt und ihn gefragt, ob er eventuell etwas eher von seiner Dienstreise zurückkommen könnte. Sie wollte ihm von der Übernahme und von Henrik erzählen und ihn fragen, wie sie sich nun seiner Ansicht nach verhalten sollte. Sie wollte sich bei ihm anlehnen, ihr Gesicht an seine Schulter schmiegen und seine beruhigende Stimme im Ohr haben.

Er hatte jedoch geantwortet, das sei leider nicht möglich, weil er noch ein paar Dinge zum Abschluss bringen müsse. Sie würden sich erst sehen, wenn er spät am Abend nach Hause komme. Johanna hatte er mit keinem Wort erwähnt. Oder hatte sie etwas überlesen?

Mit zitternden Händen zog Faye ihr Telefon aus der Tasche und las alle Nachrichten, die sie gewechselt hatten, noch einmal. Nein, dort stand klar und deutlich, dass er heute erst spät am Abend wieder in Stockholm sein würde. War es vielleicht ein Notfall gewesen? Vielleicht war eins der Kinder ernsthaft krank geworden oder hatte sich verletzt, und er hatte sofort nach Hause kommen müssen. Saßen er und Johanna deshalb im selben Taxi?

Faye sah Ylvas Gesicht vor sich und hatte wieder ihre Worte im Ohr.

Was weißt du eigentlich über ihn?

Zur Hölle mit Ylva. Und mit David. Und Henrik.

Sie ballte die Hände so fest zusammen, dass sich ihre Nägel in die Handflächen bohrten.

Es konnte doch alles Mögliche passiert sein. Sie würde sich nicht verrückt machen, bevor sie nicht alle Fakten kannte. Sie liebte David. Mit ihm war alles so einfach. Sie wollten gemeinsam das Leben genießen. Und sich nicht gegenseitig einschränken. Niemals. Konnte es sein, dass dieser Gedanke Faye völlig verblendet hatte? War sie dabei, den Verstand zu verlieren?

Wie in Trance ging sie weiter und setzte sich schließlich auf eine freie Parkbank im Berzelii Park. Sah die gut gelaunten Leute im *Berns*.

Ihr Handy gab ein Ping von sich. Sie holte es hervor. Sah Davids Namen. Gott sei Dank, nun würde sich alles aufklären. Natürlich war es ein Notfall gewesen.

Doch als sie die Nachricht öffnete und den Text las, schien sich ein Messer in ihren Bauch zu bohren.

Ich vermisse dich und kann den Abend kaum erwarten, es ist schrecklich, so weit weg von dir entfernt zu sein, vermisse dich und Stockholm.

Mehr nicht. Nur diese Worte, die sie schon so oft gelesen und ihm geglaubt hatte.

Sie sah Menschen vorübereilen, Menschen, die auf dem Weg irgendwohin oder mit jemandem zusammen unterwegs waren. Sie wünschte plötzlich, sie wäre eine von ihnen. Sie wünschte, sie wäre nicht Faye.

Mit zitternden Fingern ging sie auf Instagram, gab Johanna Schillers Namen ein und wischte sich durch ihre Bilder. Ein Säufer setzte sich neben sie, öffnete eine Dose Bier und trank einen Schluck.

»Schöner Tag«, sagte er.

»Finden Sie?«, gab Faye wortkarg zurück.

Er lachte glucksend.

Sie scrollte bis zu der Woche, in der David und sie sich

kennengelernt hatten. Es dauerte eine Weile. Johanna postete eine Menge Fotos. An manchen Tagen drei oder vier. Auf mehreren war David zu sehen. Auf einem Holzsteg, bei einem schönen Abendessen, im Restaurant und an einem Grill. Er lächelte, lachte, hielt seine Töchter im Arm, küsste Johanna auf die Wange. Fröhliche Kinder. Sonnenuntergänge. Hübsch arrangierte Gerichte.

Faye stand der Mund offen. Sie las die Bildunterschriften.

Abendessen mit meinen Lieblingen.

Mein Mann hat mich mit selbst gemachter Lasagne überrascht.

Gemütlich grillen mit der Familie.

Kurzurlaub an der Westküste.

Und alles garniert mit mindestens fünf oder sechs Smileys.

Faye holte ihr Notebook hervor, klappte es auf, ging ihren Kalender durch und verglich die Daten. David hatte ihr nicht erzählt, dass er an der Westküste gewesen war. Zu dem entsprechenden Zeitpunkt war er auf einer Geschäftsreise gewesen. Außerdem befanden sie sich Johannas Instagram-Account nach zu urteilen nicht in einem toxischen Rosenkrieg, sondern schienen eher in einer geradezu idyllischen Beziehung zu leben. Soziale Medien konnten natürlich lügen und ein Bild erzeugen, das nicht real war, indem sie Dinge kaschierten oder verschönerten – aber das hier?

Das Herz klopfte ihr bis zum Hals, ihr Magen zog sich zusammen. Sie erinnerte sich an die letzte Zeit mit Jack.

Sie wählte Davids Nummer. Sie musste mit ihm sprechen, seine Stimme hören. Er würde ihr alles erklären. Bestimmt war das Ganze ein Missverständnis.

Die Mailbox sprang an.

Anstatt draufzusprechen, schrieb sie ihm eine Nachricht, in der sie ihn bat, sie so schnell wie möglich zurückzurufen.

Wie hatte sie nur so blind sein können?

Warum hatte sie nicht auf Johannas Anrufe reagiert oder auf Ylva gehört? Sich den Instagram-Account früher angesehen? Wieso war sie blind und taub gewesen? Schon wieder?

Sie stand von der Bank auf. Sie wusste, wo Davids Büro war. Zumindest hatte er gesagt, dass es dort sei. Hatte er überhaupt eins? Eilig durchquerte sie den Berzelii Park, umrundete die vielen vollbesetzten Tische des *Berns* und steuerte Blasieholm an, wo einige der renommiertesten Finanzunternehmen Stockholms ansässig waren. Ihr Handy klingelte, sie zuckte vor Schreck zusammen und riss es in der Hoffnung, dass David dran wäre, aus der Tasche, aber er war es nicht. Es war Ylva.

»Ja?«, sagte sie frustriert.

»Ich muss mit dir reden.«

»Ich kann jetzt nicht über Revenge reden. Gib mir ein paar Stunden Zeit, um das alles zu verdauen.«

»Ja, was Revenge angeht, müssen wir uns treffen und gemeinsam einen Schlachtplan entwerfen, damit wir nicht die Kontrolle über das Unternehmen verlieren. Aber jetzt möchte ich mit dir über etwas anderes reden.«

»Bitte, Ylva, es ist kein guter Zeitpunkt.«

»Es geht um David. Was ich entdeckt habe, willst du sehen. Mir glaubst du vielleicht nicht, aber du hast mich doch gebeten, mir seinen Finanzierungsvorschlag anzuschauen, seine finanzielle Situation und alles andere auch zu überprüfen. Damit habe ich mich in den letzten Tagen beschäftigt. Es ist alles hier. Schwarz auf weiß. Die Papiere lügen nicht. Und sie fällen kein Urteil.«

Faye blieb stehen. Blickte aufs Wasser und die schönen Fassaden aus dem neunzehnten Jahrhundert. Es war alles so schön. Wie konnte alles so schön sein, wenn sie sich mitten in einem Albtraum befand?

»Wo bist du?«, fragte sie.

»Nachdem Henrik dort war, habe ich es im Büro nicht mehr ausgehalten. Wer weiß, wie viel Zeit uns noch bleibt, bis er uns alle rausschmeißt. Deswegen bin ich zu Alice nach Hause gefahren.«

»Ich komme dahin«, sagte Faye.

»Alles okay?«

»Ich weiß nicht«, flüsterte Faye. »Ich weiß nicht.«

»Wo bist du?«

»Berzelii Park.«

»Rühr dich nicht vom Fleck! Ich hole dich ab.«

Auf dem Tisch in Alice' Arbeitszimmer, das sie Ylva zur freien Verfügung überlassen hatte, als sie bei ihr einzog, lagen stapelweise Dokumente. Ylva rückte Faye einen Stuhl zurecht, zwang sie regelrecht, darauf Platz zu nehmen, und setzte sich neben sie.

Im Taxi hatten sie kein Wort miteinander gesprochen.

»Danke«, murmelte Faye.

Ylva sah ihr tief in die Augen.

»Nichts zu danken. Du hättest das Gleiche für mich getan. Was ist passiert? Abgesehen von dem Massaker, das wir heute Morgen miterlebt haben. Aber da ist doch noch etwas? Möchtest du darüber reden?«

Faye seufzte.

»Könntest du das Fenster öffnen? Ich brauche Luft ...«

Ylva nickte und ging zum Fenster hinüber. Zögerlich und schleppend begann Faye zu sprechen.

»So langsam glaube ich, dass du recht hattest. Ich weiß nicht ... Scheiße, ich weiß gar nichts mehr.«

Ylva sah sie stirnrunzelnd an.

»Wie meinst du das?«

Faye fuhr mit dem Fingernagel über die Tischplatte. Wusste nicht, wo sie anfangen sollte. Sie schämte sich.

Dann räusperte sie sich.

»Während dieser ganzen Zeit war David mit Johanna zusammen, als ob nichts passiert wäre. Ehrlich gesagt, weiß ich nicht mal, ob er jemals die Absicht hatte, sich von ihr zu trennen. All diese Geschichten von dem Kampf, den er angeblich für uns führte, damit wir zwei einmal glücklich zusammen sein könnten ... ich glaube, es war alles eine Lüge. Als sie angeblich in Saltsjöbaden waren und sich das ganze Wochenende gestritten haben, waren sie in Wirklichkeit in Marstrand. Und als er sagte, er habe geschäftlich in Tallinn zu tun, waren sie mit den Kindern im Vergnügungspark Liseberg.«

Faye konnte nun die Tränen nicht mehr länger zurückhalten.

»Verzeih mir, Ylva. Dass ich so unfreundlich zu dir war, als du es mir erzählen wolltest. Ich weiß, dass du gute Absichten hattest und mich beschützen wolltest.«

Ylva rückte näher an Faye heran und drückte sich ihren Kopf an die Schulter.

»Niemand will so was über den Menschen hören, den er zu lieben glaubt«, sagte sie. »Und ich wusste es ja auch nicht. Ich hatte keine Ahnung. Ich war mir nur ganz sicher, dass Johanna bei Weitem nicht so verrückt ist, wie er sie darstellt.«

»Ich begreife nicht, wie ich so blind sein konnte. Und so dumm.«

Faye schluchzte jetzt. Ylva strich ihr übers Haar und murmelte besänftigend auf sie ein.

Schließlich wischte Faye sich die Tränen ab. Mit einem tiefen Seufzer legte sie die Hand auf den Dokumentenstapel vor ihnen auf dem Tisch.

»Was hast du herausgefunden? Ich nehme an, du hast schlechte Nachrichten für mich.«

Ylva räusperte sich. Faye sah ihr an, dass sie Angst hatte, ihr wehzutun.

»Raus damit«, sagte sie. »Ich kann die Wahrheit vertragen.«

»David Schiller ist fast pleite. Du und Revenge sollen sein Rettungsanker sein. Und es ist sogar noch schlimmer. Es hängt alles zusammen.«

Und dann begann sie Faye das Ganze zu erklären.

Fjällbacka – damals

Am Hafen gab es eine Telefonzelle. Während Sebastian das Boot vertäute, rannte ich hin, riss den Hörer von der Gabel und wählte den Notruf. Eine halbe Stunde später wimmelte es am Anleger von Leuten. Jemand hatte der Lokalzeitung einen Tipp gegeben, und daher wanderten auch ein Reporter und ein Fotograf in unserer Nähe auf und ab und konnten es kaum erwarten, uns zu interviewen.

Sie umkreisten Sebastian und mich wie Haie, die auf ihre Beute lauern, aber die Polizei wollte uns zuerst befragen. Ich muss so verängstigt und so klein ausgesehen haben. Aber insgeheim war ich stolz. Sebastian war leichenblass. Ich blieb die ganze Zeit in seiner Nähe. Die Polizisten und alle anderen glaubten wahrscheinlich, ich würde mich an ihn klammern, weil ich Angst hatte, aber ich wollte nur aufpassen, dass er sich an die von mir erfundene Version der Geschichte hielt.

»Sie sind also ins Wasser gefallen?«, fragte der eine Polizist.

Sebastian nickte.

»Wir haben gewendet und sind zu der Stelle zurückgefahren, aber da war nichts mehr von ihnen zu sehen«, murmelte er.

Die Polizisten warfen sich müde Blicke zu. Sie wirkten nicht ansatzweise skeptisch, nur traurig und ratlos.

»Ihr hättet bei dem Wetter nicht rausfahren sollen«, sagte einer der beiden und wandte sich ab.

»Es tut mir so leid«, flüsterte ich. »Aber wir hatten Heimweh. Es war Tomas' Idee.«

Schließlich kam der Reporter an die Reihe. Er wollte lieber mit mir sprechen als mit Sebastian, vermutlich wirkte ich unschuldiger und würde bei den Lesern mehr Sympathie wecken. Während des Interviews wurde ich fotografiert.

»Ich kann einfach nicht glauben, dass sie tot sind. Hoffentlich werden sie gefunden.« Ich gab mir Mühe, so unglücklich wie möglich auszusehen.

Mit einer Sonnenbrille als Schutz zwischen sich und der Welt ging Faye langsam die Humlegårdsgata entlang. Es war alles so surreal. Die Menschen, das Gelächter, die Fröhlichkeit. Wie konnten diese Leute alle so unbeschwert sein? Ihre Welt war gerade in tausend Stücke zerbrochen, ihre Zukunft war auf ein Abstellgleis umgeleitet worden.

David und Henrik arbeiteten zusammen. Sie hatten es geschickt verheimlicht. Aber nicht gut genug, als dass Ylva die Anzeichen mithilfe von etwas Zeit, Hartnäckigkeit und Sorgfalt nicht doch entdeckt hätte. Und in gewisser Weise hatten sie sich doch nicht so geschickt angestellt. Wie Ylva bereits angedeutet hatte, war Henriks größte Schwachstelle seine Schlampigkeit. Dass er schon länger geplant hatte, mehrere Käufe gleichzeitig zu tätigen, um überraschend zum Mehrheitseigner zu werden und so bald wie möglich einen neuen Vorstand vorzuschlagen, wussten sie bereits.

Bevor der wahre neue Eigentümer der Aktien auch offiziell präsentiert wurde, hatte Ylva nun herausbekommen, dass David einer der Investoren war, die sich hinter Henrik verbargen. Auch diese Transaktionen waren, da sie über eine Firma in Malta liefen, nur notdürftig kaschiert worden. Nach den jüngsten Enthüllungen über Malta war die Insel kein ganz so sicheres Paradies mehr für Firmen, die Steuern hinterziehen wollten oder aus anderen Gründen etwas lichtscheu waren. Noch ein Fehler, der Henrik unterlaufen war.

Doch das nützte ihr nichts. Seine Versäumnisse hatten nur die Verbindung zwischen David und Henrik ans Licht gebracht. Deswegen konnten sie aber noch lange nicht verhindern, dass ihnen Revenge weggenommen wurde.

Jetzt wusste Faye auch, was seit dem Gespräch mit

Henrik in ihrem Hinterkopf gearbeitet hatte. Er hatte gesagt, man könne sie nicht lieben.

Nach dem Motiv der beiden Männer brauchte sie nicht lange zu suchen. Henrik wollte seine angeknackste Männlichkeit zurückerobern, was absurderweise beinhaltete, dass er sich etwas zurückholen wollte, das er nie besessen hatte. Und David. Ganz einfach. Ihm ging es ums Geld. Und um Macht. Für ihn war sie nur ein Mittel zum Zweck gewesen. Das war ihr jetzt klar. An mehrere Aktienbesitzer, die an ihn verkauft hatten, war Henrik nur herangekommen, weil David ihm Daten von ihrem Computer beschafft hatte. Sie war geschockt.

Faye griff zum Handy. Schrieb David eine SMS.

Rufst du mich bitte an? Wir müssen reden.

Alles war zusammengebrochen. Sie hatte die Kontrolle über Revenge verloren. Und sie hatte David verloren oder, besser gesagt, den Mann, für den sie ihn gehalten hatte. Die Tatsache, dass sie etwas verloren hatte, was nie existiert hatte, hätte den Schmerz eigentlich lindern müssen. Aber für sie war die Illusion real gewesen. Und der Verlust war es auch.

Das Handy vibrierte in ihrer Hand.

Hier in Frankfurt geht es drunter und drüber. Muss noch ein paar Tage bleiben. Vermisse dich.

Faye schluckte mehrmals. Und dann fällte sie eine Entscheidung. Sie würde alles verkaufen und Schweden für immer den Rücken kehren. Sich zurückziehen. Julienne war in Italien. Dort, bei ihrer Tochter, war der Ort, wo sie hingehörte. Nachdem David sie so hintergangen hatte und Revenge ihr ohnehin bald nicht mehr gehören würde, hatte sie keinen Grund mehr hierzubleiben.

Sie würde in ihre Wohnung gehen, ihre Sachen packen

und zu Julienne nach Hause fahren. Den Verkauf ihrer eigenen Revenge-Aktien würde sie den Anwälten überlassen. Um die Markteinführung in den USA brauchte sie sich auch nicht mehr zu kümmern. Die würde in Kürze Henriks Angelegenheit sein. Nie wieder würde sie einen Fuß auf schwedischen Boden setzen. Eigentlich wollte sie nicht einmal mehr ihre Wohnung betreten, aber das Foto von Julienne und ihrer Mutter lag in einer Plastikhülle hinter der Badewanne. Es bewies, dass die beiden noch lebten. Sie konnte das Land nicht verlassen, bevor sie es nicht geholt hatte.

Von David waren auch noch ein paar Sachen in ihrer Wohnung, aber Faye hatte noch nicht einmal Lust, sie im Kamin zu verbrennen.

Und Ylva und Alice? Die würden vielleicht enttäuscht von ihr sein, aber wenn sie blieb, liefen sie Gefahr, zusammen mit ihr in den Abgrund gerissen zu werden. Ohne sie würde es ihnen viel besser gehen.

Sie gab den Türcode ein und öffnete die Haustür. Es dauerte eine Weile, bis der Fahrstuhl kam.

Faye ging hinein und zog das Gitter hinter sich zu. Sah die Stockwerke an sich vorüberziehen. Sie wappnete sich innerlich. Ein paar Minuten noch, dann würde sie in einem Taxi Richtung Flughafen Arlanda sitzen.

Der Fahrstuhl blieb stehen.

Mit knallenden Absätzen marschierte Faye geradewegs auf die Wohnungstür zu. Sie steckte den Schlüssel ins Schloss und drehte ihn um. Im selben Moment hörte sie hinter sich ein scharrendes Geräusch und spürte den kalten Stahl im Nacken.

Langsam drehte sie sich um. Dass es Jack war, wusste sie bereits, bevor sie ihn sah. Das hatte sie immer getan.

Teil 4

Am Mittwochabend verunglückte mindestens eine Person bei einem Brand in einem Sommerhaus in der Nähe von Köping. Beim Eintreffen der Feuerwehr stand das Gebäude bereits in Flammen.

»Bei älteren Sommerhäusern hapert es oft an den elektrischen Leitungen. Diese Art von Unglücksfällen wird häufig durch Kurzschlüsse ausgelöst«, sagte Anton Östberg vom Rettungsdienst Västra Mälardalen.

Die Leiche konnte bislang nicht identifiziert werden. Ebenfalls ungeklärt ist, ob mehrere Personen zu Tode kamen.

»Die Ermittlungen sind gerade erst eingeleitet worden, aber es scheint alles auf einen tragischen Unfall hinzudeuten«, sagte Gun-Britt Sohlberg von der Köpinger Polizei.

aus: *Aftonbladet*, 27. Juni

Jetzt zeigte die Messerspitze auf Fayes Brust. Jack hatte den Mund zu einem triumphierenden und verächtlichen Grinsen verzogen.

»Mach die Tür auf«, sagte er. »Sonst schlitze ich dir den Hals auf.«

Fayes Herz hämmerte wie wild.

Gehorsam schloss sie die Tür und das Sicherheitsgitter auf. Jack schubste sie in die Wohnung und schloss hinter ihnen ab. Es gab keinen Fluchtweg.

Er stieß sie vor sich her und drückte sie auf das Sofa. Dann riss er ihre Handtasche an sich, durchwühlte sie und verteilte den Inhalt auf dem Wohnzimmertisch.

»Du hast mich reingelegt, alle hast du reingelegt. Du hast mein Leben zerstört. Ich weiß, dass ich unsere Tochter nicht getötet habe. Ich weiß nicht, wie du es angestellt hast, aber sie lebt noch. Das muss sie einfach. Du hast meine Tochter irgendwo versteckt.«

Faye entgegnete nichts darauf. Sie war handlungsunfähig und verfolgte die Geschehnisse beinahe unbeteiligt. Jack war so plötzlich aufgetaucht, dass sie noch immer nicht begriffen hatte, dass es wirklich passierte. Dass er hier war.

»Ich werde Julienne finden, um allen zu beweisen, dass

du mir eine Falle gestellt hast. Wenn ich mit dir fertig bin, wird die ganze Welt wissen, was für ein heimtückisches Luder du bist.«

Jack wirkte getrieben. Er sprach schnell und angestrengt und lief rastlos im Wohnzimmer auf und ab. Sein Haar war fettig und seine Kleidung schmutzig.

Von der Eleganz, die Faye an ihm bewundert hatte, war nichts mehr übrig.

Er griff nach ihrem Handy und sah sich ihre Fotos an. Faye wartete gelassen ab, weil sie wusste, dass es auf dem Handy keine Spuren von Julienne gab.

»Du kannst überall suchen«, sagte sie. »Ich verberge nichts vor dir.«

Als er nicht fand, wonach er suchte, warf er das Handy zur Seite, stürzte zum Sofa und kam ihr ganz nah.

»Du hast dafür gesorgt, dass ich wegen Mordes an meiner eigenen Tochter verurteilt wurde!«, schrie er. »Ganz Schweden, meine Familie und meine Freunde, alle halten mich für ein Monster. Einen Kindermörder.«

Spucke traf sie am Kinn.

»Weißt du, was man uns im Gefängnis antut? Ich werde sie finden und der Welt beweisen, was du getan hast! Ich werde dir alles nehmen, genau wie du mir alles genommen hast!«

Obwohl ihr bewusst war, dass sie in Lebensgefahr schwebte, war seine Reaktion ein Lichtblick. Ganz offensichtlich hatten ihre Worte noch immer eine Wirkung auf Jack, das glaubte und hoffte sie jedenfalls.

Solange sie einen Einfluss auf ihn hatte, würde sie überleben.

Jack drückte sie auf das Sofa hinunter, hob das Messer und bewegte es dann langsam auf ihr Gesicht zu. Faye kniff die Lippen zusammen und zwang sich, ihm in die Augen zu sehen.

»Ich sollte dir das Gesicht zerschneiden«, zischte Jack. »Deinetwegen habe ich alles verloren.«

Fayes Herz raste, aber sie verzog keine Miene.

»Ich habe dich vermisst«, flüsterte sie.

Ihre Stimme klang so glaubwürdig, dass sie selbst nicht wusste, ob sie log oder nicht. Einen Augenblick lang glaubte sie, er würde weich werden.

»Ich bin es, Jack. Faye. Du liebst mich. Ich hätte all diese Dinge nie getan, wenn du mich nicht verlassen und gedemütigt hättest.«

Jack sah sie forschend und fast zärtlich an.

Im nächsten Moment riss er den linken Arm hoch und schlug ihr mit der Faust auf die Wange.

»Du heißt ja nicht mal Faye. Du heißt Matilda. Und wenn ich mit dir fertig bin, wird dein Vater das Vergnügen haben, dich aus Rache für alles, was du ihm angetan hast, zu töten. Das habe ich ihm versprochen.«

»Was redest du da?«

Faye rieb sich die Wange, zog die Beine an und machte sich klein. Ihr Herz klopfte wie verrückt.

»Du weißt genau, wovon ich rede. Ich war in derselben Haftanstalt wie er. Ich weiß, was in Fjällbacka passiert ist. Dort hast du ihm alles genommen, genau wie später mir. Dein Umzug nach Stockholm war eine Flucht. Du glaubtest, dort neu anfangen zu können.«

»Das ist nicht wahr.« Faye versuchte, ihre Gedanken zu ordnen. »Du irrst dich.«

Wieder ein Schlag, dieser traf sie in den Bauch. Ihr blieb die Luft weg, und sie rollte sich auf die Seite.

»Bitte, Jack«, keuchte sie. »Ich weiß nicht, wovon du

redest. Irgendjemand hat dich angelogen. Es ist nicht so, wie du denkst.«

Jack erhob sich und ging auf und ab. Faye warf ihm einen zaghaften Blick zu. Glaubte er ihr?

»Denkst du etwa, es wäre Zufall, dass Gösta und ich zusammen aus dem Gefängnis abgehauen sind? Wir haben uns gesucht und gefunden. Ich habe ihm versprochen, dass ich ihn mitnehme, falls ich eine Fluchtmöglichkeit finde. Er hat anscheinend auch noch eine Rechnung mit dir offen …«

Jack grinste.

»Als ich erfuhr, dass wir gleichzeitig verlegt werden sollten, wusste ich, dass die Gelegenheit gekommen war. Ein Wärter, der mal pinkeln musste, und schon waren wir draußen.«

Faye schloss für ein paar Sekunden die Augen, dann zwang sie sich, Jack anzuschauen.

»Geh!«, sagte sie. »Du machst alles nur noch schlimmer. Ich werde der Polizei nicht verraten, dass du hier warst. Ich gebe dir Geld, damit du dich ins Ausland absetzen und noch mal von vorne anfangen kannst. Ich liebe dich. Ich habe dich immer geliebt. Kein Mann ist so wie du, keiner konnte dich ersetzen.«

Beide zuckten zusammen, als ihr Handy plötzlich klingelte. Jack hob es vom Boden auf und sah auf das Display. Die Nummer kannte sie gut.

»Das ist die Polizei«, sagte Faye. »Sie rufen mich einmal am Tag an, um sich zu erkundigen, ob bei mir alles in Ordnung ist.«

Mit regloser Miene reichte er ihr das Mobiltelefon.

»Geh ran! Sag, dass alles okay ist. Und wenn du irgendwie versuchst, mich zu verraten, ramme ich dir das Messer in den Bauch.« Er fuhr mit der Klinge einmal direkt unter ihren Brüsten entlang.

Faye klickte den grünen Hörer an und schaltete die Lautsprecherfunktion ein. Jack hockte neben ihr und hielt das Messer bereit.

»Hallo?«, sagte sie.

»Hier ist Oscar Veslander von der Polizei Stockholm«, sagte eine Stimme.

Faye hielt die Luft an.

»Wir machen nur unseren täglichen Kontrollanruf, um zu fragen, ob alles in Ordnung ist.«

Faye sah Jack an. Den Mann, mit dem sie zusammengelebt hatte, erkannte sie nicht wieder. Wer war er?

»Ja«, sagte sie. Jack nickte. Seine Hände wanderten weiter nach unten und in ihre Leisten. »Es ist alles gut.«

Mit einem einzigen Ruck zerschnitt er ihr Top. Faye zitterte.

»Wo befinden Sie sich?«

Faye biss die Zähne zusammen. Wich ein Stück vor der Klinge zurück.

»Hallo?«

Sie blickte auf Jack hinunter, der keine Regung zeigte.

»Ich bin zu Hause und sitze am Schreibtisch«, sagte sie monoton.

»Wir haben leider noch keine Neuigkeiten bezüglich Ihres Ex-Manns, aber wir versichern Ihnen, dass wir alles tun, um ihn zu fassen.«

»Gut. Wunderbar. Ich weiß, dass Sie Ihr Bestes geben.« Ihre Stimme zitterte.

Falls Faye es nicht im Grunde schon vorher gewusst hatte, wurde es ihr jetzt endgültig bewusst: Jack war verrückt. Vollkommen unvorhersagbar. Es war durchaus möglich, dass er tatsächlich auf die Idee kam, sie zu töten. Sie musste hier weg.

»Rufen Sie an, wenn Sie noch Fragen haben. Schönen Tag noch!«

»Danke! Ihnen auch.«

Faye legte auf und sah zu Jack hinunter.

Langsam stand er auf, ohne sie dabei aus den Augen zu lassen. Plötzlich und ohne Vorwarnung schlug er sie noch einmal. Sie fiel auf dem Sofa in sich zusammen. Er riss ihr Telefon an sich. Sie blickte zu ihm hoch.

»Du musst jetzt hier weg, Jack. Bring dich in Sicherheit. Sonst schnappt dich die Polizei. Ich werde niemandem etwas sagen. Weder dass du hier warst, noch was du getan hast.«

Er antwortete nicht.

Nur seine schweren Atemzüge waren zu hören. Jack setzte sich neben sie, hielt sich eine ihrer langen Locken an die Nase und atmete den Geruch ein.

»Ich habe deinen Geruch vermisst. Trotz allem, was du mir angetan hast. Du bist die Liebe meines Lebens. Alle anderen haben mir nichts bedeutet, weißt du das? Verstehst du denn nicht, dass ich das alles nur gemacht habe, weil ich die Möglichkeit hatte? Die Frauen haben sich auf mich gestürzt. Ich war schwach. Aber eigentlich hast nur du mir etwas bedeutet.«

Faye schnaubte. Es klang, als würde Jack Abschied von ihr nehmen.

»Willst du mich töten?«

»Ich weiß es nicht. Ich glaube, ja.«

Ihr Puls war so hoch, dass ihr schwindlig wurde. Ihr wurde schwarz vor Augen.

»Nein, Jack. Du bist kein Mörder. Das passt nicht zu dir. Ich bin es. Faye.«

Sie legte ihm die Hände auf die Wangen und zwang ihn, sie anzusehen.

»Du hast eine Tochter, Jack. Was soll aus ihr werden, wenn du wegen noch eines Mordes verurteilt wirst? Früher oder später kriegt dich die Polizei. Und Julienne ... du hast recht, sie lebt. Sie ist in Sicherheit. Wenn wir diesen Vorfall hier vergessen würden und du mir verzeihen könntest, wäre sie überglücklich. Du bist ihr Held, Jack. Trotz allem bist du ihr Held.«

Faye schluckte und sah Jack prüfend an, um herauszufinden, ob ihre Worte eine Wirkung auf ihn hatten. Früher hatte sie seine Gedanken lesen können, sobald er einen Raum betrat. Aber jetzt war sein Gesicht vollkommen ausdruckslos. Er hatte sich in einen Fremden verwandelt.

»Und ich vermisse dich.« Sie ließ die Tränen einfach fließen. »Trotz allem, was ich getan habe, liebe ich dich und habe es immer getan. Aber du hast mir so wehgetan. Du hast mich gedemütigt. Du hast mich gebrochen. Ich wollte nichts anderes, als mit dir und Julienne zusammenzuleben, aber du hast mich betrogen, Jack. Zuerst hast du meine berufliche Leistung geleugnet, mir das Recht an dem abgesprochen, was ich selbst geschaffen hatte. Und dann hast du mir meine Familie weggenommen. Du hast mich einfach ausgetauscht.«

Jacks Kiefermuskulatur arbeitete, aber seine Gesichtszüge wurden allmählich weicher. Sie jubelte innerlich. Würde er vielleicht einfach gehen?

»Julienne«, sagte Jack. »Hast du ein Foto von ihr? Ich denke jeden Tag an sie. Ständig.«

Faye erinnerte sich an die Bilder, die sie auf Jacks Computer entdeckt hatte. Juliennes leeren Blick. Nie im Leben hätte sie ihm Julienne freiwillig gezeigt. Aber was blieb ihr anderes übrig, wenn sie überleben und auch in Zukunft für ihre Tochter da sein wollte?

Sie nickte bedächtig.

»Wir können sie anrufen. Stell dir mal vor, wie sie sich freuen wird, dich zu sehen.«

Jack kniff misstrauisch die Augen zusammen. Kopfschüttelnd legte er ihr Handy auf den Tisch.

»Nein. Keine Telefone, keine Technik.«

Sie holte tief Luft.

»Ich habe ein Foto von ihr. Willst du es sehen?«

»Wo?«

»Rutsch ein Stück zur Seite, dann hole ich es.«

Jack rappelte sich langsam hoch.

Als Faye aufgestanden war, richtete er das Messer auf sie.

»Wenn du versuchst, mich zu verarschen, bringe ich dich um.«

»Ich weiß.«

Mit Jack dicht auf den Fersen ging sie ins Badezimmer. Mühsam kippte sie die Wanne ein wenig, steckte die Hand in den Spalt dahinter und holte die Plastikhülle mit dem Foto von Julienne und ihrer Mutter heraus. Dann richtete sie sich wieder auf und reichte Jack die Hülle. Er betrachtete das Foto, ohne ein Wort zu sagen. Aber das Blitzen in seinen Augen machte ihr Angst. Er sah Julienne an, als ob sie seine Beute wäre und er mit ihr machen könnte, was er wollte. Dann steckte er das Bild in die Jackentasche.

In diesem Moment begriff Faye, dass sie einen Fehler gemacht und Jack sie hereingelegt hatte. Er hob die Hand mit dem Messer. Faye schrie, und dann wurde alles schwarz.

Fjällbacka – damals

Obwohl die Leichen von Roger und Tomas nie auftauchten, wurde eine Trauerfeier für sie abgehalten.

Ich war in der Kirche und hörte mir an, was für wunderbare und umsichtige Jungs sie gewesen waren. Die Trauergemeinde in den Kirchenbänken weinte. Der Pastor hatte seine Stimme nicht im Griff. Ich selbst musste mich fast übergeben, wenn ich an all das dachte, was sie mir angetan hatten und was ich erlitten hatte.

Vom Altar grinsten mich ihre gerahmten Portraitfotos höhnisch an. Ich legte mir die Hand an die Stelle auf meinem Brustbein, wo einst so beruhigend das Schmuckstück gehangen hatte, das ich von Mama geschenkt bekommen hatte. Sie hatten mir das letzte bisschen Halt weggenommen.

Ich konnte an nichts anderes denken. Immer wieder sah ich vor mir, wie Roger und Tomas mich festhielten, in mich eindrangen und über meine flehentlichen Bitten, es nicht zu tun, lachten. Wie sich das Glitzern in Tomas' Blick in etwas Kaltes und Hartes verwandelt hatte.

Ich hasste sie für das, was sie getan hatten, und war nur froh, dass sie nicht mehr da waren.

Nicht einmal mit ihren Eltern und Rogers Oma hatte

ich Mitleid. Sie hatten sie großgezogen und zu denen gemacht, die sie gewesen waren. Es war auch ihre Schuld.

Alle anderen aus der Gegend trauerten jedoch um sie. Das vertiefte die Kluft zwischen mir und Fjällbacka und bestärkte mich in meinem Entschluss, von dort wegzugehen und der Heuchelei zu entfliehen. Dem Schweigen. Und dem Verschweigen.

FAYE ÖFFNETE DIE Augen. Sie lag auf dem kalten Badezimmerfußboden. Ihr Kopf platzte fast vor Schmerz. Vorsichtig betastete sie ihre Stirn und stellte fest, dass sie klebrig war. Sie legte ihre Hände auf ihr Gesicht, offenbar blutete sie noch immer.

Trotz der pochenden Schmerzen war sie froh, dass sie noch lebte. Jack hatte ihr mit dem Schaft des Messers auf den Kopf geschlagen, und dann war sie anscheinend bewusstlos geworden. Der Schmerz war fast unerträglich, aber sie war am Leben. Das war die Hauptsache.

»Du hättest mich töten sollen, Jack«, murmelte sie.

Sie fragte sich, warum er es nicht getan hatte.

Mit wackligen Beinen stand sie auf, hielt sich am Waschbecken fest und betrachtete ihr verunstaltetes und geschwollenes Gesicht im Spiegel.

Jack.

Und David.

Beide würden bekommen, was sie verdienten. Dass Jack das Foto hatte, das bewies, dass Julienne noch lebte, war eine Katastrophe. Aber sie würde es sich zurückholen. Er würde damit wohl kaum in die nächste Polizeidienststelle rasen. Noch hatte sie Zeit. Ihr Tief war überstanden. Einfach aufzugeben und vor allem wegzulaufen, passte nicht zu ihr. Faye gab niemals auf. Sie schlug zurück.

Als ihr die Fotos von Julienne auf Jacks Computer wieder in den Sinn kamen, musste sie die Augen zusammenkneifen. Bilder einer nackten und verletzlichen Julienne. Wehrlos dem Mann ausgesetzt, den sie am meisten liebte. Dieser Anblick hatte das Ganze ausgelöst. Er hatte sie dazu gebracht, das zu tun, was sie am besten konnte. Sich um diejenigen kümmern, die sie liebte. Und sich selbst verteidigen. Um jeden Preis.

Sie hatte sich in trügerischer Sicherheit gewähnt und sich von der Hoffnung blenden lassen, sie wäre Jack für immer los. Das war naiv gewesen. Diesen Fehler würde sie nie wieder machen. Sie würde Jack unschädlich machen. Für immer. Sich selbst zuliebe, aber vor allem Julienne zuliebe. Nie wieder würde er sich ihr nähern. Nie wieder würde er ihr etwas antun.

Es war kurz nach Mitternacht, und die Büroräume von Revenge waren dunkel und leer. Nur in Fayes Zimmer brannte Licht. Faye blickte zu den erleuchteten Fenstern hinauf und stellte sich vor, dass Henrik an ihrem Schreibtisch saß und arbeitete. Für Revenge. Ihr Revenge. Schnell fuhr sie an dem Gebäude vorbei. Sie wollte es nicht sehen. Stattdessen fuhr sie im Dunkeln weiter nach Lidingö. Der Asphalt glänzte schwarz, nachdem für etwa zehn Minuten ein sanfter Abendregen gefallen war. Sie musste zu Alice fahren und mit Ylva sprechen.

Es hing so viel von Ylva ab. Und von Alice.

Wenn Ylva sich weigerte, Faye zu helfen, konnte sie

Jack nicht aufhalten. Bestenfalls würde sie im Gefängnis landen, schlimmstenfalls würde ihr Vater sie umbringen. Er war irgendwo da draußen. Jack auch. Und sie brauchte sowohl Ylva als auch Alice, um sich ihre Firma zurückzuholen.

Sie klingelte an der Tür, und Ylva machte auf. Als sie Fayes Gesicht sah, machte sie große Augen. Sie klappte den Mund auf und wieder zu.

»Alice ist nicht zu Hause. Geht es dir einigermaßen?«

Faye ging in den Flur hinein.

»Einigermaßen«, antwortete sie schnell. »Aber ich muss mit dir reden.«

»Was ist passiert?« Ylva nahm Faye in das Gästezimmer mit, in dem sie zurzeit wohnte.

Faye hatte sich genau überlegt, wie ehrlich sie sein konnte. Schließlich hatte sie beschlossen, alles zu erzählen. Keine Lügen mehr. Zumindest nicht Ylva gegenüber. Denn falls Ylva den Verdacht hatte, dass Faye sie anlog, bestand die Gefahr, dass Faye sich nicht voll und ganz auf sie verlassen konnte. Und dieses Risiko durfte Faye nicht eingehen.

»Jack.«

Ylva presste sich die Hand auf den Mund.

»Er hat mich in meiner Wohnung überfallen. Hat mich bewusstlos geschlagen. Ich bin auf dem Badezimmerfußboden aufgewacht.«

Faye setzte sich in einen Sessel und griff nach einem Foto von Nora, das auf dem Nachttisch stand. Während sie es betrachtete, dachte sie an das Bild, das Jack ihr genommen hatte. Das Bild, das bewies, dass Julienne und Fayes Mutter noch lebten. Der Gedanke daran machte ihr Mut.

»Es gibt Dinge, die ich dir über Jack nicht erzählt habe, Ylva. Dinge, die ich niemandem erzählt habe. Ich habe fast mein ganzes Leben als erwachsene Frau mit ihm verbracht, aber diese Seiten von ihm habe ich nie bemerkt. Ich habe es nie begriffen. Bis zum Schluss. Deswegen bezweifle ich, dass du sie bemerkt hast, obwohl du Jack ebenfalls kennst und mit ihm zusammengelebt hast.«

Ylva riss die Augen auf.

»Was meinst du?«

»Erst einmal kann ich dir sagen, dass Julienne noch lebt. Sie ist mit meiner Mutter an einem sicheren Ort in Italien.«

Ylva stand der Mund offen.

»Es war also wirklich so, wie diese Polizistin gesagt hat, die bei mir war? Und ich habe sie für verrückt erklärt.«

»Ja. Yvonne Ingvarsson hatte recht. Ich habe Jack einen Mord in die Schuhe geschoben, der nie begangen wurde. Es ging mir nicht um mich oder um mein Ego. Ich habe es nicht getan, weil ich verlassen worden war oder weil Jack mir Geld vorenthielt, das mir eigentlich zustand. Du kennst uns beide und weißt, dass ich von Anfang an dabei war und Compare mit aufgebaut habe.«

Faye rieb sich das Kinn. Es fiel ihr schwer, es auszusprechen. »Es ging um Fotos von Julienne, die ich gefunden habe. Jack hatte sehr detaillierte Nacktfotos von ihr gemacht. Sie war ihm vollkommen ausgeliefert. Er ist ein kranker Mensch, Ylva. Ich begriff, dass ich Julienne vor ihm schützen musste.«

Faye senkte den Blick. Sie musste sich anstrengen, um die Worte über die Lippen zu bekommen.

Ylva starrte sie leichenblass an.

»Ich bin so froh, dass Julienne lebt«, flüsterte sie. »Aber

das, was Jack ihr angetan hat, ist ja furchtbar. Wie konnte er das nur tun?«

Faye kniff die feuchten Augen zusammen. Ihre Stimme war jetzt fester.

»Du hast auch eine Tochter mit Jack. Und solange Jack lebt, wird Nora in Gefahr schweben. Und andere Kinder auch. Er ist pädophil. Ich brauche deine Hilfe. Als Freundin und als Frau. Denn es gibt Dinge, gegen die unsere Justiz machtlos ist, auch wenn Politiker ständig das Gegenteil behaupten.«

»Wobei soll ich dir helfen?«

Faye musterte Ylva. Sie legte ihr Leben in Ylvas Hände. Wenn Ylva sie im Stich ließ, sich verplapperte oder sie verriet, würde Faye ins Gefängnis kommen. Und zu einer der verhasstesten Frauen ganz Schwedens werden. Nachdem sie sich verhalten hatte, wie jede verantwortungsvolle Mutter es getan hätte, war das ein merkwürdiger Gedanke. Die Gesellschaft hatte es nicht geschafft, sie zu schützen. Nie. Nicht, als sie in ihrer Kindheit vergewaltigt und zu Hause misshandelt worden war. Nicht, als sie um die Erträge einer Firma betrogen wurde, die sie selbst aufgebaut hatte, und ihr Ex-Mann sie wegwarf wie einen alten Lappen, als er eine Neue hatte.

Sie vertraute Ylva, gerade weil sie eine Frau war und diese Machtlosigkeit und die Verwundbarkeit verstehen konnte. Auch eine Frau, die nie etwas Derartiges erlebt hat, kann das Gefühl zumindest nachempfinden. Außerdem vertraute sie Ylva, weil diese Jack ebenfalls gut kannte. Weil sie das Monster hinter der Maske erlebt hatte. Und weil sie ihn auch geliebt hatte.

»Jack muss aus dem Weg geräumt werden, wenn wir wollen, dass unsere Kinder ein Leben in Sicherheit führen.

Und Henrik wird der Versuch, mir etwas wegzunehmen, was mir gehört, teuer zu stehen kommen.«

Ylva sah auf ihre Hände, die gefaltet in ihrem Schoß lagen. Sie antwortete nicht. Ein Weinen im Zimmer nebenan unterbrach das Gespräch.

Ylva stand hastig auf.

»Geh ruhig. Nimm sie hoch«, sagte Faye.

Ylva nickte und ging ins Nebenzimmer. Ein paar Minuten später kam sie mit einer verschlafenen und noch ganz zerknautschten Nora auf dem Arm zurück. Als das Kind Faye erblickte, strahlte es übers ganze Gesicht und präsentierte die beiden winzigen Zähnchen in seinem Unterkiefer. Ylva küsste sie auf den Kopf. Sah Faye mit Tränen in den Augen an. Dann nickte sie.

»Ich bin dabei. Und ich nehme an, jetzt ist es Zeit für Plan B?«

»Es ist definitiv Zeit für Plan B. Und mir ist auch schon etwas für Alice eingefallen.«

»Und was?«, fragte Ylva neugierig, während sie Nora in ihren Armen wiegte.

Dem Kind fielen bald die Augen zu. Faye sagte nichts, sondern zog grinsend ihr Handy aus der Tasche. Als Alice ans Telefon ging, hörte Faye im Hintergrund Autos und Gelächter. Offenbar saß sie in einem Straßencafé.

»Sten Stolpe hatte doch schon immer eine Schwäche für dich, oder?«, fragte Faye.

»Eine Schwäche?« Alice lachte aus vollem Hals. »Das kannst du laut sagen.«

»Könntest du dir vorstellen, ihn mal anzurufen?«

»Klar, kein Problem. Was hast du denn im Sinn?«

Faye erklärte es ihr, und Ylva, die ihr gegenübersaß, fing an zu grinsen.

Fjällbacka – damals

Als das Wetter umschlug und die Nächte dunkler und kälter wurden, musste ich wieder in die Schule.

Ich sollte in die achte Klasse kommen, und kurz vor Ende der Sommerferien wurde traditionsgemäß ein großes Fest gefeiert, bei dem sich alle Jugendlichen aus der Gegend im Wald versammelten. Die Neuntklässler und die Oberstufenschüler tranken, hörten Musik, vögelten, prügelten sich und kotzten ins Gebüsch.

Ich ging alleine hin, setzte mich ein wenig abseits und schaute zu. Eigentlich war ich nur gekommen, weil ich nichts Besseres zu tun hatte. Sebastian war auch dort. Da er den ganzen Sommer im Fernsehen und im Radio Interviews gegeben hatte, in denen er erzählte, wie großartig seine Freunde gewesen waren, hatte er mittlerweile eine Art Promistatus.

Normalerweise ging ich nie auf Partys. Ich wollte nicht dort sein, aber ich musste mich vergewissern, dass niemand Fragen stellte, unsere Version anzweifelte oder etwas wusste. Ich empfand keine Reue, sondern nur Angst, entlarvt zu werden. Ich wollte wissen, was die Leute so redeten. Denn dass in Fjällbacka ausgiebig getratscht wurde, war mir klar. Ich musste mich unter meine Altersgenossen mischen, um zu überprüfen, ob ich sicher war. Und außerdem wollte ich Sebastian im Auge behalten.

Als er mich bemerkte, blitzte es in seinen Augen auf, und er wankte auf mich zu. Ziemlich angetrunken stolperte er über die Steine und wäre beinahe gestürzt, schaffte es aber gerade noch, sich aufrecht zu halten.

»Was zum Teufel machst du denn hier, du Luder?«, zischte er und ließ sich neben mir nieder.

Er stank nach Alkohol und Erbrochenem.

Ich antwortete nicht. Das Machtverhältnis zwischen uns hatte sich verändert. Inzwischen wagte er es nur noch, wenn er besoffen war, so mit mir zu reden. Ansonsten hatte er fast ein bisschen Angst vor mir. Genau wie ich es beabsichtigt hatte.

»Geh weg, Sebastian! Ich will keinen Streit.«

»Du sagst mir nicht, was ich zu tun habe.«

»Doch, das tue ich. Und du weißt auch, warum.«

Ich rückte von ihm ab und machte mich bereit, aufzustehen und zu gehen, aber er packte mich am Arm.

»Ich werde den Leuten hier und allen anderen erzählen, was an diesem beschissenen Abend passiert ist. Wie du sie getötet hast.«

Ich sah ihn ruhig an. Seit den Vergewaltigungen auf der Insel hatte er mich nicht angerührt. Er trank jedoch zu viel. Und wenn er betrunken war, wurde er gesprächig. Und aggressiv. Verlor die Kontrolle. Ich verachtete ihn, weil er so schwach war. Er hatte viel zu viel von Papa in sich. Sebastian war vollkommen verloren und suchte jetzt, wo sich der Rummel um seine Person allmählich legte, nach neuen Möglichkeiten, die Aufmerksamkeit auf sich zu lenken.

»Hexe«, zischte er. »Du verdammte eklige Hexe. Ich hoffe, du wirst bald wieder vergewaltigt. Und du hoffst es im Grunde auch. Ich weiß nämlich, dass es dir gefallen hat.«

Seufzend stand ich auf und ließ ihn allein zurück.

Während ich durch den Wald ging, hörte ich Musik, Gelächter und die heiseren Stimmen der Feiernden. Ich musste Sebastian zum Schweigen bringen. Mama liebte ihn, aber sie kannte ihn nicht so gut wie ich. Sie wusste nicht, wozu er fähig war.

Die Welt brauchte nicht noch mehr Männer wie ihn. Männer, die zuschlugen, einschüchterten und vergewaltigten. Eines Tages würde er heiraten und Kinder bekommen, und dann würden diese in seiner Gewalt sein. Doch ich würde es nicht zulassen. Ich würde nicht zulassen, dass Sebastian eines Tages seine Freundin oder Frau so behandelte, wie Papa Mama behandelt hatte. Ich wollte nicht, dass irgendein kleiner Junge oder irgendein kleines Mädchen mit ansehen musste, was ich gesehen hatte. Ich war die Einzige, die diesen Kreislauf durchbrechen konnte.

Aber vor allem wollte ich ihm keine Gelegenheit mehr geben, mich kaputt zu machen. Er hatte seine Chance gehabt. Er hatte sich entschieden, sie nicht zu ergreifen.

Ich hatte ihn eigentlich am Leben lassen wollen. Mama zuliebe. Obwohl er mich auf eine Weise verletzt hatte, die man mir äußerlich zwar nicht ansah, die mich aber innerlich so quälte, dass ich Nacht für Nacht wach lag und erneut die Qualen durchlebte, die mir zugefügt worden waren. Wir hatten uns gegenseitig ein bisschen Geborgenheit geschenkt, und er hatte mir auch das letzte bisschen Güte geraubt, das in unseren vier Wänden übrig geblieben war.

Er hatte die Erinnerungen zerstört, die es mir möglich gemacht hatten, mir ein klein wenig Hoffnung zu bewahren, dass es im Leben auch Gutes und Wahres gab.

Doch er hatte nicht nur mich enttäuscht. Mama liebte ihn. Sie sah nur seine positiven Seiten und war blind für das Schwarze und Böse, was er von Papa geerbt hatte. Mamas bedingungslose Liebe zu ihm war eine weitere Chance für ihn gewesen. Und nun hatte er gezeigt, dass er sie nicht verdiente.

Es hätte Mama das Herz gebrochen, wenn ihr eines

Tages klar geworden wäre, dass Sebastian genauso war wie Papa. Dass sich das Grauen in der nächsten Generation fortsetzen würde und dass ihre Liebe nichts daran hatte ändern können. Deswegen musste er sterben. Damit Mama dieser Schmerz erspart blieb. Sie würde nie erfahren, was er getan hatte. Und wer er in Wirklichkeit war.

Nicht weit von einem See entfernt, von dichtem Wald umgeben, lag das rote Sommerhäuschen einsam auf einem Felsplateau. Es gehörte Ylvas Eltern, die schon seit Langem zu alt waren, um es zu benutzen. Sie waren seit Jahren nicht dort gewesen.

Zufrieden betrachtete Faye die massive Klinke an der Haustür. Dann nickte sie und zog die Tür hinter sich zu.

In der untergehenden Sonne konnte sie nur die Umrisse und Schatten der alten Möbel erkennen, es roch nach Feuchtigkeit. Sie tastete nach dem Lichtschalter und fand ihn. Doch auf das Klicken folgte keine Helligkeit. Wahrscheinlich war eine Sicherung herausgesprungen, denn Ylva hatte gesagt, der Strom würde normalerweise nicht abgestellt. Sie musste den Sicherungskasten finden. Zum Glück hatte sie eine Taschenlampe dabei.

Über knarrende Bodendielen ging sie auf einen Raum zu, der wie ein Wohnzimmer aussah.

Faye stellte den Benzinkanister ab und genoss für einen Augenblick, wie sich in ihr und dem alten Haus Stille ausbreitete. Massierte sich den rechten Arm, der vom Schleppen des schweren Kanisters schmerzte.

Hier würden sich Jacks und ihre Wege schlussendlich trennen. Nur einer von ihnen würde hier lebend wieder herauskommen. Es konnte einiges schiefgehen. Möglicherweise würde sie in diesem Kampf unterliegen.

Wie viel Zeit blieb ihr, bis er auftauchte? Eine Stunde? Zwei? Um keine digitalen Spuren zu hinterlassen, hatte Ylva die Einstellungen ihres Handys manipuliert. Sie warf einen Blick auf ihre Armbanduhr und stellte fest, dass es zehn Uhr abends war.

Ylva hatte Jack unter der Handynummer angerufen, die er ihr dagelassen hatte, als er bei ihr gewesen war. Hatte ihm unter Tränen erzählt, Faye wäre zu ihr gekommen und hätte Nora mitgenommen. Sie hätte sich wie eine Irre aufgeführt und gemurmelt, sie würde Jack auch das Letzte nehmen, was ihm geblieben sei – seine jüngste Tochter. Faye habe nicht gesagt, wo sie Nora hinbringen wolle, aber als sie weg war, sei ihr aufgefallen, dass die Schlüssel zum Sommerhaus ihrer Eltern verschwunden seien.

Auf der Suche nach der Kellertür ließ Faye den Lichtstrahl der Taschenlampe über die Wände schweifen. Sie betrachtete die gerahmten Schwarz-Weiß-Fotos. Die Menschen auf ihnen sahen alt aus, vermutlich waren sie tot. Auf anderen Bildern war Ylva als Kind zu sehen. Ylva ohne Vorderzähne. Ylva auf einem Pferd. Die Erkenntnis fühlte sich an wie ein Schlag in die Magengrube. Wie gut kannte sie Ylva eigentlich? Was, wenn sie auf Jacks Seite war? War sie es die ganze Zeit gewesen?

Faye hatte sich in Jack getäuscht. Und in David. War es ihr mit Ylva genauso gegangen? Nein, das konnte nicht sein.

»Hör jetzt auf«, murmelte sie.

Sie öffnete eine Tür, die sich als die richtige erwies, und stieg eine Kellertreppe hinunter.

Durch ein kleines rechteckiges Fenster sah sie die letzten

Sonnenstrahlen über den Baumkronen. Wenn die Sonne wieder aufgeht, bin ich vielleicht tot, dachte sie. Die Treppe war steil und äußerte bei jedem ihrer Schritte Protest.

Je weiter sie nach unten gelangte, desto intensiver wurde der Geruch von Feuchtigkeit.

Unten angekommen, suchte Faye als Erstes nach dem Sicherungskasten und legte den Hauptschalter um. Als der Strom abgeschaltet war, zog sie neue Sicherungen aus der Handtasche und wechselte die alten aus. Nachdem sie den Strom wieder eingeschaltet hatte, ging das Deckenlicht an. Sie warf einen Blick auf die Armbanduhr und ging die Treppe rasch wieder hinauf. Im Wohnzimmer wählte sie eine Stehlampe aus.

Faye zog den Stecker aus der Steckdose. Entfernte schnell die Abdeckung von der Steckdose und nahm mit dem Schraubenzieher aus ihrer Handtasche die notwendigen Vorkehrungen vor. Sie hielt sich genau an die Anleitung aus dem Video. Im Internet fand man alles. Man musste nur wissen, wo.

Sie holte den Draht hervor und umwickelte die Klinke der Eingangstür. Immer wieder. Anschließend schüttete sie das Wasser aus einer mitgebrachten 1,5-Liter-Flasche auf den Treppenabsatz. Es bildete sich eine kleine Pfütze.

Im Dunkeln würde sie nicht auffallen.

Als sie fertig war, hatte sie vierzig Minuten im Haus verbracht. Sie machte das Licht aus, setzte sich auf das Sofa und wartete im Dunkeln. Dabei behielt sie die Leuchtziffern ihrer Armbanduhr im Blick und umklammerte den Schraubenzieher in ihrer Hand. Jack würde nicht unbewaffnet hier auftauchen, und falls etwas schiefging, musste sie sich verteidigen können.

Mit Händen und Füßen um ihr Leben kämpfen.

Vielleicht würde sie sterben, aber sie wollte als freier Mensch sterben und nicht wie ein verängstigtes Beutetier.

Genau neun Minuten später hörte sie einen Motor brummen.

Das Motorgeräusch verstummte, es wurde still. Faye stand auf. Vorsichtig schlüpfte sie aus den Schuhen, ließ sie auf dem Sofa liegen und schlich zu der Stehlampe, die sie hinter der Wohnzimmertür platziert hatte. Sie steckte den Stecker in die Steckdose und warf einen nervösen Blick auf die Türklinke.

Rutschte mit dem Rücken an der Wand hinunter.

Draußen waren Schritte zu hören. Sie fuhr mit der Zunge über ihre Lippen. Die Nervosität hatte ihren Magen in Aufruhr versetzt. Vor dem Haus stapfte Jack auf und ab. Was, wenn er nicht durch die Eingangstür hereinkam, sondern durch eins der Fenster? Oder den Keller?

Doch warum hätte er das tun sollen? Er wusste, dass sie ihn erwartete. Glaubte, Nora wäre im Haus und würde in Lebensgefahr schweben.

»Faye«, rief Jack. »Ich will meine Tochter haben.«

Sie sah seinen Umriss vor dem Fenster und drückte sich noch dichter an die Wand. Er konnte sie nicht sehen. Im nächsten Augenblick knipste er eine Taschenlampe an und leuchtete damit durch eine Fensterscheibe. Der Lichtstrahl verfehlte ihren rechten Fuß um wenige Zentimeter. Sie hielt die Luft an. Ahnte er etwas? Ging er deswegen ums Haus herum?

Sie sah ihn vor sich. Sie hatte ihn einst mehr als alles andere auf der Welt geliebt, vielleicht sogar noch mehr als

Julienne. Nun wollte sie ihn nur noch vernichten, weil er ihrer Tochter so schreckliche Dinge angetan und sie selbst furchtbar gedemütigt hatte. Sie wollte es für alle Frauen tun, die das Gleiche wie sie durchgemacht hatten, unterdrückt worden waren, sich wertlos gefühlt oder sich sogar umgebracht hatten. Für Frauen, die ihrer Würde beraubt worden waren. Die man wie Leibeigene gehalten hatte. Ausgenutzt. Frauen, die immer noch Fesseln trugen, auch wenn sich das Aussehen dieser Fesseln im Laufe der Jahrhunderte gewandelt hatte.

Faye würde zurückschlagen.

Und nicht eine weitere Frau werden, die von ihrem Mann oder Ex-Mann getötet wurde.

»Komm raus«, rief er. »Wenn du ihr auch nur ein Haar gekrümmt hast, bringe ich dich um, Faye.«

Sie hörte die unterdrückte Wut. Die Stimme war jetzt ganz nah, direkt hinter ihr auf der anderen Seite der Wand. Also war er auf dem Weg zur Haustür.

Faye schluckte.

»Sie ist hier.« Sie hatte einen Kloß im Hals, ihre Stimme war belegt. »Hier drinnen.«

Jack marschierte auf dem Treppenabsatz hin und her. Anscheinend wusste er nicht, was er tun sollte. Er hatte Angst. Weil er wusste, wozu sie fähig war. Und dass sie klüger war als er. Sie war gefährlich. Und er selbst hatte sie noch gefährlicher gemacht.

»Komm mit ihr nach draußen«, schrie er.

Faye antwortete nicht. Sie biss die Zähne zusammen und machte die Augen fest zu. Sie wollte ihn nicht zu sehr reizen, damit er keinen Verdacht schöpfte.

»Tu es«, flüsterte sie. »Tu es!«

Es waren keine Schritte mehr zu hören. Vermutlich

stand er, nur etwa einen Meter von ihr entfernt, reglos auf dem Treppenabsatz. Sie spürte seine Anwesenheit, sein Zögern, seine Angst.

Ihre Beine zitterten vor Nervosität. Faye bohrte sich die Fingernägel in die Handflächen.

»Fass die Klinke an, Jack«, murmelte sie. »Mach die Tür auf! Ich warte doch hier auf dich.«

Eine Sekunde später hörte sie ein Zischen.

Lächelnd öffnete sie die Augen.

»Eins, zwei, drei«, zählte sie im Geiste, bevor sie die Hand ausstreckte und die Lampe ausknipste.

Hinter der Tür hörte sie ein lautes Rumsen. Langsam stand sie auf und schnupperte. Es roch verbrannt.

Vorsichtig wollte Faye die Tür öffnen, die aber bald gegen Jacks Körper stieß. Er war im Weg. Durch den Türspalt sah sie seine Beine, er lag auf dem Rücken. Sie drückte fester zu, bis sie sich durch die Öffnung zwängen konnte.

Sie beugte sich hinunter und betrachtete sein Gesicht. Die Augen waren weit geöffnet. Sie legte ihm zwei Finger an den Hals. Es war kein Puls zu ertasten.

Sie sah den Mann, den sie mal über alles geliebt hatte, und versuchte, ihre Gefühle zu verstehen.

Rings um das Haus türmte sich der Wald auf wie eine Mauer. Die Außenwelt war weit weg.

Die Stille war undurchdringlich.

Jack und sie waren ganz allein und schienen sich in einer anderen Dimension zu befinden.

Die Geschichte, die vor so vielen Jahren auf der Handelshochschule begonnen hatte, war zu Ende. Wie viele Tränen hatte sie vergossen? Sogar mit dem Gedanken an Selbstmord hatte sie gespielt. Sie hatte Erniedrigung erlebt. Eine Abtreibung. Sie dachte an die Frauen, mit denen er sie betrogen hatte. Andererseits hätte es ohne ihn Julienne nicht gegeben. Sie hatte ihm Compare wieder weggenommen und Revenge erschaffen. Hatte sich selbst befreit. Wer könnte freier sein als jemand, der aus der Gefangenschaft ausgebrochen ist? Wie sollte man sonst den Duft der Freiheit erkennen? Ein Mensch kann für einen anderen ein Gefängnis sein, Hass und Verachtung können Ketten sein.

Faye umfasste Jacks Handgelenk und schleifte den schweren Körper über die Türschwelle und ins Wohnzimmer. Sein Kopf knallte auf den Fußboden.

Mitten im Raum ließ sie ihn liegen, setzte sich keuchend vor Anstrengung auf das Sofa und betrachtete ihn. Stand wieder auf. Ging zu ihm und versetzte ihm einen Tritt. Es klang dumpf. Keine Reaktion. Sie holte aus und trat noch einmal zu. Dachte an die Bilder auf Jacks Computer. Seinen Blick, als sie ihm die Plastikhülle mit dem Foto gab.

Sie beugte sich über den Toten.

»Du hättest mich gehen lassen und nicht so dickköpfig und stolz sein sollen. Außerdem hättest du mich niemals demütigen und meine Tochter bedrohen dürfen. Und was du Julienne angetan hast, hätte niemals passieren dürfen.«

Faye richtete sich auf. Griff nach dem Benzinkanister, stellte sich hinter Jack und schraubte den Deckel ab. Langsam schritt sie vom Kopf bis zu den Füßen und tränkte seine Kleidung mit Benzin.

Sie machte die Tür auf und ließ das Streichholz fallen. Im nächsten Moment ging Jacks Körper explosionsartig in Flammen auf.

Fjällbacka – damals

Ich roch den üblichen Zigarettengeruch aus Sebastians Zimmer und hörte Flaschen klirren. Die Musik lief nur leise, damit Papa nicht aufwachte. Mama war gerade nach Hause gekommen. Wieder einmal hatte Papa sie in die Notaufnahme gebracht. Mit der Begründung, sie wäre die Treppe heruntergefallen oder ausgerutscht, nicht zu fassen, wie tollpatschig sie manchmal doch sei. Keiner der Ärzte konnte ihm diese fadenscheinigen Erklärungen jemals abgekauft haben, aber offenbar hatte auch niemand den Mut oder die Lust, sie zu hinterfragen.

Mama hatte den Fehler gemacht, ihm zu sagen, dass sie gerne mal wieder ihren Bruder Egil besucht hätte, und da hatte Papa sie die Treppe hinuntergeschubst. Von ganz oben. Die Uhr tickte. Papas Wutanfälle eskalierten. Diesmal war sie auf dem Arm gelandet, beim nächsten Mal würde sie vielleicht auf dem Kopf landen, und dann wäre ich ganz allein.

Es war kurz nach Mitternacht. Mama und Papa schliefen. Wenn Mama frisch aus dem Krankenhaus entlassen war, verhielt er sich anfangs immer ein wenig ruhiger. Ich begriff, dass eine so günstige Gelegenheit nie wieder kommen würde.

Ich wollte Mama Schmerz ersparen. Papas Gefühle interessierten mich nicht. Mit ihm würde ich mich später befassen.

Ich klappte mein Buch zu und stellte die nackten Füße auf den Holzfußboden. Was ich tun würde und vor allem, wie ich es anstellen würde, hatte ich mir genau überlegt. Ich zog das dünne weiße Nachthemd an, von dem ich wusste, dass es Sebastian gefiel. Mir war aufgefallen, dass er kaum den Blick von mir losreißen konnte, wenn ich es trug. Ich holte die Schlaftabletten hervor, die ich Papa geklaut und bereits drei Tage zuvor mit einem Mörser zu Pulver zerstoßen hatte.

Ich verließ mein Zimmer und holte tief Luft, bevor ich an seine Tür klopfte.

»Was ist?«

Ich drückte die Klinke hinunter und trat ein.

Er saß am Computer, drehte sich blitzschnell mit seinem Bürostuhl um und sah mich an. Sein verschwommener Blick fiel auf meine nackten Beine und wanderte dann langsam nach oben.

»Ich habe über das, was du gesagt hast, nachgedacht.«

Als Sebastian die Stirn runzelte, trat das blaue Auge von Papas jüngster Tracht Prügel deutlicher hervor.

»Wovon zum Teufel redest du?«

»Auf der Party im Wald. Du hast gesagt, mir hätte gefallen, was ihr mit mir gemacht habt. Du irrst dich.«

»Ach, wirklich?« Gleichgültig wandte er sich wieder seinem Bildschirm zu.

Ich ging einen Schritt in den Raum hinein und blieb direkt unter der Stange im Türrahmen stehen. Ich hatte ihn nie Klimmzüge daran machen sehen.

An den Wänden hingen Poster von leicht bekleideten Frauen, deren Brüste aus winzigen Stofffetzen quollen. Das Zimmer war unordentlich, überall standen Teller mit Essensresten herum, auf dem Boden lagen Haufen von schmutzigen Kleidungsstücken, und es stank nach Schweiß und verdorbenen Lebensmitteln. Angewidert rümpfte ich die Nase.

Vorsichtig ließ ich den kleinen Plastikbeutel auf den Boden fallen und schob ihn mit dem Fuß in eine Ecke.

»Es hat mir nicht gefallen, als *sie* es mit mir gemacht haben. Aber es gefällt mir, wenn *du* es mit mir machst.«

Er hielt mitten in der Bewegung inne.

»Soll ich wieder gehen?«, fragte ich. »Oder kann ich noch ein bisschen bleiben? Mama und Papa schlafen.«

Er wandte mir immer noch den Rücken zu, aber er nickte, und ich schloss daraus, dass ich dableiben sollte.

»Kann ich auch ein Bier haben?«

»Die sind lauwarm.«

»Macht nichts.«

Er legte sich auf den Bauch, streckte den Arm aus und holte eine Flasche unter dem Bett hervor. Öffnete sie und drückte sie mir in die Hand. Der Schnitt, den Papa ihm einmal mit einer kaputten Flasche zugefügt hatte, war immer noch zu sehen.

Ich setzte mich zu ihm auf die Bettkante, und er richtete sich auf. Schweigend tranken wir beide einen Schluck. Ich warf einen verstohlenen Blick auf seine Flasche, sie war fast leer. Bald würde er sich noch eine aufmachen. Dann musste ich es irgendwie schaffen, das Schlafmittel hineinzuschütten. Auf dem Schreibtisch standen schon vier leere Bierflaschen, und ich hatte ihn noch kein einziges Mal zur Toilette gehen gehört.

Bald würde es so weit sein. Ich musste mich bereit machen.

»Gefällt es dir, wenn ich mich wehre?«, fragte ich sanft.

Er lief rot an und hielt den Blick fest auf die Wand gerichtet.

»Ich weiß nicht«, sagte er.

Seine Stimme war belegt.

»Ich möchte nur wissen, wie du es am liebsten hast. Du kannst mit mir machen, was du willst.«

»Hm.«

Er wand sich. Unter seiner Jogginghose sah ich den Penis anschwellen. Er merkte, dass ich hinsah, und wirkte verlegen.

»Schon okay«, sagte ich.

Ich streckte die Hand aus und legte sie ungelenk auf sein Geschlecht. Spürte, wie mir die Galle hochkam, und schluckte den Würgereiz schnell hinunter.

Er rückte ein Stück zur Seite.

»Ich muss aufs Klo«, sagte er.

Ich nickte.

»Ich warte hier.«

FAYE GING NACKT durch den Wald. Hinter ihr brannte das Haus lichterloh. Ihre Sachen hatte sie ins Feuer geworfen, sie sollten mit Jack verbrennen.

Die orangen Flammen erstreckten sich bis zum Himmel, dicker Rauch stieg auf.

Sie drehte sich nicht um, sondern ging, erfüllt von der neuen und starken Freiheit, die von ihrem Körper Besitz ergriffen hatte, einfach weg, weg von Jack.

Genau an der mit Ylva vereinbarten Stelle auf dem schmalen Waldweg leuchteten die Scheinwerfer des Mietwagens. Die Freundin, die die ganze Zeit über in der Nähe gewesen war, war zum Treffpunkt gefahren, sobald sie den Rauch hatte aufsteigen sehen. Sie war da, wie versprochen.

Ylva saß hinter dem Steuer und lächelte sie leichenblass an. Mit regloser Miene öffnete Faye die Beifahrertür. Das Auto war rot, alt und voller Rostflecken. Und es hatte kein

Navi. Niemand würde beweisen können, dass sie hier gewesen waren.

»Geschafft?«, fragte Ylva.

»Geschafft.«

Ylva nickte, griff nach hinten und holte eine schwarze Tasche voller Kleidung hervor. Frisch gewaschen. Ohne jegliche Spuren von Jack.

»Möchtest du dich anziehen, bevor wir losfahren?«

Faye schüttelte den Kopf und setzte sich mit der Tasche auf dem Schoß ins Auto. Rauchgeruch füllte den Innenraum, und Ylva musste husten.

»Nein. Fahr einfach los.«

Faye sah in dem Moment zu dem lichterloh brennenden Haus hinter den Baumstämmen hinüber, als mit einem lauten Krachen das Dach einstürzte. Ylva, die gerade den Motor hatte anlassen wollen, hielt mitten in der Bewegung inne und ließ den Schlüssel langsam sinken.

Eine Weile saßen sie stumm da und betrachteten das schöne, in Flammen stehende alte Haus. Dann legte Ylva den ersten Gang ein, und das Auto fuhr langsam los.

»Was empfindest du?«, fragte sie.

Faye überlegte einen Moment.

»Eigentlich gar nichts. Und du?«

Ylva schluckte. Dann sah sie Faye an.

»Geht mir genauso.«

Als sie die Schnellstraße erreichten, kamen ihnen vier Löschfahrzeuge mit heulenden Sirenen entgegengerast.

In Alice' Gästezimmer schien die Morgensonne zum Fenster herein. Sie fiel Ylva, die Nora im Arm hielt, direkt ins Gesicht. Das Kind war noch ein wenig knatschig, weil es gerade erst aufgewacht war.

»Geht es dir gut?«, fragte Faye, die kurz hereinschaute, nachdem sie die Nacht schlaflos auf einem von Alice' Sofas verbracht hatte.

Sie sah Ylva prüfend an.

»Ja, es geht mir gut«, antwortete Ylva, aber ihr Tonfall und die verkrampfte Art, mit der sie Nora an sich drückte, besagten das Gegenteil.

»Wir haben getan, was wir tun mussten.«

»Ja, ich weiß«, sagte Ylva.

Sie rieb die Nase an Noras Haar und schloss die Augen. Die speckigen Ärmchen ihrer Tochter waren um ihren Hals geschlungen.

Alice kam herein und sah alle drei lächelnd an.

»Frühstück ist fertig.«

Als sie in der Nacht nach Hause gekommen waren, hatte Faye auch Alice alles erzählt. Auch dieser Schritt war ihr nicht leichtgefallen, und natürlich hatte Alice zunächst mit Entsetzen reagiert.

Fayes Handy klingelte. Nachdem sie einen Blick auf das Display geworfen hatte, klickte sie den grünen Hörer an.

»Hallo, Liebling«, sagte sie, als Juliennes Gesicht den kleinen Bildschirm ausfüllte. »Es geht gerade nicht, ich rufe dich später zurück. Aber ich komme bald zu dir nach Hause. Versprochen. Ganz, ganz bald. Küsschen! Hab dich lieb!«

»Okay, Mama. Tschüss!«

Sie legte auf.

»Vermisst sie dich?« Noras Lider waren schon wieder schwer geworden. Sie war kurz davor, auf Ylvas Arm einzuschlafen.

»Ja«, sagte Faye kurz angebunden.

Sie wollte jetzt nicht über Julienne reden. Ihr Vater war aus ihrem Leben verschwunden. Für immer. Doch sosehr sie ihn auch hasste, und obwohl sie wusste, dass in Juliennes Leben kein Platz für ihn war, trauerte sie um ihn. Julienne würde ohne Vater durchs Leben gehen.

Die Schuldgefühle lasteten schwer auf ihren Schultern. Nicht weil sie ihn getötet hatte, sondern weil sie so eine schlechte Wahl getroffen hatte. Aber ohne Jack hätte sie nicht Julienne bekommen. Es war schwer, diese beiden Gedanken miteinander zu vereinbaren. Sie wünschte nur, sie hätte das Foto in der Plastikhülle behalten. Es war ein Talisman gewesen, der ihr Kraft gegeben und sie immer daran erinnert hatte, was wirklich wichtig war. Doch es war nicht mehr da, genau wie Jack.

»Was ist der nächste Schritt?«, fragte Alice.

Sie wirkte stark und entschlossen.

Faye sah Nora an und betrachtete nachdenklich ihre schweren Lider und die langen Wimpern.

Sie sah Jack so ähnlich.

»Wir werden sowohl die Fotos als auch das Video verwenden müssen. Es ist an der Zeit für Ylvas Plan B.«

Alice grinste.

»Du meinst, wir legen Eyvind jetzt Daumenschrauben an?«

»Ja. Wir brauchen die Unterlagen vom Patent- und Markenamt.«

»Es müssen die richtigen Formulare und exakten Formulierungen sein.« Ylva wiegte Nora hin und her. »Ich habe ganz genau recherchiert, was wir benötigen.«

Wieder breitete sich ein Grinsen auf Alice' Gesicht aus.

»Wenn er die Fotos und das Video sieht, wird er garantiert tun, was wir wollen. Sonst schicken wir alles an seine Frau.«

»Gut«, sagte Faye.

Sie warf einen Blick auf Nora, die an Ylvas Schulter eingeschlafen war. Wenn sie schlief, sah sie genauso aus wie Julienne. Einen Augenblick lang hätte sie am liebsten geweint. Aus Mitgefühl mit Julienne. Mit Nora. Mit Ylva. Mit sich selbst. Mit ihnen allen.

Fjällbacka – damals

Mit Müh und Not schaffte ich es, in der kurzen Zeit den Beutel aus der Ecke zu kramen, mich auf den Bauch zu werfen, ein Bier unter dem Bett hervorzuholen, es zu öffnen und das Pulver hineinzuschütten.

Als Sebastian vom Klo zurückkam, reichte ich ihm die Flasche. Wortlos setzte er sich damit aufs Bett und führte sie zum Mund. Trank einen großen Schluck.

Er wirkte immer noch reserviert. Offenbar konnte er nicht recht glauben, dass ich plötzlich nachgegeben hatte und bereitwillig mit ihm schlafen würde, ohne mich zu wehren.

»Könntest du vielleicht andere Musik anmachen?«

»Was denn?«

Nun musste ich ihn dazu bringen, die Flasche ganz auszutrinken, und ihn mir so lange wie möglich vom Leib halten. Allein bei der Vorstellung, was ich möglicherweise mit ihm würde tun müssen, wurde mir kotzübel.

»Metallica vielleicht?«

Er nickte. Stand auf, ging zur Stereoanlage hinüber, nahm die CD heraus und suchte in seiner Sammlung nach dem Metallica-Album. Er legte es in den CD-Player und drückte auf Play. Stellte die Musik etwas lauter.

Er blieb vor mir stehen.

»Ich muss noch betrunkener werden«, sagte ich. »Ich weiß, dass es nicht richtig ist, es zu tun, aber es gefällt mir.«

»Wir trinken um die Wette«, sagte er.

Ich lächelte.

»Gute Idee.«

Ich legte den Kopf in den Nacken, und dann tranken wir gleichzeitig unsere Biere aus. Ich versuchte, die Luft anzuhalten, weil ich den Geschmack so widerlich fand. Als meine Flasche leer war, atmete ich schnaufend aus. Sebastian wischte sich den Mund ab. Er warf mir einen hungrigen Blick zu, und mir lief ein Schauer den Rücken hinunter. Wie lange würde es dauern, bis die Tabletten wirkten?

»Hast du Pornomagazine?«, fragte ich.

Ich wusste, dass er ein Versteck hatte. Manchmal bewahrte er den Stapel hinter der Heizung auf und manchmal unter der Matratze.

Er wand sich vor Unbehagen, steckte aber die Hand unter die Matratze.

Er reichte mir ein Heft. Auf dem Umschlag war eine Frau mit riesigen Brüsten zu sehen, die der Kamera die gespreizten Beine präsentierte. Ihre Vulva war rasiert.

Ich schlug das Magazin auf und blätterte darin.

»Was magst du? Ist hier etwas dabei, was ich machen soll?«, fragte ich, ohne von den Seiten aufzublicken. Ich wollte Zeit schinden, damit das Schlafmittel wirkte.

Er zuckte mit den Schultern.

»Es muss doch Dinge geben, die dir besser gefallen als andere.«

»Nein, ich weiß nicht«, sagte er leise.

»Ich hätte gerne größere Brüste. Jungs mögen doch große Brüste, oder?«

Sebastian antwortete nicht.

Ich blätterte weiter.

»Wenn du mir gesagt hättest, dass du gerne mit mir zusammen bist, hätte ich niemals zugelassen, dass sie dich anrühren«, murmelte er.

Ich blickte von dem Heft auf. Er sah mir nicht in die Augen.

Das ist gelogen, dachte ich. Du hättest mich niemals beschützt. Dafür bist du viel zu feige.

Stattdessen sagte ich:

»Ich weiß.«

»Insofern ist es meine Schuld, dass sie tot sind.«

Da hast du recht, dachte ich. Und bald wirst du auch tot sein. Nie im Leben werde ich deinetwegen auch nur eine Träne vergießen. Denn ich weiß, was für ein widerlicher und feiger Versager du bist. Du wirst niemals das Leben anderer zerstören.

»Denk jetzt nicht daran.«

Sebastian gähnte, seine Lider wurden schwer. Er rutschte ein Stück zurück und lehnte sich an die Wand. Die Augen fielen ihm zu.

»Leg dich hin«, sagte ich. »Und dann werde ich dich verwöhnen.«

Ich schlug das Pornomagazin zu und legte es weg. Kuschelte mich an ihn und legte ihm das Kissen unter den Kopf. Sebastian schien bereits zu schlafen. Ich rollte mich neben ihm zusammen und studierte sein schlafendes Gesicht.

Ein paar Minuten lag ich ganz still da, damit die Tabletten wirklich ihre Wirkung entfalteten. Als ich mir sicher war, dass er fest schlief, stand ich vorsichtig auf und ging zu seinem Computer.

Ich öffnete das Textverarbeitungsprogramm und verfasste einen Abschiedsbrief, in dem Sebastian darlegte, wie sehr er seine beiden Freunde vermisste und dass ihm die Schuldgefühle, weil er sie nicht hatte retten können, noch immer zu schaffen machten. Da ich besser schreiben konnte als er, verwendete ich eine einfache Sprache und fügte absichtlich ein paar Rechtschreibfehler ein. Da ich für den Fall, dass jemand die Tastatur auf Fingerabdrücke untersuchte, mit zwei seiner vielen Feuerzeuge tippte, brauchte ich etwas länger.

Ich ließ das Textdokument geöffnet, damit diejenigen, die das Zimmer betraten, es sofort fanden.

Und dann begann der schwierige Teil der Aufgabe.

Wie ferngesteuert ging ich zum Kleiderschrank und holte einen Gürtel heraus. Ich vergaß nicht, den Stuhl wieder an der richtigen Stelle zu platzieren. Ich legte mich hinter Sebastian, umklammerte seinen Körper mit beiden Beinen, legte ihm den Gürtel um den Hals und zog ihn zu. Es war schwer. Schwerer, als ich erwartet hatte.

Ich stellte mich breitbeinig auf das Bett, stemmte mich mit den Füßen gegen die Matratze und zog, so fest ich konnte.

Sein Gesicht wurde blau. Er schnappte nach Luft. Aber die Augen blieben geschlossen.

Mindestens fünf Minuten lang zerrte ich mit aller Kraft an dem Gürtel, bevor ich meinen Griff schließlich lockerte und mit einer Hand nach seiner Halsschlagader tastete. Kein Puls. Kein Leben.

Der Körper war wirklich schwer. Langsam schleifte ich ihn zum Kleiderschrank. Dort angekommen, hievte ich ihn auf den Stuhl unter der Kleiderstange. Es war nicht leicht, den Gürtel an der Stange zu befestigen. Dann trat ich den Stuhl weg, der umkippte und im Zimmer liegen blieb. Sebastian hing schlaff am Gürtel.

Ich schaute mich um. Hatte ich etwas übersehen? Den Beutel, in dem ich das Schlafmittel aufbewahrt hatte, drückte ich Sebastian an die Fingerspitzen, damit seine Fingerabdrücke daran haften blieben. Niemand würde mich verdächtigen. Der Selbstmord war die Konsequenz des schwierigen Sommers, in dem zwei seiner besten Freunde ums Leben gekommen waren.

Nachdem ich einen letzten Blick ins Zimmer geworfen hatte, tappte ich mit meiner Bierflasche in mein eigenes Zimmer zurück. Ich überlegte kurz, ob ich hinausgehen und die Flasche in die Mülltonne werfen sollte, begnügte mich dann aber damit, sie unter dem Bett zu verstecken.

Ich lag bis zum nächsten Morgen um sechs Uhr wach, las, dachte nach und fragte mich, ob ich ein schlechtes Gewissen hatte. Hatte ich aber nicht. Kein bisschen.

Gegen sechs hörte ich Papa im Flur. Offenbar hatte er auf dem Weg zum Bad Sebastians offene Zimmertür bemerkt, denn er war stehen geblieben. Kurze Zeit später hörte ich ihn brüllen.

Die erste Hälfte meines Plans hatte ich gemeistert. Es war verhältnismäßig einfach gewesen. Nun blieb nur noch Mama.

»LÄSST DU ES heute Morgen gemütlich angehen?«

Faye nickte. Kerstin sah erholt aus. Glücklich. Faye freute sich darüber. Mitten in all dem Chaos war Kerstins Glück ein Hoffnungsschimmer. Von der Fürsorglichkeit in ihren Augen wurde Faye warm ums Herz.

»Geht es dir gut?«, fragte Kerstin.

»Ja. Weißt du was, mir geht es wirklich gut. Ich habe meine Lektion gelernt. Ich werde nie wieder zulassen, dass jemand Macht über mich hat. Nie wieder verwundbar sein.«

»So solltest du nicht denken. Ich will auch nicht, dass du so denkst. Manchmal müssen wir alle ein bisschen verwundbar sein.«

Faye seufzte und dachte an Julienne. An die Zukunft, die sie ihrer Tochter wünschte.

»Da hast du wahrscheinlich recht. Aber es wird noch eine Weile dauern. Ich weiß nicht, ob ich noch einmal ein gebrochenes Herz verkrafte.«

Kerstin lachte plötzlich laut auf. Ihr warmherziges Lachen kam immer aus heiterem Himmel.

»Sei nicht immer so eine Dramaqueen, Faye. Du bist doch stark, und das weißt du auch. Selbstmitleid steht dir nicht. Wir alle lieben dich. Und du hast vielleicht eine Schlacht verloren, aber den Krieg wirst du gewinnen. Vergiss das nie.«

»Noch habe ich nicht gesiegt.«

Kerstin legte die flache Hand auf den Bildschirm, und Faye hatte fast das Gefühl, ihre Liebkosung an der Wange zu spüren.

»Nein, aber das wirst du. Ruf mich sofort an, wenn es vorbei ist.«

»Versprochen. Küsschen! Ich vermisse dich.«

»Ich dich auch.«

Faye schloss die Facetime-App auf ihrem Computer. Sie merkte, dass sie trotz der Anspannung, weil ihr noch einiges bevorstand, vor sich hin lächelte. Sie sehnte sich nach Kerstin, aber es war auch schön zu sehen, wie gut es ihr mit ihrem Bengt in Mumbai ging.

Sie griff zum Handy und rief Ylva an.

»Hallo, Faye, dich wollte ich auch gerade anrufen.«

Ylvas nervöse Stimme ließ ihren Puls so in die Höhe schießen, dass sie ihren Herzschlag in den Ohren wummern hörte.

»Sind die Investitionen abgeschlossen?«

»Ja, die Dame ist mit von der Partie. Die Investition ist gesichert.«

»Gott, ist das schön!«

Faye schloss die Augen. Ihr Puls normalisierte sich, und stattdessen kribbelte es in ihrer Brust zum ersten Mal seit Langem vor Vorfreude. Das letzte Puzzleteil war an seinem Platz.

Sie schaute in den Spiegel und trug knallroten Lippenstift auf. Anschließend legte sie sich den weißen Mantel von Max Mara über den einen Arm, klemmte sich die Aktentasche von Louis Vuitton unter den anderen und verließ die Suite. Sie hatte wieder im *Grand* eingecheckt, wo sie sich nach allem, was passiert war, sicherer fühlte. Obwohl die Entfernung groß genug war, um ein Taxi zu rechtfertigen, zog sie ihre bequemsten Pumps an und ging zu Fuß. Sie brauchte den Spaziergang, um ihre Gedanken zu ordnen.

Das Wasser am Kai glitzerte. Es war ein perfekter Tag. Die Sonne schien von einem strahlend blauen Himmel, und kein Windhauch kräuselte die Oberfläche von Stockholms Gewässern. Sie lächelte alle Leute an, die ihr entgegenkamen.

Dann blieb sie abrupt stehen. Ein Gegenstand, den sie im Augenwinkel wahrgenommen hatte, erregte ihre Aufmerksamkeit. Sie wandte sich dem großen Schaufenster zu. Eine weibliche Büste mit silbernen Flügeln. Wie gebannt von der Skulptur, berührte Faye die Stelle auf ihrem Brustbein, wo vor so vielen Jahren der Anhänger von ihrer Mutter gehangen hatte. Bevor er in diesen finsteren Tagen auf Yxö verschwunden war.

Sie trat näher. Die Künstlerin hieß Caroline Tamm. Faye warf einen Blick auf die Uhr und ging in die Galerie hinein.

»Ich möchte die Skulptur im Schaufenster kaufen. Die silberne.«

»Wollen Sie nicht erst einmal nach dem Preis fragen?« Die Frau am Tisch hinter der Tür sah sie erstaunt an.

»Nein.« Faye legte ihre Schwarze American Express auf den Tisch. »Ich habe es eilig. Ich bezahle sofort, aber schicken Sie die Skulptur bitte an diese Adresse.«

Faye reichte der Frau ihre Visitenkarte.

Während die Kreditkarte durch das Lesegerät gezogen wurde, ging Faye zu der Skulptur und sah sie sich von hinten an. Die Flügel waren geformt wie Hörner, die aus dem Rücken der Frau herauswuchsen. Das Kunstwerk drückte mehr Stärke aus als jedes andere, das Faye in ihrem bisherigen Leben gesehen hatte. Es würde den Neuanfang symbolisieren. Als sie geglaubt hatte, Henrik würde ihr Revenge wegnehmen, war es ihr vorgekommen, als wäre sie mit Flügeln aus Wachs zu nahe an die Sonne herangeflogen. Jetzt hatte sie das Gefühl, so hoch fliegen zu können, wie sie wollte. Mit ihren Flügeln aus Silber.

Als die Tür der Galerie hinter ihr ins Schloss fiel, wusste Faye, dass sie so weit war.

Faye legte den Kopf in den Nacken und betrachtete die schönen Fassaden aus dem neunzehnten Jahrhundert. In ihrer ersten Zeit in Stockholm hatte sie mit großen Augen all die beeindruckenden alten Gebäude bestaunt. Jetzt, zwanzig Jahre später, war sie reich genug, um sich ein ganzes Stadtviertel zu kaufen. Es war ein merkwürdiges Gefühl.

Sie ließ ihren Blick ein Stück nach links wandern und sah zum Stureplan und der Biblioteksgata hinüber, wo sie vor Jahren in die *Buddha Bar* gegangen war. Sie erinnerte sich noch an diesen zauberhaften hellen Sommerabend 2001, an dem sie Viktor kennengelernt hatte. Er war ein lieber und netter Kerl gewesen. Zu nett für sie, hatte sie damals gedacht. Wie wäre ihr Leben verlaufen, wenn sie sich nicht für Jack, sondern für ihn entschieden hätte?

Sie sah wieder zu dem Fenster hinauf. Dort oben, im vierten Stock, erwartete sie David. Und Henrik auch. Jeder in einem anderen Raum.

Alice und Ylva hatten ihr per SMS mitgeteilt, dass die Vorbereitungen abgeschlossen waren und keiner der Männer den anderen kommen gesehen hatte. Die Show konnte beginnen. Faye horchte in sich hinein und forschte nach Nervosität, Wut oder Traurigkeit.

Doch nein, sie empfand nichts als Glück. Pures wildes Glück. Es hätte alles so viel schlimmer sein können, wenn sie Ylva und Alice nicht gehabt hätte. Die zwei hatten sie gerettet. Sie hatten sich gegenseitig gerettet.

Sie gab den Türcode ein und wartete auf den Fahrstuhl. Kurze Zeit später ging sie zwischen den leeren Schreibtischen im Großraumbüro von Revenge hindurch und atmete genüsslich das Aroma von frischem Kaffee ein. Im Konferenzraum brannte Licht. Sie sah Davids Nacken und seinen breiten Rücken. Er unterhielt sich mit Ylva und Alice. Sie sah Alice' Lippenbewegungen, aber die dicke Glastür vereitelte jeden Versuch, dem Gespräch zu folgen.

Als Faye die Tür öffnete, drehte David sich um und sah sie an. Er stand auf und kam mit weit geöffneten Armen einen Schritt auf sie zu.

»Endlich, Liebling, ich habe dich so vermisst«, brach es aus ihm heraus. »Frankfurt war schrecklich ohne dich.«

Ohne ihn eines Blickes zu würdigen, ging Faye an ihm vorbei und setzte sich ans Kopfende des langen Tisches.

Sie schlug die Beine übereinander.

»Faye? Was ist denn los?«, fragte er verwundert.

Auch aus Alice' Gesicht war das Lächeln gewichen. Wütend starrte sie ihn an. David merkte, dass sich die Stimmung im Raum gewandelt hatte.

»Ich habe dich herbestellt, um dir unsere neue Investorin vorzustellen.« Faye hielt Ylva die Hand hin, und die überreichte ihr eine Mappe.

Faye schlug sie auf, sah sich das oberste Dokument darin genau an und nickte.

»Du wunderst dich möglicherweise über diese Mitteilung, weil ich keine Kontrolle mehr über Revenge habe. Was ich unter anderem den Informationen zu verdanken habe, die du Henrik hast zukommen lassen. Aber der sitzt nebenan. Und glaub mir, Revenge wird bald wieder mir gehören. Ich an deiner Stelle würde mich hüten, mit Henrik Bergendahl in Verbindung gebracht zu werden. Warum, wirst du bald verstehen. Aber zunächst möchte ich dir das hier vorlegen. Ich glaube, es sagt alles.«

Sie schob David das oberste Dokument hin. Er riss es an sich und warf einen kurzen Blick darauf.

»Ich ... ich kann dir alles erklären«, stammelte er.

Faye rümpfte die Nase.

»Du sollst hier gar nichts erklären. Du sollst zuhören.«

Zum ersten Mal sah sie ihm in die Augen. Dann schob sie drei zusammengeheftete Blätter zu ihm hinüber. Die Überschrift des Formulars lautete: *Antrag auf einvernehmliche Scheidung*, und die darunter verzeichneten Namen waren David Schiller und Johanna Schiller.

»Unterschreib das!«

»Was soll das? Ich versuche seit Monaten, diese Scheidung durchzusetzen. Das weißt du doch.«

Faye begann schallend zu lachen. Alice und Ylva stimmten auch mit ein. David blickte mit offenem Mund zwischen ihnen hin und her.

»Es ist vorbei, mein Freund. Du hast dein Leben damit verbracht, Frauen zu verarschen. Damit ist jetzt Schluss. Dich mit dem Geld deiner Ehefrau bei Revenge einzukaufen und mir gleichzeitig einen Scheidungskrieg vorzugaukeln, war, gelinde gesagt, kreativ. Und gleichzeitig hast du dich unangreifbar gemacht, indem du firmeninterne Informationen über die geplante Markteinführung in den USA an Henrik weitergegeben hast.« Mit einer Kopfbewegung deutete Faye auf das Dokument, das sie David zuerst gegeben hatte. »Du warst ganz schön fleißig, das muss man dir lassen. Aber jetzt ist es aus, verstanden? Sei froh, dass du nicht ins Gefängnis musst.«

David schluckte. Sein Gesicht wurde immer röter.

»Ich ...«

»Halt endlich die Schnauze!«, brüllte Faye.

Es wurde an die Tür geklopft, und sie winkte eine

dunkelhaarige Frau in einem eleganten Chanel-Kleid herein.

»Guten Tag, mein lieber Ex-Mann!« Johanna Schiller setzte sich neben Faye.

Wieder fiel David die Kinnlade herunter.

Blinzelnd sah er zwischen den beiden Frauen hin und her.

»Sie versucht, dich zu verarschen, Johanna«, sagte er. »Glaub ihr kein Wort. Sie will nur dein Geld. In einem schwachen Moment hatte ich eine Affäre mit ihr, aber mehr ist es nie gewesen. Du und ich, wir gehören zusammen, Johanna. Ich liebe dich.«

Johanna musste kichern.

»Ich würde dich niemals hintergehen.« Er zeigte auf Faye. »Sie hat mich verführt.«

Plötzlich schlug David mit der Faust auf den Tisch. Sein Gesichtsausdruck hatte sich verändert, er sah wütend aus. Wie ein kleiner Junge.

»Hör auf!« Johanna schüttelte den Kopf. »Unterschreib die Papiere und verschwinde, wir haben gleich eine Vorstandssitzung.«

David lehnte sich über den Tisch.

»Bist du etwa die Investorin?«

»Ja. Du bist ja pleite«, brummte Ylva.

Johanna nickte gut gelaunt.

»Ohne dich und das ganze Drama, das du in meinem Leben veranstaltet hast, habe ich einfach zu viel Zeit. Außerdem habe ich es satt, deine glücklosen Investitionen am Laufen zu halten. Als Ylva mir erzählt hat, wie die Dinge liegen, habe ich mich mit Freude bereit erklärt, in Revenge zu investieren.«

David wandte sich Faye zu. Sie warf ihm einen belustigten Blick zu und verschränkte die Arme vor der Brust. Er machte Anstalten, etwas zu sagen, klappte den Mund aber vorher wieder zu.

»Unterschreib jetzt endlich, und verschwinde von hier, mein Freund! Wir haben einiges zu besprechen, und danach gehen wir diesen Deal ordentlich feiern.«

Ohne Faye aus den Augen zu lassen, griff David zum Stift und unterschrieb an den entsprechenden Stellen. Dann stand er so ruckartig auf, dass der Stuhl beinahe umgekippt wäre. Wutschnaubend bewegte er sich rückwärts auf die Tür zu.

»David Schiller«, sagte eine Stimme hinter ihm.

David wirbelte herum, zwei Polizisten standen in der Tür.

Faye hatte sie kommen sehen, hatte aber nichts gesagt.

»Ja?«, antwortete er nervös.

»Wir müssen Sie bitten mitzukommen.«

»Warum das denn?«

Seine Körpersprache wirkte defensiv.

»Das besprechen wir lieber draußen.«

David drehte sich zu Faye um.

»Was hast du getan?«

»Ich habe dich wegen Betrug angezeigt. Wirtschaftsspionage. Wahrscheinlich blühen dir ein paar Jahre Gefängnis.«

Die beiden Polizisten packten David an den Oberarmen und nahmen ihn mit. Auf dem Weg durchs Großraumbüro hörten sie ihn lautstark protestieren. Ylva räumte die Unterlagen zusammen und verstaute sie in der Mappe.

Faye stand auf, ging zu Johanna und gab ihr die Hand.

»Willkommen an Bord!«

»Danke!«

Faye atmete tief durch. Der Champagner im Kühlschrank musste noch eine Weile warten. Bevor sie ihren Erfolg feiern konnte, musste sie mit einem weiteren Männerschwein abrechnen.

ALS SIE DEN Raum betrat, der noch vor Kurzem ihr Büro gewesen war, grinste Henrik sie breit an. Ylva und Alice kamen hinter ihr her, Alice schloss die Tür.

»Was könnten drei ehemalige Mitarbeiterinnen wohl auf dem Herzen haben? Seid froh, dass ihr mich um diese Zeit überhaupt hier antrefft, ich habe unheimlich viel zu tun. Wir haben alle Hände voll zu tun mit der Markteinführung in den USA, und meine Geduld mit den Beschwerden ehemaliger Mitarbeiterinnen ist begrenzt. Wir werden alle Klauseln in den bestehenden Arbeitsverträgen einhalten. Allerdings freut es mich, dass du offensichtlich eine Art von Arbeitsbereitschaft an den Tag legst, Alice. Diese Seite von dir kannte ich gar nicht.«

»Halt die Schnauze, Henrik«, sagte Alice munter.

Er zog die Augenbrauen hoch.

»Ich habe nicht den ganzen Tag Zeit. Spuckt aus, was ihr von mir wollt, und dann verzieht euch. Ihr habt hier nichts verloren.«

Er lehnte sich in seinem schwingenden Bürostuhl zurück und legte sich die gefalteten Hände hinter den Kopf.

Ylva legte einen Stoß Papier auf seinen Schreibtisch. Einige Passagen waren mit grünem Marker hervorgehoben.

»Was ist das?«

Unwillig nahm Henrik die Papiere in die Hand und überflog sie.

»Dir gehört Revenge, keine Frage, aber die Rechte an unseren Produkten besitzt du nicht«, sagte Faye. »Dies sind die Unterlagen vom Patent- und Markenamt, die das bestätigen. Ich bin gespannt, was deine amerikanischen Geschäftspartner dazu sagen. Ganz zu schweigen von deinen Finanziers. Wenn dir eine Firma gehört, aber nicht die Produkte, dann besitzt du im Endeffekt gar nichts.«

Sie nickte Alice und Ylva zu.

»Gemeinsam mit diesen beiden hier habe ich angefangen, die Aktionärinnen zu überreden, zu uns zurückzukehren. Und was all die Geheimnisse angeht, die deine Privatdetektive ausgegraben haben, um die Aktionärinnen, einschließlich Irene Ahrnell, dazu zu zwingen, an dich zu verkaufen ... Tja, Henrik, solltest du jemals auch nur auf die Idee kommen, dir dieses Wissen zunutze zu machen, wird Alice wohl kaum einen Privatdetektiv brauchen, um unangenehme Dinge über dich ans Licht zu bringen.«

Alice verschränkte grinsend die Arme vor der Brust und nickte eifrig.

»Du verdammte Schlampe! Das denkt ihr euch doch alles nur aus. So ein Detail würden meine Anwälte niemals übersehen.«

Henrik sprang vom Stuhl auf und sah Alice mit hochrotem Kopf wütend an.

»Komisch. Anscheinend ist es trotzdem passiert«, sagte sie. »Vielleicht solltest du mal die Kanzlei wechseln. Und ich könnte jetzt kontern, indem ich dich als verdammten Schwanz bezeichne, aber angesichts der geringen Größe, die du zu bieten hast, wäre es wohl angemessener, von einem Pullermann zu reden. Aber das klingt natürlich nicht so eindrucksvoll …«

»Du verdammte …«

Henrik machte Anstalten, auf Alice loszugehen, aber Faye stellte sich ihm in den Weg und durchbohrte ihn mit ihrem Blick. Sie beugte sich über den Schreibtisch, schob die Unterlagen in seine Richtung und sagte mit eisiger Stimme:

»Ohne Rechte an den Produkten ist diese Firma nur eine leere Hülle. Mit anderen Worten, ein riesiges Verlustgeschäft für dich. Und deine Investoren. Es wäre also das Klügste, deine Aktien an mich zu verkaufen. Zum selben Preis, für den du und deine Strohmänner sie gekauft habt. Ich hoffe, du bist mir dankbar für meine Großzügigkeit.«

»Wieso sollte ich? Ich werde von starken Investoren unterstützt und kann es mir leisten, gegen dich zu klagen. Was du da an Kleingedrucktem in irgendeiner Vereinbarung ausfindig gemacht haben willst, interessiert mich einen Dreck – ich werde gegen dich vor Gericht ziehen, bis du keine Öre mehr übrig hast.«

Henrik fauchte und zischte, dass die Spucke nur so spritzte, aber Faye zog ihm ganz ruhig das Stofftaschentuch aus seiner Jacketttasche und tupfte ihm das Gesicht damit ab.

»Angesichts der Tatsache, dass dein mit Abstand zahlungskräftigster Investor Sten Stolpe ist, wäre ich mir da mal nicht so sicher …«

»Sten ist einer meiner ältesten Freunde und einer meiner treuesten Kunden und Geschäftspartner. Ich glaube, ich kann mit Fug und Recht behaupten, dass er vorbehaltlos hinter mir steht.«

Henriks Stimme triefte vor Verachtung. Alice hatte

während der Diskussion sorgfältig ihre Fingernägel begutachtet, aber nun sagte sie träge:

»Schau mal auf dein Handy. Irgendetwas sagt mir, dass Sten versucht hat, dich zu erreichen …«

»Was zum …?«

Henrik hob seine Aktentasche vom Boden auf und zog das Mobiltelefon heraus. Faye reckte den Hals und warf einen Blick auf das Display. Dann drehte sie sich zu Ylva und Alice um.

»Oje, Henrik hat dreiundvierzig Anrufe verpasst und ziemlich viele Nachrichten von Sten bekommen. Was der wohl auf dem Herzen hat? Er scheint dich ja wirklich dringend sprechen zu wollen …«

Während Henrik eine Nachricht nach der anderen las, wich zusehends die Farbe aus seinem Gesicht.

»Was zum Teufel hast du getan, Alice?«

Alice sah ihn mit unschuldigen blauen Augen an.

»Ich? Gar nichts. Zufälligerweise wurde mir gestern das Handy gestohlen. Ich habe selbstverständlich Anzeige erstattet, mit solchen Dingen sollte man es ja genau nehmen. Daher habe ich keine Ahnung, auf was für Ideen der Dieb gekommen sein könnte und was er wohl an Sten geschickt haben mag. Er könnte natürlich das Video entdeckt haben, in dem du dich an Stens minderjähriger Tochter, zu dem Zeitpunkt unsere Babysitterin, vergreifst, aber was weiß ich schon? Wie gesagt, mein Telefon ist gestern geklaut worden. Habe ich erwähnt, dass ich gleich Anzeige erstattet habe?«

Henrik stieß einen Schrei aus und wollte sich auf Alice stürzen, aber da Faye im richtigen Moment einen Fuß ausstreckte, fiel er der Länge nach zu Boden.

Dort blieb er brüllend liegen.

Die drei Frauen verließen den Raum, aber Faye drehte sich in der Tür noch einmal um.

»Bis spätestens heute Abend unterschreibst du mir, dass du Revenge an mich zurückverkaufst. Unterschreib auf dem untersten Blatt im Stapel mit den Vertragsunterlagen.«

Nachdem sie die Tür hinter sich zugemacht hatten, hörten sie ihn immer noch fluchen.

Fjällbacka – damals

Es war nicht schwer gewesen, Mama zu überreden. Seit Sebastians Tod schien sie hinter einer Nebelwand verschwunden zu sein, und Papa ließ all seinen Schmerz und seinen Frust an ihr aus. Sein Wahnsinn steigerte sich von Monat zu Monat. Wenn ich von der Schule nach Hause kam, hielt ich die Luft an. Als Erstes rief ich immer nach Mama, und ich hatte jeden Tag panische Angst, keine Antwort zu bekommen. Ich hörte die Schreie, ich sah die Hämatome und ich bekam hautnah mit, wie Mama zusehends verkümmerte. Sie aß kaum noch. Ich versuchte, sie irgendwie zum Essen zu überreden, übernahm das Kochen und lernte, ihre Lieblingsgerichte zuzubereiten. Manchmal steckte sie sich ein paar Bissen in den Mund, aber meistens starrte sie nur auf ihren Teller.

Ich wusste, dass sie vor meinen Augen zugrunde ging. Ich hatte immer geglaubt, dass Mama sterben würde, wenn Papa in seinem Wunsch, ihr wehzutun, eines Tages wirklich zu weit gehen würde. Doch während die Monate vergingen, begriff ich, dass sie vor Hoffnungslosigkeit sterben würde. Sie sah kein Ende. Sie sah keinen Ausweg. Mithilfe von Sebastians Tod hatte ich sie befreien und sie davor bewahren wollen, unter der Last unseres Geheimnisses zu zerbrechen. Stattdessen brachte ich sie möglicherweise langsam, aber sicher um.

Jeden Tag sah ich vor mir, wie ich sie einmal gefunden hatte, nachdem sie Schlaftabletten genommen hatte. Ich erinnerte mich, wie ich ihr die Finger in den Hals gesteckt und sie gezwungen hatte, sich zu erbrechen. Damals hatte ich sie gerettet. Aber jetzt tötete ich sie. Ich musste etwas tun. Ich musste ihr Hoffnung einflößen. Und ihr einen Ausweg zeigen.

Nachdem ich mich dazu entschieden hatte, begann ich mit der Planung.

Es tat so weh, abwarten zu müssen und Geduld zu haben, während ich mit ansehen musste, wie Mama in immer größerem Ausmaß grün und blau geschlagen wurde. Ich wusste, dass sie bald tot sein würde, wenn ich ihr nicht half, für immer zu entkommen. Und mit ihrem Tod hätte ich nicht leben können.

Und Papa musste bestraft werden. Für das, was er uns angetan hatte, das, was er Sebastian beigebracht hatte, und für die Angst, die er uns permanent einflößte.

Es gab eine einzige Person, die mir helfen konnte. Mamas Bruder. Papa mochte Onkel Egil nicht, und außerdem war es für ihn immer riskant, Außenstehende ins Haus zu lassen. Dieses Risiko wollte er nicht eingehen. Deswegen konnte ich mich nur vage an Onkel Egil erinnern, während Mama oft von ihm erzählte. Ich wusste, dass er alles für sie getan hätte.

In einem abgegriffenen Adressbuch, das sie ganz unten

in ihrer Strumpfschublade versteckte, bewahrte Mama seine Nummer auf. Ich weihte sie nicht in meine Planung ein. Wenn ich ihren glasigen Blick sah, wollte ich sie nur in die Arme nehmen und festhalten. Mir war klar, dass ich die Erwachsene sein und mich um sie kümmern musste. Zum ersten Mal im Leben war ich die Mutter und sie das Kind.

Sie war klein und zart wie ein Vögelchen und wurde von Tag zu Tag zerbrechlicher. Ich rief Onkel Egil heimlich vom Telefon in der Schule an, als das Sekretariat einen Augenblick lang nicht besetzt war. Es war wichtig, keine Spuren zu hinterlassen. Ich sagte ihm, was ich brauchte, und er versprach auf der Stelle, mir zu helfen. Ohne Wenn und Aber. Und er stellte keine Fragen. Seine Stimme war der von Mama so ähnlich, und deswegen fühlte ich mich in seiner Nähe sofort geborgen.

An einem Sommerabend beschloss ich, dass es nun so weit war. Ich rief Egil von der Schule an und erteilte ihm strikte Anweisungen. Ich wusste, dass er sich minutiös daran halten würde.

Als Papa ins Bett gegangen und mithilfe von ein paar Schlaftabletten, die ich ihm in seinen Abendwhisky gerührt hatte, eingeschlafen war, ging ich an, was getan werden musste. Mama war schlaff wie eine Stoffpuppe. Sie war so gebrochen, so klein, so schwach, dass sie kein Wort sagte und keine Fragen stellte, sondern einfach tat, was ich von ihr verlangte. Sie überließ mir die Führung. Ich wagte nicht, Sachen für sie einzupacken. Es durfte auf keinen Fall so aussehen, als ob sie etwas mitgenommen und ihr Zuhause freiwillig zurückgelassen hätte.

Es war ein ziemlich kühler Abend. Keine warme Brise wärmte unsere Haut, als wir langsam zum Wasser gingen.

Ich hatte Papas Stiefel an. In der einen Hand hielt ich einen Hammer. Mit dem freien Arm stützte ich Mama. Papas Handschuhe waren so groß, dass ich sie immer wieder hochziehen musste. Wenn Mama stolperte, musste ich sie auffangen. Jedes Mal, wenn sie sich an mich lehnte, nutzte ich die Gelegenheit, den Duft ihres Haars einzuatmen. Ich würde sie vermissen. Oh mein Gott, wie ich sie vermissen würde! Aber wenn man jemanden liebt, muss man ihn loslassen. Und nun ließ ich meine Mutter gehen.

Unten am Wasser erwartete uns Onkel Egil in einem Boot, dessen Lichter ausgeschaltet waren. Er wusste genau, was ich vorhatte. Diesen Teil meines Plans hatte ich ihm nicht erspart. Er hatte keinen Einspruch erhoben, obwohl die Stille am anderen Ende der Leitung vielsagend geklungen hatte. Er hätte sicher einiges zu sagen gehabt. Aber ich tat das Richtige, da war ich mir sicher.

Mama hatte ich nichts davon erzählt. Ich hielt es für barmherziger, mir erst ihre Erlaubnis zu holen, wenn es so weit war. Ich wusste auch so, dass ich mit ihrem Einverständnis rechnen konnte. Sie war Schmerzen gewohnt.

»Mama. Ich muss dich schlagen. Und ich muss kräftig zuschlagen. Mit dem Hammer. Es ist Papas Hammer. Er soll für das, was er getan hat, büßen. Er muss aus unserem Leben verschwinden. Verstehst du das, Mama?«

Mama zögerte keine Sekunde. Sie nickte. Ich hatte Onkel Egil begrüßt, als wir beim Boot angekommen waren, aber nun traute ich mich nicht mehr, ihm ins Gesicht zu sehen. Ich nahm Mama in den Arm. Spürte ihre knochigen und zerbrechlichen Schultern.

Ich hatte solche Angst, zu fest zuzuschlagen. Angst, sie wie eine Kristallschale zersplittern zu sehen. Doch nun gab es kein Zurück mehr. Ich hob den Hammer. Schloss die Augen. Und schlug zu. Ich zielte auf die Weichteile, die nicht brechen konnten. Aber es blieb kein Tropfen Blut am Hammer kleben. Ich brauchte Blut. Ich begriff, dass ich einen härteren Teil ihres Körpers treffen musste. Irgendetwas musste brechen, sodass die Haut aufplatzte und das Blut den Hammer beschmierte.

Ich richtete den Hammer auf ihr Schienbein. Hob ihn hoch über den Kopf, um Schwung zu holen, und schlug zu. Über Mamas Lippen kam nur ein leises Stöhnen. Im Augenwinkel sah ich, dass Egil sich abgewendet hatte. Ich betrachtete den Hammer. Blut. Mamas Blut.

Ich deponierte den Hammer in Wassernähe, aber weit genug davon entfernt, dass die Polizei ihn auch finden würde, wenn die Flut kam. Liebevoll führte ich Mama zu Egils Boot. Sie konnte das Bein, auf das ich geschlagen hatte, nicht richtig belasten, aber ihr Körper fühlte sich warm und weich an. Widerstrebend übergab ich sie an Onkel Egil und sog das letzte Mal ihren Geruch ein. Ich wusste, dass bis zu unserem Wiedersehen viele Jahre vergehen würden.

Nachdem das Boot in pechschwarzem und mondlosem Dunkel auf dem Wasser verschwunden war, ging ich langsam wieder hinauf zum Haus. Aus dem Augenwinkel sah ich den blutigen Hammer.

Zu Hause angekommen, stellte ich Papas Stiefel leise im Flur ab. Es war ein bisschen Blut darauf getropft. Ich zog die Handschuhe aus, auch sie waren blutbefleckt, und legte sie auf die Hutablage.

Im Haus war es still. Nun waren nur noch Papa und ich übrig.

Ab morgen würde nur noch ich da sein. Ich konnte es kaum erwarten.

Ich legte mich ins Bett. Dachte an Mama. Hatte noch das Geräusch im Ohr, mit dem der Hammer ihren Knochen zersplittert hatte.

Ich liebte sie. Und sie liebte mich. Wir liebten einander. Das war mein letzter Gedanke, bevor mich der Schlaf übermannte.

AUF DEM RUNDEN Tisch im *Riche* ragte eine Flasche Bollinger aus einem Eiskübel. Alice, Ylva und Faye hoben ihre Gläser und prosteten sich zu. Es war schon ihre zweite Flasche an diesem Abend. Sie hatten zwar zum Kellner gesagt, sie würden später auch etwas zu essen bestellen, aber das hatten sie längst vergessen. Faye hatte bereits einen Rausch, nahm aber den Kater, den sie auf dem Flug nach Italien am nächsten Tag haben würde, gerne in Kauf, weil es für Monate das letzte Treffen mit Alice und Ylva sein würde.

Sie hatten sich gemeinsam überlegt, wie sie die Arbeit von nun angehen würden. Anfang Oktober würden sie sich alle in ihrem neuen Büro in New York wiedersehen und Revenge in den USA auf den Markt bringen. Dort würde sich ihnen auch Johanna anschließen. Sie war glücklich geschieden und hatte offenbar eine Affäre mit ihrem Personal Trainer. Da die beiden recht schnell miteinander im Bett gelandet waren, nahm Faye an, dass die Beziehung vielleicht schon länger bestanden hatte, aber das war Johannas Sache.

David saß in Untersuchungshaft und wartete darauf, dass der Staatsanwalt wegen Wirtschaftsspionage Anklage gegen ihn erhob. Von Henrik hatten sie als Letztes gehört, dass seine Firma kurz vor dem Konkurs stand. In der Branche wurde gemunkelt, es habe ein Zerwürfnis zwischen Henrik und Sten Stolpe gegeben, und nun würde Sten alles tun, um Henriks Existenz zu zerstören.

Der Kellner, ein gut aussehender junger Mann mit markanten Zügen, eisgrauen Augen und einem Körperbau wie ein griechischer Gott, räusperte sich.

»Wünschen die Damen noch etwas? Oder sind Sie zufrieden?«

Er lächelte Faye an, die ein Schauer durchfuhr. Sie war frei und glücklich. Bereit, nach vorn zu schauen. Ein kurzes, aber intensives Abenteuer zum Abschied von Schweden kam ihr durchaus gelegen.

»Es könnte besser sein«, sagte sie ernst.

Er zuckte erstaunt zusammen. Ylva und Alice sahen sie fragend an.

»Ja.« Faye lockte ihn mit dem Zeigefinger näher heran.

Er beugte sich zu ihr hinunter.

»Es wäre perfekt, wenn Sie mir sagen würden, wann Sie Schluss haben. Dann würde ich nämlich in einem Auto, das uns beide in mein Hotelzimmer bringt, vor der Tür auf Sie warten«, flüsterte sie.

Sein eben noch verwunderter Blick wirkte plötzlich amüsiert.

Er richtete sich auf und sagte mit gespieltem Ernst:

»Um eins, Madame.«

Alice und Ylva, die jetzt begriffen, welche Frage Faye gestellt hatte, lachten. Der Kellner strich sich das Hemd glatt und verschwand augenzwinkernd.

Sie hoben erneut ihre Gläser.

Aus dem Augenwinkel nahm Faye hinter dem Fenster zur Birger Jarlsgata eine Bewegung wahr. Sie drehte sich um und blickte in ein bekanntes Gesicht. Ein Gesicht, das sie mit Angst und Schrecken erfüllte. Mit zitternder Hand stellte sie ihr Glas ab.

Kein Zweifel. Der Mann war ihr Vater. Er kam noch näher an die Scheibe heran, sah Faye in die Augen und hielt das Foto von ihrer Mutter und Julienne an die Scheibe.

Dann war er verschwunden.

Danke

Wenn man einen Roman geschrieben hat, muss man sich bei vielen Menschen bedanken. Ich würde gerne damit beginnen, zu erklären, wer Karin ist, der ich dieses Buch gewidmet habe. Karin Linge Nordh ist seit Buch zwei meine Verlegerin. Ohne Karin und ihr Können, ihre Klugheit und ihre Leidenschaft für Literatur wäre ich nicht die Autorin, die ich heute bin. Nach meinem letzten Buch hat Karin zwar den Arbeitsplatz gewechselt, aber was ich als Schriftstellerin von ihr gelernt habe, kann mir niemand nehmen. Außerdem habe ich das Glück, mit Karin eng befreundet zu sein. Ein großes und herzliches DANKESCHÖN, Karin!

Bei der Entstehung dieses Buches hatte ich das Glück, mit Johan Häggblom und Ebba Östberg zusammenarbeiten zu dürfen. Ich kann sie gar nicht genug loben. Wenn sie nicht liebevoll Hand angelegt hätten, wäre dieses Manuskript nie das geworden, was es heute ist. Sie sind Stars am Verlagshimmel, und ich bin unendlich dankbar, mit ihnen zusammenarbeiten zu dürfen. Auch bei meiner Lektorin Kerstin Ödeen und den anderen Beteiligten von meinem Verlag Forum/Ester Bonnier will ich mich bedanken. Ihr seid so viele, und ihr leistet Unglaubliches, ich nenne keine Namen, damit ich niemanden vergessen kann, aber ihr wisst, dass ihr gemeint seid …

Eine äußerst wichtige Person bei der Arbeit sowohl an diesem als auch am vorherigen Buch ist mein Freund und Autorenkollege Pascal Engman. Er hat mit Brillanz und Engagement zur Entwicklung der vielen Ideen beigetragen, und ich bin so froh, dass er sich die Zeit genommen hat. Danke, Pascal!

Ich habe auch ein unglaublich kompetentes Team, das mich bei der Veröffentlichung und Vermarktung von *Wings of Silver* unterstützt hat: Christina Saliba, Joakim Hansson und Anna Frankl und das restliche Team von der Nordin Agency sowie Lina Hellqvist und Julia Aspnäs.

Fakten sind ein sehr wichtiger Bestandteil, wenn ein Buch entsteht, und was die ökonomischen Details in diesem Buch angeht, waren Emmanuel Ergul und auch Martin Junghem und Sara Börsvik wichtige Informationsquellen.

Auf der privaten Ebene habe ich vielen zu danken. Ohne meine Familie hätte ich nie eine Zeile geschrieben. Ich danke meinem Mann Simon, den ich über alles liebe, und meinen wunderbaren, großartigen Kindern Wille, Meja, Charlie und Polly. Meiner Mutter Gunnel Läckberg und meinen Schwiegereltern Anette und Christer Sköld. Danke, dass es euch gibt und dass ihr mir Geborgenheit schenkt.

Und wie immer: Danke, Papa, dass du mir die Liebe zu Büchern vermittelt hast.

Camilla Läckberg
Stockholm, März 2020